笠間書院

藤井貞和
Fujii Sadakazu

文法的詩学

Notes:

本文の引用について

『源氏物語』の引用ページは、「桐壺」巻、「帚木」巻と、巻名のみ記す。「一―二一」とあるのは、『新日本古典文学大系』（略称「新大系」）の「第一冊、二一ページ」を言う。新大系の本文を利用して、歴史的かな遣いとし、漢字表記などに手を加え、送りがなをほどこし、句読点をまま加える。

『万葉集』は『日本古典文学大系』（略称「大系」）および、新大系を利用する。多く、大系に拠るとともに、新大系の、新しい学説や訓みをも参照する。『古事記』、『日本書紀』は大系、勅撰集類は多く新大系に従う。いずれも、可能な限りで本文批判を経てある。

詩歌は「四三二四歌」や「二三歌謡」のように、番号を書き出してある。

例：（『万葉集』二〇、大伴家持、四五一六歌）、（『古事記』下、九九歌謡）など

『古事記』歌謡のかぞえ方は『古代歌謡全注釈（古事記編）』（土橋寛）に拠る。

詩歌の読み下し文について

句読点および棒点（―）をほどこす。棒点は、係助辞、強調の「し、しも」などのあとに附ける。古代歌謡の原態が漢字の万葉がなで書かれているのを、ひらがなにひらく。乙類のかなはカタカナで表記する。

例：いざこドモ、のびるつみに、ひるつみに、わがゆくみちノ……

『万葉集』歌の表記を、原文の漢字が生きられるように配慮し、万葉がなはひらがな（乙類はカタカナ）にひらく。「所、之、者、哉」など、助字は割愛し、訓み添えを（かっこ）とし、動詞などに送りがなをほどこす。

例：君が歯《ヨ》も―吾（が）代も―知るや―磐代ノ、岡ノ草根を去来《いざ》結びてな（『万葉集』一―一〇）

Notes :

現代語訳（口訳）

厳密な直訳の基礎に立って、少し噛み砕いた、自由な訳を採用する。「研究語訳」（研究のための正確な現代語文）を試みたり、ところどころ舞文があったりする。大きな読み増しは（かっこ）を利用して読解の便をはかった。

助動辞、助辞

「助動詞」は助動辞とし、「助詞」を助辞とする。研究者の意見に沿って叙述する場合に、「助動詞、助詞」と書くこともある。これらの機能語（関係語）はテクスト（文、本文）のなかでのみ生きられる、あたかも動脈を流れる血球や血小板のように。

音韻上、独立しえない助動辞

アリ ar-i のようなかたちで書いて、助動辞と認定する。動詞は「あり」と書くという原則を貫く。小接辞たとえばアムは、-am あるいは am- と、半角の「-」（ハイフン）を前か後ろかに附ける。-am と am- との区別は特にない。

「る、らる」「す、さす」や、助辞などに、今回は深入りしない。文法事項はつねに曖昧なエリアを有し、かつ複数、成立してよい。

品詞などの名称

従来からの慣行に従って、名詞、代名詞、動詞、形容詞、形容動詞、副詞、連体詞、接続詞、感動詞という呼称を利用する。さらに自分の学説として、以下の分類を考える。

詞（品詞）

動態詞一類——動詞　　動態詞二類——形容詞（態様詞とも）

動態詞三類——形容動詞（名容詞とも）

汎名詞——名詞〈固有称を含む〉　形式詞（吸着語とも）
　記号詞（代名詞とも）　（表意文字としての）算用数字
作用詞（擬態詞、作態詞、副詞とも）　連体詞（冠体詞とも）
感動詞（感投辞、感動辞）　接続詞（接続辞）

辞（品辞）
助動辞（複語尾辞とも）
助辞——格助辞　副助辞（作用助辞とも）
　呼応助辞——係助辞、終助辞、並立助辞
　間投助辞　接続助辞
接辞——接頭辞、接尾辞、その他〈過剰音など〉
文字類（算用数字を除く）
　漢字　かな〈万葉がな・ローマ字を含む〉
　アルファベットなど
人称、動・植物称、自然称、……

時枝誠記に従って「感動詞、接続詞」を辞に含める場合には、感投辞、接続辞などとなる。

形容動詞（名容詞）は、名詞相当句を「なり、たり」（断定）が受けると考える場合、独立させない。慣例的には形容動詞を認める。

「断定なり、伝聞なり、断定たり」という言い方を適宜、採用する。

初出

初出論文がある場合、それらの性格によって各章ごとの書き方に区別が生じる。初出論文はいずれも大幅に加

Notes :

筆、訂正されており、もとのかたちをなしていない。

〜氏、引用著書の提示など

人名への敬称は各章ごとの性格による。

contents：『文法的詩学』

Notes: … i

一章　文法的詩学、その構築

二章　「は」の主格補語性（上）――「が」を押しのける

六章　起源にひらく「き」の系譜

七章　伝来の助動辞「けり」——時間の経過

八章　「けり」に〝詠嘆〟はあるか

九章　助動辞「ぬ」の性格

十章　助動辞「つ」の性格

十一章　言文一致における時制の創発──「たり」および「た」

十五章　らしさの助動辞

十六章　形容、否定、願望

十七章　時間域、推量域、形容域——krsm 立体

十八章　物語人称と語り――「若菜、柏木」

十九章　会話／消息の人称体系――「総角」巻

二十章　語り手人称、自然称

文法的詩学

一章　文法的詩学、その構築

1　物語、うたを享受するために

「物語を読む、うたに心を託す」という、私の研究の道のりのなかばで、物語を解読するために、また、うたに遊弋《ゆうよく》するために、必要な言語理論を案出したい。

教室では、既成の文法――学校文法を代表とする――を利用しながら、そして、それらが欠陥品であることを、だれもが知っていて、それらへの修復につぐ修復をみんなで試みながら、何とか凌《しの》ぎ凌ぎして、物語やうたを読み、かつ味わい続ける。

それに飽き足らなかった自分だと思う。いつしか、文法理論の藪へ迷い込んで、「おまえは何をしているのか」と、友人たちの訝《いぶか》しみの視線が、背なに突き刺さる歳月、それでも言語じたいへの関心（夢想のような）を抱き続けてきた。

物語にしろ、うたにしろ、無数の文の集合であり、言い換えれば、テクストであって、それらが自然言語の在り方だとすると、文学だけの視野では足りないような気がする。言語活動じたいは、文学をはるかに越える規模での、人間的行為の中心部近くにある、複雑な精神の集積からなる。

ノーム・チョムスキー氏（以下、チョムスキー）の言語学[注1]は、戦後世界の、そして日本社会で知ることのできた、最大級の一つだった。氏が言語学の歴史に見つけ出した文法では、ポール・ロワイヤル（のデカルト的理論）が文を文法的単位とする考えだったという。

氏が最先端の言語理論を切り拓いた最初の一歩は、構造言語学からの脱却というところにあった。とともに、言語理論を支える哲学的文法について、十七世紀の偉大な思想家たちのそれは無論のこととして、ほとんど忘却の淵に埋もれていたと言ってよい、医学や心理学のなかからも、氏は有用な視野を丁寧に見いだし、位置づけて見せてくれた。このことには勇気づけられる。

それより早く、時枝誠記が、一九三〇年代以前から、『国語学史』[注2]に結晶するような、纏まった業績のなかで、中世から十七〜十九世紀にかけての、「国語学」の歴史的視野に沈潜しつつ、言語過程説ならびに「詞／辞」理論の骨格を打ち固めていった。

文学は言語である。

とは、時枝が言語過程説から導いた命題として記憶される。[注3]「国語学」と言われた古い学問領域にも拘泥しながら、新しい言語学のなかで再考しなければならないことがいっぱいあると、改めて思わされる。

2　精神的言語学

チョムスキー「精神の研究に対する言語学の貢献」（『言語と精神』所収）から、第一講演「過去」（一九六七・一）を繙《ひもと》いてみよう。十七世紀のかなたから、言語学を呼び出してくるあたりの手続きには、学ぶべきことがたくさんある。

その講演は、学問研究が何かを「解決済み」であるかのように振る舞う、戦後の科学技術の「進展」へ疑いを向けるところより始まる。一九五〇年代の、氏が大学院生だったころ、何しろ、コンピュータは数年後になら、データ分析でも何でも解決してくれそうで、行動主義や「情報」やディスコース分析、オートマトン（自動装置）理論へと、世はとどまるところを知らなかった。

それらの流行に対して、脳内の言語能力というか、精神の性質が置いてけぼりに遭っているような、不安を氏はおぼえる。幼児が、ある規模の文法を獲得するや、驚異的な能力を駆使して、たちまち「創造的面」の大家になるような、人類の不思議をどう説明するのか。

ここで、「創造的」とは、言語の基本にある創造であって、何ら、文学的才能を言うわけでない。「しかし」と私が加えて言えば、文学的基礎が創造にしかないことも自明であり、詩学の出発点である。精神の性質を特定してゆくと、まったく自然に十七世紀に焦点をあわせることになる。

コルドモワという哲学者や、ラ・フォルジュといった、デカルト派の哲学者が、興味津々の著述や論文を書いていたという（コルドモワは『現代言語学の基礎』〈ハレとの共著、大修館書店、一九七二〉にも出ていたと思い出す）。身体的な理論が研ぎ澄まされ、拡大されたとき、内省には明々白々で、他の人間から確認されもする諸事実を、なおそれでも解明する力を持たない、という発見をかれらは示そうとした、と。人間の正常な言語使用では解明できないことがある。そこで、新しい原理、デカルト的に言えば、思惟を本質とする、第二の実体を要請することが必要となる。それが「言語使用の創造的面」であり、「制度化された言語」つまり、独自な法則・原理に従う、文化産物であるとともに、新しい思考を表現し、理解するという人間的な能力でもある、と。それが、正常なしかたで言語を使用する能力であり、オートマトンによっては実現不可能なのだと。

十六世紀末という、スペインの医者、ホァン・ウアルテの話題も興味深い。知能を示す語 ingenio が、「生み出す、生成する」を意味する、種々な語と同じラテン語の語根を共有するように思われる、とウアルテは気づいた。

生成力には、動物、植物と共通することと、精神的実体と、二つを識別できる。
知能には三段階があり、最下位は「従順な才知」（感覚）だという。
次は「正常な人間知能」で、「知識がその上に立つ諸原理を、それ自身の力によって、それ自身のうちに生み出す」ことができる。正常な人間精神は「主題のみによって扶けられ、誰からの助力もへずして、いまだかつて語られるのを耳にしたこともない着想を千と産出し、……師匠からも誰の口からも決して聞いたことのないようなことを発明し」、それを言うという性質である。

第三は、「それによって一部の人々が、いまだかつて見られ、聞かれ、書かれたことがない、否、考えられたことさえないような微妙な、驚くべき、しかも真実な事どもを、技芸も学問もなしに、口にする」才知を要請する。チョムスキーによると、ここで言及されているのは、真の創造性、すなわち正常の知能を踏み越え、「狂気の混入」を含むしかたで創造的である、想像力の行使のことだ、と。

日本社会でも、十六世紀から十七世紀へと、自由な仮名草子《かなぞうし》の時代であり、キリシタン時代——西ヨーロッパ言語学の導入期である——をへて、日本ルネサンス期にあたり、創造性に満ちた時代であったことを思うと、深くも世界同時性を感じさせられてならない。どちらも、まさにロマン主義のつい傍らへやって来ている。

チョムスキーは、デカルトとその追随者たちから回転させて、「言語使用の創造的面」についての論議を先へ進める。「言語の正常な使用」とはどういうことかと言うと、言うことの多くが、まったく新しくて、前の繰り返しでなく、相似してさえなく、改新的である、つまり「人がなんらの困難も奇異の感もなしに即刻に理解する自国語の文は天文学的な数に達し、われわれの正常な言語使用の根底に所在し、われわれの言語における有意味で、容易に了解しうる文に対応するパターンは、人の一生に含まれる秒数を凌駕する大きさの桁に達するのである」、と。

「正常な言語使用は改新であり、範域において潜勢的に無限であるばかりでなく、外的か内的かの別を問わず、刺戟による制御から自由でもある」（要約）という指摘である。その整合性、「状況への適切性」をも含めて。

こうして、他者の精神への言及については不十分でありつつも、合理主義言語哲学は、最初の真に有意義な言語構造の一般理論へ至る。一六六〇年のポール・ロワイヤル『文法』は、哲学的文法の創始であり、(最初にちらと述べたように)文を文法的単位とし、細分化して連続する句となり、語のレベルに達する。表層構造の背後に、主語と述語とを含む一文は、後者なら後者が複合観念と動詞とからなる、というような、深層構造と言える精神的分析がこれに呼応して起きる、と。複合観念はまた複合観念を産む、というような構造を言うのだろう。深層構造と表層構造とのあいだの精神的操作とは、文法的変形――創造的面――をもたらすことであり、無限の領域にわたって行う規則の体系を含まなければならない。(フンボルトふうに言えば)話し手は有限な手段の無限な使用を行わねばならない。

チョムスキーの顧みた、十七世紀西ヨーロッパの言語状況を、本書での最初の記憶として登録しておくことは、日本言語学の歴史を振り返ると、やはり、そのころを無視し得ないという点で、歴史上の同時代の知の進展に目を向けたことになる。時枝の『国語学史』については、以前に考察したこともあり[注4]、ここでは繰り返さない。このたびの本書は十九世紀近代以降へと降りてゆくことに重きを置く。

3 時枝「国語学」の視野

わが中学校時代(一九五〇年代後半)では、現代語の文法を一通り習い、高校生になると、準教科書やプリントで古典文法を習った。文法は私にとって好きな「教科」で、最初に(中学校時代に)嵌ったのは「形容動詞」集めである。

好きだ　うつろだ　退屈だ　簡単だ　恥ずかしげだ
自然だ　だめだ　不義理だ　スマートだ

というようなのをノートに書き出していった。

「〜的だ」（規則的だ、反抗的だ、……）という語がぜんぶ形容動詞になると気づいて、用例が飛躍的に増えたために、自然とその蒐集は終わった。

語幹が名詞にもなる場合、ならない場合、「名詞なはずなのに」というように、「〜はず、〜わけ」といった語の前方では「〜な」という言い方が可能になること、などが当時の「発見」である。

「〜なのだ」とか「〜なのである」というような文体だと、「〜」のなかに自由に名詞が這入って、「（名詞）な」という、変な文になる。「発見な」と言えないはずなのに、「発見なのだ、発見なのである、発見なのに」と、「だ」は「な」という連体形に変形して名詞に下接する。つまり、「〜な（＝だ）のだ」も、「〜な（＝だ）のである」も、なぜこれが押しつけがましいかと言うと、「（だ）〜だ、（だ）〜である」と「だ」を繰り返す文体のせいだと分かる。「〜なのだ、〜なのである」というのがなぜ悪文であるか、繰り返すしつこさに原因があるらしい。

高校生になって、時枝文法を教わるようになると、形容動詞が文法体系から「否定される」ということを知る。中学校でも「入れ子」型を教わったような気がする。高校時代になると、古文なら古文について、学校文法と別に、一個の独立した、しかもユニークな文法学説があるということは、私にとり衝撃だった。

時枝文法に拠れば、私が中学時代に集めた形容動詞なんかは「否定される」。そういったことが、一つ一つ衝撃だった。せっかく集めた現代語の形容動詞を、古文のなかだと否定する学説もあるということは、受け入れてよいことか、拒絶すべきことか、楽しかるべき悩みではないか。詞と辞とに分けて、「助動詞、助詞」を後者に振り分ける手つきなんかは、ほとんど恍惚とさせられた。

私としては、それ以来、文法として、学校のそれのような文節分けもかまわないが、まったく異なる（時枝式の）「入れ子」型の学説もありえてよいだろうという、複数を同時に成り立たせることの可能性を思う。だって、人類に残された言語が、総体として見れば一つであり、諸言語としてみれば無数にちらばる、この複雑怪奇な事象を、いろんな見方、考え方で互いに出会わせてこそ面白く、理解が豊かに、より深くなるはずではないか。

時枝誠記の言語学——国語学——は歴史的文献に過ぎないのか、どうか。言語哲学——理論——に裏付けられて誕生しつつあった、という点で、欠陥と限界とを併せ持つにせよ、先駆的な、あるいは世界同時性的な業績だったのではないか。

しかし、ソシュールにも一顧を与えることにしよう。

4　フェルディナン・ド・ソシュール

フェルディナン・ド・ソシュール（小林英夫訳するところの『言語学原論』〈そして『一般言語学講義』▼注5〉）から、〈二面性〉という術語で説明されている、言語の在り方を知ると、▼注6当たり前に過ぎて私はがっかりしたかもしれない。共時的にあることは通時的にあるとか、聴覚映像／概念とか、創造すること／伝達することが同時に行われるとか、何ら言語を言い当ててないようで、じつはそれが言語の在り方をうまく説明しているらしい、そんな説明のしかたがいまでも嫌いではない。

本来、中世西ヨーロッパ哲学（の唯名論）の、物（個物）の名と、それじたいとの関係には、言語学の劃期が胚胎している。それを、聴覚映像と概念との恣意的な関係へと、言語の所属に対して変更を加えようとしたソシュール学には、西ヨーロッパの哲学をのちに構造主義へと切り替えさせるほどの迫力があった。実際に言って、『言語学原論』の原本は、ソシュールの著述というより、ソシュール研究の観、あるいはソシュールを再構築する試みであると言えるようで、小林英夫による日本語訳も、その延長上に位置する。より厳密な、講義ノートの紹介が、日本国内ではいくつかの翻訳書や研究書となって、一九七〇年代初頭より、大規模書店の書架を賑わしていたことは記憶になお鮮明である。

けれども、概念とは何だろうか。木とか馬とかを、概念としての「木」や「馬」とし、キやウマという聴覚や、木の絵、馬の絵と結びつけたところに言語としての木があり、馬がある。個物をなくして記号化された分だけ、近代的な学らしい普遍性を持つことはよく分かる。しかし、時枝や、あるいは三浦つとむの指摘を待たずとも、それがありふれた「言語道具観」の新しい装いであることは隠しようがない。社会的な伝達として、あるいは個人の思想的営為として、言語が道具となって働くと見られることはしかたがない。そう見られることじたいには、哲学もなければ、言語学もない。それを聴覚映像と概念との恣意的な結合と見たところに、近代的な学からの初歩的な要請があった。▼注7

近代的な学が「超近代」化する転換点で、かえって「言語の使用」が前景化するというような、皮肉な逆転現象は、現代的な特徴に属するかもしれない。ウィトゲンシュタイン、言語行為論など。

ソシュールに戻ろう。木や馬をしか説明できない言語学に、われわれは満足してよいのだろうか。経験的に言って、概念なら概念は、複雑に、しかも止むことなく変化し続け、多分にふくれあがり、ますます複雑系の様相を深め、最終的にはなだらかに平面化しつつ、概念性だけがいつまでも記憶にとどまる。たとえば「社会」とか、「攻撃性」とかを、シャカイ、コウゲキセイと、一口で言えるということかもしれないが、イメージ（映像）を個々に描くとしたら、個性のかずほどにあるそれは、個物に近くなろうし、それどころか個物に近づいても、「社会」や「攻撃性」をイメージとして描き取ることじたいが困難をきわめる。しかも、それらは聴覚映像と概念とに分解しての話で、では両者の結合をどう果たせばよいのか、言語だから両者が結合しているという、堂々巡りの説明しかそこに残らないのではないか。

5　起源のロマンチシズム

私一個の感想でしかないのか、時枝が、小林英夫を介してという限定附きながら、西ヨーロッパ型の言語構成観を、正面から克服しようとした奮闘と、若きチョムスキーがアメリカ型の言語構造主義を乗り越えようとしていた努力のあととが、どこまで行っても相似的であることに驚く。英語と日本語との相違程度には違いがあるものの、それらの相似に気づいたひとは多かったはずで、しかし変形生成文法を「国語学」に接合させたり、「国語学」を変形生成文法で検証したりという後継者が、あまりにも寥々としていた。

言語とは何だろうか。時枝なら時枝が、究極のところで言語を何と指しているか、そこについて、ついに答え切らない国語学者への、もどかしい思いをわれわれは隠せない。個人から伝達過程をへて、対人的に働いたり、社会化されたりということは、言語の性格や役割を申し述べるにとどまる。文学が言語だという命題は、意表を突く言い方であり、言語じたいが文学的感慨を持つことがあるという指摘として、言語本質論にやや近づく。言語がなかなか伝わらないという悲観的言語観は、伝達過程と違うところにも言語が保存されていることを仄めかす。

時枝のしばしば、弱点として批判される点は、言語における社会性の議論が手薄だ、というところに一つある。個人の脳内から発せられるように論じられる言語過程説は、あたかも社会性を排除して成り立つ議論であるかのように見られた。『国語学原論 続篇』は、その批判に答えようとする。時枝に言わせれば、言語社会学は言語を社会の反映と見るから、たとえば通時的な意味の変遷にしろ、社会の変化に応じた結果だということになる。法律のように、個人の外側にあって拘束力を持つ、というのが社会的事実で、言語はそこに所属させられる。ソシュール言語学はその一類である、と。対して、時枝は、言語に、社会を形成する面、対人関係なら対人関係を構成する機能がある、とする。

どうにも隔靴搔痒《かっかそうよう》ではないか。言語社会学のように、時枝の理解する限りでだが、言語を社会の反映だと見るにしても、いや、社会を構成するのが言語だ、と称しても、社会と個人とを取り結ぶ在り方としての言語を、旧態依然として括弧にいれ、不問に附している。まずはソシュールへと、批判の矢を向けなければならない。聴覚映像と概念との関係には恣意性こそあるかもしれないが、創造的面は顧慮されず、概念一つ取り上げても複雑にわたり刻一刻と変化すること、そして聴覚映像なら聴覚映像もまた新しい言語の創造面に関与することが、かれの理論のうちには見いだされない。社会が法制や規範であることとじたい、ある種の創造性を生産するかもしれないことについての観察がない。同様のことは時枝についても言えるようである。

ロマンチックな考えかもしれないが(言語の起源説はいつでも一端を空想家が担ってきた)、言語を生物体のように見たい。石炭紀から二畳紀にかけて、植生の生物も、いわゆる恐竜のたぐいも、複雑な組成をみずからのうちに生成、発展させる。それらはみずからを長期にわたり変容させるとともに、厖大な種や個体が、生きそして死滅を繰り返し、次代のための養分となる。ついには化石資源となって、われわれに石油や石炭をもたらす。それらは巨大な身体を誇る生物体たちである。同時に、バクテリヤや水中の微生物たち、そして動植物の体内へ、さらには細胞内へもぐりこむ、微少な、たとえばウイルスら。私には言語の生存を想像しようとすると、古生物たちの果てしない生存争いや共生関係といった、はげしい動態の蓄積に、わが類推の魔をさし向けたくなる。石炭紀から二畳紀にかけてを類推するというのでは、気が遠くなるけれども、数百万年の人類の発生、絶滅、再興、淘汰、そして現生人類という、そのなかのどこかで起きた「言語の誕生」には、きっと古生物学の応用で説明できる面があるように思える。

人類という類的実存を、無論のこと、前提とする。科学技術への構想力、経済行為、習慣や儀礼、家族の絆、舞踊、音楽、絵、占い、感情など、アトランダムに挙げてみると、どれをとっても言語が補助的な手段とならざるをえないとわかる。言語が主役にならなくてよい、人類のささやかな局面局面で下支えする。

ハードとソフトとに分けてみると、個体の脳内や身体感覚に、ハードが生まれ成長することと、それを促すソフトが、絶えず外界から取り込まれて成長することとは、相互に促進する関係でなければならない。十七章に提示するような、ハードとしての krsm 立体を、脳内に、ウクライナの子も、古日本人も、カンボジア人も、個体である限り、人類全体から押しいただく。時代時代ごとの発展途上の krsm 立体が、だれもの細胞内に分与される。一方で、ソフトとしてのテクストや文法、自立語、機能語などのアーカイヴズ、言語の取り扱い説明書、大言壮語からつぶやきまでが、どこに保存されるかというと、まさに動態的に社会と個人とのあいだを出入りし続けながら、全人類的資産として掌握されている。そのような、ハードとソフトとの関係が言語にほかならないのではないか。

6　読むことの復活

と、時にロマンチックに、または古めかしく、古典的な学習にいそしむ私などを、置き去りにするかのようにして、新しい学派、現代語に基礎を置く理論の全盛期に這入ってくる。〈私の古めかしい勉強〉とは、自嘲だろうか。一括分類するなら、文献学《フィロロギー Philologie》という箇所に、たぶん「国語学」や「国文学」は仕舞われようとする。「文献の真偽の考証・本文の確定・解釈などを行い、民族や文化を歴史的に研究する学問」(「文献学」の項、大辞泉による)。「民族や文化」云々はちょっと違うなと思えても、文献からことばの総体を摑もうとすると、文献学に押し込められそうな予感がする。

アスペクトという視野に、いましばらく佇んでみよう。モダリティ理論の全盛期に世は這入ってきた。話者の心的態度から出発して、時間や状態を細分化して読むというアスペクト（あるいはモダリティ理論）は、文学研究にとり、何だか有効そうに感じられる。

幸い、私の勤めが、学科・専攻で言うと、国語教育学科[注8]から言語情報科学専攻へと、言語学に近い領域であり続けたので（現在は文学科）、門前の小僧のようにして、新奇な学派、理論に親しく（あまり恐れずに）接することができた。旧い革袋に新酒を盛るような構想に、明け暮れもしたけれども、しかし、あえて（あえて、である）言わせてもらえば、新奇なアスペクトという視野、モダリティ理論にふれると、私には大切なはずの日本古典語の文学が、かえって読めなくなってゆく感覚に襲われた。

これは不思議な現象である。アスペクトという視野、モダリティ理論にふれたせいだろうか。アスペクトという視野、モダリティ理論のせいなのだろうか。私に親しいはずの、商売道具である『源氏物語』の本文や、あるいは『万葉集』の歌群を、読むのがだらしなくなるというか、どうでもよくなる感覚で、どう言えばよいか、読みが浅く固まるようになる。これはどうしたことだろうか。

おそらく、こういうことだろうと思われる。だれもがそうだと思うが、ずっとこれまで、教えられずとも、アスペクトの視野で、あるいはモダリティを、自分は無自覚に取りいれて読んできたのだ。文学を、特に自国の文学を読むということは、自分のアスペクト感覚を動員し、それでどんどん補いながら読んで、「深い」読みを楽しみ、解釈としてきた。無自覚に現代人として、モダリティ感覚を生きているのだから、古文にそれを自然に読み込んで、疑おうともしない。本文にたとい、モダリティをあらわす語がなくとも、注釈としてはそれを補うことで、ふわりと正しそうな解釈文が成立する。

アスペクトの視野、そしてモダリティ理論の言うところは、おそらく現代人共有の感性を背景にして成り立ってきた。そうすると、古代人の言語生活にも応用できるかもしれない、と思っても、さて、その古文に、具体的な、アスペクトをあらわす語がない場合にどうするか、という壁である。壁と感じるのは、私など少数派かもしれない。古文がモダリティ理論の手にわたると、困ることが起きるといえば起きる。たとえば、「たり」と「り」とは現代人の感覚として、まったく区別できない。だから、「たり」と「り」とを一つにして論じるようになる。何のことはない、学校文法を支えてきたのは、そういう現代人の感覚であると分かる。「き」と「けり」とが、「過去」

という一つになる。「ぬ」と「つ」とは区別できなくなり、「たり」と一緒にして「完了」だ、などと纏める。無自覚によってモダリティ理論が学校文法を支えてきた、と言うことではあるまいか。

現代のアスペクト研究、つまりモダリティ理論は、われわれのうちなる無自覚を突き動かして明るみに出した、と言える。とともに、私は古文が読めなくなっていった。いうまでもなく、そういう無自覚から自覚へと転身させられたことによって。

「たり」と「り」とで言うと、その区別がわれわれに分からない。しかし、一千年前の人たちが、その区別を感覚として分からなかったはずはなかろう。機能語であるからには、原則として、一つの機能ごとに一つあればよいので、「たり」と「り」と、二つある理由は、と考えると、それぞれ別の機能をあらわすからに違いない。「たり」と「り」とは別語だと、いわば信じるところから始めよう。

調べてゆくと、「たり」には「つ」が這入っており（通説には「て」と「あり」との結合が「たり」と言われる）、「り」はアリ ar-i を内在する（ar-i→（a）r-i）。だから、違う助動辞だということが判明する。「たり」は「つ—あり」、「り」はアリ ar-i だと、自分に言い聞かせ、その感覚を繰り返し育てていって、現代人の私にとって後天的に獲得する。古文の学習とは、こういうスキルを含むのではなかろうか。こうして、私の読めなくなった古文からの、復活の開始であった（そのリハビリを研究語訳と名づけた）。反面教師というのか、アスペクトの視野、モダリティ理論に私は拠らないにしろ、感謝のきもちは変わらない。

機能語——助動辞および助辞——は、あたかもパソコンのキーボード上で決められたファンクションキーをひっぱたくように、脳内へ入力する装置になっていると論じたい。学校文法がばらばらに「助動詞」を教えるような理解ではなく、動的な、一つに纏まる krsm 立体で説明できないかどうか、『日本語と時間』（岩波新書、二〇一〇）で論じ出したことながら（本書では十七章に述べる）、考察を遂げたい。k（「き」=過去）r（「あり」=非過去）s（「し」=形容辞）m（「む」=推量）を空間に配置できるという見通しながら、前途はなお半分という気がする。

7　言語の文法と物語の文法

文法には、「物語の文法、詩歌の文法、言語の文法」という、三分類を適用するのがよろしいのではないかと、ずっと考えてきた。われわれが普通に、口語文法と言い、文語文法と言い、あるいは「学校文法」と称しているのは、「言語の文法」に這入るので、これを狭義の文法であると見なしてかまわない。

学校で学習するのは、その「学校文法」であるから、「言語」のレベルで知覚する文法であって、教室でのあらゆる言語事項の基礎であると考えられる。古文の場合、説話も、日記も、歴史文学も、この「言語の文法」なしには読み進めることができない。

それから物語文学も。うた（短歌その他）などの韻文文学も。すべて「言語の文法」を基礎とする。そっと、文学の教師なら見ぬくべきこととして、学校で教える文語文法は、現代における言語生活のなかの「文語」の文法である。現代人の言語生活に、「文語」はなくてかなわない。古文への導入部となり、短歌や俳句や新体詩などを知る上で、また時には標語など、文語的表現で言ってみたいときがあり、「文語」が現代に欠かせない。「文語」は現代に生きている。しかし、昔から連続して生きてきたのではない。ほぼ、江戸近世学術のなかで纏められた、古代を規範としながら作り出された文法である。近世に再創造されたという点では、漢文訓読に似る。近代の学者たちが整えて、学校で多くの子供たちが一斉に学べるかたちに仕立てた。

物語文学や、古典詩歌などの韻文文学を教室で読み進める時には、しかし、「学校文法」だけでは何かが不明であるような、へんに寂しい、非充足感に附き纏われることがないであろうか。つまり、物語を物語として、古典詩歌を古典詩歌として読み進める際には、物語じたいが楽しいし、古典詩歌じたいによって満足が得られる。

説話や日記や歴史文学については、いささかなりとも事情が違うかもしれない。たとい、虚偽や誇張や主観の願望による、歪曲や附加や変型や主題化がそこにあろうと、言語は「事実」や「史実」に凭れかかるふりをしていられる。説話や日記や歴史文学の言語は、説明をこととし、したがって、言語だけがそこにある、自立しているといった、あやういことは免れる。無論、このことは模式的に言えるので、内部に「物語」やうたをいくらも含むという実態を、何ら否定しなくてよい。

教室で、物語文学を読む、詩歌を学ぶ、という活動が、説明の言語でない、説話や日記や歴史文学の言語と似て否なることを、われわれはいかほど気づいているか、いや、教室に参加する子供たちの気づく必要もないことだが、教授する立場からは、醒めて悟達しなければならないこととしてある。物語文学や、詩歌を含む韻文文学の言語は、こう言ってよければ、「ない存在」に向かってひらかれている。

『源氏物語』の桐壺更衣という人は、「いない」。光源氏という男主人公は、「存在しない」。「ない存在」を、言語と言語との組み合わせによって、あらしめなければならない。単に、言語と言語とを組み合わせて、整合的な文を作るだけなら、説話や日記や歴史文学とて同じことで、説明の文法でしかない。物語は、言語のある種の在り方と言語のある種の在り方とを組み合わせて、「ない存在」をあらしめるということをやってのける。「ない存在」は人物に限らないので、舞台の設置、事件の経過など、すべてにあいわたり、「ない」。それがあらしめられる。言語の働きである以上、これは立派に文法の役割でなければならない。

つまり、テクスト分析あるいはレトリック（修辞）と言われてきたこともまた、物語の本性にかかわる文法的事項として、「言語の文法」（学校文法など）と相関的に扱われるのがよかろう。語り手はどこにいるか、その構造は、という問いかけに対し、文法事項は何ら応えなくてよいのだろうか。

詩歌のような韻文文学は韻文文学で、「韻文」という言語的事実において文法の名が与えられなければならない、と信じる。

8　語り手の居場所を隠す文法

『源氏物語』「桐壺」巻には一文の長いのがあって、文法事項が出揃う。口訳を並べておく。

おぼえいとやむごとなく、上衆《じやうず》めかしけれど、わりなくまつはさせ給ふあまりに、さるべき御遊《おほん》びのをりをり、何《なに》ごとにもゆゑあることのふしぶしには、まづ参《ま》う上らせたまふ。あるときには大殿籠《おほとのごも》り過ぐして、やがてさぶらはせたまひなど、あながちに御前《おまへ》去らずもてなさせ給ひしほどに、おのづからかろき方にも見え**しを**』、この御子《みこ》生まれ給ひて後は、いと心ことに思ほしおきてたれば、坊にもようせずは、この御子のゐたまふべきなめりと、一の御子の女御《にようご》は覚《おぼ》し疑へり。（「桐壺」巻、一――五～六）

〔（帝からの）思われがえらくのっぴきならず、高貴な女性らしく見せてきたけれど、理不尽に傍《かたわ》らに侍らせあそばす勢いで、しかるべきご遊宴の折々、何ごとにつけても由緒ある行事の機会機会には、最初に参上させあそばす。ある時には寝坊しあそばして、そのまま伺候させあそばしなど、強引に御前から退去させず待遇しあそばしたあいだに、自然と軽い方面にも見られ**たのを**』、このお子が生まれなさって後は、たいそう格別に思いあそばし処理なさるから、（東宮）坊に（ついて）もひょっとしてこの御子がお座りになる、いやきっとと、一の御子の女御は疑心暗鬼でおられる。〕

みぎの一文は、全体に、「おのづからかろき方にも見えしを」の「を」を境目に、前と後とが、時間上の対比構造を持ち、向きあう関係になっていることに気づく、あるいは教室で気づかせる。

あながちに御前去らずもてなさせ給ひし、……

は、「帝が無理に御前を離れぬように待遇しあそばした」という、光宮の誕生前までのこと。

おのづからかろき方にも見えしを、

も、「更衣が自然と軽い身分であるとまで見受けられたのを」と、二つの「し」（過去の助動辞「き」の連体形と言われる）で、光宮の誕生前のことだったとする。

物語を読んでゆくと、「き」や、「けり」が、集中して何度も使われることがしばしばある。「き」は、過去をあらわすのにしても、欧米語の過去時制と違い、助動辞を附加するから、「き」や「し」と書くことで、過去であることの確認や強調が籠る。過去であることをたしかに示したい時に、「き」あるいは「し」を使うから、二度三度と繰り返して使うことになり易い。

帝や更衣のそのような過去の様子が、「を」以降に一転する。

いと心ことに思ほしおきてたれば、

〔たいそう格別に思いあそばし処理なさるから、〕

一の御子の女御は覚し疑へり。

〔一の御子の女御は疑心暗鬼でおられる。〕

ここに出てくる「たり」と「り」とは、「現在での存続態」としてある。そのことが「き」との対比からよく分かる。「たり」と「り」とを厳密に分けて考察せよ、との意見があるけれども（私もほぼ同意見ながら）、事実上の区別を現代人にはなかなか摑みがたい。

たり　「つ」＋アリ ar-i　「（決め）たところ」＋「である」

り　アリ ar-i に同じ　「である」

「つ」は、たったいましがたの状態をさし、いまという臨場感をアリ ar-i が引き受ける。「帝がまことに格別にご配慮しあそばして、更衣の待遇をおはからいになったところであるから」と、一の御子の女御（弘徽殿《こきでん》女御）は思い疑っている。

この「たり」と「り」とは、物語を読む上で見逃されることが多いにせよ、場面に緊迫感や臨場感を与える、重要な役割どころとしてある。「つ」は、つぎつぎに更衣や御子の処置をお決めになったことで、緊迫感がつのる状態であり、「…思し疑へり」の「り」は、いま、語りのなかで、「弘徽殿女御が疑っていらっしゃるよ」と読者に呈示して、下文への興味をそそる。時間の助動辞が下文の時間的位相にかかわるらしいことに気づく。作者は次文を考えながら、一文の文末を決定している。

「たり、り」によって、語り手は物語のなかにいることが分かる。この語り手は無論、作者と同じ存在でありえない。作者が物語のなかに這入り込むことはできない。それに対して、語り手は、みぎのように、物語のなかに、といってもすっかり内部だとは言いがたい、端近《はしぢか》なところにいて、臨場感のある語を使うことのできる立場に立つ。

しかし、教室で、語り手の存在に気づかせたいわけではない。「語り手」を持ち込むという、悪知恵を子供たちに授けて物語を読ませるのには、どうにもうしろめたさが附き纏う。痛しかゆしだ。物語の、素朴だが至福の読者とでも称すべきは、まさに夢中に物語のなかに溶けいっている場合だろう。語り手を気づかせることは、その至福の読者を物語のそとへ引きずり出し、「われに返らせる」ことにならないか。

語り手のいる文法が、「物語の文法」であることはまちがいない。でも、語り手が、物語の地の文を支配していることは動かないから、「き」も「たり」も「り」も、ぜんぶ語り手の判断だということになって、これでは語り手が、物語のなかにいようが、そとにいようが、どちらでもよくなる。

語り手を二つに分けて、物語のそとがわに、物語の全体を過去のこととして、伝承のこととして伝え語る語り手と別に、物語のなかにまさに臨場し、すぐ柱の陰に居隠《いかく》れて、主人公たちと一喜一憂する語り手がいる、としなければなるまい。見聞きする語り手とこれを認定するのがよかろう。

9 〈助動辞、助辞〉という機能語、その他

「助動詞」とされてきた文法態を、私は助動辞とし、「助詞」は助辞と言い替えることにする。このことをもうすこし話題にしておく。時枝誠記の文法学説は、すべての品詞を詞と辞とに分類している。この分類は時枝に限ることでなく、早くから行われてきた、きわめて日本語の生理に沿った二大分類であって、近代にあっても多くの文法学者たちを領導する考え方としてある。

私もまた、概ねのところで、これを了解することにやぶさかでない。時枝言語学は、辞のなかに「感動詞、接続詞」をも組み入れてきた。これらについて、議論の余地があるものの、「助動詞、助詞」は辞であると認定して、私もまたこれまで不自由していない。けれども、私の言いたいことは、これらを辞に入れ込むのならば、呼称を〈助動辞、助辞〉とすべきではなかったかということに尽きる。山田文法が「複語尾」というのを応用して、▼注9「複語尾辞」と言い替えてもよい。助辞に相当する英文法の preposition は前置辞とする。

時枝が「感動詞、接続詞」および「助動詞、助詞」をあわせて辞とした理由は、そこに概念過程を認められないとする考察からであって、そうでない、たとえば名詞や動詞や副詞は、それじたいに概念過程を含むのだという。文頭に来るにしても、概念過程を含まぬ以上は「感動詞」も「接続詞」も辞である、とする。「感動詞、接続詞」が辞であるかはしばらく措くとして、助動辞、助辞はたしかに概念過程を経ないと言いたい。

日本語では、〈助動辞、助辞〉の背負う役割を、非自立語のうちに一括し、あたかも品詞 the parts of speech で

あるかのごとくに、纏めて認識する。しかし、独立しえない品詞とはどういうことか、極端に言えば、接辞とすることも許される。名詞や動詞が団子だとすると、それを貫く串のような在り方、鏡をかける紐のような在り方と見なすことも行われてきた。団子や鏡が、意味をさしあらわす「言語」だとすると、串や紐は、どうして同じような「言語」に安住していられようか。それらは何者であろうか。

吾人の弖爾乎波はかの wortbiegung の如く語形の一部にあらずして一の単語たるなり。一の Formwort なり。弖爾乎波に類似するかれらの品詞を求めば、まさに前置詞なるべし。（山田孝雄『日本文法論』、八二ページ）

この wortbiegung は「語の活用」を言う。Formwort については、『言語学大辞典』6（三省堂）「形式語」項に、H・スウィート（H.Sweet）の form-wordを引いて、いわゆる形式語でなく、機能語（function word）に近いとある。山田はつねにスウィートを参照してきた。

同じく『言語学大辞典』「機能語」項に、C・フリーズ（C.Fries）の用語として、前置詞、接続詞などの文法的機能を持つ語だという説明が見える。虚辞を応用して、empty-word とも、道具語とも言われるのだと。これらを考慮に入れると、〈助動辞、助辞〉は「機能語」として括ることができそうである。

自立語……意味語……概念過程を持つ
非自立語……機能語……概念過程を持たない

機能を持つということは、ある項が相関的な項を作働させることだから、「関係」と言い換えてもよい。機能語は「関係語」と言うことができる。

非自立語……機能語（関係語）……概念過程を持たない

「感動詞」や「接続詞」は、文節を構成するにもかかわらず、概念過程がないというから、文節分けの考え方に対する疑問を突きつけたことになる。「接続詞」は機能語であるように感じられても、「感動詞」にも機能性があるか、など、さいごまで抵抗感を残す。ヒントとしては、助動辞に、他の語からの転成が多い、ということがある。必要から転成語が生じるということは、機能性が先行して、その機能に合うように表現が求められたということだろう。そうすると、半数ぐらいの副詞、連体詞、それに接続詞、感動詞が、助動辞とともに他からの転成である。副詞はオノマトペ（擬音など）か、他の品詞からの転成であるか、二通りあって、いずれも微細ながら機能性がある。作用することをおもな役割とするから、作用詞と称してもよい。

連体詞はすべて、他の語からの転成である。「いはゆる、ありつる」（文語）や「そんな」（口語）など、機能性を有する。

接続機能の必要から生じる接続詞にも、機能性が十分にあると言える。

叫びや声がもとだとすると、応答や悲喜のあからさまな表現に、その叫びや声が整備され使われるようになったと考えると、「感動詞」にも機能語らしさがある。

言語問題には曖昧領域がさいごまでついてまわるという、これは教えなのだろう。機能性に重きを置いて、接続辞、感投辞という扱いをしてよく、自立語の扱いならば非自立語からの転成である。

10　働かせる、動かすという機能

もう一度書く。

自立語……意味語……概念過程を持つ

非自立語……機能語（関係語）……概念過程を持たない

とすると、「接続詞」（接続辞）「感動詞」（感投辞）ともに、時枝に従えば助動辞と助辞とは後者に含められる。いまは助動辞と助辞との違いに思いを致さねばならない。

助動辞と助辞とは、出自、成り立ちが違う。

先に助辞から言うと、多くが基層語であり、どこから来たのか、旧くかつ原型的である。推測してよいこととして、数千年あるいはそれ以上、ほとんど変わらず在り続けてきた。たとえば、「に」は目標や場所、時間や比較をあらわす機能を、現代語でも基本的に保持する。古日本語の根幹からやって来て、いまに至る。

無論、小さくない変化として、主格の「が」が「接続助辞の『が』」へ移るというようなことは歴史的にある。[注10]「へ」や「より、から」あるいは「を」と、部分的に混用されることは日常語でのつねとしてあろう。しかし根幹は揺らがないと見てよい。

対して、助動辞は、だいたいのところ、他の語句から転成し、合成されてきた。これは機能性が先行して、必要から産出されたと見られる。推測ながら、五百年から一千五百年ぐらい、平均して一千年ぐらいの寿命で使い古され、すり切れて形骸化する。文献上にあらわれたとき、すでに、ほとんど燃え尽きている助動辞もあれば、これから発達を遂げる助動辞もある。

助動辞は、もともと動詞だったり、形容詞だったりする。その動詞や形容詞から、本来の実質を抜き去っても、動作や視点は温存され、あるいは新たな拡張や附与によって、助動辞の重要な〈働き〉=機能となる。名詞や、ほかの助動辞から転成する場合もまったく同じことで、助動辞らしさとはそのような前任時代のパワーの再活用にある。

〈働き〉があるということは、漠然と動きがあるということでなく、動かすという行為の関係的な在り方を取る。Fをたしかにキーの上で押し、入力するとfを受け取るというような関数としてある（関数=ファンクション）。入力するという意志がつねにある。助動辞はそのなかでも、語り手や見る人、聴く人の覆い被さるような意志を中心にして、〈働き〉を見よう、ということに尽きる。活用を見せない助動辞もあるようだから、かならずしも活用のあるなしで助動辞と助辞とを分けられない。

夜空の星たちを、いくぶん、天文学の知識とともに見上げる感じだと思ってほしい。地球から遠い星は、時間的な遠くからやってくる。われわれの眼には天蓋に無数の星座となってきらめく。無数の「けり」は、古代歌謡に早く見えているから、文献以前にほぼ発達を終えて、われわれの前に姿をあらわしている星たちであり、だいたい、平安末期に形骸化する。願望の助動辞「たし」は平安末期から活躍し出して、「たい」へ変化する。「たり」も「た」へと転換しながら現代へやってくる。

だいじだと思えることとして、「けり」なら「けり」は、口語や地域語になお生き続けるとともに、文語あるいは文学語、古典語として、再生産され続く。短歌や擬古物語の生産のためになくてかなわないのが文語である。

次章は係助辞と言われる「は」に向かう。

注

(1) ここではすぐあとに引くように、「精神の研究に対する言語学の貢献」(一九七二、『言語と精神』所収、川本茂雄訳、河出書房新社、一九七六)に拠る。

(2) 時枝誠記『国語学史』岩波書店、一九四〇。時枝は卒業論文「日本ニ於ケル言語意識ノ発達及ビ言語研究ノ目的ト其ノ方法」(一九二四)以来、〃言語トハ何ゾヤ〃を求めて論文をあらわし続け、岩波講座の『国語学史』(一九三二)をへて、この著述に至る。「言語過程説」を提唱する『国語学原論』(同、一九四一)とは、あわせて二部作という感がある。

(3) 時枝誠記『国語学原論 続篇』二ノ三「言語と文学」、岩波書店、一九五五。

(4) 藤井貞和「国語学史的成立」、『思想』一九九九・五、『国文学の誕生』〈三元社〉所収、二〇〇〇。

(5) 『ソシュール言語学原論』(バイイ序、一九一五)、序説第3章「言語学の対象」、小林英夫改訳新版、岩波書店、一九四〇、『一般言語学講義』同、一九七二。

(6) 時枝は逆に、「ソシュールは、具体的な言語活動は常に二面性をとつて現れるが故に科学の対象としてとるに堪《た》へない様に云つてゐる」と受け止める(『国語学原論』一ノ一「言語研究の対象」)。
(7) 三浦つとむ『日本語はどういう言語か』、講談社ミリオン・ブックス、一九五六。
(8) 東京学芸大学教育学部で、時枝学派の永野賢氏と同僚になり、著書を贈られるなどして、私は多くを学ぶことができた。いわば時枝学派衰退期にあって、奮闘する永野氏だったように思う。ちなみに、私の作品「あけがたには」(のちに『ピューリファイ!』〈一九八四〉所収)は、深夜の乗務車掌が助辞を使い分けながら車内放送をするという内容で、初出の『朝日新聞』を読んだ永野氏が、翌日か、いち早く反応してくれた。時枝学派の氏だったからだろうということにあとになって気づく。それの助辞の使い分けはまさに時枝学説を証明するかのように見える。
(9) 山田孝雄『日本文法論』宝文館、一九〇八(五版〈一九二九〉を使用)。
(10) 石垣謙二『助詞の歴史的研究』岩波書店、一九五五。

二章　「は」の主格補語性（上）――「が」を押しのける

1　主体的意識による表現

テクスト（本文）のなかでしか生きられない、それが〈助動辞、助辞〉という機能語の性格だから、「主体的表現」の一部露出だと見られる。

自立語……意味語……概念過程を持つ
非自立語……機能語（関係語）……概念過程を持たない

後者（非自立語、機能語、関係語）を「主体的表現」と言い換えることについては、絶えず誤解にさらされてきた。時枝その人は慎重に、『国語学原論』のなかで、「主体的立場」とか「主体的なものの直接的表現」とか称する。『国語学原論 続篇』に至り、「主体的表現」という言い回しを併用する。

時枝に拠れば、

雨が降った。

について見ると、「～降った」というように過去のことを言おうと、発言する人（＝主体）の現在の立場からの意識、判断であって、この意識、判断じたいは過去になることができない。

外は雨らしい。

もそうで、「外は雨」と「らしい」とに分けられる。「外は」と「雨らしい」とに分ける文節分けを時枝は採らない。主体的意識としては「らしい」が判断であり、現在での表現である。助辞（＝「助詞」）の例も、時枝に拠れば同じことで、

山は雪か。

は「山は雪」と「か」とにわけて、主体の判断として「か」がある。ただし、「は」はどうしても文を構造化するから、「山は」と「雪か」という文節分けも許容される。無論、時枝の理論じたいにそのことで破綻が生じるわけではない。

客体界の表象も、主体の意識に現れるのだから、「主体的表現」が「客体的表現」を包む、「入れ子」型をなす、というのが時枝理論の骨格である。それでも、主体的表現と客体的表現とが場所的に別々に出てくる、という特徴がある。

時枝理論のすぐれた理解者だった三浦つとむは、絵画や写真が、主体的表現と客体的表現との切り離しえない「統一体」であるのに対し、そこが言語と違うのだと指摘する。▼注1 言わでものことと思えても、確認しておきたい基本としてである。

2　助辞という機能語

助辞は従来の言い方だと「助詞」と言い、テニハ、テニヲハと言う場合、助辞を取り出しているようにも、助動辞を含めるようにも受け取れる。いろんな機能を持つそれらを一括できる理由は何だろうか。私の最初の〝文法

書〟を引かせていただく。

助動詞や助詞は、古文を読むうえでの、信号や交通標識である、といったらよいのではないでしょうか。名詞や動詞や形容詞その他は、自動車本体であったり、敷設された道路であったり、周囲の風景であったりします。運転者に実際の運転をさせるのにあたって、走行方法を指示したり、規制したりするのが信号や交通標識ですが、それと同じように、読者に直接、働きかけて、方向を指示しながら、さいごまで読み通すことができるように導いてくれる、これが助動詞および助詞です。(藤井『古文の読みかた』岩波ジュニア新書)▼注2

「助動詞と助詞と」をひっくるめて、みぎのように論じた。信号や交通標識の喩えは印象深かったらしく、あちこちで引用された。基本的に、その考えを改める必要はない。あえて言えば、信号が助動詞(私は助動辞と言う)、交通標識が助詞(助辞)となろう。走行方法を指示したり、規制したりすることは、機能による働きであって、助動辞、助辞を機能語だとする理由である。

助辞を概観してしまおう。

主格関係をあらわす「が」のほか、「の、に、を、へ、と、より、から、にて」を格助辞と認定する。「が、の」のほか、上代語の「な、つ」も、上接の体言が下接の体言に対して所有格になることがある。

程度、限定、強調などは副助辞(作用助辞とも)が引き受ける。「まで、ばかり、のみ、さへ、など、だに、すら、し、しも、づつ」。

呼応助辞として、係助辞、終助辞、並立助辞を挙げる。

係助辞……荷造りの紐がかかり結ばれるように(=係り結び)、テクストを荷造りする。文勢を文末で整える。

「ぞ、なむ(なも)、や、か、こそ、は、も」。

終助辞……テクストの一文から抜け出ようとする刹那に、念を押すかのように、禁止、勧誘、希望、慫慂、質問、教示、決意をあらわす。感動、詠嘆も、もっぱら終助辞の役割とする。「な、な〜（そ）、そ、なむ（なも）、ね、ばや、がな、か、かな、かも、よ、や、も、は、かし」。係助辞との区別はときどき曖昧になるかもしれない。

並立助辞……「〜と〜と、〜や〜や」と、体言を並べる。

間投助辞は「や、よ、を」をかぞえる。

接続助辞は「ば、とも、と、ども、ど、ものから、ものの、ものを、つつ、ながら、て、に、を、が、で、み」など、他からの転成が多い。テクスト内部の文節と文節とを、接続助辞で関係づけるか、中止法を用いるかする。

3 「が」を押しのける「は」

テクストのなかで、「が」と「は」とは隣り合わせで両立することができない。

「が」は、主格および所有格をなす。主格と所有格とが通用するさまを、主格／所有格と表記しておく。

「が」は古文のなかで、多用されていると言いがたい。「〜が」と現代語でなら言うところを、主格の場合に「〜、」と主部を投げ出すことは多い。

光源氏（、）名のみ（、）ことことしう、言ひ消たれたまふ咎（、）多かなるに、……（「帚木」巻、一―三二）

現代語にしようとすると、（、）部に「が」あるいは「は」が這入ろうとする。

光源氏（が）名ばかり（が）仰山で、打ち消されなさる欠点（が）多いというのに、……

と、口訳することになる。「が」「が」……と続くことは避けられて、「が」のいくつかを「は」にすると、通りがよくなる。

光源氏（は）名ばかり（が）仰山で、打ち消されなさる欠点（は）多いというのに、……

あるいは、

光源氏（が）名ばかり（は）仰山で、打ち消されなさる欠点（が）多いというのに、……

と、代入できる。現代語で言えば、空いている「、」に当たる箇所に、「は」が這入ってきているのか、「が」を押しのけて「は」が這入ってきているのか、必ずしも決定できない。前者の場合に、「〜は」は、空いている（＝φ〈ゼロ〉）なら這入りやすい。後者の場合は、「がは、はが」と言えず、接して両立することができなくて、「が」を押しのけながら「〜は」という言い回しとなったと見られる。

「は」は名詞類や、名詞節、動詞（連体形）、形容詞（連用形）、形容動詞（連用形）、副詞その他のあとに置かれる。それればかりでなく、助動辞、助辞などの附属辞のあとにもしばしば置かれる。格助辞「に、を、へ、と、より、から、にて」、あるいは「の」や、「か、や、こそ」などの係助辞類ほかが、「には、をば、へは、とは、よりは、からは、のは、かは、やは、こそは」などと、「は」と親和して隣接できる。しかし「が」のみは「は」と親和しない。

三上章には「代行」という考え方がある。「は」が「が」を初めとして「の、に、を」を代行する、という機能を、著名な『象ハ鼻ガ長イ』[注3]のなかで論じる。「代行」という考え方に、私も部分的に惹かれるけれども、「の、に、を」は「のは、には、をば」と言えるから、必ずしも代行せずともよく、ただ、ひたすら「が」だけが「がは、はが」と言えず、代行と言えば言える。

いくつかの「は」を集めてみよう。

4 「は、には、をば、へは」その他

『源氏物語』の冒頭部から――

いづれの御時《おほんとき》にか、女御、更衣《かうい》あまたさぶらひ給ひける中に、いとやんごとなき際に〈は〉(01)あらぬが、すぐれてときめき給ふありけり。はじめより我〈は〉(02)と思ひあがりたまへる御方々、めざましき物におとしめ、そねみ給ふ。同じ程、それよりげらふの更衣たち〈は〉(03)まして安からず。朝夕の宮仕へにつけて〈も〉人の心をのみ動かし、うらみを負ふ積りにやありけむ、いとあづしくなりゆき、物心ぼそげに里がちなるを、いよいよあかずあはれなる物に思ほして、人の譏《そし》りを〈も〉え憚らせ給はず、世のためしに〈も〉なりぬべき御もてなしなり。(「桐壺」巻、一―四)

〔どちらの(帝の)ご治世にか、女御、更衣がおおぜいお仕えしてこられてあるなかに、たいして重んじられる家柄ではない(一女性)が、ぬきん出て目をかけられいらっしゃる、(そんな方が)おったということだ。(宮仕えの)当初から「私は(目をかけられている)」と、誇りを持っておられるお方々は、(桐壺更衣を)目障りなやつだと見くだし、嫉妬なさる。同等、それより下位の更衣たちは一層不安である。朝夕の宮仕えにつけても、人さまの心をもっぱら動揺させ、恨みをしょいこむ積もりかさなりであろうか、えらく病がちになってゆき、何かと心細い感じで里さがりが多いのに対して、ますます満足がならず愛しい女よと思いあそばして、他人の非難を遠慮なさることができず、世の評判になってしまうに違いない(帝の)ご待遇である。〕

〈は〉と〈も〉とは、用法が近接するので、〈も〉にも〈かっこ〉を附しておく。あとにふれることになる。

01例は「には」とあって、「に」と並んで居座る。この「に」は時枝なら「助動詞」（助動辞）とするだろう。「は」は「に」に親和する。

02例は「我は……」と、「……」部が続いているのをそれ以上述べない感じで、言いさしと見てよい。ただし、口訳に「私こそは」と「こそ」の補われることが一般であるにせよ、事実上、「こそ」がないのだから、その処置ではニュアンスを取り違えそうである（後述する）。

03例は「げらふの更衣たち」を取り立てる。「下臈《げろう》の更衣たちについて言うと」と、現代語で言い換えられるかもしれない。「は」を題目提示と見ると、そう言ってもかまわないケースを、このように時折、見かける。「他との差異化」という程度でよかろう（後述する）。

「には」や「をば」その他を拾っておく。

には、をば

一の御子〈は〉（04）右大臣の女御の御腹にて、寄せ重く、疑ひなき儲《まうけ》の君と世にもてかしづきこゆれど、この御にほひに〈は〉（05）並びたまふべく〈も〉あらざりければ、おほかたのやむごとなき御思ひにて、この君を〈ば〉（06）、わたくし物に思ほしかしづき給ふこと限りなし。（同、一―五）

〔一の御子は右大臣の女御の御腹で、後援が分厚く、疑いない儲君《ちょくん》であると世に大切に世話され申すけれど、この（光宮の）ご気品には並びなさることもできないから、一通りの捨てておけないご愛顧で、この君（光宮）をば、私蔵の子であると思い養育しあそばすことがこの上ない。〕

の、05例が「には」、06例は「をば」である。「をば」は、なぜか理由がわからないが「は」でなく、「ば」（「濁音」）となる。「を」が目的格を示すかどうかは、自動詞を導く「を」をいくらも見かけるところであり、しばらく保留しておく。
「へは」例はなかなかないので、「玉鬘」巻に求める。

へは

かの若君の四つになる年ぞ、筑紫へ〈は〉(07)行きける。(「玉鬘」巻、二―三三三)

〔かの若君(玉鬘)が四歳になる年によ、筑紫へは行ったことだ。〕

「と」はやや特殊な働きを見せてくれ、格助辞でない場合もありそうである(時枝のように「助動詞」と認定する立場や、並立助辞とする立場がある)。

とは

「なくてぞ」と〈は〉(08)かかる折にやと見えたり。(「桐壺」巻、一―一〇)

〔「亡くなってから恋しいよ」と古歌にあるのは、かような時なのでは、と見られる。〕

よりは

かうやうのをり〈は〉(09)、御遊びなどせさせ給ひしに、心ことなる物の音《ね》を掻き鳴らし、はかなく聞こえ出づる言の葉〈も〉、人より〈は〉(10)ことなりしけはひかたちの、面影につと添ひておぼさるるに〈も〉、闇のうつつに〈は〉(11)猶《なほ》おとりけり。(同、一―一〇~一一)

〔そんなふうな時は、ご管絃などを催しあそばした際に、格別なる、楽器の音をかき鳴らし、頼りなげに申しいだす文句も、他人よりは別の雰囲気、しぐさが、幻影としてずっと付き添うかと思われなさるにつけても、闇のう

つつにはそれでもやはり及ばなかったことだ。〕

からは

前栽の花色々に咲き乱れ、おもしろき夕暮れに、海見やらるる廊に出で給ひて、たたずみ給ふさまのゆゆしうきよらなる事、所から〈は〉(12)ましてこの世のものと見え給はず。(「須磨」巻、二―三二)

〔前栽の花が色々に咲き乱れ、風情ある夕暮れに、海が見わたされる廊にお出になって、たたずみなさる様子が不吉なほど美々しいことは、所のせいで一層、この世のものと見られなさらぬ。〕

にては

相人《さうにん》〈は〉(13)まことにかしこかりけり、とおぼして、無品《むほん》の親王の外戚《げさく》の寄せなきにて〈は〉(14)ただよはさじ、……。(「桐壺」巻、一―二二)

〔高麗《こま》の占い師は真実、正しかったことだ、とお思いになり、無品の親王の外戚の後援のない状態で頼りなくはさせまい、……。〕

みぎは「にて」を格助辞と認定する考えに従う。

のは

日いとよく晴れて、空のけしき、鳥の声〈も〉心《ここ》ちよげなるに、親王《みこ》たち、上達部《かむだちめ》よりはじめて、その道の〈は〉(15)みな探韻《たむゐむ》給はりて文作り給ふ。(「花宴」巻、一―二七四)

〔日はたいそうよく晴れて、空のけしき、鳥の声も心地よげな時に、親王たち、上達部を初めとして、その道の達

人たちはみんな探韻をいただいて文章を作りなさる。〕

「のは」の例である。所有格の「の」は時枝なら「助動詞」とするだろう。
つぎのように「かは、やは、こそは」も「桐壺」巻や「帚木」巻にある。

かは、やは、こそは

いかばかりか〈は〉(16)ありけむ、……(「桐壺」巻、一―九)
〔どんなに張り裂けるばかりではなかったか、……〕
疎き人にわざとうちまねばんや〈は〉(17)(「帚木」巻、一―四〇)
〔親しくない他人にわざわざ話して聞かせるわけには行くまいから〕
さるべき契りこそ〈は〉(18)おはしけめ。(「桐壺」巻、一―一八)
〔しかるべき前世からの約束でそれこそいらっしゃったのだろうよ。〕

助動辞類に近接するのは、動詞の未然形に付く「ば」で、仮定をあらわすと言われる。「む」m-u プラス「は」pha(→ba)と見ると、視野に這入ってくる。

ば＝「む」＋「は」

程経《へ》〈ば〉(19)すこしうち紛るること〈も〉やと、待ち過ぐす月日に添へて、……(同、一―一二)
〔時間が経《た》とうならば、少々気分が紛れることもあるのではと、待ちながら過ごす月日に添えて、……〕

この「経ば」は「経む」＋「は」ではなかろうか。仮定の「ば」は「桐壺」巻のなかだけで数例ある。その他、「〜ずは」や形容詞の語尾に附く「〜くは、〜しくは」は何物か、難問である。「て」に附く、「見て〈は〉(20)うち笑まれぬべきさまのしたまへれば、……」(同、一—一九)のようなのを散見する。

已然形接続の「ば」は、やはり「は」を内在させていて、発生的に「は」の濁音化ではなかろうか。

……取り立てて はかばかしき後《うし》ろ見《み》しなけれ〈ば〉、こととある時は猶《なほ》寄り所なく心ぼそげなり。(同、一—五)

〔……ことさらに取り立てる有効な後楯《うしろだて》がないから、何かと要り用の時はやはり頼る所がなく心ぼそげである。〕

「後ろ見しなければ」の、「なければ」は「なけれ」に「は」が附いて、「ば」へ濁音化した、と見たい。朝鮮語で言えば「平音化」である。ただし、早く已然形接続の「ば」として固定したようで、ここでは取り上げないことにする。

5 「は」というファンクションキー

「は」は、かくも多くの自立語や付属語に寄り添って使われる。これらの「は」はいったい何だろうか。係助辞だとか、強調するとか、題示(取り立て)であるとか、いろいろ論じられてきた。近ごろでは「題示」説にすこぶる人気が集まる。しかし、「は」はきわめて頻用性が高くて、すべての「は」を「題示」で説明できるかどうか、心もとない。感触として、英語のbe動詞(繫辞copulaとしてなど)があちこちに出て来るのに似ると思われる。あるいは漢文の「者」にもよく似る。日本語に限定できることではない。

日本語からの視野としては、「は」が「が」とはげしくぶつかるという一点をどう考えるか。あたかも磁石のN極同士、S極同士が反発するかのように背向《そむ》く。「が」が主格ないし主語の提示だとは、これも現代にはなはだ否定されやすい意見である。しかし、「は」と相容れない理由は、「が」が（所有格であるとともに）主格の提示であり、主語の選定に深くかかわる助辞だからではないのか。ほかの理由が考えられるだろうか。

「が」に、ちらとふれておく。

……息の下に引き入れ、言少《ことずく》なる〈が〉、いとよくもて隠すなりけり。（「帚木」巻、一―三九）

〔……息の下に声を飲み込み、ことば数の少ないことが、たいそううまく取り隠しごまかしたということだ。〕

の、「言少なる」を主格と認定したい。「ことば数の少ないこと」が「欠点を隠す」という、主格／述部の関係がここにある。機能語「が」によって主格をあらわす。「言少なる〈は〉」と言わず（言おうと思えば言える）、「～が」をここに選んだのは語り手（左馬頭）であり、そこに選択がある。古文に見る限り、「が」は主語を受けて主格の提示、あるいは所有格に従う。「が」に上接する語を主語と言っていけなければ、何か言い換えを考えなければならない。

「は」は、見てきたようにどこにでも出てくる、しかし「が」に大接近してきたときのみ、その「が」を消して「は」に変えてしまう。「は」がファンクションキーであり、主格の代行機能があるために、「が」を押しのけてしまうと見るほかない。「「は」の主格補語性」とそれを名づけておく。主格補語という言い方は三上用語からいただくとともに、様相を変えて使う。

冒頭に述べた、名詞類や名詞節のほかに、動詞、形容詞、形容動詞、副詞のあとや、そればかりでなく、助動辞のあとや、「には、をば、へは、とは、よりは、からは、のは、かは、やは、こそは」などに広がるすべてにわたり、それらもまた「「は」の主格補語性」という機能の利用なのではなかろうか。「が」以外は主格にかかわらないために、「は」と並びうる。「が」だけが主格であるために、「は」と喧嘩して止まない。

6 佐久間鼎『日本語の特質』

三上章の日本語論について考えよ、というのが私への課題である。三上の最初の著述は『現代語法序説――シンタクスの試み――』（刀江書院、一九五三）で、このときに著者、五十歳だった。ある特集での概観[注4]に参照すると、三上は早く、一九三〇年代に、「主語」問題を中心として日本語文法に関心を抱いていた。一九四一年になって、佐久間鼎著『日本語の特質』と出会う[注5]。文法研究への心が定まり、太平洋戦争下の一九四二年、一九四三年に集中して論文を書いた。一九五二年の『国語学』第8集に「主格、主題、主語」を発表して戦後の出発を果たした。この論文は翌年発行の『現代語法序説』第二章と同題である。

「シンタクスの試み」という副題について、後記に、

　私の願いは現代語の実用的なシンタクス一冊を書くことである。

とあり、「いさゝかの自負を許してもらえば、これはともかくシンタクスの処女地に一歩踏みこんだ」ともある。

『現代語法序説――シンタクスの試み――』第一章「私の品詞分け」に、広義の文法研究を、

　甲、品詞論《アクシデンス》〈 乙、辞書編集《レキシコグラフィ》／丙、シンタクス

に三分類して[注6]、自身の研究を最重要なシンタクス（連結法、統辞法、文章論、構文論）に位置づける。前人未踏だと自負する、三上文法学説みずからによる位置づけであった。

しかし、ことの順序として、先に佐久間をくぐりぬけることとしたい。佐久間には、『現代日本語法の研究』（厚

生閣、一九四〇）などがすでにあるけれども、ここは三上が出会ったという『日本語の特質』を繙くと、その前半は音韻とアクセントとであり、後半が「文のくみたて」（第八章）以下、九「品さだめ文の特色」、十「文の成分」、十一「動作の方途」、十二「吸着語の用途」と、シンタクス研究の章が続く。三上がまさにこれを手にして文法研究を志すに至った動機をなす章群としてある。

やや、煩雑にわたるが、佐久間から、その第八章と第九章とを取り立てて概観することにしよう。佐久間としては題名通り〈日本語の特質〉を取り出して見せること、日本語のごく自然な在り方としてどんな特質があるかを、指し示すことをモチーフとする。従来の日本語についての、文章法（シンタクス）がまだまだ不備だとしても、語法的面について全体を見ようとすると、いま文の構造に着眼することは当然だろうと言う。日本語が自然に表現されるということを追う限りで、どうしてもシンタクスの探求をこととする、と。

佐久間の基本的スタンスとして、「演述」（叙事）における、文の組み立ては多くの場合、主語の存立を必要とするものの、すべてが主語と述語といった具え方をしているわけでないし、動詞、形容詞を伴わない文もあれば、名詞の出てこない文もある、すなわち主語―述語を分節しない文もあること、それらをかならずしも「省略」という考え方にしなくてよいこと、といった注意がある。西ヨーロッパ言語学の主語―述語コチコチの頭脳をまずは解きほぐして、〈日本語の特質〉への導入部にしようということだろう。「演述」はビューラーのいわゆる〈叙述〉に相当し、同じく「表出」〈告知〉、「うったえ」〈喚起〉に分ける。▼注7

事柄について述べるという、演述機能を担うのは「言い立て」の文で、その中身を二通りに分ける。すなわち、『言語学概論――言語研究と歴史――』（ヴァンドリエス、藤岡勝二訳▼注8）に沿って言えば、動詞句と名詞句とにあたる。佐久間はそれだと誤解されるおそれあり、として、「言い立て文」を物語り文（動詞文）と品さだめ文（名詞文）とに区分する。この区分は三上にとっても非常に重要となる。

物語り文は述語として動詞を要求し、品さだめ文は述語として繫辞 copula のような、ないし形容詞、形容動詞、

「指定の助動詞」などを要求する、といった違いがある。けれども、その点だけに違いがあるのでなく、言語の機能としてもそこに本質的な相異があって、文の構造にそれが反映するのだとする。

物語り文は、

（何々）が（どうか）する〔した〕

とあるだけならば、いわゆる主語（何々）と述語（どうする）とからなるが、実際には物語である以上、時や場所を限定し（＝時所的限定）、ことの起こる舞台を必要とする。そのような、構文における「独立語」ないし「誘導語」というライトモチーフによって物語は進むので、それらのなかには、呼びかけでも感動詞でも、「提示する語」でも接続詞でも、そういう役割をするすべてを含む。

品さだめ文には、

（何々）は（こうこう）だ
（性状規定、「雪は白い」「花はきれいだ」など）

と、

（何々）は（何々）だ
（判断、断定、措定、「これはペンだ」など）

とがあって、かたちの上にはっきり分かれる。後者の場合、「だ」が措定の任にあたる。「これはペンだ」と措定する。前者は「白い」（形容詞）「きれいだ」（形容動詞）が述語でよいとして、後者は「ペンだ」が述語（あるいは述部）だとすると、「（ペン）だ」の「だ」によって名詞文を作り出している。「だ」は措定語であり、判断を示す、と。（以上、第八章）

品さだめ文のうち、性状の表現は主語（何々）を受ける語が多くの場合「は」であって、これによって特説し、提題すると言う。そして述語のほうを見ると、「雪は白い」や「花はきれいだ」というので完全であり、「白くある、きれいある」は本当の日本語と言えない。この性状の表現において、日本語は独特の構文を示すのであり、いわゆる総主（総主語）を持つ文がそれである、とする。日本語としてごくありふれた文であることがだいじなので、

象は、からだが、大きい。　　この川は、流れが、急だ。

猿は、なかなか知恵が、ある。

など、「象は、この川は、猿は」が「総主」〈草野清民の用語〉であると言う。[注9]これらを日本語として、普通の文、正真正銘の日本語であると認めることが出発点となる。

さらに用例を言うと、

象は　鼻が　長い。　象は　眼が　大きくない。

子どもは　木のぼりが　上手だ。　先生は　座談が　得意です。

わたしは　酒が　すきでない。

と、のちに三上によって採用される（時枝誠記も採用する〈三矢重松が最初か〉）著名な文例「象は　鼻が　長い。」を初めとして、総主のある文を、

（何々）は（これこれ）が　どんなかだ。

と纏めるにしても、

わたしだって　酒は　きらいだ。

わたしは　酒こそ　きらいだが……

となるのだから、「は」と「が」とに固定しているわけではけっしてない。（以上、第九章）

7 『日本語の特質』(佐久間)の続き

ついで、第十章「文の成分」を概観する。まず、(一)一語文の存立を認めること。(二)「省略」という説明のしかたを正当としないこと。(三)文の成分としてかならずコプラを要するという考え方を否定すること。

(一)については、山田文法が句論〈シンタクスのこと〉の冒頭に、スウィート文法学から「一語文」を認めて、いわゆる喚体句を導いていった手つきを思い合わせておきたい。佐久間はつねに、ちらちら山田文法を見わたしながら論述し進めているようだから、われわれもまた、『日本文法論』を座右に置く必要がある。(二)(三)は問題ない。

つぎに、平叙文、疑問文、命令文、感動文について、細かい検討を要するとはいえ、構文の上で「形式」に属することであるから、区別して考察することが無意義だと言われないとする。ここにも山田批判が敷かれていると容易に見ぬける。

物語り文は、述べられてきたように、

(何々)が(どうか)する

が範式で、「何々」が動作のシテ。これを「主語」という成分とし、することをあらわすのが「述語」と名づけられるが、その名称そのものに警戒を要する、と。論理学の主辞と賓辞との関係になぞらえがちであることに留意を要する。

鳥 が 飛ぶ。　　水 が 流れた。

順序を変えて並べると、

飛ぶ 鳥。　　流れた 水。

となる。(イエスペルセンは前者のような成分の続け方をネクサス、後者のような関係をジャンクションと名づけたと言う。)

簡単に、(名詞)+(助詞)+(動詞)と続くだけのもののほかに、物語り文に何か要求される体言は「補語」と名づけられ、

犬が　さかなを　くわえる。　　親が　子に　財産を　ゆずる。

子が　親から　財産を　もらう。　　むすこが　女親に　似る。

生徒が　先生に　ほめられる。

と、主語を除いた部分は補語を含む述部として「述定」する。

「(何々)が(どうかする)」というところを、日本語では「どうかする(ところの)何々」と言えるので、「何々」を修飾し限定することができて、これを「装定」とする。

さかなを　くわえる　犬。　　子に　財産を　ゆずる　親。

先生に　ほめられる　生徒。

補語もまた「装定」される。

犬が(の)　くわえる　さかな。　　親が　子に　ゆずる　財産。

親が　財産を　ゆずる　子。

かなり自由で、格別の操作を必要としない、融通性に富むのが日本語だと、佐久間は特徴づける。品さだめ文についても、

雪が(は)　白い。　　新高山は　富士山より　高い。

から、

白い　雪。　　新高山より　低い　富士山。

など、性状規定の事例を得ることができる。ところが、「総主」のある場合はどうか。

鼻が（の）長い　象。　木のぼりが（の）上手な　子ども。

酒が（の）すきでない　わたし。

などと普通に「装定」できる。

象の　長い　鼻。

ともかなり言えそうである。

×象が　長い　鼻。

とは言えないようで、
子どもの（が）上手な　木のぼり。　わたしの（が）すきでない　酒。

との、構成上のちがいがあるはずだと言う。

判断措定の文についても「装定」される。

鯨は　哺乳動物　だ。

を、
哺乳動物　である　鯨。（哺乳動物　の　鯨。）

と言い替えられる。

文の成分ということを考える以上、さきに述べた「誘導語」をも主部および述部のそとに成分として立てるべきだと論じられる。（以上、第十章）

佐久間は、以上の概観から分かるように、平易に一言語の特質として記述したのであって、科学的基礎の構築は、このような作業からなるとの思いがここにある。一九四一年という「時局」に、日本語学の実践的使命を図るとしても、日本語そのものの特性を認識するために、科学的解明を先決としなければならないと「はしがき」に述べている。「は」には深入りしなかったし、いわゆる「総主」文がかたちを変えても（＝「装定」しても）成立するさまを考察するものの、言語構造の複雑さについての予備的段階をそんなには出ていないきらいがある。無論、物語り文に見る時所的限定ということや、「誘導語」を文の成分と見るなどのヒントをちりばめながらだ。

8 「周布」という視野

長くなるので、本章と次章と、章を分かつことにする。

言語の動態や重層する構造は、複雑系であればあるほど真実に近づくことだろう。単文（というか、単純な例文）をよしとする考え方もあるけれども、テクストの読みとしては、最低でも複文や、和歌の修辞、詩などの行分け文、一文から一文へ跨る構造、あるいはそもそも一文とは何かなど、実態に見合う言語学でなければ、われわれには満足がならないという不満が残る。

佐久間は複雑系の契機を先駆的に含みながら、三上へと手がさしのべられるかのようだ。佐久間にも三上にも、現代日本語あいてというガイドラインが敷かれるから、古典日本語に十分に明るいらしい両者であるものの、古典テクストからのさらなる検証を要求してもよかろう。

佐久間はもともと哲学科出身の心理学徒であった。終生、心理学の教授であった。早く、近代最大の哲学者、西田幾多郎の教示のもとに、W・ジェイムスの心理学の翻訳があったし[▼注10]、いわゆるゲシュタルトを日本社会へもたらしたことは、あまりにも知られる。言語学へ興味を移してからは、「これ、それ、あれ、どれ」（＝コソアド体系）や、形式名詞（＝吸着語）にかかわる鋭利な考察、そして世間がシンタクスに冷淡であったときに、いち早く先鞭をつけたことなど、伝統的な文法研究からはなかなか想像できないシーンばかりであった。佐久間文法学は心理学的言語学の成果であったと見なしてよいのだろう。

そこを補いながら、現代論理学の視野下に、言語学の方法を構築していったのが三上だと見なしてよいならば、構造主義ないし現象学を背景とした時枝誠記の文法学とともに、近代的な学の三羽烏である、心理学と論理学と現象学とが、それぞれ言語による実証を求めて言語学を鼎立させたという見渡しとなろう。「言語学」間の対立は、言語に対する接近のしかたでしかない。言語は佐久間の言うようであって三上の言うようではないとか、時枝の言うようであって佐久間の言うようではないとか、判定してどうなることでもない。矛盾的に言語学説が複数成立するところにこそ言語の何たるかの秘密は蔵されていよう。

あるひとがテクストを生産するに際して、「～が」と書く。または「～は」と書く。「は」でなく「が」を選ぶという限りでの、意志の働きがそこにある。無論、逆でもよいので、「が」でなく「は」と書く選択は意志の働きとしてある。先に用例とした、

……言少《ことずく》ななる〈が〉、いとよくもて隠すなりけり。（「帚木」巻、一―三九）

について言えば、「が」はたしかに主体的選択としてある。ことはそれにとどまらないので、文末に至り、「～なりけり」が、これによって文ぜんたいを〈周布させる〉積極的な意志を担う。この「周布」ということは時枝からも得られず、適切な術語を欠くことで、佐久間は形式論理学からこの語を受け取る。▼注11 私にも、かなりねじ曲げてこれを借りようと思う。テクストが、微分される精妙な読みに委ねられるとともに、数学で言えば積分というのか、細部を統束して勢いよく行きわたる動きということにも、まさにテクストは生きる。

注

（1）三浦つとむ『日本語はどういう言語か』、講談社ミリオン・ブックス、一九五六。

（2）藤井、岩波書店、一九八四。若書きながら、古文を学習する高校生諸君のために、基本的課題は提出し終えていると自分では思う。とともに、それで学んでくれた若者たちが、いまや壮年期に這入る。『日本語と時間』（岩波新書、二〇一〇）および本書は、学び直してくれるかつての読者のために、フォローという面を有する。

（3）三上、くろしお出版、一九六〇。

（4）仁田義雄「三上章と奥田靖雄――それぞれの軌跡」、『解釈と鑑賞』二〇〇四・一。

（5）佐久間、育英書院・目黒書店、一九四一。

（6）三分類して、自身の研究を最重要なシンタクス（連結法、統辞法、文章論、構文論）に位置づける。アクシデンスは語形論、形態変化。文節分けは橋本文法や、時枝文法でも、ある点からすると重要な日本語解析に寄与することで、シンタクスとは矛盾しながらともに成り立つ言語学のシーンなのだと思われる。

（7）佐久間が「ビューレル」として引用する。ビューラーについてはいま『言語学大辞典』6（三省堂、一九九六）に拠る。

（8）ヴァンドリエス・藤岡、刀江書院、一九三八。

（9）『日本国語大辞典』（第二版、二〇〇一）に、「そうしゅご（総主語）」に同じく、として、

＊草野氏日本文法（1901）〈草野清民〉附録「『富貴は羨し』の『うらやまし』に対して『富貴』を主語といふを至当とせば、『体大なり』『力強し』に対して『象』『態』をその主語といふも亦不当にはあらじ。……この類の再度の主語を予は別に『総主』と名づけんとす」。

とある。

（10）『宗教的経験の種々』（佐藤繁彦と共訳、星文館、一九一五）。のちに諸氏により複数翻訳されるジェイムズの著。西田が最初に講義で紹介したという。

（11）「周布」（「周延」とも）はもともと形式論理学の用語。ここではテクストが分析的な細部を越えて、全体にあまねくゲシュタルト的に行きわたる感を言いたい。「は」について佐久間が、「その提起した題目について残りなく行きわたることを示すといふところに本領をもつ」（『現代日本語法の研究』）と論じているのを、かなり強引に応用する。

次章5を参照。

三章　「は」の主格補語性（下）――三上文法を視野に

1　「主語」は要らないか

『現代語法序説――シンタクスの試み――』[注1]の、三上章の著名な説は「主語廃止論」と称される。それの第二章「主格、主題、主語」に趣旨を求めておこう。

主格――nominative case
主題――theme（一般用語）
主語――subject（文法専用語とする）

と「横文字」を併記してある。

主格が特別な働きをするのは、ヨーロッパ諸国の国語だという。動詞なら動詞に対する、論理的諸関係をあらわす。たしかに、性・数の一致を要求するなど、ヨーロッパ諸国語には主格らしさがある。日本語ではどうかというと、主格に何らそのような特別な働きが見られない、したがって、主語というのは日本文法にとって有害無益な用語であるから、一日も早く廃止しなくてはならぬ、――これが三上の持説として知られる。

別のページからも引いておこう。

> 主題は、しかし日本文法では初から重要な役割をする文法概念である。佐久間文法の提題の助詞「ハ」、つまり主題を提示することを本領とする係助詞「ハ」（次いで「モ」）があるからである。日本語では主格を表すことは格助詞「ガ」が受持ち、主題は係助詞が受持つというふうに分担がはっきり分れ、しかも格助詞と係助詞とは無関係（組み合せが自由なという意）だから、「主語」という用語を適用すべき対象が、語法事実のうちに全然見つけられない。（八八ページ）

佐久間に従って、「は」を提題の辞だとすると、それが主題で、対立する「が」は主格をあらわすから、それまでのことであって、第三項目の「主語」は用語として要らない、と。なるほど、subject は主題でどこが悪いのかといわれると、その限りで肯うしかない。用語としては要らないのに、subject を「主語」と言ってしまうから、主題のだいじさが薄れる、という心配だろう。

たしかに、実際、「主語」として取り立てたい語が、文中に見つからないことはしょっちゅうである。動作があったり、動作者がいたりすると、主格がそこに、顕在する、しないにかかわらず、あることもあれば、ときに一般論として述べるのみで、動作主を指摘できない場合もあり、（あとに言う）「対象語」を主格とすることに、抵抗をおぼえることもあり、曖昧さをきわめるのが日本語の実際のテクスト感覚としてある。

日本社会での通用ということがある。教科書などで、「きみがまちがっている」の主部「きみが」にある「きみ」を「主語」と言い、「私はまちがっていない」の主部「私は」にある「私」もまた「主語」と言う。それでは文法的に混乱する。どちらも「主語」というのでは、「が」と「は」とを区別できていない。三上としては、しかし区別したいからでなく、「〜は」に主題を提示するという重要な性格があると、取り立てて指摘するところに眼目がある。

佐久間鼎は「は」に提題性を求めた。▼注2 三上が用語としての「主語」を否定するという場合、佐久間に根拠を求める。「は」が主題を提示するとは、しかしながら、「は」の用例の何パーセント程度についてそれが言えるか、というそもそもの疑問がある。「は」の性格の一部分について、主題の提示になる場合がある、という程度のことではないか。身も蓋もないことを言ってしまえば、「は」の用例の一部に、主題を提示しているように見えるとしたら、その理由を尋ねてこそ文法学者だろう。

「が」にも、主題の提示をしていると感じられる場合があるのではないか。三上の言う主題は、イントネーションで張り上げたり、大声を出したりする箇所がそれに含まれる。「僕が（＝大声で）悪いんです」と言えば、「僕」が主題であり、「悪いどころじゃない」（「最悪だ、おれは」）と強調的に言えば、この箇所が主題になる、と言う。「が」が主題になる場合もあるというのだから、三上にとり、「が」と「は」との区別は二の次でしかない。

「主語」という語であらわしたい語が、文中になかなか見つからないことと、「主語という用語が要らない」ということとはまったくかさならない。

2 「が」は主格（＝主語の提示）

「は」について、繫辞 copula に相当するとし、それを提示語だとしたのは、もともと山田文法だった（提示的語法とも）。題目助辞と述べていたのは松下大三郎（『標準日本口語法』一九三〇）である。佐久間はそれを承けた格好だろう。三上に言わせると、「何々してはいけない」の「何々しては」も、ハのつくからには提示語となる。ガは主題でなく、単なるそれの場合は無題とする、と。

ヘンリーが到着しました。

というようなのを無題的叙述だと言うのは、松下文法の言い方そのままに受け継いだという。松下を復習しておくと、叙述の範囲を予定して、「は」（や「も」）によって題目となし、その題目について判断をくだすのが題示的叙述で、そうでなく、題目なしに叙述するのを無題的叙述という。

（題示的叙述）

父は役人でしたが、私は商人です。

（無題的叙述）

父が　商人ですから私も商人になった。

用例のやや不穏当だという気はするものの、松下からそのまま引いておく。題目というのを文法用語でどう英訳するか、こんにちで言うtopicに相当すると見よう。あるいはtheme、titleでもよい。無題的叙述の場合、叙述のなかに題示がないのであって、大きく包むtopicがないわけではない。

三上に従うと、「主語という用語」を捨てるから、主格と主題との二元的構造となって、それが非常に先鋭に浮き上がることとなる。しかも、動詞文（物語り文）と名詞文（品さだめ文）との区別に、これらが対応することになると、この区別で日本語文が、物語り文と品さだめ文と、まっぷたつに割れることになる。そうした明瞭性への抵抗感も私などにはある。

名詞文のなかでは「準詞文」を設けて、柔軟な態度をとりながら、日本語の構造ぜんたいで、大きな二元論を厳格に提案するという、三上の見取り図にはダブルスタンダードを感じさせられるかもしれない。

「〜が」という主部にある「が」は主格をあらわす。私としては、それのみを「主語」というようにしてよいのではないか、と考える。そうすると、「君が好きだ、〜がほしい、〜がたべたい」などの「が」（時枝が対象語とする「が」）をどうするか、これらも主語と認定するのでよかろう（後述する）。たしかに、「〜は」を「主語」だと言ってしまう日本社会の通用は、できればやめにしてよいと思われる。

3　古典語から見る差異化

ここで古典文学を思い合わせることにしよう。

御局《つぼね》は桐壺なり。（「桐壺」巻、一―六）

〔御局は桐壺である。〕

〈御局について言うと（桐壺更衣ノ局ハ）桐壺（＝淑景舎）である〉と、「について言うと」を挿入しても、「桐壺更衣ノ局ハ」と、「ハ」が隠微に附いてまわる。これが、提示する「は」で、現代語になって、いよいよ強大になってきたということだろうか。しかし、〈御局ガ桐壺ダ〉とも言えるのではなかったか。そうだとすると、〈御局ガ桐壺ダ〉からの何らかの距離、つまり差異を必要とするとき、〈御局ガ桐壺ダ〉とある言表を押しのけて「御局は桐壺なり」と言い立てていることになる（ガとハとは隣接して両立しない）。

帝の寝所の近くには飛香舎〈藤壺〉もあり、その辺りに局を持っていた一更衣が、自所を奪われて、桐壺更衣と交代させられる。だから〈その恨みまして遣らむかたなし〉（同）という次第で、桐壺更衣殺人事件へと急進展する。[▼注3]藤壺ダ、一更衣の局ダといった選択肢のなかから、桐壺を差異化するために「ハ」がある。「ダ」については判断をあらわすという説明のしかたが行われるけれども、論理学の立場からすると〈御局ガ桐壺ダ〉じたい、判断が前提であり、それを陳述するとダがあらわれる。

「は」が係助詞（係助辞）だという前提を、疑ってしまってよかろう。宣長は係り結びを「発見」したが（次章）、「は」（および「も」）の結びが終止形だというのでは、発見も何もない。山田孝雄が、[▼注4]「は」（および「も、こそ、ぞ、なむ、や、か」）に「係助詞」という名を与えて、大きく議論を展開させた。つまり、陳述の作用があるとする。上部に「係助詞」があると、文末で一定の「断定」のしかたを要求せずには結末がつかない、と。ここは、大野晋『係り結びの研究』[注5]の纏め方を参照させてもらうと、端的に言って、そういうことらしい。しかし、「断定」でよいのだろうか。「桐壺」巻の実際を見ると、「は」のあとの文の結びに、推量の「じ」もあれば、「べし」もあって、けっして「断定」ではない。

大野の意見としては、「は」や「も」があると、そのあとに「説明・陳述を要求し」、終止形が普通だが命令形も中止形もあるとする。否定は「係助詞『しか』に拠る」とする。しかし、「係助詞」がなくとも、「説明・陳述」の要求されることはごく一般であろう。山田や大野の意見は、「は」や「も」が「係助詞」であるという前提のもとでのみ、議論をしているのであって、「は」や「も」を「係助詞」であるとする特定の条件が、ほんとうにあるかどうかということになると、つよく主張しがたいきらいがある。他の「ぞ、こそ、なむ」などと連絡する性格もあり、「係助詞」性を頭から否定できないにせよ、かなり周辺的な「係助詞」だとするほかはなかろう。

御局は桐壺なり。あまたの御方々を過ぎさせ給ひて、……（同）

〔御局は桐壺である。かず多くの女性の方々の前を通り過ぎあそばして、……〕

「御局は桐壺なり」のあとに「。」（句点）があるけれども、「、」（読点）であってもよいと思われる。桐壺更衣のお局は淑景舎（桐壺）という、清涼殿からもっとも遠いところにある。そこまで出かけてゆく途中に、帝は女御たち、他の更衣たちの居所の前を通らなければならない。また、桐壺更衣が、帝からの夜のお召しに応じるためには、桐壺を出て、はるばると、女御たち、他の更衣たちの前を通らなければならない。そういう文脈であるために、御局ガ桐壺デアル（カラ）、……

という句の勢いが、ここで要り用となる。論理学的には〈御局ガ桐壺ダ〉が、前提となる判断をあらわす。つまり文の上では、「御局は桐壺なり」という単文で、これで一つの判断を示す。〈桐壺ガ御局ダ〉——三上的に言えば「桐壺ガ御局デアルコト」——という判断を「御局は桐壺なり」と述べるとき、差異は「桐壺」中心に働く——藤壺でなくて桐壺だというように——。「は」は、論述に対して働くのであって、「〜ハ桐壺なり」と論述するために、〈御局ガ桐壺ダ〉また〈桐壺ガ御局ダ〉とある言表を押しのける。「は」はそのような差異化のためにあるのではないかということだ。このような時に、ほかの格助辞を「は」は押しのけない（＝共存する）のに、「が」をだけは押しのけて、主格の位置に「は」が居座ろうとする。

「御局は」を題目提示とするのは、「御局は／桐壺なり」と、高校生の受験勉強よろしく文節分けをする作業の残滓ではないか、それでよかったのかという反省をかき立てる。古典文学で多様に使われる実情から変化してきて、近代語に至り、ほんとうに「は」が特権的な位置を確保するようになったのか、それとも「御局は／桐壺なり」と文節化する作業に慣れてしまい、近代文法学のうちで「は」が特権的に見えるということに過ぎないのか、というわれわれの反省点でもある。

4 「桐壺」巻分析

「は」じたいは、けっして、題目提示のような特権的な位置にないと言いたい。最初に挙げた「桐壺」巻の冒頭文、

いづれの御時《おほんとき》にか、女御、更衣《かうい》あまたさぶらひ給ひける中に、いとやんごとなき際に〈は〉（01）あらぬが、

すぐれてときめき給ふありけり。はじめより我〈は〉（02）と思ひあがりたまへる御方々、めざましき物におとしめ、そねみ給ふ。同じ程、それよりげらふの更衣たち〈は〉（03）まして安からず。朝夕の宮仕へにつけて〈も〉人の心をのみ動かし、うらみを負ふ積りにやありけむ、いとあづしくなりゆき、物心ぼそげに里がちなるを、いよいよあかずあはれなる物に思ほして、人の譏《そし》りを〈も〉え憚らせ給はず、世のためしに〈も〉なりぬべき御もてなしなり。（「桐壺」巻、一—四）

〔口訳→三二ページ〕

をやや分析する。

01　いとやんごとなき際に〈は〉あらぬが

〈たいして高貴な分際ではない（方）が〉とは、非常にめずらしい、「が」を伴う句例として知られる。「が」が、主格ないし所有格をあらわすとすると、この事例は名詞節〈従属節〉のなかで「は」のある場合であり、格助辞「に」と共存する。〈たいして高貴な分際でない〉というこの女性（桐壺更衣）を、〈高貴な女性たち〉から、よりはっきりと差異化したのであって、〈分際でない〉を単に強調したのでも、取り立てたのでもない。「にあらぬ」（＝ならぬ）に「は」が割って這入るのであって、「は」が否定と馴染みやすいことは現代語でも同じである。

02　はじめより我〈は〉と思ひあがりたまへる御方々

これは、従来からやや誤訳されてきた「は」であって、「我こそはと自負しておられた女御たちは」（新編全集）とある。コソのない原文に「こそ」を補うと、私こそが一番だという自負に取られる。微妙なことながら、自分たちは最古参や先輩の女性たちなのにと、女御たちが気位高く思っているのであって、新参の女性たちとの差異を言うに過ぎない。「我こそは」でなく、「は（新参の者たちと違うのだ）」の位相である。

03　同じ程、それよりげらふの更衣たち〈は〉まして安からず

「同じ程、それよりげらふの更衣たち」と「まして安からず」との関係は、主格と述部との関係であって、現代語ならばガのあってよい部位を、差異をあらわす「は」で充填している。女御たちと「同じ程、それよりげらふの更衣たち」との差異である。こういう事例の「は」をトピックであるかのように一々受け取ると、センテンスについて題目を提示しては判断を加えるという繰り返しで綴られるという理解で通すことになる。文節分けの弊害ではなかろうか。文節分けから見るとそうだというに過ぎない。

もう一カ所、並べておこう。

手車《てぐるま》の宣旨《せんじ》などのたまはせて〈も〉、また入らせ給ひて、さらにえゆるさせ給はず。限りあらん道に〈も〉おくれ先立たじと契らせ給ひけるを、「さりともうち捨てて〈は〉(21)え行きやらじ」とのたまはするを、女〈も〉いといみじと見たてまつりて、

「限りとて、わかるる道の、かなしきに、いかまほしき〈は〉(22)――命なりけり

いとかく思ひたまへましかば」と、息〈も〉絶えつつ、聞こえまほしげなること〈は〉(23)ありげなれど、いと苦しげにたゆげなれば、かくながらと〈も〉かく〈も〉ならんをご覧じはてんとおぼしめすに、「けふ始むべき祈りども、さるべき人々うけたまはれる、こよひより」と聞こえ急がせば、わりなく思ほしながら、まかでさせたまうつ。(同、一―八)

〔「手車を」とのお言葉をおっしゃられても、また病室に這入りあそばして、けっして離しあそばさない。生死の限りあろう道にも同時に行こうと約束しあそばし来たのを、「そうであるからとても、(私を)捨てては行くことができまい」とおっしゃられるのを、女もまことにもったいなく見申して、

「限りとて、別れる道が、かなしいのに、

生きたきは命だったことよ(死別の道を逝きたくないと)

まことにさようにお思い申し上げてよかったならば」と、息も絶え絶えに、申し上げたきことはありげであれど、たいそう苦しげにつらそうであるから、そのままでともかくもなろうさまをさいごまで看取ろうと思いあそばすと、「きょうから始める予定の祈祷のたぐいを、その方面の人々が引き受け申して、今夜から」と申し急がせるので、理不尽に思いあそばしながら、退出させてしまわれる。」

21 「さりともうち捨てて〈は〉え行きやらじ」とのたまはするを
接続助辞「て」を含む「うち捨てて」のあとに来るとしても、文末の否定（＝「じ」）と馴染み易く出てくる「は」である。帝をこの世に残して先立つのでなく、けっしてそうはしない、先立つことをしないと否定する。先立つことを差異化すると考えてよければ、差異は自身から自身以外を否定することだから、否定表現と馴染み易いと理解できる。

22 いかまほしき〈は〉―命なりけり
詩歌の事例である。〈長らえたい命であったことよ〉という思いは、死によって断ち切られる現実を差異化して得られる。文節分けからすると、「いかまほしき〈は〉」がトピックで「命なりけり」はその解説だということとなろう。実際には〈長らえたい命であったことよ〉のなかに「は」が這入りこんで差異を作り出している。

23 聞こえまほしげなること〈は〉ありげなれど
〈申し上げたきことのある様子だ〉のなかに「は」が割って這入っていることを見逃さないようにする。「ありげなれど」という逆接のまえで「は」は出て来やすいと言えるかもしれない。逆接は否定に似て自身を差異化して自身以外を導く文体だから。

5　主格／所有格と古典語

どうやら、山田、松下、佐久間以来の、「〜は」題目提示と「〜だ」解説部分とからなる、とする考え方を、何らかの視野限定から生じた意見ではないかと、否定したい気分に這入ってきた。現代語の文法学説から、特権的に行われていると見られる意見であっても、従えないときがある。その意見では、「には、をば、へは、とは、よりは、からは、のは、かは、やは、こそは」など、あるいは助動辞のあとに置かれる「は」などを、何にも説明できないのである。

無論、英語なら英語でsubjectを否定できないのに似て、諸言語のthemeあるいはtopicじたいを否定することはできない。けれども、日本語の「は」について言えば、上接して上から降りてきた体言（名詞や名詞句）を受け止めて題目とすることじたい、本来は格助辞のしごとであって、文中で、格助辞の代行を果たしているとのみ認定することで成り立つ議論である。係助辞であるかどうかについては、「は〜」というようにあとにかかるきもちから、係助辞的面を有していなくもないという程度だろう。準係助辞などと言うべきか、副助辞の扱いでも困らないし、語源的には間投助辞だと見るのが最もよいかもしれない。「は」の意義としては、「差異をさしこむ」こと、「も」は「同化を指し示すこと」と見てよかろう。

「主格——nominative case」が、かくて燦然と残ることは当初からの推測である。しかし、これもまた、古典文学から見て、主格をあらわすべき格助辞がなかなか出てこないと申し述べておかなくてはならない。

いづれの御時にか、女御、更衣あまたさぶらひ給ひける中に、いとやんごとなき際にはあらぬ〈が〉、すぐれてときめき給ふありけり。

〔口訳→三二ページ〕

めずらしい格助辞「が」が、物語の冒頭から出てくる。このような〈が〉は「桐壺」巻に二カ所しかない。

……おはしつきたる心ち《ここ》、いかばかりかはありけむ、むなしき御骸《から》を見る見る、猶《なほ》おはする物と思ふ〈が〉いとかひなければ、「灰になり給はんを見たてまつりて、いまは亡き人とひたふるに思ひなりなむ」と、さかしうのたまへれど、車よりも落ちぬべう、まろび給へば、「さは思ひつかし」と人々もてわづらひきこゆ。（同、一―九）

〔……ご到着になっている（母君の）心内は、（道中）どんなであったろうか、ぬけがらのご遺体を何度も見つつ、それでも生命が宿ると思うのが、まことに詮ないことだから、「灰におなりになるのを見申して、もはや亡き人としゃにむに思い込んでしまおう」と、しっかりおっしゃっているけれど、車から落ちてしまいそうに転倒しなさるから、「そうなると案じておったところですよ」と、女性たちはもてあまし気味に申し上げる。〕

と、これも、名詞句が〈が〉で受け止められる事例と見られる。

所有格の〈が〉は、短歌のなかに「小萩がもと」や「小萩がうへ」の事例があって、「が」が「の」とともに主格／所有格共通の性格を有することは要点である。

「の」はそれほど多くなくても、いくらも見ることができて、

……坊にもようせずは、この御子〈の〉ゐたまふべきなめりと、一の御子の女御は覚《おぼ》し疑へり。（同、一―五～六）

〔口訳↓一八ページ〕

限りとて、わかるる道〈の〉かなしきに、いかまほしきは―命なりけり（同、一―〇）

〔口訳↓五八ページ〕

……さぶらふ人々〈の〉泣きまどひ、上も御涙〈の〉ひまなく流れおはしますを、あやしと見たてまつり給へるを、よろしきことにだにかかる別れ〈の〉悲しからぬはなきわざを、まして哀れに言ふかひなし。（同、一―九）

〔……伺候する人々が泣きまどい、上（帝）もお涙が止めどなく流れあそばすのに対して、（光宮は）不思議だと見申されるのを、普通一般の場合でさえかような別れが悲しくないはずはないのに、まして（親子の別れは）かわいそうでことばにもならない。〕

などを見る。

短歌の例で見ると、〈限りとして別れる道ガかなしい〉というだけならば、〈φ〉（ゼロ）化される「ガ」だったかもしれない。「かなしきに、いかまほしき」と、下部に続いてゆくので、連体節のようになって〈の〉が出てきたのだろう。従属節などに出て来易く、所有格と未分化な面があるなどの特徴をかぞえることができると思う。〈の〉には敬意のこもることも論じられてきた。

〈が〉と〈の〉とを除くと、主格の格助辞はゼロか、そうでなければ「は」や係助辞がゼロの部位を充填するという見通しである。

はじめより我はと思ひあがりたまへる御方々〈φ〔＝ゼロ〕〉、めざましき物におとしめ、そねみ給ふ。（同、一―四）

〔口訳→三二ページ〕

同じ程、それよりげらふの更衣たち〈は〔＝φの代行〕〉まして安からず。（同）

〔同〕

……母北の方〈なん〔＝φの代行〕〉いにしへの人のよしあるにて、（同）

〔……母がのう、昔かたぎの由緒ある人で、〕

いわゆる主格表現を欠きやすいことも、よく知られる。

朝夕の宮仕へにつけても、人の心をのみ動かし、うらみを負ふ積りにやありけむ、いとあづしくなりゆき、物心ぼそげに里がちなるを、いよいよあかずあはれなるものに思ほして、人の譏りをえ憚らせ給はず、世のためしになりぬべき御もてなしなり。（同）

〔口訳→三二ページ〕

けっして省略でなく、これが日本語として自然だとは、先に佐久間の言として引いておいた。つまり述部ある限り、その動作主として主格（と所有格と）はあって、表現されているか否かの違いだけだ（小さくない違いだが）。所有格表現が出入りするのと同じく、主格表現もまた出入りすると見るのがよかろう。テクストが緊密に進行する、読者と共有される物語のなかで、主格表現や所有格の明示が、うしろへ引きがちであるのは自然さだろう。「省略されている」という考え方は、たしかに、今後、もう止めることにしてよかろう。

6　「対象語」（時枝）について

近世以後、主格をあらわす〈が〉が発達してきて、文中に姿をつぎつぎにあらわし、「は」と勢力を二分するようになってきた。かくて、現代語に見る「対象語」の課題が残る。▼注6

私はこの本が面白い。

この事例において、時枝誠記によると、「この本」は面白いという感じを起こさせた機縁であり、「対象語」であって、「面白い」の主語は「私」だとした（「語の意味の体系的組織は可能であるか」▼注7）。

狼は恐ろしい

母恋し

の「狼」や「母」もまた、時枝によると「対象語」で、主語は省略された「私」や「彼」ということになる。「足が痛い、水がほしい」の「足、水」もまた「対象語」で、主語の省略だと言う。

この課題は、佐久間や三上が最も健筆を揮ったところであり、三上によって主語の省略を認めないとすると、これらの用例を再検討しなくてはならなくなる。佐久間に従い、

足が痛い。　水が飲みたい。　きみが好きだ。

の「足が、水が、きみが」を、それぞれ「痛い、飲みたい、好きだ」の「主語」としてまったくかまわないと私には思われる。「主語」という語を認めないとすると、「が」を主格および所有格のそれと認定すればよいので、何ら不都合はない。

水が飲みたい。

で言うと、「（私ハ）～たい」という主体的表現と、「飲みたい」の論理的主格として「水が」が要求されることと

のかさなりである。

花が美しい。　　百合がきれいだ。

など、形容詞や形容動詞を従える「〜（名詞）が」も、論理的主格（ないし所有格）であると認める。

象は鼻が長い。

を、古典語に変えても「は」は出てきてよいはずで、〈象は鼻長し〉つまり「鼻長し」を〔主格と述部と〕にして、「は〜」を差異の表現と見なすことになる。〈象が鼻は長い、鼻は象が長い〉という表現も成り立つはずで、文語だと「象、鼻長し」や「鼻は象長し」となる。〈鼻は象長し〉という言い回しはへんだろうか。〈象長し〉とだけ聞くと象の何が長いかと思う借問が沸いてくる。〈鼻〉はその場合、英語でいうなら不完全自動詞を補う補語complementの役割となる。厳密には主格補語というべき扱いということとなろう。

「象は鼻が長い」というと、「象は」はこうして補語部だということになるけれども、文節分けをするならばそうだというのに過ぎない。鼻の長くない動物を差異化したり、短い鼻の象を否定したり、キリンの首を思い浮かべたり、自由である。それにしても「象は鼻が長い」などと取り出しては、公理に近い断言命題で、用例的に私にはつまらない。古生物学的に、馬もまた鼻が長かったかもしれないのだから、あくまで実践的なテクストのなかでやってほしい議論だと思う。

古典語で見ると、

この君をば、わたくし物に思ほしかしづくこと〈φ〉限りなし。（「桐壺」巻、一―五）
〔この君をだ、秘蔵の私物としてだいじに思いあそばし養育すること〈は〉限りがない。〕（「〜養育すること〈が〉限りない」としてもよい。）

小萩がうへ〈ぞ〔＝〈φ〉の代行〕〉静心なき（同、一―一六）

〔小萩の身の上にこそ静まる心がない〕

などが主格を含む文であって、それはゼロであったり、代行する係助辞であったりする。

「は」はすべて、至るところに這入り込める助辞であり、そのなかの、〈御局は桐壺なり〉のような場合に、文節分けをすると〈御局は〉の「は」となって、主格補語の部位に這入ってくると認定される。文法学説はセンテンスをめぐり、まさに矛盾的に複数、成立するのだとすると、言語からくる本性の一つとして、文節分けがあるという程度のことでしかない。

7　主体的表現にとっての主部の提示――「は、も」

ここまでを整理してみると、

が（主部）―（述部）

は（主格補語）―X

という対応を考察することになる。「が（主部）―（述部）」と「は（主格補語）―X」とが、後者は前者にもぐり込むようになっており、しかも前者を抑えて「は」がおもてに出て来る関係である。このXは何だろうか。このXに代入される内容こそは主体的表現にほかなるまい。時枝の主張する、辞としてあらわれるか、ゼロ（＝〈φ〉〔零記号〕）としてあるか、二通りあるにしろ、「は」はあとへ呼応する主体的表現を持つ、ということだろう。

「は」は主体的表現に対応する。「光源氏（、）」について、

光源氏（が）

と「が」ならば、主格であり、

光源氏が〜

と物語は続く。動作主（為手、視点人物）を「が」は明示する。

光源氏（は）

であるなら、

光源氏について語れば、

と、語り手自身が光源氏について語る。語り手の位置確保といった役割だろうか。これを主格補語と見なす理由である。「総主」という、草野清民の造語と言われる概念では、「が」と「は」とが対等に同一の機能を持つことになって、客体的表現と主体的表現とを一緒くたにすることになる。時枝文法以前ではしかたがなかった。

しかし、時枝その人もまた「狼は恐ろしい」の「狼」を、前述のように「対象語」としていた通りで、「が」と「は」との各自区域を設定できなかった。

三上が「〜が」と「〜は」とを「混同するな」と言い続けたことは、「〜を」をすら「は」は代行するのだという、「は」の強度を課題に掲げた点が、高く評価できる。著名な『象ハ鼻ガ長イ』は「ハ」の考察に一冊が捧げられた。

池田亀鑑『源氏物語大成』五「索引篇」（附属語の部）で、「は」と「も」とについて、なぜ「呼応」例が延々と書き出されていたのか、ようやく私には納得できたような気がする。

「も」もまた主体的表現に対応する〈主格〉であって、「は」が差異を提示するのに対して、「も」が同化をこととするとは見やすい。「桐壺」巻の引用から、「も」の事例をやはり並べておくと、

1　朝夕の宮仕へにつけて〈も〉人の心をのみ動かし

2　人の譏りを〈も〉え憚らせ給はず

3　世のためしに〈も〉なりぬべき御もてなしなり
4　手車の宣旨などのたまはせて〈も〉、また入らせ給ひて
5　限りあらん道に〈も〉おくれ先立たじと、契らせ給ひけるを
6　女〈も〉いといみじと見たてまつりて
7　いとかく思ひたまへましかば」と息〈も〉絶えつつ
8・9　かくながらと〈も〉かく〈も〉ならんをご覧じはてんとおぼしめすに、……

というようなので、すべて同化を示す。「は」（差異化）と対照的ではないか。たとえば、6「女もいといみじと見たてまつりて」は、〈女がたいそうつらいと（帝を）見まいらす〉ことと、帝が女（桐壺更衣）をつらいとご覧になることとが同化する、というように。

注

(1) 三上、刀江書院、一九五三。
(2) 佐久間鼎『現代日本語法の研究』一六「提題の助詞「は」と「も」」、厚生閣、一九四〇。
(3) 呪い釘を打つなどの殺害方法が考えられる。
(4) 『日本文法論』に、「これらの大部分……は従来係り詞と称せられたる処のものなり」と（六一二ページ）。
(5) 大野、岩波書店、一九九三。
(6) 時枝、副題「此の問題の由来とその解決に必要な準備的調査」、京城帝大法文学会編纂『日本文学研究』、一九三六、『言語本質論』所収、岩波書店、一九七三。『国語学原論』二ノ三「文法論」に吸収される。文例「私はこの本が面白い。」（『国語学原論』に拠れば「私はこの本の筋が面白い。」）は、「私にはこの本が面白い。」と言えるから、かならずしも適切なケースと言いがたい。

（7）以前に私は「語り手人称はどこにあるか」（一九九七、『平安物語叙述論』八ノ一、東京大学出版会、二〇〇一）において「対象語」を時枝に拠って認定しようとした。主格と認定して何ら不都合はない。これをこんかいは撤回したい。

（8）↓前章注10

（9）三上、↓前章注3

四章　活用呼応の形成——係り結びの批判

1　『てにをは紐鏡』そして『詞の玉緒』

学校では係り結びということ、並びに「係助詞」（係助辞）について、かなり突っ込んでふれないわけにゆかない。それは古典文法についてである。現代語に係り結びがあるかどうか、地域語での、たとえば、沖縄語、八丈島語に見られる係り結びを、もっと利用してわれわれは考察できないか。大野晋によれば、日本語の史前史とかかわり深いらしい、ドラヴィダ諸語のタミル語にも係り結びがあるという[▼注1]。

日本語での歴史上、最も古い段階から係り結びは姿をあらわす。発達したかたちで、言語の史前史において、それらは豊かに行われていたろう。現存する〈資料〉から考察するのは、至難だというほかない。文献に見る、歴史時代の最初からして、連体形との呼応、已然形との呼応といった係り結びなら、もう発達し、推移ないし陵夷《りょうい》といった状態、漸衰期にはいっていると判断される。「なむ」は古くから「なも」という語で見いだされる。

係り結びのおもしろさは、何と言っても形態論的な区別にある。連体形止めや已然形止めなら、中学生たちにも形態論的に容易に理解できる。テクスト論的には係助辞なき連体形止めなどに法則が見いだされるか、未知の領域もある。
しかし、「は」に注目すると、終止形を係り結びとして要求する係助辞だと中学生に教えることは、形態論的に疑問をかき立てる。「も」も、同じく終止形を要求するのだと言う。古典語の学校文法を習う高校生たちは、何だかへんだなと思う。「ぞ、なむ、や、か」が、連体形で止まるから係り結びだとか、「こそ」は已然形を求めるから係り結びだとか、聞かされるのは納得できても、終止形を積極的に求める係助辞という説明には、詭弁《きべん》を聞かされている気がする。

係り結びの自覚としては、萌芽的に中世から、「こそ」に対してエ段で止めるなどの指南があり（『手爾葉大概抄』など）、活用研究の走りかもしれない。けれども、近世に這入ってからでも、係り結びや「係り詞《ことば》」と言った用語が広く行われたとは言えない。係りの〝法則〟が発見されたのは、近世詩歌研究のなかでのことで、多くは近代言語学のなかでの意見を待つこととなる。近代言語学を再検討することに繋がるかもしれない。

十八世紀の、本居宣長による研究は、係り結びを本格的にあいてとした。宣長の意図はけっして係助辞じたいの研究でなかったと、強調しておこう。『てにをは紐鏡《ひもかがみ》』（一枚物、『ひも鏡』、一七七一）▼注2 および『詞の玉緒《たまのを》』（一七八五）をあらわした。後者から証歌を摘記すると、

右
「は」
有明のつれなく見えしわかれより暁ばかりうきもの〈は〉な〈し〉
「も」
いつまでか野べにこゝろのあくがれん＝花しちらずばちよ〈も〉へぬべ〈し〉
「徒《たゞ》」

おちたきつ滝のみなかみ年つもり老にけらしな＝黒きすぢな〈し〉

中

「ぞ」

かくばかりをしと思ふ夜をいたづらにねてあかすらん人さへ〈ぞ〉ぅ〈き〉

「の」

ひとりして物をおもへば秋の田のいなばのそよといふ人〈の〉な〈き〉

「や」

露ばかりぬるらん袖のかわかぬは君がおもひのほど〈や〉すくな〈き〉

「何」

滝つ瀬の中にも淀はありてふを〈など〉わが恋のふち瀬ともな〈き〉

左

「こそ」

をみなへし吹きすぎてくる秋風はめには見えねどか〈こそ〉しる〈けれ〉

とある（みぎの歌中の〈かっこ〉は四角による囲み文字）。右中左、三グループに分けられており、「は、も、徒《たゞ》」を第一グループ、「ぞ、の、や、何」を第二グループとする。「こそ」が第三グループである。

2　係助辞発見の書であるか

その一覧をざっと見ておもしろいのは、（1）第一グループのなかで、「は」でも「も」でもない場合を「徒《たゞ》」とする、ある種の途方もなさであり、(2)また第二グループに「の」を入れ込んである理由は何かということと、(3)同グループの「何」の在り方とである。

(1)に、第一グループのうちの、「は」と「も」とはまだしもよいとして、「は、も」のない場合(=「徒《たゞ》」)をもグループ分けに入れるというのだから、範疇論的に言って、「は、も」を積極的に取りあげる理由がなくなり、グループ分けする理由も薄弱となる。積極的な理由を説明するためには、活用とは何か、そして活用形を発見するという途上で、終止形を見いだす過程がここにはあると、一つ認めてよいかもしれない。

たしかに、連体形からの差異としての終止形は、〈原型〉と別に発見されてよいことであり、結びが終止形だという主張は意義がなくもない。しかし、「さへ」や「ばかり、のみ、だに」など、あるいは「し、しも」など、片々たる副助辞その他の助辞のたぐいもまた、終止形止めを文末に見いだすのではないかとたどると、素朴な疑問を阻止しようがなくなる。

それでも、宣長の関心が、けっして、係助辞なら係助辞にどれが所属するかといった趣旨に向かうのでなく、短歌文の構造——統語論——に向かっていたことを見逃すわけにゆかない。「は」も「も」も、格助辞の位置に代入しようと思えば代入できる助辞であって、文節分けの作業をほどこす場合には、主格などの代行語というほかない。無論、「は」はあちこちに、あたかも間投助辞のごとくに発現する。しかし、名詞に附くと、格助辞の位置を代行して占める割合が多いことはたしかである。宣長がそういう主格補語性を「は」や「も」に十分に感じて、他の係助詞たちに並べたということはありうる。端的に、「徒《たゞ》」が主格〈φ(=ゼロ)〉をさしており、それに並ぶということは、「は」も「も」もその部位に代入されると、上記の短歌の事例は示している。

(2)に、第二グループに「の」を入れ込んである理由に注意を向ける。これが「が」とともに、主格をあらわす「の」であることを認めてよいならば、宣長は、けっして係助辞を認定しようとしたのでなく、単に主格ならびに主格などの補語と見られる語を、すべてここに取り出そうとしたのだと知られる。そう思ってみるまでもなく、短歌を事例研究のあいてとし、すべて短歌ごとの文末（第二句や第三句や第四句などでの文末をも含む）に近い部位に用例が求められている。物語テクストなどでの、多様な「は」や「も」のあらわれ方は宣長の考慮のほかだろう。

（3）第二グループの「何」は、一見すると、必ずしも主格ならびに主格などの補語の事例と思えないかもしれない。さらに証歌を並べると、

「何」

石見がた〈なに〉かはつら〈き〉＝つらからばうらみがてらにきても見よかし

浅茅生の小野のしの原忍ぶれどあまりて〈など〉か人の恋〈しき〉

花よりも人こそあだになりにけれ＝〈いづれ〉をさきに恋ひんとか見〈し〉

〈なに〉びとかきてぬぎかけ〈し〉＝藤ばかまくる秋ごとに野べをにほはす

とあって、疑問詞が連体形止めとなるという指摘である。最初に挙げた、

滝つ瀬の中にも淀はありてふを〈など〉わが恋のふち瀬ともな〈き〉

の「など」は、ナニト（何と）の転とされ、現代に副詞の扱いであろうが、宣長としてはこれを「なに（びと）、いづれ」などと一括した。なお挙げると、「いく（よ、とせ、か）、た、たれ、いつ、いづ（かた）、なぞ、た、いか（なる、に）、いかで」とあり、体言が多いから、宣長としては、主格ならびに主格などの補語の事例に準じようとしたのではないか。「〈いづれ〉をさきに恋ひんとか見〈し〉」の「〈いづれ〉を」は目的補語の扱いとなるか。

いずれにしろ、けっして、宣長は「か」（疑問、反語の助辞）を認定し損ねて、「何」をもって係助辞としたのではない。もし、係助辞の認定が『てにをは紐鏡』および『詞の玉緒』の趣旨ならば、たしかに「か」が係助辞であって、「何」をここに持ち出すのはおかしい。しかし、「何」が「てにをは」でないことぐらい明らかなことである。だから、あくまで、疑問詞と文末との呼応を言おうと宣長はしたのであって、短歌文の構造にこそ関心があった。疑問詞は連体形と、必ずしも結ばないので、連体形で結ぶのは「か」であると宣長の発見すべきであった、と咎めることとならできる。「なむ」（係助辞）がここに見られないのは、「なむ」が短歌に使われない以上、あまりにも当然でしかない。その点でも、『てにをは紐鏡』および『詞の玉緒』はけっして品詞（辞）論的に係助辞を〈発見〉する書なのでなかった。

3 〈かかりむすび〉と〈能主格〉

本居派文法学のあとをもうすこし、追いかけてみよう。たとえば、一枚物の刷り物である、『辞玉襷《ことばのたまだすき》』（富樫広蔭、一八二九）[注3]に纏められる、口語で説明のなされるところを見よう。キル（着る）は係りが「も、に、を、は、の、ぞ、こそ」だと、

キルワイ

「や」だと、

キルノデアラウカ　　キルコトデアラウカ

「何」では、

キルノデアラウゾ　　キルコトデアラウゾ

などと、結びの俗訳（口語訳）を見る。

それの理論書というべき、『詞玉橋《たまはし》』（同、一八二六初稿）を見ると、カカリムスビ（加々理牟須毗）を論じるところがあって、宣長の説である、「徒《たゞ》」の結びというのをあるまじき道理だとするとともに、なかから「に、を、ば」三種だけを取り出し、宣長の論じた「は、も、徒《たゞ》」を「も、に、を、は、ば」と「改革」する。

「てには」の結びということに係り結びを限定するならば、宣長の意図と比較して、品詞論への純化ないし後退であり、さらには「に」と「を」とを導入することによって、かえって混乱を引き起こしかねない。「徒《たゞ》」をゼロ（＝〈φ〉）の意味で宣長は「は」や「も」に並べたのであって、けっして「に」や「を」を含むという意図でなかったはずである。ただし、「が」および「か」を登録したことは品詞論的にみて〈前進〉かもしれない。

「が」
　君がきませる　わが立ちぬれし
「か」
　何かつねなる　さきかちるらむ

結局、『詞玉橋』では、「も、に、を、は、ば、の、が、ぞ、や、か、こそ」などを、言（名詞）、詞（動詞、形容詞）、動辞（助動辞など）から承けて、上の意を下へ言いかけて下の結びに「打チ合フ」のが係り結びだという定義に、単純化されてしまった。「打チ合フ」というのは、富士谷成章が『脚結抄《あゆひ》』（一七七三）で、係りと結びとの関係を「打合《うちあひ》」と称したことを承けていよう。

『詞玉橋』のなかで、宣長の『詞の玉緒』を批判するうちで、「何」として挙げられた「なに、など、なぞ、たれ、たが」などを、ことごとく「様言」（「物」「事」「是」「故」などの語）であって、辞ではないとして退けた。この点についてはわかりやすくなったと評価できるかもしれない。

宣長の「は、も、徒《たゞ》」「ぞ、の、や、何」「こそ」のうち、「は、も」を「徒《たゞ》」に入れ、「何」「の」(および「が」)を削ったのは萩原広道の『てにをは係辞弁』(一八四九)▼注4(注4)だと言う。「徒《たゞ》」は〈φ(=ゼロ)〉のことだとすると、「は」や「も」を含むという考え方に対し、異論が生じるかもしれない。

本居派と別に、刮目すべき語学書としては『語学新書』(鶴峯戊申、一八三三)▼注5という、当時のオランダ語学の成果を十分に意識して書かれたらしい、画期的なと言ってよい文法書がある。能主格と所主格とに分ける。前者が主格で、後者が所有格だと見ればわかりやすいみたいだが、あとに引くように、能主格の定義は「かかりになる助辞」であるから、それだと、係助辞のあるところ、すべて主格だという認定になってしまいそうである。(格はほかに所与格、所役格、所奪格、呼召格。)

能主格(能格とも)は「かかりになる助辞」だと端的に示される。「さて上に能格あれば、下にかならずその結辞あり」と。三等に分けて、第一「は」「も」、第二「ぞ」「の」「や」「か」、第三「こそ」とする。なお「の」の属に「が」と、「や」の属に「なむ」(古語「なも」)とを取り入れているのは注意される(ただし後者をニヤアランの約だとするのは当たらない)。

4 山田孝雄による係助辞の認定

「係助詞」という語を使い出したのは、山田孝雄『日本文法論』▼注6だと言われる。山田は「ぞ、なむ、や、か、こそ」および禁止の「な」を「係助詞」とする。「係助詞」を以下、私はおもに係助辞と言い替えてゆく。

まず、係助辞は格助辞のあとに付属できる。「を、に、と、へ、より、から」のあとに「は、も、ぞ、なむ、こそ、や、か、な」をつけることができる。格助辞の代理をする場合を除き、係助辞に格はないということだろう。

そうすると、係助辞は副助辞にきわめてよく似る。「だに、さへ、すら、のみ、ばかり、まで、など」のあとに

「は、も、ぞ、なむ、こそ、や、か、な」をつけるという、縦横関係を見る。副助辞と係助辞との前後関係は、当然、作用詞（副詞）と係助辞とのあいだにも認められる。けっして、副助辞と係助辞とを混同すべきでないとする主張である。

こうして、係助辞を他から独立させることになる。疑念を持ってよかろう。「は」は格助辞「が」および（主格の）「の」と隣接して出てこない。これは格助辞のあとに付属できないことを意味しよう。「は」が係助辞であるかどうかを、これは疑わせるというほかない。また作用詞（副詞）や副助辞と違う一群の助辞があるからといって、この段階でそれらを一括できる積極的な理由は導かれそうにない。接続の前後関係から、それらを一括したに過ぎない。

山田は、それにもかかわらず、係助辞を一グループとして認定した上で、「は」なら「は」を係助辞とする理由について、以下のように説明する。

Man is mortal.

Der Mensch ist sterblich.

これを、「人間、可死的なり。」と言っては不十分で、「人間は可死的なり。」としなければならないのだという。つまり、「なり」だけが繋辞copulaなのでなく、「は」と「なり」と首尾呼応して、論理的判定における copula なのだという。大西祝の論理学をここで山田は引用する。〈「鷲は鳥なり。」において、鷲を主位、鳥を賓位とすると、「なり」が繋辞であるとともに、「は」もまた繋辞で、二重の繋辞があるといっても悪くない。主位と賓位とを繋ぐのには「は」だけで十分であり、「なり」は「は」の意味をなお詳しく開発したのにすぎない〉（要約）、と。

つまり、山田は形式論理学の力を借りて、〈この「は」は主語に附属せるにあらで論理的判定の述素を明確に指示せるものなるが故に一面より見れば陳述副詞の如き関係をあらはせるものなり〉という考えに到達していった。

要約すると、

「は」

事物を判然と指定し、他と混乱することを防ぐために用いられる。「格助詞」に附属したり、代理したり、「副助詞や副詞」に伴われるほかに、「主語」を判然と提示するときに限って「は」で示す。

「も」

事物を同列に対比的に含蓄的に挙示するに用いる。「は」が排他的拒斥的であるのに対し、「も」は包括的含蓄的である。

「ぞ」

他の事物に関せず、一の事物を特別に指定せるもの。これが述語の上にあるときは調子をゆるやかにして諧和を保つために曲調（連体形で終始すること）が行われる。

「なむ」

一の事物に対して感情の集注することを指定せるものにして、「も」よりやや調子が高い。「ぞ」と同じく曲調して連体形をもって止める。

「こそ」

一の事物を卓絶的に指定する。最高度の調子を有するものにして、用言の已然形を終止とすることによって（＝曲調）、諧和を保つ。

「や」

自家胸中の疑団をあらわすにもちいる助詞。文中にあるとき「ぞ」と同じような曲調を生じる。

「か」

「や」が胸中の疑惑をあらわし、他に問うにも用いられるのに対し、「か」は胸中にやや期するところあり、ほぼこの辺たりと見認めるものの、なお決しかねる趣があり、それゆえ質問の意がある。「や」に同じき曲調を起こす。

「な」

否説の命令、禁止をあらわす。

と、以上のようにして山田は、「は」を最初とする「係助詞」（＝係助辞）を纏めあげたのであった。係助辞を認定して、陳述の内容を決めたにとどまり、たとえば「こそ」の結びがどうして已然形なのだろうかといった、係り結びとは何かに対し、解明のメスをさしいれたわけではけっしてない。禁止の「な」を係助辞とするに至っては本質論であるものの、かえって形態論上の特質からの解明を遠ざける。係り結びとはいったい何なのだろうか、――そのことがやはり山田では答えられていないように見られる。

言語学そして心理学の佐久間鼎は、

「陳述の力」に影響を及ぼすといふのは、この特殊の「係助詞」といふ語詞の特徴的な点を浮き上がらせるためには、漠然とし過ぎてゐるといふ感じがあります。（『現代日本語法の研究』、二〇四ページ）▼注7

と、えらく不満そうである。この不満は形式論理学へのそれでもあった。ゲシュタルト派にとっては、言語による論理的判断が、もっと全身的で熱い行為であることを、ぐっと前面へ突き出してほしかったろう。

5　題目提示論への批判

さらなる、いくつもの疑問の沸くなかに、二点だけを言うと、いずれも「は」にかかわってくる。

一は、「人間は可死的なり。」ということ、あるいは「鷲は鳥なり。」でもよい、論理学的に言うと〈人間は可死的なり〉や〈鷲は鳥なり〉がいきなり判断なのであって、ほかの言い方も許容されるし、論理学的には「は」が消失したってかまわない。

人間トシテ可死的ダ。

鷲ガ鳥ダ。

また、記号化しても一向に平気である。

人間＝可死的ダ

鷲⊂鳥　（記号は何でもよい）

など。論理的判断に対する論述としていきなり〈人間は可死的なり〉や〈鷲は鳥なり〉があるので、その集約として〈～は可死的なり〉や〈～は鳥なり〉などの述部はあろう。

二に、「は」を特権化すると、いわゆる提示的語法、提示語という考え方が、山田、あるいは松下大三郎『標準日本口語法』[注8]から自然に出てくる。句論などでかれらが論じようとした、題目 topic の提示にほかならない。ところが、「は」について言うと、まさに山田そのひとが前提とした通り、いろんな格助辞のあとにどんどんくっつく（＝格を持たない）、また副助辞との関係にしても、「だに、さへ、すら、のみ、ばかり、まで、など」のあとに、いくらでも「は、も、ぞ、なむ、こそ、や、か、な」はぶらさがって、いかにも自由である。格にとって代わる場合の「は」のみを特権化して、それをもって提示語の代表に据える処置は、とても「は」の用法全体を被う説明になりにくいのではあるまいか。

題目提示という考え方が、一部については成り立つとしても、全部については成り立たないのではないかと、示唆的に考えを進めてゆくのが、先にちらとふれた佐久間鼎だったろう。それは題目提示をさして形式論理学（佐久間に言わせれば古典的な論理学）による考え方だとする批判であって、この批判は昭和十年代として早すぎた（あるいは異端過ぎた）。あとに述べる大野晋『係り結びの研究』[注9]のような、むしろ題目提示論による「係助詞」研究が戦後から現代までを支配的に彩るようになる。

佐久間はこのように論じる。

雪が白い。

というと、眼前の一つの光景がほのめかされ、あるいは現前の場に裏づけられた報告であって、現場ということから遊離し切っていない。陳述とか叙述とかいうのはどうしても動詞の性格に基づく。

雪は白い。

というと、〈「白い」は性質ではあつても、性質を備へてゐる対象ではありません〉（佐久間、二二〇ページ）。その通り、形式論理学でいう判断の形式に則るという次第であり、その限りで「は」は提題の役割を担う。

とともに、

その提起した題目について残りなく行きわたることを示すといふところに本領をもつと認めるべき（二二二ページ）

だと言う。提題のことにあたりつつ、

「は」がその題目についての論理的な「周布」の意義を賦与する（同）

と明言する。

こういう見方がゲシュタルトの受容から来るのか、私の、昭和前代日本社会への想像力を越える何かであるが、二十世紀日本社会の思想潮流の岸辺は、マッハ主義、心理学主義批判、論理実証主義などによって洗われていたはずで、昭和十年代現象学なんかがじわっと浸透していた。言語学では時枝が現象学の〈影響〉をみずから隠さなかった。

ゲシュタルトと現象学とが結びつくのか、と目を剥くむきもあろうけれども、案外、日本社会は、そんな融通さをこととしていたように思われる。「雪が白い」というのは生き生きした現前だろうと感じとれてしまう日本語ネイティヴではないか。

ソラ、ね、雪が真白でせう!?　（佐久間、二二八ページ）

眼前に展開される場面を背負っているところの表現だと言う。

「雪は白い」というのにしても、けっして「雪は」と言って（＝提示）、「白い」（＝判断）と繋ぐのではない。言語はリニアーにしか言えないから、そういう順序を立てて言うことはよいにしても、論理的判断が「雪は白い」と、一挙に言わせるのであって、

白いヨ、雪はネ。

と言おうが、子どもたちが同時に（口々に）「白いよ」「雪は」と回答しようが、言語の成立である。ここにおいて、陳述（叙述）と判断（論理）とがなかなか不可分であると称してもよいと私は思いたい。▼注10

以下に係り結びにかかわり、佐久間を引き継いだ、三上章、言語過程説の時枝誠記を視野に収めておく。

既成の考え方にとらわれないのが三上の魅力である。現代語中心ということになるが、係りと結びとは相関呼応

の関係として、

菓子を食べて、茶を飲んだら、出かけるとしよう。

という例文に見ると、中止法の係り「食べて」は仮定法「飲んだら」で結び、推量法「しよう」の係りになっていると（三上『現代語法序説』[注11]）。あるいは終止形「出かける」へ係ってゆくとも疑われてくると。いずれにしても「飲んだら」は結びと係りとの二重の役割を受け持つと認定する。古典の係り結びとはずいぶん違うようである。

言い切りの形「何々する、した、しよう、したろう、せよ」は final verb（陳述形）略して「ファイナル」で、この五形以外がみんな係り専門となると。

一方、時枝言語学は「限定を表はす助詞」のなかで、〈「は、も、ぞ、なむ、や、か、こそ」が附いた場合は、それに応ずる陳述の形に影響を及ぼす。係り結びといはれてゐるのが、それである〉（時枝『日本文法 文語篇』[注12]）とのみある。時枝に係り結びに関する興味がまったく見られないことは、たしかに一考に値する。大野晋はこのことにふれて、「時枝文法とその学派においては、文末の陳述あるいは統括作用が強調されて、それによって文が成立するとだけ説かれていた。しかし、コソとか、ゾとか、いわゆる係助詞は、文の初めの部分にありながら、文末の活用形式を左右する力を持っている。これを時枝文法が取り上げないのは、見過ごしたのか、見送ったのか」（『係り結びの研究』、あとがき）とした。

係り結びは室町時代口語において喪われてゆく、そのなかで「こそ―已然形」は比較的あとまで残った（湯澤幸吉郎『室町時代言語の研究』[注13]）。

6 大野『係り結びの研究』

大野晋は「係助詞」（係助辞）が何を承けるかに注目するのだという。従来は、係助辞を取り立てて、結びの活用形をばかり問題にしてきたのが一般で、それに対して氏は、上部に何が来るかに注意する。たとえば、「は」と「や」との上部には疑問詞が来ない。このことは富士谷成章が早く指摘していた。大野はすべての係助辞にこの疑問詞の有無を認めようとする。

疑問詞を承けない
「は、こそ、なむ、や」
疑問詞を承ける
「も、ぞ、か」

疑問詞とは「不明であること」について疑うことばである。それを承けるとは、上部に来ることばを判断が不能であること、不確実であること、まだ知られてないこと、新しい情報として扱うことになる、と。「も、ぞ、か」は端的に言えば新情報をあいてとする。

それに対して「は、こそ、なむ、や」は、すぐ上部に来ることばを、話し手にとって確定的、確実、既定のもの・こと、旧情報として扱う。だから疑問詞が上部に来ないのだという。

現代に、新情報、旧情報の別を「が」と「は」とが分担するという考え方は、広く行われる。[注14]その新旧情報の対立は、奈良・平安時代からあったのだとも論じられる。係助辞の研究は今後、こうした体系的事実から扱われるべきだろう、と。

新情報、旧情報の別というのは、実際に当たると、話題によって「が」とありたいところが「は」であったり、「は」とありたいところが「が」であったりして、容易に判断できることでない。しかし、大野はその別があるという前提で進める。日本語の構文上の特色は「主語—述語」というところにないと、大野はそう押さえた上で、一つの在り方として、「話題または題目を立てて、その下にそれについての説明を加えるという型」（『係り結びの研究』、二二ページ）があると言い、古典語で見ると、題目として立てる語を、既知の、確定的な、旧い情報として扱うか、未知の、新発見の、新しい情報として扱うかという点について、意識し分けて題目を作るのだとする。

「は、も、こそ」は、その題目提示にかかわる「助詞」だったというのが眼目で、だから山田は「は」と「も」とを「係助詞」に入れたし、大野もまたこれらを「係助詞」として認定する。題目提示という見方によって「は、も、こそ」を位置づけられると述べている。そのことは現代の文法学者、大野の行きついた地点ということになるけれども、もう一つの文の在り方である、「生起する現象を描写し、記述するという型」（動詞文）にも、「は、も、こそ」が出てくるとすると、それをどう説明するのかという、素朴な疑問がわれわれのうちに惹起することを抑えられない（「は、も、こそ」が動詞文に出てこないならかまわない）。

大野の論をさらに追う。「は、も、こそ」とは、そのようにして題目の設定であり、「係り」に働いた。それに対して「ぞ、なむ、や、か」は、陳述の断定・教示・主張・疑問などを明示する、「結び」のための「助詞」であると。「ぞ、なむ、や、か」は、本来結びに働く助辞なのだが、それを含む句が、強調表現のために倒置（—転置）されて、あたかも「係り」であるかのように思われるに至った、と。転置という考え方は明治時代の谷千生が出したと言われる。

題目・条件の提示・強調（主部で働く）
「は、も、こそ」
陳述の変容（述部で働く）
「ぞ、なむ、や、か」

みごとな図式であるように見えて、〈題目―陳述〉理論による係助辞の説明であって、大野学説の意義は、ただひたすらその徹底化というところにあろう。〈題目―陳述〉理論は文節分けの残滓という一面を有しているし、[注15]題目設定ということが現代語として特徴づけられるとしても、なお古典語にどこまで有効か、議論を尽くすことがまず必要である。「は、も、こそ」はともかくもとして、「ぞ、なむ、や、か」もまた、「ぞ」にしろ、「なむ」にしろ、「や」にしろ、「か」にしろ、題目提示というならばそんな役割がなくはなかろう。それは「係り」と〈思われている〉のに過ぎず、実際に「係り」ではないのだと言っているのか、本来の「結び」は形式として残ったことであり、「係り」であることを獲得したということか、大野からなかなか見えてこない。

大野に対する疑問をさらに呈しておこう。終章に、「係り結びとはいったい何だったのか」「係り結びはいかにして亡びたか」とあるように、古典語の係り結びとは「何だったのか」、つまりもう「亡びた」という認識がここにある。亡びる？ 大野学説がここまでに論じてきたのは、どの係助辞の役割かという別があるにせよ、a係助辞は新情報・旧情報にかかわる、b係助辞は題目を提示する、c係助辞は結びに働く、というようなことどもであった。

亡びるとは、aについてだろうか、bについてだろうか、cについてだろうか。新情報・旧情報の別、題目の提示といった、氏の論じる限りで日本語の本質とされる性格が、古典語から近代語へ容易に喪われるとか、変質するとか、あろうとは思われない。日本語の特質というより、世界の言語の基本的な性格ではないか。

喪われたり変質したりするとすれば、係助辞のいろいろな役割のうち、大野の言う、b題目の提示以外についてだろうし、おもにはc係りの結びについてだろう。

「は」は後世まで引き続き使われ、「も」は変質して、「は」と「も」との対立が希薄となったという。「こそ」は題目を否定的に提示する役目から、肯定的な強調へと移行したと。近代語のなかで用言の終止形が亡ぼされ、連体形終止となることによって、「ぞ、なむ、や、か」の係り結びもまた亡ぼされた。「や」は「並列助詞」（並立助辞）

などに変質し、「か」だけが後世に残った。そうしたことが〈係り結びは亡びた〉ということの内容実態である。大野は以上のように見なした。

「こそ」なら「こそ」についても、文のいろいろな在り方に対して否定的にかかわる、そして、もともと題目を否定的に提示する役目だったとは、どうだろうか、一部分についてしか言えない事柄ではなかろうか。このことをつぎに見ることにしよう。

7 「こそ」～已然形止め

「こそ」は大野が最も力を揮ってきた係助辞である。しかし、先に、氏に必ずしも拠ることなしに、比較的自由に用例のいくらかにふれておこう。日本語の古く歴史上にあらわれる文献上の事例は古代歌謡なので、多くそれに見てゆくと、

……いま〈コソ〉ば―わドりにあら〈メ〉、ノちは―なドりにあらむを、いノちは―なしせたまひソ（『古事記』上、三歌謡）

〔……いまはそれこそ自分鳥であろうけど、のちには貴方鳥《あなたどり》であろうから、命は殺さないで頂戴〕

と、「こそ」の結びを已然形（＝「メ」）とする。ここから、二通りの考え方がありうる。

1 「いまは―わドりにあらむ」に「コソ」が這入ってきて、文体を「いまコソば―わドりにあらメ」と変形させた

2 已然形「（わドりにあら）メ」（＝順接）の上方に「コソ」が乗っかってきて、逆接表現となった

迷うところだが、2の見方を取るべきではあるまいか。なぜ迷うかと言えば、歴史上の用例は「こそ〜已然形」を圧倒的に見せており、ことは史前における「こそ」の発達史に思いを馳せることになりそうだからである。已然形は後世に「ば」を伴って順接になる（「ど」を伴って逆接になる）。それ以前にあっても、「ば」がなくとも順接の活用形として古くから行われていた。そこまではよいが、

i　已然形〜「こそ」

というように、句末に「こそ」をつけたかたちを想定してみると、おそらくこれでも順接である。それが、

ii　「こそ」〜已然形

というように、「こそ」が句末から上方へ転置されたとき、順接が逆接へと反転するという現象を呈することになる。

iのかたちをしかし容易に見いだしがたいことから、推定がここでは含まれることになる。

イ、いまは―わドりにあらメ

ロ、ノちは―なドりにあらむ

ハ、いノちは―なしせたまひそ

のうち、逆接をしっかりと示したいのはイであるから、これにコソをつけて逆接を確定した。ロ・ハからイをつよく差異化することで逆接を生じる。逆接は否定の一種であり、差異とは広く見て「否定」の範疇にあることを見逃さないようにする。なお、係助辞が文末を規制するとはよく行われる説明であるけれども、「いまコソば―わドりにあらメ」がけっして文末でなく、あくまで節の終末であることは要点である。

つぎねふ、やましロめノ、コくわもち、うちしおほね。ねじろノ、しろただむき。まかずけば〈コソ〉―しらずトモいは〈メ〉。（同、下、六一歌謡）

〔つぎねふ、山城女《やましろめ》が、小鍬持ち、打った大根。根白の、白い腕捲り。腕枕にせぬなら、それこそ知らぬと、しらを切るだろうて〕

みぎは歌謡の全体である。「まかずけばコソ―しらずトモいはメ」が歌末で、言いさした詠み方だろう。

まかずけば、しらずトもいはメ

抱かなかったのならば、知らないとも言ってよいから（おっしゃいよ）……

とあるところに、「コソ」を入れ込んで逆接とする。

まかずけば〈コソ〉―しらずトモいはメ

抱かなかったのならば、知らないと言ってもいいよ、そうじゃないんだから……

と、抱かなかったことを差異化（＝否定）するのか、それとも「こそ」は上を強調して、その結果の已然形だと説明するのだろうか。後者は現代語の「こそ」が強調であることに引きずられた感触にすぎないのではなかろうか。文節分けをこういうところで放棄したい。事実上は、

まかずけば、しらずトモいはめ

に「コソ」が入り込み、「まきしかば」（抱いたのだから）を逆転させる（「け」は過去の助動辞「き」の未然形）。

コトを〈コソ〉―すゲはらトいは〈メ〉、あたらすがしめ（同、六四歌謡）

〔ことばをそれこそ菅原《すげはら》と言おう、ホントはもったいない清《すが》し女〕

「コトをコソ―すゲはらトいはメ」は「コトを、すゲはらトいはメ」に「コソ」が這入ってきて、菅原を単なる比喩だと喝破する。真には「すがしめ」と言いたいのだと詠む。ここにも差異化あるいは否定が働いていることを容

易に見ぬけよう。

コトを、すゲはらトいはメ

の「コト」（ことば）は目的補語であり（「を」は間投助辞あるいは目的を示す格助辞）、文体として動詞文である。ただし〈コトはすゲはらトいはむ〉とも言えるから、題目文と見られなくない。しかし、題目の提示をさがし出すことじたい、文節分けによるそれの発見を前提としていよう。

おほたくみ、をぢなみ〈コソ〉——すみかたぶけ〈れ〉（同、下、一〇六歌謡）

〔頭領の大工（が）へたくそだから、隅が傾いていてサア〕

これは歌垣の答え歌で、先歌は「おほみやノ　をトつはたで　すみかたぶけり」〔大宮のあっちのはじっこ（が）かたむいている〕（一〇五歌謡）。当該歌（一〇六歌謡）だけでは逆接にならないようだけれども、一〇五歌謡を先立ててみると、「をぢなみコソ」〔大工がへただから〕とは上手な大工ならしっかり作るのにと、ここにも差異化ないし否定の契機がある。順接が否定の否定であることをここに思いあわせてよいかもしれない。

8　「已然形こそ」

最新の『係り結びの研究』に拠るようにというのが、著者大野の言うところである。その通りだと思いながらも、われわれは早くから、氏に拠ってコソの係り結びを考えてきた。つまり、日本古典文学大系『万葉集』二の、「上にコソという係りが来る結果、それを承けて、結びが已然形になるのでなく、むしろ、起源的には、已然形で終る表現があって、上にコソが投入された」[注16]という大野の注記が出発点だった。

已然形は、……ダカラ、……ナノデ、……ダケレドというような条件を示すと。大野の表記で見ると、

高御座の業を受け賜はりて仕へ奉れと負ほせ賜へ、……（『続日本紀』一七、宣命第一四詔）

〔高御座の業を受けなされて仕え奉れとお言いつけになるノデ、……〕

……天つたふ入日さしぬれ大夫《ますらを》と思へるわれも敷栲《しきたへ》の衣の袖は通りて濡れぬ（『万葉集』二、一三五歌）

天つたふ、入日がさしてしまうと、
ますらおと思っている私も、敷たえの、衣の袖は、（涙で）通って濡れちまう

入日がさしてしまうノデ。そして、問題例、逆接だと言う、大野の表記で書き出すと、

大舟を荒海に漕ぎ出で弥《や》舟たけ（同、七、一二六六歌）

を氏は挙げていた。

この一二六六歌はどこが問題例か。氏は『係り結びの研究』でも例歌としてこれを挙げる。もっとはっきり言おう、氏の言われるところの、已然形が逆接になるという例を、たった一例、半世紀以前に出したあと、こんにちに至るまで、ほかに一例をも加えることなく、たった一例の「弥舟たけ」を五十年間、氏は使い続けてきた。

しかも、その孤例たるや、「弥舟たけ」と言う、表記の根拠が不明で、しかもほとんど意味不明の句ではないか。はっきり言って逆接であるかどうか疑わしい。一二六六歌を下句まで書き出してみよう。

大舟乎　荒海尓榜出　八船多気　吾見之児等之　目見者知之母

大舟を荒海《あらみ》に榜ぎ出で、や船たケ、吾（が）見し児等《こら》が目見《まみ》は―知《しる》しも

とあって、「や船たケ」（いよいよ船を漕いで？）と「吾（が）見し児等が目見《まみ》」（わたしの会った娘のまなざし）とは、順接であって一向にかまわない。すなわち、これをめずらしい逆接の事例と、必ずしもするわけにゆかない。「知《しる》しも」は「著しも」の宛て字。

大著『係り結びの研究』の根幹を支える事例において、怪しい、しかも一例のみを、何と五十年間使い続けるとはどうしたことだろう。

にもかかわらず、大野学説は以下のように展開される。「ところが已然形の下に何もつけないころから、上にコソを投入して意味をはっきりさせ、結果として逆接の条件を示す表現法が発達してきた」と。

われコソは―憎くも―あらめ。わが屋前《やど》の花橘を、見には―来じとや（同一一、一九九〇歌）

というように。この例歌はたしかに逆接である。

已然形だけで投げ出されてある場合に、（お言いつけになる）ノデ、（入日がさしてしまう）ノデと別に、（荒海に漕ぎ出していよいよ漕ぐ）ケレド、というような逆接の言い方があるかどうか、どれほどあるか、大野から離れて、確実なところを探ろうとしても、なかなか遭遇できることではない。つまり大野も、自分で探せなかったのであろう。私の当たる限りで、多くは順接条件であると押さえてまず誤りあるまい。

そうすると、「コソ」が文中に投入されることによって逆接になったと見るべきだろう。順接を逆接に変える力が「コソ」にはあると見てよいだろう。そう見るしかない。

この「コソ」は無から生じたのだろうか。もとは已然形のすぐ下にあったと思う（ここが大野のヒントである）。

『万葉集』歌に「已然形こそ」という言い方がある。

吾背子が如是《かく》恋ふれ〈コソ〉―夜干玉《ぬばたま》の夢（に）見えつつ、寐不所宿《いねらえず》〈けれ〉（同四、六三九歌）

ありさりてノちも―あはむト、おもへ〈コソ〉―つゆノいノちも―つぎつつわたれ　（同一七、三九三三歌）

……常磐なす　いやさかはえに　しかれ〈コソ〉神の御代より　ヨロしなへ　此（ノ）橘を　トきじくノ
かくノ木実《コノミ》と　名附（ケ）けらしも（同一八、四一一一歌）

確実にそう読めるのだけを取り出すと、事例がほんとうに少ないとしても、あることはあって、三例を見いだした。二例は文末をさらに已然形とし、さいごの四一一一歌に至っては「コソ」の結びを已然形で結ばない、珍奇な例である。「しかれ」（然れ）が已然形であることと関係がないのだろうか。

已然形のあとに「コソ」があるみぎの事例は、

如是恋ふれ〈コソ〉　かように恋い慕うから
おもへ〈コソ〉　思うから
しかれ〈コソ〉　そうだから

と、いずれも原因をあらわす順接の言い方で、あとに結果を従える。これらのごとき事例があるとして、句末の「コソ」が文中へとのぼってくるということはないのだろうか。和歌のリズムを乱すことになるが、

如是〈コソ〉恋ふれ　かように恋い慕うけれども
ノちもあはむト〈コソ〉おもへ　ずっとのちも会おうと思うけれども

と、「コソ」を文中に取り込むと逆接になりそうである。「コソ」の係り結びの已然形句末は、このような「転置」によって成立してきたのではなかろうか。「転置」という考え方こそ大野からわれわれは教えられた。▼注17

古代歌謡の事例の一つをも見ておく。

たかひかる、ひノみこ
うべし〈コソ〉—とひたまへ
ま〈コソ〉—に、とひたまへ
あれ〈コソ〉は—ヨノながひト
そらみつ、やまトノくにに
かりこむ（雁卵生む）ト、いまだきかず（『古事記』下、七二歌謡）

は、通行の解釈がすこしも要領を得ないので考え直す。「こそ」が三回、繰り返される。これは建内宿禰《たけうちのすくね》の答え歌で、「こそ」により謙遜し、否定しているのだ。

高光る日の御子よ／ごもっともにお問いになるけれども／ごりっぱにお問いになるけれども／私は世の長老（であるにもかかわらず）／（そらみつ）やまとの国に／雁が卵を産むといまだ聞かぬて

これらの「こそ」を、已然形のあとへ持ってゆこうと思えば、可能なのではないか。

うべし、とひたまへ〈コソ〉
まに、とひたまへ〈コソ〉
あれは—よノながひト〈（に）こそ〉

七一歌謡には、

な（―汝）〈コソ〉は―ヨノながひト

と天皇の尋問があって、つまり、

あなたは世の長老なのに（知らないことがあろうか）

と向けると、宿禰が、

私めは世の長老であるけれども、知らない

と答えるというところ。「コソ」を使った巧妙なやりとりなのではなかろうか。

9　物語テクストに見る

「こそ」は、以上のように見てくると、けっして、題目を示す名詞を承ける役割をおもとしていない。このことは、『万葉集』について、大野も認めるところであり、「名詞の代りに仮定の条件、確定の条件、あるいは理由を示す句を承けて極度の強調を示す場合が、万葉集のコソの三分の一を占めている」（『係り結びの研究』、一〇四ページ）、と。

「三分の一」とは多いのか、少ないのか。他の三分の二はどうなのかを思えば、用法の多彩さをむしろ受け取るべきではないか。

物語テクストではどうだろうか。時代が古代歌謡や『万葉集』の時代から降りてきて、語が使い回され、すり切れての変化のあることを見越しても、なお『源氏物語』「桐壺」巻の事例は以下のようである。

1　唐土《もろこし》にもかかることの起こりに〈こそ〉世も乱れあしかり〈けれ〉、とやうやう……

2　さまあしき御もてなしゆゑ〈こそ〉すげなうそねみ給ひ〈しか〉、人柄《ひとがら》のあはれに……

3　宮城野の露吹き結ぶ風の音に小萩がもとを思ひ〈こそ〉〈やれ〉

4　故大納言の遺言あやまたず宮仕への本意《ほい》深くものしたりしよろこびは、かひあるさまにと〈こそ〉思ひわたり〈つれ〉、……

5　「……さるべきついでもありなん。命長くと〈こそ〉思ひ念ぜ〈め〉」などのたまはす。

6　唐めいたるよそひはうるはしう〈こそ〉あり〈けめ〉、なつかしうらうたげなりしを……

7　「さばかりおぼえたりしを、限り〈こそ〉あり〈けれ〉」と世の人も聞こえ……

8　さやうならん人を〈こそ〉見〈め〉、似るひともなくおはしけるかな……

これらは1・2が原因や理由を取り出す。

1はいろいろ乱世の原因のあるなかから差異化する。

2も桐壺更衣の迫害される理由を寵愛ゆえだと、他から差異化する。

3は和歌の事例で、ほかでもなく若君のことを思いやるのだという思いを「こそ」で示す。

4・6・8は逆説表現をあとに従える。

5・7は文末で、「命長くと」（5）は格表現であり、「限り」（7）も主格と見なしてよかろう。動詞文に「こそ」の出てくるケースであり、とても題目提示とは見られない。

「こそ」が、どうして、已然形で句末を承けられるのか。「ぞ、なむ、や、か」について「転置」を認めるならば、「こそ」についても、「転置」説の可能性を留保しておくべきである。「ぞ、なむ、や、か」が、文や句の終末から遊離して上昇することを認めるならば、「こそ」もまた、何らかの遊離によって、文中ないし句中に位置を占めるに至ったのではあるまいか。「ぞ、なむ、や、か、こそ」は、文中のいろいろのところに出現して、遊離性のつよい助辞である。もしそれを言えるならば、已然形（動詞の場合）と「こそ」との結びつきのつよかった在り方を史前時代に想定することとなろう。

（補遺）

中古古典語以後、連体形が終止形にとって代わることにより（＝近代語に見る終止形の成立）、係り結びの連体形止めは終わる。係り結びは、古典語のそれらが亡びたあとに、

疑問詞を承けない……「は」

疑問詞を承ける……「が」

という区分が日本語にあらわれて、係り結びの内部の構造的な対立の一部を継承しているのではないかと大野は論じる（『係り結びの研究』、三五四ページ）。大野に拠ると、これは新情報／旧情報の対立についてであり、同時に題目の提示にもかかわると。格助詞「が」が近代語のなかで大発達をとげて、「は」と二分する現代語にまで至ったということは、新情報「が」／旧情報「は」の分担であると言う。

もし二分なら、「は」が係助辞だとすると「が」も係助辞でよいのではないかと（逆も真）、疑問が沸いてくる。

御局は桐壺なり。（「桐壺」巻、一―六）

について言うと、この句全体が物語のなかで新情報であるから、けっして図式通りに説明が通るわけでない。新情報／旧情報の対立はもしかしたら現代語について言えるとしても、古文からは留保せざるをえないとしておく。「は」は差異化、「も」は同化をおもに働きとするという以上のことを、いま何か言える現状だろうか。

注

（1）大野晋『日本語の形成』（岩波書店、二〇〇〇）に見ると、タミル語の um（日本語「も」）、vay（同、「は」）、kol, kollo（同、「か」）、e＜＊ya（同、「や」）、tan（同、「そ」）の対応があるという。ドラヴィダ諸語（タミル語はそ

の一つ）の比較研究は朝鮮語とのあいだで二十世紀初頭にはあったという。大野編『日本語の系統』（現代のエスプリ別冊、至文堂、一九八〇）のなかの芝烝論文、藤原明論文ほかが参照される。藤原に『日本語はどこから来たか』（講談社現代新書、一九八一）という初期の重要文献があった。タミル語にしぼって解明していったのが大野『日本語の形成』で、私には二千年まえの57577の音数律が日本文学（の短歌形式）とそっくりであることに瞠目させられる。日本語とドラヴィダ諸語との関係は語彙ばかりか、係助辞や係り結びについても言えるらしい、という知見をもたらした。

(2) 宣長著書については、『本居宣長全集』五、筑摩書房、一九七〇。

(3)『詞玉襷』『詞玉橋』は、『国語学大系』語法総記一、厚生閣、一九三八。

(4) 注2の「解題」（大野晋執筆）による。

(5)『国語学大系』語法総記一、厚生閣、一九三八。

(6) 山田、宝文館、一九〇八。

(7) 佐久間、厚生閣、一九四〇。

(8) 松下、一九三〇、『（増補校訂）標準日本口語法』徳田政信編、勉誠社、一九七七による。

(9) 大野、岩波書店、一九九三。

(10) 単文や短文による事例調査からはただちに言いにくいことで、ここでは踏み込んだ推測である。

(11) 副題「シンタクスの試み」、刀江書院、一九五三。

(12) 時枝、岩波書店、一九五四。

(13) 湯澤、一九二九、副題「抄物の語法」、復刊、風間書房、一九八一による。

(14) 佐久間によると、具体的事実の叙述に聴き手の目撃しない事物を初出するときは「が」、抽象的事実の叙述における事物の初出は「は」であると、言い出したのは春日政治だと言う（『現代日本語法の研究』、二二五ページ以下）。ただし、佐久間は「特殊と一般との対立」として解いたほうがよくはないかという意見。

(15) 私は三上文法を論じるなかで言及した。→前章

(16)・(17) 日本古典文学大系、岩波書店、一九五九。

五章　「アリ ar-i」「り」「なり」という非過去

1　「夕顔」巻冒頭部の解析

物語の基本的な時間の流れは非過去だと、私は強調したい。『竹取物語』も、『源氏物語』も、けっして「過去形式の文学」ではない。日本語に〝現在〟時制の優位な文学があるかどうか、異論もあろうから、非過去とのみ述べておこう。日本語の古典物語は非過去の文体で支えられて成り立つ。

夕顔の家から、女性たちがそとを見ている。近所に光源氏一行がやって来て、こういう場合にはだれでも物見高くなる。光源氏から見ると、簾越《すだれご》しに人影がたくさん見える。

簾などもいと白く涼しげなるに、をかしきひたひつきの透影《すきかげ》、あまた見えてのぞく。（「夕顔」巻、一―一〇〇）

〔簾などにしても、なかなか白く涼しげな住居で、しゃれた額かっこうの、（簾を）透かしての人影がたくさん見えて覗く。〕

というのは、こちらを女性たちが観察している。続く、

立ちさまよふらむ下《しも》つ方《かた》思ひやるに、あながちに丈高《たけたか》き心地ぞする。(同)

〔立ちあがり、うろうろしているらしい足もとを想像すると、無理して背の高い感じがするよ。〕

とあるのは、立ちあがって右に行ったり、左へ寄ったりする。見物するのによく見える位置を求めて、横に移動することはわれわれにもよくある。「あながちに丈高き心地ぞする」とはどういうことだろうか。「下つ方」は足もとを露骨に言わないので、つま先立ちになるから無理な感じで背が高い。あまりの物見高さに、源氏は興味をそそられる。

いかなる者の集へるならむ、と様変《やうか》はりておぼさる。(同)

〔どのような人たちが寄り集まっているのだろう、と普通と違う様子だとお思いになる。〕

叙述の時間に注意してみると、冒頭からここまで、ほぼ「直説法現在」だ、と言ってよい。物語の時間はいま刻々と進行する叙述であり、あたかも、劇画のコマを見るときのように進行している。物語の大枠《おおわく》はたしかに冒頭に、

六条わたりの御忍《おほんしの》びありきのころ、……(同)

と設定される。その大枠のことではない。また、「歴史的現在」という規定は[注1]、あくまで全体が過去であるなかで

の「現在」だから、ここはまったく当たらない。

……五条なる家、尋ねておはしたり。(同)

この「たり」は「いまここにいらっしゃり、五条なる家の前に立つ」というシチュエイションを、一言であらわす。大弐の乳母《めのと》が、病気のあげくに、尼になり病床に臥せっているので、見舞いに来ているという光源氏を画面は映す。映画やTVドラマの画面じたいが「過去」であることはできない、3Dは可能かもしれないが、「過去」という幽霊時間を映す技術はまだ発明されていない。

……五条なる家、尋ねておはしたり。
をかしきひたひつきの透影、あまた見えてのぞく。
あながちに丈高き心地ぞする。
いかなる者の集へるならむ、と様変はりておぼさる。
あはれに「いづこかさして」と思ほしなせば、玉の台《うてな》も同じことなり。
「……花の名は人めきて、かうあやしき垣根になん咲き侍りける」と申す。
(随身ハ)この押し上げたる門《かど》に入りて、折る。
門あけて惟光《これみつ》の朝臣《あそん》出で来たるして、たてまつらす。

と、冒頭から、各文の文末を書き出すと、どこまで行っても「夕顔」巻は非過去を続ける。従来、そこを見破れなかったのは、「たり」や、ところどころの文中にある「けり」のせいかもしれない。「たり」はいまに至る状態が存続する。「けり」は過去に始まりいまに至る。つまり非過去あるいは「現在」をさしあらわす助動辞なのに、それらの扱いを見誤られてきた。

冒頭部の、大弐の乳母が、

いたくわづらひて尼になりにける、とぶらはんとて、……

〔たいそう病気をして尼になってしまいいまにある、（それを）見舞おうとて、……〕

とは、まさに現在のことに属する。「にける」は、完了の「に」（＝ぬ）と時間の経過をあらわす「ける」（＝けり）とからなる。過去から続いていまにあり、眼前に進行中であることを表現する。

2　動詞「あり」を判定する

「〜がある」（現代語）の古語は「あり」として知られる。「あり」の終止形がイ段をなすので、ラ行変格活用（ラ変）と言われる。

動詞が一般にウ段で終わることを思うと、不思議なことだ。「あり」の原義は視覚的に「見えてくること」ではなかろうか。「ありあり、ありありと」は、中世〜近世語だからあまり証拠にならないが、「あり」をかさねてはっきり顕現するさまをあらわす。「あらは」（露わ）とは、肌脱ぎや裸、また露骨や明白をさして、「あらはれ、あらはし」と、いずれも視覚的であり、「ある、あらゆる」という連体詞には、「見えること、見えるすべて」という意味合いがつよい。そのようにして派生語を回ってくると、「あり」には視覚的に確認できる存在をとらえる語感が残るようである。

一方で、動詞には、連用形が体言になる一般的性格（動く→動き、継ぐ→次、など）があるにもかかわらず、「あり」は「ありのまま、ありのすさび」など、限られた熟語で「の」を従える場合にのみ、「あり」の体言化が見られる。

動詞か助動辞かという判定は本書の要点である。

いづれの御時にか、女御、更衣あまたさぶらひ給ひける中に、いとやんごとなき際にはａ〈あら〉ぬが、すぐれてときめき給ふｂ〈あり〉けり。（「桐壺」巻、一―四）

〔口訳→三二ページ〕

は、ａが「助動詞」（助動辞）で、ｂは動詞であると、もしこれまで理解されてきたとすると、それでよかったのだろうか。動詞「あり」の活用は、

あら（未然形）　あり（連用形）　あり（終止形）　ある（連体形）　あれ（已然形）　あれ（命令形）

と、綺麗な姿態であり、変格という名にふさわしいと思えない。

時枝『日本文法 文語篇』に見ると、「助動詞「あり」」を認定して、

あら　あり　ある　あれ　あれ

とあるのは、動詞とまったく同一である。本来の動詞「あり」の機能的側面がどんどん優先してゆき、「助動詞『あり』」として成立したと考えれば、文法学説として十分に成り立つ。しかし、

ときめき給ふｂ〈あり〉けり。

の、ｂを動詞と見るなら、

〜にはａ〈あら〉ぬが、

の、aも動詞と見ることが不自然でない。

aを「〜ではない（一女性）が」と口訳しても、「ではない」の「で」に「て」が潜むのに対し、原文の「にはあらぬ」には、「て」が見つからない。「あらぬ」の「あら」を動詞と感じる感じ方に、抵抗のないひとは多いはずである。受け取り方の問題と言うより、たぶん、言語がそのようにして発達してきた結果であり、それを垣間見て、われわれは迷いもし、文法への興味をかき立てられる。

「〜がある」から「〜である」へ、「〜である」から「〜がある」へ、時枝文法式に言えば、詞から辞へ、また辞から詞へとぐるぐる廻る。それでも、古文の場合、物語本文に精査していって、どうしても助動辞だと主張しなければならないほどの「あり」（「あら」……）に、なかなか出会わない。いや、めったに見つからない。「〜にやありけむ、こととある時は、〜際にはあらざりき」以下、「桐壺」巻をずっとたどって、動詞の扱いをしようと思えばできる「あり」ばかりである。

3 「断定なり」にはアリar-iが潜む

なり

文語では、「なり」のうちにアリar-iが潜まっている。

なら　なり　なり　なる　なれ　なれ

と活用するように、アリar-iを内在することを本性としている。

……いよいよあかずあはれ〈なる〉物に思ほして、人の譏りをもえ憚らせ給はず、世のためしにもなりぬべき御もてなし〈なり〉。（同）

〔……いよいよ飽かずいじらしい人物と思いあそばして、人さまの指弾にしても遠慮できなさらず、史上の先例にもなってしまうにちがいないご待遇である。〕

cは、いわゆる形容動詞「あはれなり」の語尾辞で、助動辞「なり」と見るのにも抵抗はない。

英語のbe動詞が、「神がいる」などの「いる」〈＝ゐる〉、つまり「座る、居座る、住む」意や、「山がある」式の、存在する意の「ある」と別に、「ぼくは小学生だ、〜である」式の、繋辞copulaにもなることと同じで、日本語の場合、前者（＝「いる、ある」）は動詞であり、後者（＝「だ、〜である」）を助動辞とする。「だ、〜である」は文語「なり」に相当する。これは「断定なり」と俗称する。

潜まっているアリar-iを、助動辞と見ると、定義から（助動辞であるからには）自立できない。そればかりか、原則として、他の語と結合して、独立したかたちではあらわれない。したがって、アリar-iと書くことにする。『日本語と時間』で単に「あり」とも書いたのは、それだとなかなか紛らわしい。助動辞アリar-iを認定する。

「なり」はn音とアリar-iとの結合で、アリar-iが「なり」の助動辞性を支えていると認定できそうである。このn音は、単独だと日本語にならないから（母音を迎えて初めて日本語の基礎音となるから）、母音をもらって「なり」や「に」になる。

に

「に」が、動作や視点の働きを獲得して、助動辞にもなった、という道筋を考える。「に」は助辞といえば助辞で、助動辞性が感じられれば助動辞であるという、変幻性を持つ。時枝は、

世のためし〈に〉もなりぬべき……　御志の浅からぬ〈に〉……

日もいと長き〈に〉……　かかることの起こり〈に〉こそ……

八月十五夜なり（〈に〉あり）　　物心細げなり（〈に〉あり）

風静か〈に〉て　　風静か〈に〉して

などを、用例として挙げる。〈「に」とアリ ar-i との結合〉というだけでは、「なり」になるかどうか、ニャリとなるかもしれないので、▼注2 n音段階を想定する。

口語の「だ」を、

だろ（未然形）　だっ／で／に（連用形）　だ（終止形）　な（連体形）　なら（仮定形）　〇

と覚える。d行とn行とにわたるのは、「にてあり」→「である」→「であ（る）」→「だ」の系統と、「なり」の系統とが綯い混ざるからで、一つに纏めてよい。「だろ」（歴史仮名遣い「だら」）は「にてあら」（「あら」は「あり」の未然形）だろうし、連用・連体・仮定にn行が出てくるのは、「なり」を「n＋アリ ar-i」と見るならそれに由来する。文語の「に、なり」と口語「だ」とは規則正しく向き合う。上方語の「や」は「であ」→ジャ→ヤだろうと言われる。

もう述べた通り、助辞ni「に」のもととなったn音と ar-i アリとの結合（の活用形）は、たとえば、

コノみきは―わがみき〈なら〉ず（『古事記』中、三九歌謡）

〔このお酒は私のお酒ではない〕

の、「ならず」n-ar-azu のようにある。ニアラズ ni-ar-azu（さらにもとは ni-ar-an-i-su）の i- が脱落して、narazu を形成すると説明されるより、「に」は「に」でn音から別箇に成立したと見てさしつかえあるまい。助辞の「に」の転用と見ることは無論、許容される。

あメ〈なる〉や──おトたなばた（『古事記』上、六歌謡）
〔天なるや、弟棚機姫〕

の「なる」も〈n- ＋アル ar-u〉の結合で、古代歌謡に見る限り、助動辞扱いでよかろう。「に」を連用形として認定するならば、活用は、

なら　なり／に　なり　なる　なれ　なれ

と、置き直される。

これらの「なり」は「断定なり」あるいは「指定なり」と名づけて、「伝聞なり」（十三章）と区別する。

の

「助動詞」の「の」には連用形と連体形とがあると時枝は言う。

帝王〈の〉上なき位　　下臈〈の〉更衣たち

とほ〈の〉みかど　　絶えむ〈の〉心

皆しづまれる夜〈の〉（連用中止法）

「の」の語素であるn音がここにもあるから、アリ《ar-i》ar-iと結合して「なり」を産み出すのはこれかもしれず、決定できない。もともとは主格／所有格の「の」と根を同じくするのに違いない。

4　「と、たり」

と、たり

「と」は（断定、指定の）「たり」の連用形だと、一般に認められる。発生的にはｔ音とアリ ar-i との結合で、「断定たり」が生じたのだろう。母音を迎えて初めて日本語の基礎音となるから、t- だけだと日本語にならない。母音を得て、t- から「と」が生じたと見る余地は大いにある。その「と」が「助動詞」性を獲得している場合を時枝文法では考える。『日本文法 文語篇』に見ると、

雪〈と〉降りけむ　　親はらから〈と〉むつびきこえ

堂々〈と〉　泰然〈と〉　～〈と〉あれば

そのこと〈と〉あれば　とて　として

などを用例とする。

匠《たくみ》たちの奉る文に、

……御《み》つかひ〈と〉おはしますべき、かぐや姫の要《えう》じ給ふべきなりけり、と（『竹取物語』蓬萊の玉の枝）

〔……お使いになる方とてあらっしゃるに相違なき、かぐや姫の要り用でいらっしゃったはずである、と〕

と、くらもちの皇子《みこ》と匠らとが、せっかく協力して偽物を造ったのに、ばれてしまうというところ。意味は「ご妻妾であらっしゃる予定のかぐや姫」と言ったところ。アリ ar-i と結合して「たり」となる。「断定たり」と言い習わす。活用は、

たら　たり／と　たり　たる　たれ　たれ

と纏められる。

アリ ar-i はそのようにして、「断定なり」にも「断定たり」にも含まれる。また、「けり」にも「たり」（存続）にも、「ざり」にも、形容詞のカリ活用にも内在する。「めり」や「なり」（伝聞）のなかにも這入っているかもしれない。

べらなり

「べらなり」は馴染みにくい語感ながら、漢文訓読文献や古今歌に出てくる。船人の「うた」に、

見渡せば、松のうれごとに棲む鶴《つる》は―「千代のどち」とぞ―思ふべらなる（『土佐日記』、一月九日）

見渡せば、松のてっぺんごとに棲む鶴は、
千年の同士とですぞ、いかにも思い合うようであるよ

と、鶴を「つる」と言うのも珍しいが、「いかにも～しそうである」という「べらなり」の感じが生かされているのだろう（貫之の作歌かもしれない）。

「べらなり」は一つの助動辞と見てよいが、分析的に見ると「べ」（「べし」の「べ」である）に接辞「ら」がついて「べら」をなし、「なり」がそれにくっつく。

○　べらに　べらなり　べらなる　べらなれ　○

自立語への下接は「べし」に類する。「～べきことである、ふさわしく見られる」という感じをあらわす。

5 「あり」の存在と助動辞のアリ ar-i

繰り返すと、「あり」は存在をあらわすとともに、こう言ってよければ存在を抜き去られ、転成して助動辞になる。多くの活用語の語尾辞や助動辞のうちに、ar-i は要素として這入ってくる。時枝は、

行くべかりき（行くべく・あり・き）　美しかりき（美しく・あり・き）
行かざりけり（行かず・あり・けり）　山高からず
あはれなり（あはれに・あり）　判然たるべし（判然と・ある・べし）
されば　かかれば

など、多くを挙げる。

暁と、何か―言ひけむ。わかるれば、よひも―いとこそ―わびしかりけれ（『後撰集』九、つらゆき、五〇八歌）

明け方（の別れはつらい）と、どうして言ったのだろう。
（逢えずに）別れ（て帰ってく）ると、夜（の別れ）も
えらく（それ）こそつらくありきたるよ

の、「わびしかりけれ」〔切なくありきたること〈以前から切なくていまも切ないよ〉〕には、アリが二つ（この場合は ar-i と ar-e とが）含まれる。

わびしく（wabi-si-k（-u））あり（ar-i）けれ（＜きあれ ki-ar-e）

と、厳密に言うなら、ar- という助動辞の要素（語素というか）がここに見つかる。欧米の辞典類に、「助動詞」について、「動詞が転成した」というように書かれるけれども、日本語にも言えることであって、「き」（過去）も「けり」（過去から現在への経過）も「伝聞なり」も、動詞より転成したはずではないか。「めり」もそうかもしれない。存在の「あり」から、その実体感が抜き去られて助動辞アリ ar-i が成立する。動詞から助動辞への転身と称してもよかろう。転身するときに何かが起きる。その「何か」を込めて〝転成〟と言いたい。存在することの機能性が「何か」のうちに浮上する。つまり、非過去ということになろう。現存在ということの機能的性格が時制であり、非過去であることを獲得したのではなかろうか。

「何が起きたか」というと、実体感が抜き去られ、代わりに、何か、意志のような精神作用が纏わりついて、助動辞に転成する。助動辞は機能語である以上、厳密にそれを別語に言い換えることができない。一旦、助動辞になってしまうと、それをどんなに近似値であろうと、助動辞であることの本性、精神作用を、そのままあらわすような、別の言い方はなくなる。現代日本語訳でそれをあらわそうとすることは、助動辞でなくする危険を伴う。そこに助動辞らしさを見いだそう。助動辞（そして助辞）の特徴は「それ一語しかない（置き換わる語がない）」という原則に尽きる。

6 「り」をめぐる

り

始原において、アリ ar-i 以前に r-i という語素があったと見ることは（吉田金彦『上代語助動詞の史的研究』▼注3）、いろいろな、r- を含む接辞について考察しようとする上で、たいそう便利である。しかし、r-i が原初にあったにしろ、ここでは ar-i と同質異像 polymorphism の関係としてあった、と見てかまわないのではないか。アリ ar-i と

「り」とは、石灰岩と大理石とのような関係にある。

　助動辞「り」の本性は、ある種の動詞——四段活用やサ変カ変の動詞——つまり「書く、読む、す、く《来》」などにアリar-iが附いたに過ぎない。

kak-i-ar-i　yom-i-ar-i　si-ar-i　ki-ar-i

が、

kake-ri（書けり）　yome-ri（読めり）　se-ri（せり）　ke-ri（来《け》り）

へと変化する（i-a は e に容易に変化する）。だから、アリ ar-i に纏めてしまい、「り」という助動辞を独立させない考え方すら成立できる。「り」は助動辞アリ ar-i とまったく同じ語句であり、四段活用の動詞や四段型の助動詞にくっついて働く。両者をあわせてアリ ar-i と書くことのできる理由でもある。そうすると、「り」もまた機能的に非過去の指標となることは見やすい。

「来《け》り」と助動辞「けり」との関係は、すこし厳密に言う必要があるにせよ、やはり動詞（＋アリar-i）が転身して助動辞となった。

　纏めて書き出すと、

かき	書き	kak-i	kak（-ia）r-i→kaker-i（書けり）
よみ	読み	yom-i	yom（-ia）r-i→yomer-i（読めり）
たまひ	給ひ	tamaph-i	tamaph（-ia）r-i→tamapher-i（給へり）
き	着	ki	k（i-a）r-i→ker-i（着り）
し	為	s-i	s（-ia）r-i→ser-i（為り）
き	来	k-i	k（-ia）r-i→ker-i（来り）

（ia→e は音韻融合）

となる。活用は、

ら　り　り　る　れ　れ

と揃う。

テンス・アスペクト理論からは「たり、り」を一つに括る傾向があるけれども、別語だから「たり」と「り」と二つあるのであって、一つにできない。現代での学説に、〈意味〉が弁別できないとて、「たり」と「り」とを同一の視野で論じるのを見かけるのは、アリ ar-i と「り」との機能的同一を論じるのが先だろう。

東国語に、四段活用の未然形と一致する形から接した例が見えると言われる。

筑波《つくは》ねにゆきかも—ふら〈る〉。いなをかも。かなしき児ロが、にのほさるかも（『万葉集』一四、三三五一歌）

筑波嶺に雪か（なんか）、降ってるのかも。いやいや違うかな。
いとしいあの娘っ子が布をかわかしてるのかも

というので、「これは、たとえば furi＋aru → furaru と、母音連続にあたってｉ母音が脱落した形であろうか」、と『時代別国語大辞典 上代編』にある。

7　動詞「あり」のボーダーライン

存在の動詞「あり」との区別のむずかしいときがある、と先に述べた。言ってきたように、文法学説はボーダーラインの事例をいくらも抱えるし、複数同時に成立してよいはずだ。アリ ar-i から「あり」の動詞性を復活させる場合もあるかと見られる。

あこはわが子にてを〈あれ〉よ。（「帚木」巻、一―七三）

〔吾子は私の子でね、おれよ。〕

の「あり」を「助動詞」として時枝が挙げるように、▼注4「て、こそ、は、も」などがあると「なり」が「に」と「あり」とに分離するとは、よく行われる説明である。しかし、動詞と判断してよいのではなかろうか。「いとやんごとなき際には〈あら〉ぬが、うらみを負ふ積りにや〈あり〉けむ」（「桐壺」巻、一―四）や、「～にてあり、～にこそあれ」などの表現は、「て」や係助辞などがあいだに這入ったために、「なり」から「に」が分離して「あり」（や「あれ」）が独立して出てくると言われる。しかし、動詞が復活したと見なしてだれも困らない。

同様に「ざり」や、「断定たり」も、

～ずかもあらむ　　　～とこそあれ

となって、「あら」（や「あれ」）が浮き出ると説明される。これらはさらに、「～にておはします、～とこそ侍れ」と、「あり」の箇所が「補助動詞」の「おはします、侍り」に置き換えられる。匠たちの奉る文に、

御つかひ〈と〉おはしますべき、……（『竹取物語』蓬莱の玉の枝）

とあったように、くらもちの皇子と匠らとが協力して偽物を造ったことがばれてしまうところ、「ご妻妾であらっしゃる予定の（かぐや姫）」といった意味をなす。

文法には、どうしても中間形態という現象が附き纏うことで、動詞と助動辞との中間形態であるとも、助動辞から動詞への復帰と見るのもよく、〈助動辞〉性を含むとする証明となっていよう。

独立しえないのが助動辞だとすると、「なり」のなかにアリar-iを含むというように、内在する場合を助動辞と見ることができる。ar-iが表面に出てきた「あり」は、何とか動詞の扱いで凌ぐことにここではしたい。

「あり」は「生《あ》る」（下二段動詞）と深く発生を共有していよう。

あり
　あら　あり　あり　ある　あれ　あれ

ある（生る）
　あれ　あれ　ある　あるる　あるれ　あれよ

と、ほぼ向き合う。

「あり」の言い切り（終止形）が「あり」であるのは、史前史的に最古であることや、その特異な存在性に属する性格と見られるべきことだろう。形容詞性があると一部で言われることは、動詞と形容詞とのあいだに線を引きにくい諸言語を勘案すると（アイヌ語や朝鮮語について言える）、「あり」にそうした中間形態を見るというのは一案である。

動詞「をり」は古語「う」や「ゐる」とかかわる語だろう。「う」は、「……吾（が）山之於《うへ》に立つ霞、立つトモ座《う》トモ」〈『万葉集』一〇、一九一二歌〉や、「急居、此には莵岐《つき》〈于《う》〉と云ふ」〈『日本書紀』五、崇神十年九月〉といった語例が知られる。

「いますかり、いまそかり」を含めてラ変動詞とする。「いますかり」〈『竹取物語』『うつほ物語』〉、「いまそかり」〈『伊勢物語』〉、「みまそかり」〈同〉と、比較的古い語として散見する。「いますがり、いまそがり、みまそがり」かとも言う。

「はべり」の語源が「這ひ・あり」と一般に言われるのは、証拠を摑めない（沖縄語「びーん」に相当する）。

「あり」の対義語は「なし」で、一方が動詞（＝「あり」）、もう一方が形容詞（＝「なし」）ということになる。

時枝は「なし」を「助動詞」と見て、「なく　なく　なし　なき　なけれ　○」を立てる。しかし、アリ ar-i とまったく同じ理由で、「なし」を自立語（形容詞）と見てよかろう。語素としてのas-iは助動辞でも、それにn- が附く「なし」は自立しえているから、「なし」を助動辞と認定する理由が薄弱だ。▼注5「なし」についてはいくつか論じたいことを十六章で扱う。

注

（1）「日本古代の物語の基調はけっして過去の時制で書かれていない」、つまり「非過去の文体からなる」と言うと、反応があちこちからある。非過去のそういう文体を「歴史的現在の文学」というのだとする意見である。そういう意見の内容は、叙事文学を「過去形式の文学」だとする、西欧文学の前提があり、そのうえに立って、〝現在〟時制の文学の場合はすべて「歴史的現在」なのだとする。そうでなく、私は、「歴史的現在」という考え方——ドラマティック・プレゼント（劇的現在）とも言われる——を、全体が過去文や現在完了文のなかに浮き出てくる、修辞上の〝現在〟に限定して使用しようと思う。

（2）実際にニャリになることはない。ちなみに母音脱落を始めとする法則について、山口佳紀『古代日本語文法の成立の研究』（有精堂、一九八五）の「形態音韻論」が突破口をひらく。

（3）吉田、明治書院、一九七三、一〇三ページ以下。

（4）時枝『日本文法　文語篇』、一一四ページ。

（5）ただし、「程度の否定」の「なし」は助動辞と認定できる→十六章。

六章　起源にひらく「き」の系譜

1　過去にあったこと

人工池（=井）には、杭を立てて水を引き入れる。「ぬなは」（じゅんさい）を育てる。井杭打ちの男の刺しておいた杭がいまもある。じゅんさいを、手繰り寄せた男がいた。女（じゅんさい）に言い寄った男がちゃんといた、そういう過去があった、あるいはいまに関係が続いていることを比喩的に言う。

みづたまる、ヨさみノいケノ、ゐぐひうちが、さしけるしらに、ぬなはくり、はへけくしらに、わがココロしゾ―いやヲコにして、いまゾ―くやしき（『古事記』中、四四歌謡）

〔貯水する、依網《よさみ》の池の、堰き止める、杭打ち（の男）が、刺しておいたのを知らないで！　じゅんさい繰り（の男が）、（手を）伸べたのを知らないで！　ああ、おいらの心、馬鹿馬鹿馬鹿、いまこそ悔しいて〕

助動辞は語り手の態度から決まる。「さしける」の「ける」はいまに続くことを言い、「けく」の「け」は過去をあらわすらしく（後述）、そういうことが過去にあった、じゅんさい繰りの男にしてやられたと、悔しがることが眼目としてある。おもしろいのは、杭ならいまに残りやすい、だからいまに残っているだろう（いまもあの女は男と関係しているぞ）、じゅんさい取りはいまも取っているか、それはわからない（たしかに彼女はあの男と関係があった……）。その違いが「ける」と「けく」とに詠み分けられている。

「あの官女が男の手中に落ちてしまった」というときには、

みやひトノ、あゆひノこすず、おちに〈き〉ト、みやひトトヨむ。さとびトモーゆメ（『古事記』下、八二歌謡〈宮人振〉、『日本書紀』一三、安康前紀、七三歌謡）

官女の足結いの小鈴が落ちてしまったと、
宮人がどよめく。里人もまた心せよ

というように、「おち」に完了の「ぬ」→「に」を下接させ、「おちぬ」（落ちてしまう、落ちてしまいそう）だけではまさに落ちなんとする状態だから、それを過去完了とするために「き」を附加する。落ちてしまった！ 話のなかでは軽太子がついに都落ちする。

いゆししを、つなぐかはヘノ、わかくさノ、わかくあり〈き〉ト、あがモはなくに（『日本書紀』二六、斉明四年五月、一一七歌謡）

射られる獣に印しをつける、川辺の若草のような、
若者にもならずに死んだとは、私は信じませぬから……

「わかくありき」は、「わかく」に動詞「あり」が下接する。「わかかりき」ならば、「わかく」に助動辞アリ ar-i がついてカリ活用である。「わかく」「わかくありき」はその前段階を見せた。「いゆしし」（射られる鹿か）、「つなぐ」（印しをつけるか）など、難解語はそれとして、『古代歌謡全注釈（日本書紀編）』は、これを古代歌謡中の最も難解なうたの一つだとする。八歳で夭折する建王を、母斉明がそのように過去に言うのはおかしいと言われる。しかし、若くして亡くなったとは信じられない、という取り方でよいのではなかろうか。「わかく」とは若者を言うので、生きていれば若者なのに（折口信夫がこれに近い取り方をしていた―『日本古代抒情詩集』一九五三）[注1]。「き」は一回的な、喪われていまにないはずの過去を認識する。「き」は紛うことなき、時制（テンス）の助動辞で、いまはなき過去をあらわす。

2　「けく、けば、けむ、けり」

「け」は「き」の未然形と言われる。前節に引いた歌謡（『古事記』中、四四歌謡）を、『日本書紀』応神紀から引いておこう。

> みづたまる、よさみノいヶに、ぬなはくり、はへけくしらに、ゐぐひつく、かはまたえノ、ひしがらノ、さしけくしらに、わがココロし―いやうこにして（『日本書紀』一〇、応神十三年九月、三六歌謡）
>
> 〔貯水する、依網の池に、じゅんさい繰り（の男が）、（手を）伸べたのを知らないで、堰き止め杭を築く、二俣入り江の、菱の茎が、刺したのを知らないで、おれの純情が馬鹿もいいとこ！〕

「けく」は ki-aku（「き」＋ -aku）か、ke（「け」＝「き」の未然形）ku（接辞）か。厳密に分けずとも、考え方としては統一されよう。ク語法と言われるのは、動詞未然形に「く」が下接する用法をさし、-aku が動詞などと融合する場合に成立するとされる（大野晋）▼注2。当該例では、ki（き）と -aku との結合により、i-a 融合で keku（けく）となったとすると、「き」の連用形を認めることになる。「き」のもととなる、ki 音（「来《き》」とも関係しようか）の存在を認めることも視野にあってよかろう。

推量が這入ってくる例としては、

……しろただむき、まかずけばコソ―しらずトモいはメ（『古事記』下、六一歌謡、『日本書紀』一一〈仁徳三十年十一月、五八歌謡〉もほぼ同じ）

〔白いむき身の腕を、腕枕しなかったのならそれこそ、知らぬとしらを切ろう〕

の、「まかずけば」のなかにアムを認める。ki（き）-am アム pha（は）からなる。am- は推量で、なかに含まれるm音により、phaを「ば」へと変えた。ki-am-pha が keba へと変化する。

「けむ」はたしかに「き」を内包する。ki-am から来るのが kem-u（けむ）で、

かみけむひトは（『古事記』中、四〇歌謡、『日本書紀』九、神功摂政五年三月、三三歌謡）

コモらせりけむ（『日本書紀』二三、舒明前紀、一〇五歌謡）

のように見える。ki- は「き」（過去）と見るなら、連用形を想定する。それと推量am-との結合だと見るのは分かり易い。融合して、過去推量という助動辞が成立する（→十二章「けむ」）。

「けり」のなかにも「き」は内在する（→七章「けり」）。

たふとくありけり（『古事記』上、七歌謡、『日本書紀』二、神代下、六歌謡）

あケにけり、わぎも（『日本書紀』一七、継体七年九月、九六歌謡）

など、無数にある。

3 「せ、し、しか」

カ行活用を、

け　（き）　き　○　○　○

とし、サ行活用は、

せ　○　○　し　しか　○

と、一応、二行になろうか。しかしカ行とサ行とは、欧米の文字と発音との関係に、Ce字をケともセともチェとも訓むことや、キネマ（映画）かシネマ（同）か、さらにはX〔ks-〕のような、発音のむずかしい音もある。ここでは日本語に即して、「き」＝カ行に活用し、「し」＝サ行に活用するとしておく。「き」は「来《き》ki」から来たという感触をぬぐえなくて、それなら「し」は「為（し si）」かもしれない。ス・スルには（現代語で言うと）「気がスル、発達スル、どきどきスル」のような、自然ス・スルの事例もあり、「し」にもまた奥行きがありそうに感じられる。

自然や行為をあらわす、ス・スルが、連用形を独立させてそこに過去を感じさせるに至るとすれば、それなりの理由がなければならない。「蒔く」は種を蒔くことでよいとして、これを何らかの切実な理由から過去で言いたくなったとき、動詞じたいの変化をできない以上、日本語は「蒔きし」（蒔きスル）をへて、その「し」を連体形へと転用する、というような。折口門下の今泉忠義は「其《シ》」を仮定したという。▼注3

過去「し」は用例が多く、古代歌謡では、

まき〈し〉あたねつき（『古事記』上、四歌謡）

わがゐね〈し〉いもは―わすれじ（『古事記』上、八歌謡、『日本書紀』二、五歌謡）
うゑ〈し〉はじかみ（『古事記』中、一二歌謡、『日本書紀』二、一四歌謡）
わがふたりね〈し〉（『古事記』中、一九歌謡）

と、挙げ切れない。

「せ」は、

ひトつまつ、ひトにあり〈せ〉ば（『古事記』中、二九歌謡）
ねむとしり〈せ〉ば（同、下、七五歌謡）

のような、仮定の場合がそれかと認定されてきた。「せば」は『古代歌謡全注釈』が接尾語（仮定）とする。しかし、「せ」と「ば」とに分解すべきであり、「せ」はサ行の活用形（未然形）だろう。si-am-pha という推定でよければ、「し」を核とする。

「しか」は、木幡おとめを、神のように、

……きコえ〈しか〉ドモ、あひまくらまく（『古事記』中、四五歌謡）

などが古い事例で、「きこえ」を「人々が言いふらす」と見るのには、歌謡のなかでの意味の広がりかと見ておく。「しか」は「し」と「か」との合成かと推測される。十分に助動辞として成立していたろう。「か」のあとの「と」が濁音「ど」になるのには助動辞として成熟を推定できる。

をちかたノ、あさのノきぎす、トヨもさず。われは―ね〈しか〉ド、ひトソ―トヨもす（『日本書紀』二四、皇極三年六月、一一〇歌謡）

遠方の、浅野の雉が、音を立てない。
私は（あの娘と）寝たんだけれど、他人が音を立てる（うわさにする）

4　起源の言語態としての「し」

「し」には起源譚を特別に担っているような特色がある。

　ぬばたまノ、くろきみけしを、まつぶさに、トりヨソひ、おきつトり、むなみるトき、はたたぎモ―コれば―ふさはず、へつなみ、ソにぬきうて、そにドりノ、あをきみけしを、まつぶさに、トりヨソひ、おきつトり、むなみるトき、はたたぎモ―コモ―ふさはず、へつなみ、ソにぬきうて、『やまがたに、まき〈し〉あたねつき、ソメキがしるに、しメコロモ』を、まつぶさに、トりヨソひ、おきつトり、むなみるトき、はたたぎモ―コし―ヨロし、……（『古事記』上、四歌謡）

　〔ぬばたまノ、黒いお召しを、具さに取って身に着け、沖の鳥みたく、胸もとを見ると、羽をばたばた、これは似合わん、辺の浪みたく、背中にぽい捨て、そに鳥の、青いお召しを、具さに取って身に着け、沖の鳥みたく、胸もとを見ると、羽をばたばた、これも似合わん、辺の浪みたく、背中にぽい捨て、『山の料地に蒔いた、あたねつき、染め木の汁に、染め衣』を、具さに取って身に着け、沖の鳥みたく、胸もとを見ると、羽をばたばた、これはなかなか、……〕

『やまがたに、まき〈し〉あたねつき、ソメキがしるに、しメコロモ』というところにこだわって見ると、これで起源譚を構成している。黒い衣裳を着てみるがダメ、青い衣裳を着けてみてもダメ、それらを脱ぎ捨てる。つぎに〈山の畠に蒔いた、あたねを搗《つ》いて、染料の汁に（漬け）、染め（てできた）衣〉を試着すると、こいつならなかなか上等である。

従来の解釈でも、八千矛神は〈山の畠に蒔いた、あたねを搗いて、染料の汁に（漬け）、染め（てできた）衣〉を試着するというので、私がみぎに書いたのと、まったく同じような現代語の書き方をするしかない。しかし、琉球語文学の古代や口承からの知見は、歌謡のある種が起源譚を構成していることをわれわれに示してきた。▼注4 それを応用するならば、『やまがたに、まき〈し〉あたねつき、ソメキがしるに、しメコロモ』は起源譚なのである。

あたねという植物を用いて、赤か藍かで衣を染めたというのは、だれがどう生産したかという、起源の物語であったと思う。生産を語るということは、起源を想起することでもある。起源を想起して、その生産の次第を詠みこむことで、起源の衣裳と現在めのまえの衣裳とがかさなり合う。〈し〉という助動辞がしつこく出てくることを以下に確認したい。歌謡のなかであるから、起源譚の全体を詠み込むのでなく、一部分のハイライトを詠み込めばよい。枕詞がインデクスになりうる理由はじつに起源譚の断片化、その最も凝縮された一句、一語であるからと考えられないか。▼注5

起源譚の「し」の事例をさらにいくつか挙げておく。

『おきつとり、かもどくしまに、わがゐね〈し〉』、いもは―わすれじ、ヨノコトゴトに（『古事記』上、八歌謡）

『沖の鳥、鴨の棲む島に、私が連れてって寝た』、（そのように）
あなたとの共寝は、一生忘れませぬよ

この57577の短歌形式の歌謡は、これがなぜ『古事記』のなかに取り込まれているのだろうか。このうたを凝視するだけだと、何も思い当たらないが、起源譚から透かしみるなら氷解することがある。『おきつとり―かもどくしまに、わがゐね〈し〉』は起源の説話であって、古人がそのようにして愛人を連れて島渡りをしたことがある、だからいまの自分もそれにかさねて、女を島へ連れて渡るのだ、云々。〈し〉という指標をここに見るとき、起源譚が浮上してくる。おそらく、島で繰り広げられる歌垣的行事があり、そのような行事には起源譚が伴われていたに相違ない。

5　起源譚から見る枕詞の発生

『みつみつし、くメノこらが、かきモトに、うゑ〈し〉はじかみ、くちひひく』、われは―わすれじ、うちてし―やまむ（『古事記』中、一二歌謡）

〔『みつみつし、来目の子らが、垣のしたに、植えた薑《はじかみ》、口がぴりぴり』、そのぴりぴりを私は忘れまいよ。撃ってしまい、終りにしよう〕

〝植えた薑〟（＝うゑ〈し〉はじかみ）と、なぜわざわざ〈し〉を詠みこんでいるのだろうか。すなわち、これが起源譚を含み持つ、久米（＝来目）の子の物語であることは見易い。これに現実の戦争をかさねる、二元的な歌謡の成立である。よほど古い歌謡で、久米歌そのものであるけれども、それでも、古代歌謡の二重的性格を見誤るべきでない。

たかひかる、ひノみこ、『やすみし〈し〉』、わがおほきみ、……（『古事記』中、二八歌謡）

〔高光る、日の御子、『やすみしし』、私の大王、……〕

『やすみし〈し〉』という、たった一句にも〈し〉を見いだすので、起源の天皇にかさねた、現在の天皇ということを言いあらわすために、『万葉集』のうたなどでしつこく見かける。枕詞とこれを見るのでもよかろう。天皇はその起源において「やすみしし」（天下を安んぜられた）ことがあった。現在の天皇が天皇であることの理由がここに凝縮される。「やすみしし」はじつに起源譚の断片であった。

コノみきは━わがみきならず、『くしノかみ、トコヨにいます、いはたたす、すくなみかミノ、かむほき、ほきくるほし、まつりコ〈し〉みき』ソ、あさずをせ　ささ（『古事記』中、三九歌謡）

〔この御酒は、私の御酒でない、『酒の司、常世に座す、石にお立ちの、すくな御神が、神狂い、狂い称えて、祭って来た御酒』ですぞ、あまさず飲め　さあささあ笹酒を〕

みぎの酒起源説話は最も端的に、古代歌謡の性格を露呈している。つぎの歌謡とともに、私が琉球語の文学にふれはじめたころの、これは〈発見〉だった。このうたにも、つぎのうたにも、〈し〉がうち沈められてあるさまをしっかり見据えたい。▼注6

『かしノふに、ヨくすをつくり、ヨくすに、かみ〈し〉おほみき』、うまらに、きコしもちをせ、まろがち（『古事記』中、四八歌謡）

〔『樫のふに、横臼を造り、横臼で、噛んで造った神聖な御酒』だよ、うまそうに、きこしめされよ、われらが祖《おや》よ〕

『すすコりが、かみ〈し〉みき』に、われゑひにけり、……（同、四九歌謡）

〔『すすこりが、噛んで造った御酒』に、私は酔うてしまいおりますよ、……〕

つぎのうたも同様と見る。

『つぎねふ、やましロめノ、コくはもち、うち〈し〉おほね』、ねじろノ、しろただむき、まかずけばこそ―しらずトモ―いはメ（『古事記』下、六一歌謡）〔六四歌謡に類同句がある〉〕

〔『つぎねふ、山城女が、小鍬を持ち、打った大根』、根が白くって、白いむき身の腕を、枕にしなかったらそれこそ、知らんと言おう〕

大根の起源譚と、いま眼前の白い女の二の腕とを二重にして見せる。そういう、抒情的技巧と見るのでよいとしても、なお、歌謡の持ち伝えられるべき、基本にその起源的性格があり、古代歌謡のいわば存在理由はこれでなければならない。

……しづえノ、えノうらばは―『ありきぬノ、みへノこが、ささがせる、みづたまうきに、うき〈し〉あぶら、おちなづさひ』、みなコヲロコヲロに、コしも―あやにかしこし、たかひかる、ひノみこ……（『古事記』下、一〇〇歌謡）

〔……下の枝の、枝の先端は、『ありきぬの、三重の子が、差し上げる、水玉杯に、浮いた油、落ちてただよい』、水にこおろこおろ、これこそ、わけもなく尊い、高光る、日の御子……〕

みぎの歌謡は、三重の子が殺されようとして、なぜ助かったかと言えば、単におもしろいうたを即興的に披露したからではない。それもあろうけれども、長めの歌謡のなかに、国初の島々生成の物語を入れ込んで見せたからであり、ここが眼目としてある。

6　史歌という視野から見る

「し」は「き」とともに、史歌の世界で発達したということだろう。『古事記』の地の文や、祝詞《のりと》などで、神話的叙述や歴史叙述があると、そこに出てくることはいうまでもない。史歌というのは宮古島《みやこじま》の歌謡であり、稲村賢敷《いなむらけんぷ》『宮古島旧記並史歌集解』▼注7によって概念づけられた。これを記紀歌謡に応用するのである。

あしはらノ、しけしきをやに、すがたたみ、いやさやしきて、わがふたりね〈し〉(『古事記』中、一九歌謡)

葦原の、ぼろっちい屋に、菅畳、
いやもう、さや敷いて私が二人寝たと……

もとは歌垣歌だったろう。ぼろっちい小屋も二人の天下だ、さあしけこもうというのはよいとして、「わがふたりねし」となぜ過去に言うのか(しかも連体形である)。類句は『万葉集』にあり、本来なら亡き妻を偲ぶというたということになる。歌垣のベース歌には起源譚が附いていたとすると、悲恋を詠んだその内容がこれだったのではなかろうか。

さねさし、さがむノをのに、もゆるヒノ、ほなかにたちて、とひ〈し〉きみは一モ(『古事記』中、二四歌謡)

〔さねさし、相模の小野に、燃える炎の、火のなかに立って、質問した君はああ〕

をトめノ、トコノへに、わがおき〈し〉、つるぎノたち、ソノたちはや(同、三三歌謡)

〔おとめの、床の辺に、私が置いた、剣の太刀、その太刀はああ〕

……コはたノみちに、あはし〈し〉をトめ、……まよがき、コにかきたれ、あはし〈し〉をみな、かモがト、わがみ〈し〉こら、かくモがト、あがみ〈し〉こに、うたたケだに、むかひをるかモ、いそひをるかモ（同、四二歌謡）

〔木幡の道に、お逢いになったおとめ、……眉描き、濃く描き垂らし、お逢いになった女、そうであってほしいと、私が見た子よ、そうあってほしいよと、私が見た子に、夢中になって、向かい座るのか、添いおるのか〕

やすみし〈し〉、わがおほきみノ、あそばし〈し〉、ししノ、やみししノ、うたきかしこみ、わがにゲノボり〈し〉、ありをノ、はりノキノえだ（同、下、九八歌謡）

〔やすみしし、私の大君が、お遊びになった、猪が、病み猪の、唸りが恐ろしさに、私が逃げ上った、在り峰の、榛の木の枝〕

と、叙事的と言える「し」の出てくるうたをいくらも検索できる。

7　「き」＝目睹回想は正しいか

こうして見ると、著名な細江逸記説――いまも引く研究者が多い――の、「き」＝目睹回想／「けり」＝伝承回想という考え方の修正点が見つかる。すぐれた英文法学者であった細江は、主著『動詞叙法の研究』（泰文堂、一九三三）の前年に、『動詞時制の研究』（同、一九三二）なる好著をあらわしている。これがすこぶる英語史を簡明に展望できる稠密な著書で、過去時制について、英語でわからなくなってしまっている「経験回想と非経験回想と」が、トルコ語の文法から感得できること、これらはまた〈目睹回想、伝承回想〉とも名づけられるとし、日本古語での「き」と「けり」との区別に対応する、とした。▼注8

『竹取物語』の、

ある時は風につけて知らぬ国に吹き寄せられて、鬼のやうなるもの出で来て殺さんとし〈き〉。……海にまぎれんとし〈き〉。……食ひかからんとし〈き〉。

〔ある時は風につけて知らぬ国に吹き寄せられて、鬼のようなものが出て来て殺さんとした。……海にいりまじろうとした。……食いかかろうとした。〕

と、

今は昔、竹取の翁といふものあり〈けり〉。野山にまじりて、竹を取りつつ、よろづのことに使ひ〈けり〉。……

〔今は昔、竹取の翁といふ者がおったという。野山に這入って竹を取り竹を取り、万のことに使ったという。〕

との使い分けに、その区別は明瞭だという。漢部《あやべ》のうちまろの差し出す書状に、「つかさをも賜はむと仰せたまひ〈き〉」の「仰せたまひき」は、「確かに私共耳で聞きました」であり、一方、「御つかひとおはしますべきかぐや姫の要じ給ふべきなり〈けり〉と承りて」とある、「要じ給ふべきなりけり」は「お求め遊ばすのぢやげな」という、「き」と「けり」との使い分けがあると、細江の指図は一見、みごとである。

「き」はしかし、経験しえない神話時代を初めとして、歴史的過去を述べるのに便利な助動辞であることを私は見てきたつもりだ。何百年前のことであろうと、異国のことであろうと、「き」で語るのは〈過去の時制〉をあらわす機能として、それが成立していたからではないか、英語学者としては、そこを押さえてくれないと、かえって日本語学習者を迷わせてしまう。細江学説は山田文法の「回想」からの逆流であると指摘しておきたい。

8　未来の記憶――時制

起源を語る神話のうちに発達させられてきた「き」として、「し」は時制をあらわすことを機能とする。「ぬ」「つ」のように場面から遊離させて時間を未来へ持ってゆくことがない。

英語の時制（テンス）は、現在、過去、未来。それぞれに完了態（アスペクト）や推量があり、進行形もある。フランス語だと、半過去を初めとして、たぶん十種か、それ以上の時制やアスペクトを活用形のうちに保って、いまに至る。古典日本語でも、八種かの時制やアスペクトを、機能語（助動辞）として附加することにより、細かく表現する。

アリ ar-i　り、き

けり

いま述べ始めた、

けむ

今後にふれる、

ぬ、つ、たり（た）

や、

に広がる。

「過去」は仏教用語だったと言われる（『万葉集』『三宝絵』など）。

ここでは過去という「意味」でなく、遡る時間的状態をあらわす機能として、どんな助動辞が利用されているかを取り上げてきた。
〈過ぎ去ったこと〉をどうしてわれわれは持とうとするのだろうか。

きのう、去年、三年前、以前、「昔々……」

というのは、語彙や語句であり、時間ではない。それらは助動辞や零記号を介することで、語り手により、現在へと回想される〈過去〉であるから、文法的に過去と違う。また、活用を持たない諸言語の場合には、機能語での過去をあらわしにくいようで、古代中国語（の漢字語）やアイヌ語などがそれだと言われる。

未完了や未来にこそ、想起や記憶は真に意義がある。われわれの手帳やカレンダーに書き込まれるメモを見ると、だいたいは明日のことや来週のこと、来年の予定であって、それらがつねに記憶され、想起されてくる。未完了や未来は、びっしりと予定の錯綜した時間によって構成されており、それらのなかから選ばれて現在として履行される。

終わったときに、記憶の残骸やむだとなった想起がそこに横たわるのであって、そんな過去は、郷愁や思い出や苦い体感、あるいはトラウマとしてある。思い出は深刻かつだいじな感覚だとしても。

9　「まし」との関係

過去という機能でいま、表現したくなったらどうするか。

活用のある諸言語なら、それこそ、時制をあらわすために、活用の半面を発達させてきたのだから、思うまま、活用形によって過去の諸相を表現しよう。活用のない語はどうする？　活用がない、たとえばアイヌ語、カンボジア語、文献にみる限りでの漢文は、過去を文法的にあらわせない。日本語は語幹が変形すると、機能語を附加して過去をあらわす。「来《き》」や「為《し》」から転用された語か、『古事記』の説話や史歌のうちにそれらを発達させて、過去という助動辞を機能語として成立させてきた。

「せば」を追っていると、気になるのが同じく機能語「まし」ではないか。

「き」のサ行活用

せ　○　○　し　しか　○

「まし」の活用

ませ　○　まし　まし　ましか　○

と併記するなら、明らかに同類である。「まし」は反実仮想や仮定の機能を持つといわれ、助動辞であるものの、過去という時制と関係がなくもない。いや、「まし」の「し」は過去にかかわるのではないのか。「まし」に過去の雰囲気はあるか。仮定表現である「ませば」（『源氏物語』にも少数ある）や、「ましかば」を凝視していると、過去らしさがなくはないように思えてくる。英語の If I were〜　のような、仮定表現が「過去」になることも自然、思い合わされる。

If I were a boxer,〜〔もしも私が拳闘家だったら〜〕

と、現代日本語訳のほうでも「〜だったら」と、過去っぽくなる。〜非現実や未来のことを仮定するのだから、未来過去というのか、「し」のなかに過去という機能の芽生える機制が窺えそうである。

このことを突き詰めると、「まし」と「む」（推量）との直接的な関係を考え直さなくてはならなくなる。吉田金彦『上代語助動詞の史的研究』[▼注9]は、「ませ」を「まし」から切り離し、「ませ」について、さらに「ま—せ」（「ま」推量、「せ」動詞）と二語にする。「ませ」を「まし」の活用形と見ないとは、なかなか従いがたいとしても、「ま—せ」と分けることには惹かれる。すなわち、「まし」もまた「ま—し」と分けられるのではないか。たとえば「知らまし」は「知らま—し」、「知らましかば」は「知らま—しかば」というように。

「ましか」は上代文献に見られないので、平安時代以後に生まれてきた活用表現だと言われることがある。しかし、そういう、文献に見られないからと言って、なかったと断定することがよいことかどうか、陥穽がひらいている。「ませ」は上代に多くて、平安時代以後、使用例が減る。

「き」のサ行活用を、もう一度書き出すと、

せ　○　○　し　しか　○

で、「まし」の活用は

ま—せ　○　ま—し　ま—し　ま—しか　○

というように対応する。動詞（や助動辞）の未然形に附く「ま」というような接辞はあるのだろうか。「かへらまに、君コソ—吾に」（『万葉集』一一、二八二三歌）「反羽二、如何恋乃（かへらばに、なにしか—こヒノ）」（同、一二、三〇三五歌）という、「ま—に」（あるいは「ば—に」）という表現がある。「まほし、まうし」という種類の助動辞成立の機微にもかかわるかもしれない。このような「ま」を何と呼ぶのか、接尾辞か、小辞というか、（佐久間鼎のいうような）吸着語か。ク語法と言われてきた「まく」も視野に這入ってこよう。「し」が附加される経緯は、なお説明しがたい、たいへんな難問であるけれども、「き」のサ行活用と関係なしと言い切れないとだけは押さえる。

そのように見据えた上でなら、上述の「ま」と助動辞「む」とのあいだには関わりがあろう。

知りせば　知りしかば　（a）

知らま—せば　知らま—しかば　（b）

と並べると、（a）へ「動詞未然形＋ま」が附加されて（b）表現となる。

『時代別国語大辞典 上代編』「き」項を参照すると、

十月雨、間も—おかず、零《ふ》り尓西（＝にせ）ば、誰が里ノ間に宿か—借らまし（『万葉集』一二、三二一四歌）▼注10

十月の雨が隙間も置かずに降ってきてしまうならば、
どなたの里の隙間に宿を借りようかねえ

のような、未来に関する仮定と思われるのもある、と。「(に) せば……まし」という例で、めずらしくもない用法なのではなかろうか。反実仮想という用語で言えば、未来過去である以上、現実の時間から遊離して、過去のようにも未来のようにも振る舞う。

「まし」についてはのちに用例を調査する（十二章）。

注

(1) 口訳に「若者として一人前に成長した」。「今ならば成熟してをつたとでも言ふべき所を、青年《ワカモノ》にもなつてゐない、をさないと思つて……」と折口は注記する。

(2) それでは説明できないケースもあり、「平城ノ宮に御宇し天皇ノ詔しく〔之久〕」（詔一四、『続日本紀』一七、天平感宝元年七月）など、過去と言われる「し」のあとに「く」がくる。-a が脱落することもあるということか。形容詞の活用形に「く」を見ることなども思い合わせれば、これを語法と見ず、接辞「く」の広い振る舞いと見ておくことが無難かもしれない。

(3) 今泉忠義が「其《シ》」を仮定したと（折口信夫「形容詞の論――語尾『し』の発生」（一九三二）。『全集』新一二、二〇〇ページ。

(4) 藤井『古日本文学発生論』、思潮社、一九七八。

(5) 折口信夫は「序歌と聯絡のあるものが正統……」（折口「日本文学の発想法の起り」『古代研究』一）と言う。もう一歩進めて、起源譚の凝縮としての枕詞にまで言及してほしかった。

(6) 藤井『物語文学成立史』五ノ七、東京大学出版会、一九八七。

（7）稲村賢敷『宮古島旧記並史歌集解』琉球文教図書、一九六二。

（8）細江に拠れば、大正六年（一九一七）九月、英語学者岡倉由三郎（岡倉天心の弟である）との座談で「き」と「けり」との対比が話題になったらしい。早く草野清民が「き」は「対談」、「けり」を「記録」と区別していたよし。また山田孝雄から「回想」という考え方を受け取ったようである。

「き」および「けり」をめぐり、『源氏物語』の諸例を調べあげた吉岡曠の労作があり（『物語の語り手』（笠間書院、一九九六）近年では井島正博による検討がある（『中古語過去・完了表現の研究』、ひつじ書房、二〇一一）。会話文のそれらと地の文のそれらとでは、大きく様相を異にすること、したがって、地の文では直接体験と非体験との差異というようにけっして言えないと、細江説を批判する。井島の意見は、物語時と表現時とを分けるという、氏の立論の根柢にかかわる。

（9）吉田、三八八ページ以下。

（10）新大系は「十月　雨間毛不置　零尓西者　誰里之　宿可借益」。

七章　伝来の助動辞「けり」——時間の経過

1　動詞「来《け》り」との関係

助動辞「けり」が、本書の大きな塩湖のようにして登場しようとしている。そこへゆく前に、通らなければならない入り江がある。助動辞「けり」は動詞「来《け》り」から転成したという説がある。▼注1 結論から言うと、私はこの説に、これまで賛成してきたし、▼注2 いまも賛成する立場を取る。

『万葉集』には、〈やって来ある〉意味の動詞「けり ker-i」（来《け》り）がある。

……冬木成《ゴモり》、時じき時ト、見ずて徃かば、益して恋しみ、雪消《ゆきゲ》する山道尚《すら》を、なづみゾ——吾（が）来《け》る（『万葉集』三、三八二歌）

〔……冬籠り、時季でもない時なのにと、見ないで往くならば、さらに恋しくて、雪消えの山道ですら、難渋しながら私がやって来ている〕

は、歌末「名積叙吾来煎」を「なづみゾ—吾（が）来る《け》」と読んで、「吾（が）」のあと、ただちに「来る《け》」とあることにより、この「ける」は動詞であり、やって来ある意（空間を移動して来る）と見るほかない。動詞「けり」はこのように、『万葉集』にいくつもあって、助動辞「けり」のはるかな原因となった語だろう。その三八二歌に続き、

築羽根《つくはね》を、外《ヨソ》ノミ見つつ、有りかねて、雪消ノ道をなづみ来有《ける》かも（同、三、三八三歌）

筑波嶺を、外部からだけ見ながら、がまんできなくて、
雪消えの難渋してやって来ているのかなあ

という事例もある。前歌を受けるからには、歌末「名積来有鴨」の「来有《ける》」をも動詞と取るべきなのか、それとも「なづみ」という動詞に続くから助動辞の扱いでよいのか、難関かもしれない。けれども、このような三八二・三八三歌の事例こそは、助動辞「けり」がもともと、動詞「来り《け》」とかかわりあったことの有力な証拠ではあるまいか。三八二・三八三歌は空間の隔たりにかかわる。

三九五七歌のような仮名書き例（動詞の例）も空間の移動としてある。

……見まくほり、念ふ間に、たまづさノ、使ノけれ（家礼）ば、……（同、一七、三九五七歌）

〔……会いたいと、思う間に、（都から）使がやって来るから、……〕

「玉梓の使いがやって来ている」という動詞として使われる。

助動辞「けり、ける」は、動詞「来り《け》」から転成したに違いないとしても、時間の隔たりをそれはあらわす。便

宜かもしれないとしても、空間的に移動してやって来る場合は、たとい動詞に下接していても、動詞の扱いとし（二連動詞と見なすことになる）、時間の経過を示す場合には助動辞として成立している、と見るのが一案としてあろう。

久堅ノ、雨（ノ）零る日を、我（が）門に、蓑笠蒙《き》ずて、来有《け》る人哉《や》—誰《たれ》（同、一二、三一二五歌）

ひさかたの（枕詞）雨の降る日を、うちの門に、
蓑笠を着けないで来ある人はだれかしらん

がそれらで、文字通り空間を移動してやって来る意の「来」にアル ar-u がくっついた。

かたりつぎ、いひつがひけり（〔原文〕伊比都賀比計理）（同、五、八九四歌）
〔……語り継ぎ、言い継いでいまに至る〕

古ゆ、人の言ひ来る（〔原文〕人之言来流）（同、六、一〇三四歌）
〔いにしえから、人が言って来ある〕

のような、「いひつがひけり」の「けり」や、「言ひ来る」の「来る」（「来《け》る」と訓みたい）は、時間的なかなたから伝わって来る意の〝動詞〟と見る余地が十分にある。

私の案によれば[注3]、来ることをあらわす〝祖語X〟があった。そのXが、動詞「来」（連用形は「き」）にもなれば、助動辞「き」にもなる。そもそも、助動辞はそれ以前の自立語から転成してできたのであり、助動辞「き」の場合、動詞「来（き、く）」と未分化な段階があったはずだというのが私の見通しとしてある。

したがって、「けり」は、動詞「来」の連用形「き」との結合だとも、過去の助動辞「き」とアリ ar-i との結合だとも、どちらとも見られる。事実としては、『万葉集』にはなはだ多い、「～にけり」などがあるから、助動辞「に」（「ぬ」の連用形）に下接する「けり」は、明らかに助動辞としてできあがっている。つまり「けり」は助動辞として成立してきたと認定するほかない。

「けり」を助動辞「き」との結合であるとする立場から、わが論述を推し進めることにする。

2 「けり」のパワーは

「けり」は近代歌人が作歌のために使う、現代歌人にもしばしば使われる、身近な助動辞と言ってよい。物語文学、古典詩歌には無数に広がる。「けり」を詠嘆だと説明するひとがあとを断たないのは、「けり」のために一応、不幸である。けれども、近代歌人でも現代歌人でも、実作上には「詠嘆という意味」で「けり」を用いるひとをなかなか見ない。それなりに、「けり」は時間関係の助動辞で用いられるのが普通で、「けり」のパワーは近代、現代に、なお隠微に生きており、かれらの作歌を内部から統率するからだろう。「けり」のためには同慶の至りだと言っておきたい。

「けり」のなかにはアリ ar-i が仕舞われている。活用は、

けら　（けり）　けり　ける　けれ　○

と、アリ ar-i 系で、連用形を欠くと言われる。「過去《すぎに》けらずや」（『万葉集』二、二二一歌）のような未然形のかたちが上代にある。

たふとくありけり（『古事記』上、七歌謡、『日本書紀』二、神代下、六歌謡）

つキたちにけり（『古事記』中、二七歌謡）
さしけるしらに（同、四四歌謡）　かみけれかモ（同、四〇歌謡）
あケにけり。わぎも（『日本書紀』一七、継体七年九月、九六歌謡）

と、「けり、ける、けれ」のケースを見ると、すべて、動詞に下接するか、助動辞「に」→「ぬ」に下接するかである。後者の場合、助動辞への下接であるから、「けり、ける」をも助動辞と見なしてかまわなく、動詞へ下接する場合にしても、〈〜してきたり、いまにある〉意の助動辞であると判断してさしつかえなかろう。

たふとくありけり　貴く（いまに）ありきたる
つキたちにけり　月が経ってしまい、いまにある
さしけるしらに　刺してあった（いまにある）ことを知らずに
かみけれかモ　醸してきた（いまにある）のかよ
あケにけり。わぎも　（夜が）空けてしまい、いまにある。吾妹よ

と、しつこく「いまにある」としてみると分かるように、時間の経過をあらわす助動辞が、このように日本語にあるということは貴重である。時間の経過から、副次的に気づきの意味合いが生じることはあるとしても、本来的には時間の助動辞であると私は強調したい。

「けり」の東国語に「かり」がある。「たびトヘト、またびになりぬ。いへノもカ、きせしコロモに、あかつきに〈かり〉」（『万葉集』二〇、四三八八歌）〔旅と言うけれども、真の旅になってしまう。家の妻が着せてくれた、衣に垢がついちまって〕。「け」→「か」の移動は東国語のうちにいくらも見られるので、「着《か》る、遠かども」などとともに、訛

音かと見ておく。

3 「けり」のテンス／アスペクト

時間の経過とは、現在なのか過去なのか、過去から現在へとはテンス（時制）なのかどうかを、つねに問われる。欧米語に類推してよければ、未完了過去（半過去）や過去ないし現在進行形をどう見るかという、大きな課題に通じる。アスペクト助動辞として見ると、「けり」は語る現在に完了していた場合もあれば、未完了でもあることもある。テンスとして見ると、まれには未来時を確定的にあらわすことができる（後述）。未来時を確定的に、つまり確実な予定をつよくあらわす場合に「けり」が出てくるとは、これをアスペクト助動辞かと見る、根拠の一つとなろう。とともに、過去時にかかわる限りで、テンス助動辞と見る理由を喪わない。

ここのところをどう考えるか。無論、テンスおよびアスペクトという、言語学的考え方を認めるという前提がなければならない。日本語には、曲がりなりに（いや、しっかりと）動詞や形容詞、助動辞といった語が活用を持っているのだから、テンス／アスペクトがその活用によって行われるのではないかという、テンス／アスペクトの考え方を導入することに、躊躇《ためら》う理由はほとんどない。けれども、世界には、動詞や形容詞のあることを疑えないにしろ、それらの動詞や形容詞がついに活用しないという諸言語もまた、けっして少なくない。アスペクトはともかくもとして、テンスの表現を活用語の主要な役割とすることは一般だろう。活用変化によって、現在なり過去なりをあらわす。しかし、諸言語のなかには活用語を持たず、したがって、テンス／アスペクトをあらわすことが不得意な場合もあるので、たとえば、古代中国語（書かれた限りのいわゆる漢文）や、現代のアイヌ語などはそれではないか。

日本語に、曲がりなりにも活用語があるからといって、十全なテンス／アスペクト語であるかどうか。日本語はテンスのない諸言語と、テンス／アスペクトを完成させた言語との、中間程度かも算定できない。よく知られるように、日本語は「き」なら「き」の附加によって、「き」の示す主体的意志を動詞や形容詞に与えるので、欧米語のような動詞や形容詞じたいが変化して、現在をあらわしたり、過去をあらわしたりするわけでない。日本語の動詞や形容詞は、たしかに未然形や已然形を持つことによって、未定や既定という在り方にむかって身をひらこうとしている、手をさしだしている。しかし、未然形や已然形では、未完ないし未分化と言われるべきであって、助動辞という、受け皿を待つ言語である。その助動辞が、時間のそれであることもあれば、そうでないこともあり、ゼロ記号であることもある。日本語は動詞や形容詞をはだかで投げ出すこともあり、テンス／アスペクト語としての性格を、文法上、十分に発揮していると言いがたいのではなかろうか。助動辞の存在を待って、テンスならテンス、アスペクトならアスペクト、またはその組み合わせをあらわそうとする。

4　口承語りの文体

昔話の研究は、かつて、話型に偏重していたため、語り口を残している資料に乏しかった。私に欲しいのは、

むがし。兄《あん》ちゃど弟《おど》ちゃど二人の兄弟あったずもな。薬も何もねえ時分だから、弟ちゃは唐の国さ行って、漢方のごど勉強して来たど。その薬が売れで売れで、金持ちになったずもな。兄ちゃは焼餅やいで、
「兄弟だから教《お》せだら良《え》がんべ」て言うし、弟は、
「苦労して覚べで来たんだがら、教せられねえ」て大喧嘩なって、弟ば殺してしまったずもな。そうして何という草がわがんねども、弟が売っでだ草取って、いい薬草だって売って、金儲げしたげど。……（下略）
（「弟切草」、佐々木徳夫『遠野の昔話』桜楓社、一九八五）▼注4

というような、語り口を伝える聞き書きである。

遠野つながりで、新刊の『昔話を語る女性たち』から、語り手の正部家《しょうぶけ》ミヤの語りを少し引くと（口演の記録である）、

むがーし、あったずもな。ある所《どご》に、なにもかにも、けちくせ、ほーんとに、口のあるものば要らねず男《おどご》いだったど。この男ぁ、独り者だがら、みんなあだりの人だづ、

「なんたら、お前《め》、いづまでも独りっこいねで、嫁御もらったらなんた（どうだ）」

ってすっつども（言うけれども）、その男ぁ、

「おれ、口のあるものば要らねます。もの食う嬶《がが》なんどば、もらわねがら」

って、聞かねがったずもな。

そうしていだったずが、ある時《どぎ》、そごさ立派な女《おなご》訪ねて来たったど。

▼注5

……

と、「人さもの食《か》せたくねえ男」の昔話に、「ずもな」や「たど」がさいごまで繰り返される。昔話が伝承であることを、みぎのような事例の文末で確認できる。つまり、だれかから聞いて伝える伝承話であると、しつこく話者は繰り返す。

これに相当する文体を、古文読みの人たちは馴染みのはずではないか。歌物語の文体や物語文学の冒頭部その他の、「…けり、…けり、…けり」（「…ける、…けれ」を含む〈以下同じ〉）と続く展開が、伝承文学に負うとは最初の確認としてある。文中の「けり」をも統一して考察する必要がある。

『竹取物語』冒頭

いまはむかし、竹取の翁といふものあり〈けり〉。野山にまじりて竹を取りつつ、よろづのことに使ひ〈けり〉。名をば、さかきのみやつことなむ言ひ〈ける〉。その竹のなかに、もと光る竹なむ一すぢあり〈ける〉。あやしがりて寄りて見るに、……

とあるように、「…けり、…けり、…ける、…けり」はまさに口承文学の文体であることを確認したい。

『伊勢物語』二段

むかし、男あり〈けり〉。奈良の京ははなれ、この京は人の家まだ定まらざり〈ける〉時に、西の京に女あり〈けり〉。その女、世人にはまされり〈けり〉。その人、かたちよりは心なむまさりたり〈ける〉。ひとりのみもあらざり〈けらし〉。それをかのまめ男、うち物語《ものがた》らひて、かへりきて、いかが思ひけむ、時は三月《やよひ》のついたち、雨そほふるにやり〈ける〉。……

『大和物語』二段

みかど、おりゐ給ひて、またの年の秋、御ぐしおろし給ひて、ところどころ山ぶみしたまひて、行ひたまひ〈けり〉。備前の掾《ぜう》にて橘良利《たちばなのよしとし》と言ひ〈ける〉人、内におはしまし〈ける〉時、殿上《てんじやう》にさぶらひ〈ける〉、御ぐしおろしたまひ〈けれ〉ば、やがて御ともに、かしらおろして〈けり〉。人にも知られ給はでありき給《たま》〈ける〉御ともに、これなむおくれたてまつらでさぶらひ〈ける〉。……

『平中物語』一

いまはむかし、男二人して女一人をよばひ〈けり〉。先《さい》だちてより言ひ〈ける〉男は、官《つかさ》まさりて、この時の帝に近う仕うまつり、のちより言ひ〈ける〉男は、その同じ帝の母后の御あなするにて、官は劣り〈けり〉。

されど、いかが思ひけむ、のちの人にぞつきに〈ける〉。

以下、『土佐日記』、『古今集』詞書、『蜻蛉日記』冒頭、『うつほ物語』などの用例をつぎつぎに挙げてゆきたいのだが、いまは省略に付す。

5　「主体的表現、客体的表現」

北原保雄『日本語助動詞の研究』[注6]は、「桐壺」巻の冒頭文について、〈この二つの「けり」は、詠嘆とか感嘆・驚嘆・気づきなどの主体的表現であるとはどうしても認められない〉（六〇一ページ）とする。

いづれの御時にか、女御、更衣あまたさぶらひ給ひ〈ける〉中に、いとやんごとなき際にはあらぬがすぐれてときめき給ふあり〈けり〉。はじめより我はと思ひ上がりたまへる御方々、めざましき物におとしめそねみ給ふ。（「桐壺」巻、一―四）

〔口訳→三二ページ〕

これらの「けり」二つが、「詠嘆とか感嘆・驚嘆・気づきなど」でありえないとするのは、その通りだろう。しかし、時枝理論をたしかに応用しながら、「けり」に主体的表現と客体的表現とがあるとは、いかにも奇妙な論点である。時枝に拠れば、「助動詞」（助動辞）は主体的表現としてある。北原著書は「助動詞」を品詞として定義できるとしつつ、上接・下接の検討から、主体的表現のそれもあれば、客体的表現のそれもあるという論旨に陥った。

氏の言う、主体的表現というのが、いわゆる、気づきや詠嘆ということになろうか。松尾捨治郎の言うところを北原著書は引く。それの引用から孫引きすると、松尾は端的に、

……けりは過去の意に加ふるに、感嘆（寧ろ驚嘆）の意を含んで居ると見たい。一般には「けりに過去と感嘆の二種の用法がある。」と説き、三矢博士も「けりはきありの意にて、過去のきを現在へ継続せしむる意あり。故に一転して、継続過去　全現在　嘆詞　等の義をも有することを得。物語体の現在法なる者に多し。」と説いて居るが、……私見は些か違つて、「けりは常に過去の意と感嘆とを兼ね有するのが其の本義である。」と見るのである。（北原、五九九〜六〇〇ページ）

と述べていた。松尾の挙げた例というのは（北原著書に基づき取捨すると）、

思ひめぐらせば猶《なほ》家路と思はむ方は又なかり〈けり〉、内わたりの旅寝すさまじかるべく、……（「帚木」巻、一―一四八）

〔考えをめぐらしてみるとやはり、家路と思うような方向はほかになかったことだと、宮中での旅寝は殺風景だし、……〕

あかだまは—をさへひかれド、しらたまノ、きみがヨソひし—たふとくあり〈けり〉（『古事記』上、七歌謡）

〔赤玉は紐さえぴかぴかだけど、白玉のような君の衣裳が見事であったことだ〕

幼くおはし〈ける〉男君、女君たち、慕ひ泣きておはし〈けれ〉ば、ちひさきはあへなむ、と公も許さしめ給ひしかば、ともにゐて降り給ひしぞかし。（『大鏡』上、左大臣時平）

〔幼くていらっしゃったる男君、女君たちが、慕い泣きしいらっしゃったるにより、ちいさい子はよろしい、と公

儀も許させなさったから、一緒に下りなされたことでしたよな。〕

今は昔、本朝に聖徳太子と申す聖、おはし〈けり〉。(『今昔物語集』一一ノ一)

〔今は昔、本朝に聖徳太子と申す聖が、おらしたことだ。〕

などあり、〈けりの方は単なる過去の説明的記載でなく、記者の感情が高潮されて居る〉と松尾は言う。さらに松尾は事例をあげてゆくが、省略する。松尾は〈けりは常に過去の意と感嘆とを兼ね有するのが其の本義である〉と言った、さらに〈此等は皆過去に於て認識の外にあつた事実を、新に認識して驚嘆する意であるから……〉(『国語法論攷』追補版)▼注7と言ったので、北原のように主体的表現と客体的表現とを分離させようとしたわけではない。氏はそれらを分離させたことになる。

6　時間の経過を機能する

松尾の挙げた例は、しかしながら検討し直すと、すべて、伝承か、あるいは以前から続く時間が継続し、現在に至っているとの基本をはずしていない。「桐壺」巻冒頭について言えば、

女御、更衣あまたさぶらひ給ひ〈ける〉……

は、ずっと以前から女性たちが後宮に伺候してきたのだし、

……すぐれてときめき給ふあり〈けり〉。

とは、伝承的事実、あるいは桐壺更衣が物語の始まる前からときめいていまに至ることを端的に言う。

思ひめぐらせば猶《なほ》家路と思はむ方は又なかり〈けり〉。(「帚木」巻、前掲)

にしても、家路はずっと前からその女のところだったというので、気づきであろうと、その前提に、以前からそう

であり、いまもそうであるという、時間の経過がある。『古事記』歌謡の例は、以前から続いていることであり、『大鏡』の例も、生誕時から父子としてずっと一緒だったのであり、時間が経ってこんにちに至る。

　今は昔、本朝に聖徳太子と申す聖、おはしけり。

は伝承の事例である。

「けり」＝気づき・詠嘆のような心意は、もしあるとしても、すべて、時間的な経過を前提としているので、その前提と安易に切り離しえない。「けり」＝気づき・詠嘆のような説はどこから出てくるのだろうか。「けり」を時制と取るのがキリシタン文献だったようで、ロドリゲス『日本語小文典』、第三部、「過去時制〔形〕について」のなかに、

　小辞けり Keri　たり Tari　に Ni は活用して時制と法を表わすが、意味はつねに過去時制である。

とする。「現在・過去時制 Keru（ける）」ともあって、わかりにくさを伴うのはしかたがない。『日葡辞書』（「成りはて、つる、てた」項）の事例、「憑む方なく、成り果てて心細くぞ覚えける」（『太平記』十八）は、「寄りすがるべき人もなければ、助けてもらう人もなくて、全く途方にくれ、物寂しく、うちしおれていた」（原ポルトガル語）とある。時制ということでは、『一歩』[注8]に「けり」をつねに現在と見る見方があって注意される。

余情と見るのについては、『春樹顕秘増抄』[注9]に、「けりと留ることといひつめて余情なき詞なれど、うつりよく留まりたるは物つよく聞ゆる也」云々。『源氏物語』「桐壺」巻の、「かぎりとて分かるる道のかなしきにいかまほしきは命なりけり」を引いて、「此けり俊成卿称美し給へり。命なりけりといひつめたる、かへりてあはれふかくおのづから余情もこもりて聞ゆ。……」と。さらに西行などのうたには「第三のけり」があり、「是又つよく聞ゆる物也」とある。

7 「気づき、詠嘆」説の展開

気づきというような言い方や、「気づき」と「詠嘆」との関係は、出自がなかなか確かめられない。気づきというような説明がどこから出てくるのか、栂井道敏『てには網引綱』（下、一七七〇）に、

此心は、かゝる所には月もすむまじきとおもひしに、さても月ぞすみけるよといへる也

影やどす、露のよすがに秋暮れて、月ぞ―すみける。をのゝ篠原

とあるのは、〈ある事柄に気づいたことを表わす〉と解説される。[注10] しかし、道敏がここで「気づき」という語を使っているわけではない。

『脚結抄』[注11]に、〈〔けり〕は『万葉』に「来」と書きたれど、まことは「来有」の心なり。……〔き〕とのみ詠《よ》めるにくらぶれば、例のなり文字添ひて心ゆるべり。……〔けり〕は同じく言ひ定めたる言葉ながら、理にかかはれるかたが重くて、みづから言へる言葉となれり。里「物ヂヤ」「事ヂヤ」と言ふ。また、その所々によりて「タコトヂヤ」「タモノヂヤ」と「タ」文字を添へても心得べし〉（傍点は白ゴマ点）と。

本居宣長[注12]は「おしはかるけり」を挙げて、「雪ふかき道にぞ―しるき、山ざとは―我よりさきに人こざりけり」（『後拾遺集』六、能宣、二五九歌）など、十首余を例歌とする。「つねのけり」とは異なるとするものの、気づきや詠嘆という性格のことではないらしく、推量の「けり」があるとする意見だろう。同じく『古今集遠鏡』（一七九七）で「けり」をワイ（春がキタワイなど）とするのは〈現在〉とする認識だろう。

富士谷御杖は『土佐日記燈』（一八一七）のなかで、

あさぢふの、野べにしあれば、水も―なき、池に摘みつる若菜なりけり（正月七日）

浅茅の生うる野べであるから、水もない池に、
朝摘みしたばかりの若菜であったことよ（池は地名をかける）

について、〈なりけりといふ脚結《あゆひ》はたゞしかしかなりとことわる詞と見ゆれどしからず。さはあらじとおもへりし物のおもふにはたがひたるやうのことをなげく心に用ふるあゆひなり。……その摘みつるかひもなきことをみづからなげきたる心也〉とする（北原所引）。『土佐日記』に徴するに、若菜の贈り主の「朝摘んだばかりの若菜だったのですよ」という心を表現するうたとして受け取れる。「けりは既に然る上の事を云《イヒ》ていさゝかなげく心をおびたる辞なり」（黒澤翁満[注13]）と、しかし「なげき」と言ってよいか、言い切れない。

近代以後にも、「けり」に詠嘆を認める感じ方はずっと続いてゆく。山田孝雄『日本文法論』は複語尾として、〈「けり」は啻に回想するのみならず、必現実を基本として、これによりて回想を起すなり。この故にまゝ咏嘆の「けり」などと称せらるゝものあり[注14]〉とする。

三矢重松は「けり」について、「き」の存在態とし、〈過去の動作を存在的に間接に記述するにて、或る場合には継続態とも見るべし〉として、「富士の高ねに雪はふりける、今一しほの色まさりけり、都は野辺の若菜摘みけり」などを挙げたあと、〈かくて語気をいへば、ツとキと通ひ、ヌとケリと通ふなり。此の存在・継続の意義次第に転じては、時に関せず専道理にかゝること、動くまじき事の意を強むるに用う。この用法ケリの半を占む。「色マサリケリ」も過去といふよりは過去にも然りし事、今も然り未来も然る理を述べたりと見る方穏当なり[注15]〉とする。

以下、辞書などを見ると、『日本国語大辞典』（第一版、一九七二）では、春日政治の「けり」＝「来有」説[注16]が取り上げられていた。その過去から動作が継続して現在に存在するという原義を認めつつも、『西大寺本金光明最勝

王経の国語学的研究』（一九四二）によると、「この古点に見えるケリは、時に於ては過去でなく殆ど皆現在に用ゐられてゐる。即ち普通に所謂詠嘆の義に用ゐられてゐると言つてよい」とする。

時枝誠記もまったく同じ言い方で、「回想された事実、過ぎ去った事実に用ゐられるところから、屢々詠嘆の表現に用ゐられる」（『日本文法 文語篇』、一九五四）とする。『岩波古語辞典』（補訂版、一九九〇）に、〈「けり」は、「そういう事態なんだと気がついた」という意味である。……〉（基本助動詞解説）と。

『日本国語大辞典』（第二版、二〇〇一）にあっては、ついに「気づき」をもって「けり」の主要な中心的意味へと据えてしまう。第二版はすなわち、第一版をすっかり書き換えて、古くからの細江逸記説（『動詞時制の研究』、一九三二）[注17]、そして春日説を無視し去り、項目の立て方は「気づき」説のために操作しているというほかない。用例の取捨に至っては、ある項目の場合、万葉ばかりを四例挙げるなどの恣意的な扱いであり、辞典の在り方として疑問を残す。第一版から第二版への全面的な改変は、大きな禍根を見せたと嘆かれてもしかたがない。

8 「科学的ないし客観的方法」（竹岡）

竹岡正夫という、まっとうな『脚結抄』研究者が、一時、「けり」論争へ身を乗り出して、いくつもの重要な突破口をひらいた。最終的には乗り越えられる必要のある竹岡理論である。というより、理論の名に値する竹岡学説からわれわれは退転すべきでない。ごく基本のところへわれわれはもう戻れないのであろうか。

〈たとえば「た」の意味を「過去、完了、存在」などと客体内での対象のあり方を表わすと解したり、「どいた、どいた」の「た」を「軽い命令」などと、文脈上醸成されている意味を文末の助動詞の表わす意味と錯覚してはならないのである〉（竹岡「『けり』と『き』との意味・用法」）[注18]。ちなみに、この竹岡論文は、著名な（竹岡その人の）「助動詞『けり』の本義と機能」という論文以後での、いくつかの特集や批判に継ぎ、〈徹底的研究〉と銘打たれた特集のために氏によって書き下ろされている。

「助動詞」（助動辞）とは何か。言語主体（話し手・作者のこと）の「認識・判断、あるいは思考のしかた」（以下「認識のしかた」と略称する）の種別を表わす単語だ、と氏は考える。言語主体を「話し手・作者のこと」とするのはむしろ逆であって、言語じたいから規定しなければならないことだろうという点に、竹岡への、私なりの不満が残るけれども、いまは不問に附してよい。氏が「認識のしかた」に「助動詞」の本性を見るというところには、時枝理論の延長だと私は受け取ることができる。助動詞（助動辞）が主体的表現であるとは、そのような意味においてであって、竹岡によって適切に時枝が受け取られていると私は痛感する（時枝理論の弱点も継承されているかもしれない）。

ふたたび『源氏物語』「桐壺」巻の冒頭を、竹岡とともに引くと、

いづれの御時にか、女御、更衣あまたさぶらひ給ひ〈ける〉中に、いとやむごとなき際にはあらぬが、すぐれてときめき給ふあり〈けり〉。（「桐壺」巻、一―四）
〔口訳→三二ページ〕

とある、この文から、〈どの帝の御代にか、女御や更衣がたくさんお仕えしていらっしゃった中に……〉というような、「対象」だけを「意味」として理解して、「いづれの御時にか」とあるから、この文中の「けり」は過去だの伝承回想だのを表わすというような、〈旧時代的な方法をとっていたのでは、助動詞の「意味」はとうてい明らかにならないのである。さような「対象」に対してこの物語者はどのように認識しているかというところが同時に理解されなくては完全な理解とは言えないのである〉（竹岡）。

竹岡に拠れば、たとい、「気づき」や「詠嘆」のようなことが文脈的に醸成されていようと、それらがただちに

「意味」でありえない。科学的な手続きをへずに、文脈から「ここは詠嘆だ、ここは気づきだ」などと、名人芸的に自己陶酔するような読みを学問的に不毛と言う、と。「認識のしかた」は、語の選択や語順、テニヲハ、文型、文章の種類とその型に表現される。誤解なきように言えば、（「助動詞」の）本義を明らかにするための科学的ないし客観的方法がどこにあるか、氏は尋ねようとしている。

そうすると、最初に見た通り、物語文学の文体として、そもそも伝承の語りの体裁を持っているという、現代の本格昔話などとの比較を通して確認できることが、「桐壺」巻の「けり」五十八例のうち、いくつもの場合にあてはまることは動かせない。竹岡も、

内より御使あり。三位のくらゐ送り給ふよし、勅使来てその宣命《せんみやう》読むなむ悲しきことなり〈ける〉。（同、一―九）

〔内裏より御使がある。三位の位を贈りなさる旨、勅使が来てその宣命を読むのは悲しいことであったよ。〕

について、〈物語口調〉の「けり」だとする。「……悲しきことなりける」というのが、一段中の小段落で、そのために〈物語口調〉である「けり」が出てきたのだろうとする。私も賛成で、こういう場面で出される、近世以後の「けり」詠嘆説を排除したい。詠嘆説が言う詠嘆はだれの詠嘆か。それらは語り手や作者の詠嘆を考えざるをえないだろう。作者にしろ、語り手にしろ、「悲しかったそうな、悲しかったということよ」と伝えることがしごとで、けっしてみずから詠嘆などしない。細江逸記による「けり＝伝承回想」▼注19説を、ここいらで思い出しておくのも悪くはなかろう。「けり」を諸言語の未完了過去や半過去に、類推できるというように細江説をパラフレーズしてみるならば、その視野はいまなお色褪せていない。

続く、

女御とだに言はせずなりぬる、飽かずくちをしうおぼさるれば、いま一きざみのくらゐをだに、と送らせ給ふなり〈けり〉。（同）

〔「女御」とすら言わせずに終わってしまうことが、いつまでも残念にお思いでおられるから、せめていま一段の位をと、贈らせなさったことだ。〕

の「けり」は、宣命が葬礼の場で読まれることから、すこし時間を遡る時点で三位を贈る決定があったこと、その理由や経過があって宣命を読むに至る、時間の流れが感じられる。結果が現在にあるという、時間の流れを「けり」が引き受けている、と。こんなのは詠嘆でもなければ、気づきでもない。

著名な事例に、

式部卿宮、明けん年ぞ五十になり給ひ〈ける〉。（「少女」巻、二―三二一）

〔式部卿宮は来年が五十におなりだったという。〕

がある。確定的な未来の時点へ向かって時間がいまから流れいることを示している。

三月二十日あまりのほどになむ、みやこを離れ給ひ〈ける〉。（「須磨」巻、二―五）

〔三月二十日あまりのほどにのう、都を離れなさったという。〕

もそうだろう。光源氏出立の予定をあらかじめ読者に提示する。そうすると、けっして過去の助動辞と一概に言えないので、私はしつこく「時間の経過を示す」とか「伝来の助動辞」とか、唱えざるをえない。「結婚式も明日になりました」などと言うのと同じで、「けり」はその場合、未完了として働くというふうに見ることができる。

9　伝来の助動辞として

竹岡の言わんとする「けり」の「意味」はじつに明快であって、〈物語中の現場からは別世界での事象を、言語主体が「あなたなる世界」における事象として認識していることを表わす語である〉。このことを空間的にも時間的にも言えるとするのが竹岡だった。私は、空間性を時間のうちに含ませて、〈時間的なあなたからやってくる事象〉であると、統一することはできないかと考える。物語文学の大枠の時制は非過去つまり現在にあって、刻々と、現在なら現在の時間が流れている。そこへ〈あなたなる時間が這入りこむ〉と考えればよいのではないか。

竹岡が空間的なかなたの世界とするのは、

一の御子は右大臣の女御の御腹にて、寄せ重く、疑ひなき儲《まうけ》の君と世にもてかしづききこゆれど、この御にほひには並びたまふべくもあらざり〈けれ〉ば、おほかたのやむごとなき御思ひにて、……(「桐壺」巻、一―五)

〔口訳→三三ページ〕

が一例だ。一の御子について「けり」を使い、光宮には「けり」を用いない。「けり」の使われない部分（つまり光宮中心）が物語中の現場であって、他者（一の御子）の「あなたなる」場での事象は「けり」で示される、と。まことに巧妙な説明のように見えて、先に生まれた一の御子が資質の点で光宮に及ばなかったと、比較して明らかになる、以前からの事象である。「けり」は時間的なあなたから続く事象をあらわすと見てよいのではなかろうか。もう一例をも見ると、

……弘徽殿には、久しく上《うへ》の御局にも参《ま》うのぼりたまはず、月のおもしろきに、夜《よ》ふくるまで遊びをぞし給ふなる、いとすさまじう物しと聞こしめす。このごろの御けしきを見たてまつる上人《うへ》、女房などは、かたはらいたしと聞《きき》〈けり〉。……（同、一―一七）

〔弘徽殿（女御）にあっては長らく御座近くの室にも参上しなさらず、月がおもしろい夜に遅くまで管絃をなさる、その音楽が聞こえ、（帝は）えらく興ざめで不愉快だと聞きあそばす。最近のお顔色のさまを見申し上げる殿上の人々や女房などは、はらはらしながら耳にしたという。〕

は、テクストをキキケリと訓むとして（原文「聞けり」はキケリとも訓める）、帝が弘徽殿方から音楽が聞こえてくるのを、不愉快と思うよりずっと前から、当てつけがましいその音楽を上人や女房たちが気にしており、帝に対してきのどくだと思っていたと、時間的な既往からいまに至るまでを「けり」があらわしていると取るならば、まことに「けり」にふさわしい箇所だ。

父の大納言は亡くなりて、母北の方なんいにしへの人のよしあるにて、親うち具し、さしあたりて世のおぼえ花やかなる御方々にもいたうおとらず、何ごとの儀式をももてなし給ひ〈けれ〉ど、取り立ててはかばかしき後《うし》ろ見《み》しなければ、こととある時は猶《なほ》寄り所なく心ぼそげなり。（同、一―四～五）

〔父の大納言は亡くなって、母北の方が昔かたぎの品位を保って、親がそろい当座はそれなりに世に迎えられ栄えているお方々にもあまり負けないように、どんなタイプの儀式をも世話なさるけれど、格別の後援があるわけで

ないから、要り用の時にはやはり頼る所がなく、手元不如意だ。〕

宮仕えの当初から、ずっと何くれと儀式はあったわけで、母の才覚でやるだけのことはやってきたし、いまも続けているけれども、いざと言うときの不如意は如何ともしがたい。遡る時間から筆を起こしていまに続けるという、「けり」の用法に不明瞭さはない。

「けり」は時間の流れ、経過をあらわす助動辞なのである。そこをはずしてはならない。上接する動詞に、いろいろと経過や反復をあらわす場合が圧倒的に多いことをも、見のがしてはならない。五十八例なら五十八例にわたって、二、三例を除き、処置に困るような事例はない。その二、三例にしろ、時間経過の「けり」という前提で処理すれば、何の困難もない。

「亡きあとまで人の胸あくまじかり〈ける〉人の御おぼえかな」とぞ、弘徽殿などには猶ゆるしなうのたまひける。（同、一―一〇）

〔「亡いあとにまでなって、他人のきもちを晴らすことのなかったような、更衣のおん思われだこと」と、弘徽殿（女御）などにあってはそれでも許さず（厳しく）おっしゃったことだ。〕

弘徽殿にとり、桐壺更衣は亡くなってなお煩わしくいまに迷惑であり続けている。

命婦は、まだ大殿籠《おほとのごも》らせ給はざり〈ける〉、とあはれに見たてまつる。（同、一―一五）

〔命婦は（帝が）まだ御寝あそばされなかったことよとしみじみ見申す。〕

と、帝は命婦が宮中へ帰還する時点でそれより前から起きていた。詠嘆や気づきらしさを多くの人の感じてしまうのが、

……物の心知りたまふ人は、かかる人も世に出でおはする物なり〈けり〉、とあさましきまで目をおどろかし給ふ。（同、一―七）
〔ことの筋目をわけ知りなさる人は、かような人も世に生まれいらっしゃる道理であったことだと、あきれるぐらいにびっくりさせられなさる。〕

とあるような箇所だろう。「物の心知りたまふ人」が、以前を振り返り、かような理想的人材がこの世に出現したことがいままでにあるか否か、思いをめぐらして改めておどろく、というところだろう。五十八例中、おどろきの場面はけっこう少ないのに、そこに出てきた「けり」から、詠嘆や気づきを助動辞の「意味」と理解してしまうことには、何と言っても疑義をおぼえる。竹岡すら、ここは詠嘆のきもちが自然に添うところなどと言っているけれども、「けり」の本義なら〝時間の経過〟だろう。

「けり」は、こうして見てくると、伝承をあらわす〈物語口調〉（とは竹岡の言い方であった――）として、いくらも使われるほかに、以前の事象が現在などあとの場面へ流れいる際に、大いに用いられる。物語のなかで、判然とそれを分けることはなかなかむずかしいにしても、これらを統一するなら、「けり」は〝時間の経過〟をあらわすというガイドラインで纏め上げられる。名づけるならば、〈伝来の助動辞〉というのに尽きるのではないか。「気づき」は文脈上、派生的に生じた「意味」であって、文法的意味ではない。そんな場面にはなかなか出くわさないことに、同時に醒めておくべき、これはテクスト読解の課題なのである。

注

(1) 春日政治『西大寺本金光明最勝王経の国語学的研究』(丁字屋書房、一九四二)に、『万葉集』が「来有《ける》」(二、三八三歌など)と記したごときがあるのを取り上げて、「この語源を考へる上に先づ省みるべき」だといぅ(二四四ページ)。春日はケリをぜんぜん過去と関係がないとしつつも、「来アリ」が継続的存在をあらわすと認めて、「前カラシ(アリ)続ケテ今ニアル」の義だとする。動作が過去から継続して現在に存在することをあらわすことが「過去のケリ」を作って行ったとも論じられる。

(2)・(3) 私は『物語文学成立史』(東京大学出版会、一九八七)に、春日説を取り上げたほか、九ノ二、四九〇ページに特に図示して、原初の想定される「来《き》」が「き」(助動辞)にもなり、「来《く》」(動詞)ともなり、アリと結合して「けり」にもなったかと論じた。有効な説だといまも思っている。

(4) 「弟切草」は高木史人「オトギリソウの話」(『学生研究会による昔話研究の50年』、二〇〇五)にも引かれるところ。「たずもな、～たど、ずもな、たげど……」と文末が続く。

(5) 石井正己編、三弥井書店、二〇〇八。『正部家ミヤ昔話集』(小澤昔ばなし)研究所、古今社、二〇〇二)に「人さ、もの食《か》せたくねえ男」として出る。

(6) 北原、明治書院、一九八一。

(7) 松尾、一九六一〈初版は一九三八〉。

(8) 『一歩』は、一六七四刊、『国語学大系』九。参考、藤井「詩的考察」1、『るしおる』61、二〇〇七。

(9) 有賀長伯〈一六六一―一七三七〉著?『春樹顕秘抄』は細川幽斎著、『国語学大系』十四。

(10) 山口明穂「過去の助動詞」『品詞別日本文法講座』助動詞Ⅱ、明治書院、一九七二。

(11) 富士谷成章、四、来倫、一七七三。例歌は、源通具の作。

(12) 宣長、『詞の玉緒』六、一七八五。

(13) 黒澤、『言霊のしるべ』、一八三三、『国語学大系』二。

(14) 山田、『日本文法論』一ノ三、一九〇八、四一一ページ。

(15) 三矢、『高等日本文法』、一九〇八、増訂一九二六、三二九ページ。
(16) 春日 →注1
(17) 細江 →六章。細江が斬新な視野から「時間」問題に切り込んだこと、および会話文において依然として有効な学説という評価点を無視しえない。
(18) 竹岡、『月刊文法』一九七〇・五。「助動詞『けり』の本義と機能」は『国文学・言語と文芸』三十一〈一九六三〉。
(19) 細江 →注17

八章　「けり」に〝詠嘆〟はあるか

1　詠嘆を担う語は

「けり」に〝詠嘆〟はあるか、という本稿の課題にいきなり答えてしまえば、それはない。「けり」に詠嘆という「意味」はない。しかし、と急いで附け加える。「けり」に詠嘆のきもちが出てくる場合がまったくないわけではない、と。「けり」に気づきの用法というべきがあることは、よく知られている。気づいたことを感慨深く振り返るような時に、詠嘆のきもちが出てくるかもしれない。それは自然なことだ。一般に、言語は、実際に行われる会話の現場で、感慨深く吐き出されることがある。それにいちいち詠嘆の用法を認めるのはどうだろうか。詠嘆を担う語や用法は別にちゃんと用意されている。

花のいろは――うつりに〈けり〉な。いたづらに我が身世にふる。ながめせしまに（『古今集』二、小野小町、一一三歌）

花の色はうつろい逝ってしまいましたことよな。

無為に私の身が世に長らえる。うつうつと暮らした間に

「けりな」は一文の終りをなす。「な」という、詠嘆を引き受ける終助辞を従える。「けり」じたいは「詠嘆の意味」を持たないと見るのが筋だろう。

山里は―冬ぞ―さびしさまさり〈ける〉。人めも―くさも―「かれぬ」と思へば（同、六、源宗子朝臣、三一五歌）

山里は冬こそさびしさがまさるということだ。
人の目も芽も草も葉も「枯れてしまう、離れてしまう」と思うと

この「ける」に、詠嘆の感じを感じるひとがいるとしたら、終止形「けり」でなく、連体形「ける」であるからで、連体形止めであることを喚起すべく「ぞ」（係助辞）を冠した、緊張する文体である。この緊張感が、詠嘆のきもちをにじみ出させているので、「けり」じたいに「詠嘆の意味」があるわけではない。

山川に、風のかけたるしがらみは―流れも―あへぬもみぢなり〈けり〉（同、五、春道列樹、三〇三歌）

山川に、風がかけているしがらみは、
流れることもむずかしい、紅葉であったことだ

これは「紅葉であったことだ」と言い切る。終止形の「なりけり」、および「なりける」が『百人一首』全体に六首あるのは、八代集に調べた比率から見て、ごく平均的な数だ、と『小倉百人一首の言語空間』（世界思想社、

一九八九)[注1]に述べられる。ごくありふれた「なり」と「けり」との結びつきのなかに、取り立てて「詠嘆の意味」などありはしない。「紅葉であったことだ」という句のなかに、気づきの感じがあるのはよい。それが感慨をにじみ出させるとしても、感慨を持たない短歌などないと考えれば、一首の終わるところから情感がにじみ出てきて自然である。

「なりける」の場合は連体形だから、言い切らない余韻に詠嘆のきもちがこもる。

2 日本語に沿って

「けり」は早く『古事記』の神話的な叙述のなかに出てくるから、よほど古くからある助動辞だった。『万葉集』のなかにも「けり」はあふれかえる。『万葉集』では、いわゆる万葉がなで書かれるほかに、「来」字もまた「けり」と訓ませるらしいということが注意される(無論、「来」のすべてがそうだということではない)。「き」が、ギリシャ語のアオリストに相当するとは、国語学者の橋本進吉が言い出した。[注2]鈴木泰は、「き」がアオリストであるのに対して、「けり」は印欧語のインパーフェクト imperfect であるという立場から、学説史の整理を試みる。[注3]「けり」にはアスペクト的「意味」がある、と。

「けり」が気づきの感じを持つということは、ムード(法)的「意味」においてであって、鈴木は「けり」の持つ「発見、説明、確認の三つは、imperfect に伴うムード的意味」に非常に近い、と論じた。

みぎに、アスペクト、ムード、という用語を一応、使ってみた。しかし、根本的な疑問がないことだろうか。欧米言語学における、テンス・アスペクト・ムードの区別を日本語の「けり」に適用して、その結果、「けり」にはアスペクト的「意味」があり、ムード的それもある、無論、テンス的それもある、と論じるのでは、区別しておきながら、区別したことの理由がなくなる。

まずは、ひたすら、日本古文そのものの「けり」に附き従いたい。それでも、「けり」に詠嘆の「意味」があるとかないとか、研究者でも分かれていて、鈴木の前掲論文によると、大野晋▼注4、山崎良幸説▼注5は認めない立場、反対に北原保雄説は認める立場▼注6、と分かれる。しかし、北原説は、「詠嘆とか気づきとかの主体的表現にあずかる用法」というように、「詠嘆」を「気づき」に並べる。主体的表現に対する、客体的表現にあずかる用法というのは、「過去から継続して現在に存在する事象、あるいはあなたなる場に属する事象」の表現のことだ、と。このうちの「あなたなる場」というのが竹岡正夫説▼注7から来たことはよく知られる。

これらを要するに、鈴木の発言をふたたび使えば、たとえば大野説の場合、「詠嘆の主要な内容である発見、確認の意をすでに『けり』の意味に認めているので、それらを除いた詠嘆の意味をわざわざ認める必要がなかったのに過ぎない」し、反対にこれを認める北原説にしても、「詠嘆とか気づきとか」と言って並べるのは、「気づき」よりも広い「意味あい」に対して、それを詠嘆と名づけて、「主体的表現」の広い領域をカバーしようとしたかと了解される。

しかし、詠嘆を引き受ける語彙は、何よりもまず感動辞があるのではないか。ついで、前述した終助辞があり、語法でいえば連体形や已然形止めもある。間投助辞は詠嘆の一類でありうる。

な、よ、か、かも、かな、も、は、や

これらの終助辞や間投助辞によって、詠嘆は引き受けられているので、「けり」じたいは前述した「けりな」とか、別に「けるかも、けるかな、けるよ、けるは」など、併用されるところを見ると、「けり」そのものにむしろ「詠嘆の意味」はない、本来なかった、と見るべきではないか。詠嘆のようなきもちを引き受けるのは助辞の得意とするところ、特権だと見たい。「感動する」という動詞じたいに「詠嘆の意味」はない。「すばらしい」という形容詞じたいに「詠嘆の意味」はない。それと同じで、「けり」という助動辞に「詠嘆の意味」があるわけではない。「気づき」のきもちがにじみ出てくるのを、だれかが詠嘆であると認定して、漠然と、学校文法にそれを登録したという程度のことだろう。ついでに言っておけば、やはり学校での教えで一般に行われている、〈伝聞の「なり」〉にも「詠嘆の意味」がある、という考えは、辞書などでもはっきり否定されるように、古文の事実としてありえない、教室から追放したい誤認であって、近世の歌人あたりが使い始めた用法ではないか。「けり」に「詠嘆の意味」があるというのもまた、彼らが言い出したことではないかという見当をつけておこう。

3　「気づき」について

「けり」に気づきのきもちが出てくるのはなぜか、ということは考えておいてよいことである。「けり」には、要素として、前述したようにアリ ar-i（存続、継続）が含まれる。

「たり」は学校文法において「完了」と教えるものの、古文の助辞として、ほとんど「存続」をあらわす。「り」がアリ ar-i であるごとく、「たり」にも要素アリ ar-i が含まれていて、その存続・継続のあらわしが「たり」にはもろに出てくる。「り」は現在そのものである。

「断定なり」が「に—あり」と一般に説明されることについてはともかくも、「なり」がその要素として含まれるアリ ar-i によって、存続という態を持つことは理解し易い。「にこそあれ」というようにして分離した「あり」（ここでは「あれ」）は動詞の扱いでよかろう。

「けり」もまた、何かの語（X）にアリ ar-i が熟合して、本来の「けり」は生まれた、と推定される。だから「けり」には何らかの存続・継続の「意味あい」が含み持たれるかもしれない、とは言える。

霞立つ、長き春日ノ、晩《く》れ（に）〈ける〉、わづきも—しらず……　（『万葉集』一、軍王、五歌）

〔霞の立つ、長い春日の、晩れてしまいある、区別も分からず……〕

「晩れ（に）ける」は「くれぬ」に「けり」が附くかたちである。「に」は読み添えなので除くと「晩れける」で、「晩れて来てある」というほどの「意味あい」になる。「晩れにける」ならば「晩れてしまって来ある」。だんだんに暮れて来て、いまやとっぷりとやみに包まれた経過が「けり」に込められる。そのことにハッと気づくことから、気づきの用法が出て来てよい。ここで「わづきも―しらず」（区別も分からず）と、気づかなかったことが詠まれているのは、「けり」が過去からの継続をさし、いまにあることをハッと気づくという用法を拡張といえば言える。

み吉野ノ　耳我（ノ）嶺に、時無くソ―雪は―落り〈ける〉。間無くソ―雨は―零り〈ける〉。……（同、一、〈天武〉御製歌、二五歌）

〔み吉野の、耳我の嶺に、時でないのに、雪は降ったという。隙間無く、雨は降ったという。……〕

「雪は―ふりける、雨は―ふりける」と、降り続き来あることを「けり」であらわす。その過去から継続して降って来た（いまも降る）というのは、この作歌の詠み手が体験する以前から、ずっと続けられていまに至ることを言うから、伝承的過去にまで遡り、そこから始まる継続である。「けり」が伝承にかかわる（物語は「けり」を基調とする）のは、その辺りに大きな根拠があった。みぎの歌の異伝（一、二六歌）は「ける」が「といふ（等言）」に置き換えられる。「けり」の伝承性を説明づける異伝ではないか。

嘆きつつ、大夫《ますらをとこ》ノ、恋ふれコソ―吾（が）かみゆひノ、漬《ひ》ちてぬれ〈けれ〉（同、二、舎人娘子、一一八歌）

嘆きながら、ますらおとこが恋いしたうからこそ、髪結がだんだんに解けてきている経過と結果とを「けり」はあらわす。「けれ」という已然形の結びになっているので、詠嘆のきもちがこもる。

みぎは『万葉集』に見た。その、過去からの継続という本来の在り方は、平安時代を通して、ほぼ揺らがない。〈X＋アリ ar-i〉が「けり」だとすると、Xは「来《く》」、あるいはその連用形の「来《き》」であると見るのが、一番すなおな推定だということになるかと思う。▼注8『万葉集』の用字からもそれが言えると、先に暗示した。「けり」は〈過去からの〉〈伝来の助動詞〉だ、と名づけたい気がする。過去から伝えられて来ある、というのが「けり」の機能で、「気づき」とは、過去から伝えられていまあることに、ハッと気づくことにほかならない。口訳としてはついにぴったりする言い方がない。「〜たことだ、〜たということだ」など言うと、詠嘆を感じるひとのいるのが残念である。「ありきたる、ありきたって（いまに）ある」というほどの言い方が定着するとよいのだが、と希望する程度にとどめよう。

注

（1）糸井通浩・吉田究編、世界思想社、一九八九。

（2）橋本進吉『助詞・助動詞の研究』、岩波書店、一九六九。アオリストはけっしてフランス語の単純過去に当たると言い切れない。むしろ無時制である。坂部恵が『かたり』（弘文堂、一九九〇）の最終的ステージで、「アオリスト」にぶつかっているのが印象的である。参照、藤井「『かたり』のアオリスト」（『坂部恵』別冊水声通信、二〇一一）。
→終章

（3）鈴木泰「『き』『けり』の意味とその学説史」、『武蔵大学人文学会雑誌』一六ノ三・四、一九八四・一二、『古代日本語動詞のテンス・アスペクト——源氏物語の分析——』所収、ひつじ書房、一九九二（改訂版（一九九九）がある)。

(4) 大野晋「日本人の思考と術語様式」、『文学』一九六八・二。
(5) 山崎良幸『日本語の文法機能に関する体系的研究』、風間書房、一九六五。
(6) 北原保雄『日本語助動詞の研究』、大修館書店、一九八一。
(7) 竹岡正夫「助動詞『けり』の本義と機能」、『国文学・言語と文芸』三十一、一九六三。
(8) 藤井貞和『物語文学成立史』第五章・第九章、東京大学出版会、一九八七。

九章　助動辞「ぬ」の性格

1　「はや舟に乗れ。日も暮れぬ」

最初に、一例を出してしまうのがよいかもしれない。『伊勢物語』九段の、ある部分を取り上げよう（『古今集』にもほぼ同文がある）。

なほ行き行きて、武蔵の国と下総《しもつふさ》の国との中に、いと大きなる河あり。それをすみだ河と言ふ。その河のほとりに群れゐて思ひやれば、限りなくとほくも来にけるかな、とわびあへるに、渡し守、「はや舟に乗れ。日も暮れ〈ぬ〉」と言ふに、乗りて渡らんとするに、みな人ものわびしくて、京に思ふ人なきにしもあらず。（『伊勢物語』九段）

〔それでも行きすすんで、武蔵の国と下総の国との中間に、えらく大きな河がある。それを隅田河と言う。その河の岸辺にむらがりすわってきもちを馳せると、果てしなく遠くにも来てしまいあることよな、と（たがいに）心細くしていると、渡し守が、「さあ（急いで）舟に乗れ。日も暮れてしまう」と言うから、乗って渡ろうとすると、全員何かと気落ちして、京に愛する人のないこともない。」

このなかの、「はや舟に乗れ。日も暮れぬ」と、渡し守の言う語は難解だろうか。『古今集』にも「はや舟に乗れ。日暮れぬ」とある。日は暮れたのか、それともまだ暮れていないか。日が暮れそうで、まだ暮れないうちに、急いで河を渡ろうというのだ。

「暮れぬ」という、暮れる前の段階で「ぬ」と言う言い方に、違和感はない。これが基本の用法であろうとまず考えて、現代語に言い換える際に「〜てしまう」としてみた。「〜てしまう」は完了をあらわすつもりでの言い回しとしてえらんだ。「日が暮れてしまうよ」と、「よ」が欲しくなるけれども、〈日が暮れてしまう!〉でも、さしせまる日没直前で、急ぎたくなるきもちを表現できる。完了というのは「ぬ」の機能に与える名づけであって、「〜てしまう」という訳語も一種の名づけだということを押さえよう。名づけであるから、完了と言っていけなければ、別の言い方をしてかまわない。「〜てしまう」と言いにくい「ぬ」もあるようで、完了という名でテクストを包括的にとらえられるか、機能の考察とはそういう限界での試技を繰り返すのである。

「〜てしまう」が、けっして時制 tense と見誤られることのないように。

先に出かけてしまいますからね!

このお菓子、食べちゃうよ!(「〜ちゃう」=「〜てしまう」)

時間についてのある種の態度として、「もう待っていられない、出かける時間だ」、あるいは「終りにしてよい時間だ、食べごろだ」と、意図を表明するときに「ぬ」と言う。「つ」もまったく同じように時制から切り離して使われる。

「ぬ、つ」それに「たり、り」を含めて、かれらが時間の細分ないし時間に対する、何らかの態度を示す助動辞であって、単にこれを確認だとか、判断だとか見るのは、ほとんど何も言い当てていない。確認、判断とは、助動辞一般の性格を言っているだけであり、機能化された時間的差異の諸相をこそ、われわれは言い当てなければならない。

現代語では「た」が、過去であり、完了でもあるという説明で、一手に引き受けさせられて久しい。「た」にとり、それがどんなに過重なことか、おいおい章を立てて論じることにする。「ぬ」の活用——

な　に　ぬ　ぬる　ぬれ　ね

2　滅び行く「ぬ」のあとで

機能語は、関係語と言い換えてもよい。けっして概念語でないにもかかわらず、機能への名づけとして、「語の意味」を命名されている。そして、語であるからには、「意味」の変遷史があるということになる。ただし、機能的性格や格が、助動辞や助辞のだいじな役割であるから、概念語ほどには「意味」の動きや幅が大きくないと予想される。

語は一般に、口語での意味の限界（使い古されたり、枯渇したり）を越えても、文語としてなお成長することを、考慮にいれる必要がある。教育などの現場や、後代歌人たちの用例での語的意味が加わると、文語のうちで成長したことになる。現代人は一般に、平安文学なら平安文学を、後代に詮索された意見の集積である、「古典文法」（や学校文法）に導かれて、または現代語訳で読むから、つまり読めるようにしてある状態で読むから「読める」。同義反復ながら、そういうことだろう。

古語さながら読もうとすると、古語であるからなかなか読めない、というのも一種の同義反復だと考えてほしい。

古辞書や古語辞典、先人の労作である索引などを駆使して、概念語を追いかけることは可能だとして、しかし、櫛の歯の欠けたような読みの実態となろう。古文は「読める」箇所と「読めない」箇所との総体から成る。現代語訳は読める箇所を中心にして、読めない箇所を読めたかのように工夫して綴りあわせる技術だから、みごとに読める、――読めて当然のことだ。

機能語はどうしよう。古辞書に取りあげられることは考えにくい。そこで、いわゆる、用例調査を繰り返すことになる。テクストのなかでのみ、読むのがしごとだから、木を見て森を見ないことにならないように気をつける。それでも、「ぬ」や「つ」の「語の意味」が完全に復元できたと言えるかどうか、解釈の壁を突き抜けたという自信が、いつまで経っても身につかない。中世以後に文語になってから、それらの研究が歌学や連歌論などで始まり、近世の、日本社会では、十七世紀以後、ルネサンス期の古典復興の一環で、それらの読めるようにする努力が積み重ねられ、今日に至る。古語辞典はたしかにわれわれの参照項目であって、いままでの「成果」を提出する場合が多い。それでも、辞書編集者の意見や、ときに学説の提出であることは言うまでもない。

「畢んぬ」の「ぬ」と言って、「ぬ」を過去とする感覚が助長されたかもしれない。ヲハンヌは訓点資料に古くからあるようだ。『日葡辞書』には、

　Vouannu（畢んぬ）書き言葉で過去を示す助辞。

とある。

「近代の濫用」の事例としては、ヲハンヌの類推から「何某シルシヌ」と書いたり、自身の動作を「何ト思ヒヌ、友ト語リヌ」などとしたり、というのを三矢重松は挙げる。▼注1「友ト語リヌ」が誤用だなんて、信じられないかもしれないが、古文からは三矢の言う通りであって、現代人が文語のつもりで使う「〜ぬ」の誤用は根深い。現代人のために成立している「文語文法」をいまさら否定できない。教育の現場も受験勉強も、その「文語文法」を基礎としている。

「〜ぬ〜ぬ」と続ける事例は、

あづさゆみ、するにたままき、かくすすソ—宿《ね》なななりにし。おくをかぬかぬ（『万葉集』一四、三四八七歌）

梓弓、末に玉巻き、かようにしつつだ、寝ないでしまったぞ。

先を考え考えするうちに

かきくらし、晴れせぬ雪のなかにただ、明けぬ暮れぬとながめてぞ—ふる（『浜松中納言物語』四）

かきくらして、晴れない雪のなかにただ、

明けてしまう暮れてしまうとぼんやり眺めて時間が経つよ

浮きぬ沈みぬゆられけるを、……（『平家物語』十一「那須与一」）

〔浮いたり沈んだりゆらゆらしたところを、……〕

というようにある。こんな「ぬ」を含めて、口語資料での「ぬ」なら早々と姿を消してしまい、「た」が代わって発達を遂げてゆく。

3 「ぬ」の復元的不可知論

口語資料をすこし覗くと、「た」が、

重五ト云《いふ》ハ、五月五日ノ事ゾ。湯山《ゆのやま》ノ湯ニ折節入ラレタ日、セラレタゾ。サテ重五ト云字ヲ置タゾ。（『湯山聯句抄』寒韻）

……その里に名をばエソポというて、異形不思議な人体がおぢやつたが、その時代エウロパの天下に、この人にまさつて醜い者もおりなかつたと聞えた。（『キリシタン版エソポ物語』「エソポが生涯の物語略」）有若衆の念者と寝て、暁方に、身を唾にてぬらし、「さてさて夢を見て、汗をかひたる」といはれた。……と語られた。……といふた。（『きのふはけふの物語』上）

と、発達してゆくのを見るのに対し、「ぬ」はまったくと言ってよいほど姿を見せず、「つ」もまた、ほぼあらわれることがない。「つ」はまだしもである。現代語との連絡をすっかり喪って、数百年を経てきた「ぬ」は、われわれの正確に復元しようがないかなたへ消えた、ということではなかろうか。

「ぬ」は、古代をさいごにして、口語からかたちを消す助動辞であり、地方語――方言――からもほぼ消滅する。ほかの古代語にしろ、多かれ少なかれ襲う死であるけれども、「ぬ」はすっかり言語体系から抜き去られ、文語としてでも成長を許されなかった、という点で徹底的である。

感覚的に手がかりがなく、どうにも復元しようのない「ぬ」を、多量に抱える古文をあいてに、われわれは『古今集』でも『万葉集』でも、あるいは『源氏物語』でもを、何とか読もうとし、あるいは読んだことにしなければならない。漠然と、時間関係の助動辞ということで処理しているものの、「ぬ」は本来、時制（テンス）と関係がなかったとすると、いったい、どんな時間の助動辞なのか。言われるところの完了とはどういうことか。いや、そもそも「時間の助動詞」という処置でよかったのだろうか。ないような手がかりを、テクストの繰り返し繙読によって、手がかりらしき形姿へ変えてゆく、という作業に終始することになる。

「ぬ」は古代歌謡、『万葉集』などに頻見する助動辞で、早く発達を遂げてしまっている。歴史上、あらわれるころには、もう下降線をたどり進んだということだろう。「つ」の連用形「て」が接続助辞となったらしい（あるいは接続助辞を取り込んで行ったらしい）のに対し、「ぬ」の連用形「に」は、ついに連用中止の用法を持たなかった。「て」が「〜て、〜て、〜て」と継起的に事件を記述してゆくのに対し、「〜に、〜に、〜に」という用法はおろか、「〜に、」という中止法もなかった。「ぬ」には起動的な要素がなかったということを、そのことは如実に示している。起動的でないとすると、事件がつぎからつぎへと継起するという描写も期待できない。

4　時制との関係は

未然形と命令形とをうまく並べる、

玉の緒よ、絶え〈な〉ば絶え〈ね〉。ながらへば、しのぶることの、よわりもぞ―する（『新古今集』一一、恋一、式子内親王、一〇三四歌）

玉の緒の命よ、絶えてしまうなら絶えてしまえ。（この世にいつまでも長らえるならば、がまんのバーが低くなる。（表面化したらたいへん）

のような名歌がある。

やちほこノ、かみノみコトは―やしまくに、つままきかねて、トホトホし、こしノくにに、さかしめを、ありトきかして、くはしめを、ありトきコして、さよばひに、ありたたし、よばひに、ありかよばせ、……オソぶらひ、わがたたせれは、ひコづらひ、わがたたせれは、あをやまに、ぬえは―なき〈ぬ〉、さのつとり、きぎしは―トヨむ、にはつトり、かけは―なく。うれたくモ―なくなるトりか。コノトりも―うちやメコせね。いしたふや―あまはせづかひ、コトノ、かたりゴトモ―コをば（『古事記』上、二歌謡）

〔八千矛の、神のみことは、八島国、妻を求めかねて、とおどおし、越の国に、さかし女を、ありとお聞きになり、くわし女を、ありとお聞きになり、さ婚《よば》いに、あり立たし、婚いに、あり通わされ、……（戸を）押しゆさぶり、私がお立ちになると、引っぱって、私がお立ちになると、青山に、ぬえは鳴いてしまう、さ野の鳥、雉はどよもす、庭の鳥、鶏は鳴く。いまいましくも鳴く声がする鳥か。この鳥をも、撃ってだまらせてほしいな。いしたうや、天馳せ使い、ことの、語りごとはこれですよ」

「あをやまに、ぬえは—なきぬ」を、「青山にぬえは鳴いてしまう」とややぎこちなく現代語に置き換えてみる。ぬえの鳴きそうな時間がもうさしせまる、ということであって、まだ鳴いてないか、鳴くけはいが確実に始まるか、という感触だろう。あるいはもう鳴いてしまっていてもよい。鳴くことの一部分が始まる。

たたなメて、いなさノやまノ、コノまよモ—いゆきまもらひ、たたかへは、われはや—ゑ〈ぬ〉。しまつトり—うかひがトモ、いますけにコね（同、中、一四歌謡。『日本書紀』に類歌）
〔楯を並べて、引佐の山の、木のあいだからね、行って守りを固め、戦うと、私は早くも餓えてしまう。島の鳥、鵜飼の伴よ、いま助けに来てくれ〕

「われはや—ゑぬ」（私はもう憔悴してしまう、あるいは飢えて）は、ぎりぎりに追いこまれて、疲労あるいは飢餓状態に這入ろうとする。もし助けが来ないなら、どんなことになるか。

さゐがはよ、くもたちわたり、うねビやま、コのはさやぎ〈ぬ〉。かぜふかむトす（同、中、二〇歌謡）
狭井河より、雲が立ち渡り、畝火山に、
木の葉がさやさや騒いでしまう。風が吹こうとしている

「このはさやぎぬ」は、まさに木の葉が音をたてようとする気配をうたう、と取るしかない。風が起ころうとする、と直後にあるから明らかだろう。

きみがゆき、ケながくなり〈ぬ〉。やまたづノ、むかへをゆかむ。まつには―またじ（同、下、八八歌謡、『万葉集』に類歌）

あなたの行きは日かずが長くなってしまう。山たづの（枕詞）、迎えに行こう。待つには待っていられない

「ケながくなりぬ」は、日数が経とうとする、確実に日数が増えようとするさまを言うのであって、そうなってしまう前に迎えに行こう、とうたう。

古代歌謡は最古の事例を並べていると見られ、「ぬ」に見ると、助動詞との組み合わせを豊富に出してみせる。十二例中、未然形プラス「む」一例、連用形プラス「けり」五例、同「き」一例、連用形プラス「けむ」一例、終止形四例、終止形プラス「べし」一例を見る。

やたノ、ひトモトすゲは―こモたず、たちか―あれ〈な〉む。あたらすがはら。コトをコソ―すゲはらトいはメ。あたらすがしめ（同、下、六四歌謡）

〔八田の、一本菅は、子を持たず、立ち荒れてしまいそう。もったいない一本菅。ことばの上で、菅原というけれど、もったいない、清し女〕

盛りの過ぎてしまおう女性を誘うことか、歌垣などの際の男歌であろう。立ち枯れしよう（＝む、将来）という

ことと、荒れてゆく、荒れて終わる、荒れるに任せる、ということとをかさねる。

ひさかたノ、あメノかぐやま、とかまに、さわたるくび、ひはボソ、たわやがひなを、まかむトは―あれは―すれド、さねむトは―あれは―おもヘド、ながけせる、おすひノすそに、つキたち〈に〉けり（同、中、二七歌謡）

〔ひさかたの、天の香具山、鋭い鎌のようにわたすくび、ひよわで細い、柔ら腕《かいな》を、抱こうとは、私はするけれど、寝ようとは、私は思えど、汝の着ている、襲いの裾に、月が立ってしまいおることだ〕

は「月たちぬ」（生理期間になってしまう）ということに経過の「けり」が組み合わさる。

みやひトノ、あよひノこすず、おち〈に〉きト、みやひトトヨむ。さとびトモ―ゆメ（同、下、八二歌謡、『日本書紀』に類歌）

〔口訳→一二〇ページ〕

「おちにき」（落ちてしまった）はいわゆる過去完了だろうが、しかし冷たい過去表現そのものと違う。完了ということを助動辞である以上、現在でとらえる。

あまだむ、かるノヲトめ。いたなかば、ひトしり〈ぬ〉べし。はさノやまノ、はとノ、したなきになく（同、八三歌謡、『日本書紀』に類歌）

天飛ぶ、軽のおとめよ。はげしく泣くなら、人が知ってしまうに違いない。

はさの山の、鳩みたく、くっくっ　声を殺して鳴く、泣く

こうして見ると、時制と分けて完了はある、という前提をしっかり押さえなければならない。

5　仮に身を事件の現場に置いてみる

「な・む」は未来完了、「に・き」は過去完了をあらわす、と機能を名づける。「つ」は「て・む」が未来完了、「て・き」が過去完了、と整然としている。これを要するに、「ぬ、つ」は完了 perfect であり、「む」や「き」と併用される以上、これら「ぬ、つ」じたい、時制でありえない。

以上のごとき説明で、こと足りるようながら、「ぬ」と「つ」との区別を何も言っていないからには、完了についての説明を、半分しか語っていない。

その上、古文を学習する、高校生や受験生にしても、あるいはかれらを教える高校や予備校の先生にしても、「過去」と「完了」との区別すら、はっきりさせることがむずかしくなっている現今だ。「き」も「ぬ」も「つ」も、あるいは「たり」も、極端な場合には「けり」も、現代語訳するのに現代語の助動辞「た」をもってし、〈正解〉とする。「た」は過去あるいは完了という纏め方であろう。なぜ、そんな説明が起きるのか、深い理由のあることではなかろうか。

世界的に見て、過去と完了とが混乱することは、どの言語にあっても起きてきた現象で、▼注2 いろいろ理由のあることらしい。日本語からの言述として、「た」をめぐって松下大三郎の▼注3説明を引いてみると、

1　御覧なさい、綺麗な月が出ました。　　現在の完了

2　私は子どもの時は国に居りました。　　過去を完了に表す
3　借りたものは還さなくてはならない。　不拘時の事件の完了
4　明日伺つたらばお目に掛れませうか。　未来の事件の完了

と、事例を挙げて、

文法上「完了」といふのは事件の真の終結をいふのではない。仮に「我」をその事件の完了後へ置いて考へ、その事件の完了を表すのである。4の例で、言へば「我」を明日へ置いて考へるから「伺ふ」といふ動作は完了した動作と考へられる。1に於ては「我」が現在に置かれてゐるから、その完了は実際の完了と一致する。

とする。

完了という考え方は、諸言語から立ち上げられる言語学で、かならずと言ってよいほど必要である。およそ、人類が言語を必要としてきたとすると（逆に言うなら言語が人類を人類にしてきたとすると）、いくつか、言語が言語であるための条件を要しよう。一つには完了という考え方を発達させてきた、ということがある。終わる、終わらない、または続く、続かない、という動作や推移を予測しなければならないこととして、人類の想像力が、発達させられてきた、ということではないか。

みぎの松下の言い方には、したがって興味をそそられる考えが出揃っている。そこに、

仮に「我」をその事件の完了後へ置いて考へ、その事件の完了を表すのである。

とあるように、「我」を想像裏に実際の時間からはずし、別の時間へ飛ばしてみる。このことは、「我」を中心にして考えるというより、時間を「仮に」動かしてみる、というように、時間を軸に見ることであろう。こうして、仮

定といったことが精神的に発達させられ、言語の基本要素となっていった、という説明ではなかろうか。仮定にはつねに推測、疑念、さらには現認などの精神作用を背景とする。

松下の説明はこのような未来完了について、分かりやすい。それに対するのに、2は、事件が過去に属することを「子どもの時は」という「時」によってあらわす、つまり「た」によってあらわすのではない、と松下は言う。

私は子どもの時は国に居りました。

というのは、過去の事件を完了として扱うのだ、と。「子どもの時」というのは、仮定というより、実際にあった時間である、いま話題のなかで時間をそこへ飛ばしてみることをするという提示であり、こういうのをも大きく仮定してみる、という考え方ながら、やや説明不足に感じられる。

御覧なさい、綺麗な月が出ました。

という、1においては「我」が現在に置かれて、その完了は実際の完了と一致する、というのが松下の説明である。

これにしても、仮定とは言われないという批判をなしとしないことだろう。けれども、2、3、4から類推すると、1は現在という時間に身を置くという確認がここにあることになる。

松下の説明は未来完了にとって分かりやすいが、現在完了や過去完了の説明としては、たとい誤りということでないとしても、積極的にそうだと言いにくい含みを感じる。未来完了についてのみ言えば、仮に「我」を未来に置いてみると、事件が完了しているということは、直前の過去を確認することである。大きく見るなら過去の一種だと言うふうに言えなくもない。

このような事態は、世界的に見て、諸言語でも起きるとすると、過去と完了とを混乱させる理由となろう。完了の助動辞が過去を引き受けることの理由となるばかりか、過去をあらわす接辞のたぐいを持たない言語が、世界に少なくない理由となろう。たとえば、アイヌ語の動詞は活用を持たないが、時間の前後をあらわす表現は発達していて、それが完了である。古代漢語で見る限り、時制を漢字があらわせないことはいうまでもない。

6 「〜てしまう、ちまう」考

「た」がたとい松下の言うようだとしても、それで「ぬ」や「つ」(およびその区別)を理解したことにはならない。「ツ、ヌ、口語にはタといふより外なけれど、ヌはシマフと言ひかふべき事多し」と三矢文法のほうでは言う。▼注4

色は匂へど散りぬるを
散りぬれば恋ふれどしるしなきものを
此等皆チッテシマフと心得べし。「日なごりなく暮れぬればかへりぬ」のヌレバと異なるを見るべし。

と説明する。しかし、この説明にも分かりにくさがあって、

散りぬれば恋ふれど

と、

日なごりなく暮れぬればかへりぬ

との、私には明瞭な区別をつけがたい。「散りぬれば恋ふれど」を、

散ってしまうから——…

とするのでよいとして、「散ってしまう」という、せっぱ詰まった状態の確認がここにあるので、散ってしまった、という事実を言うわけではない。同様に、後者も、

暮れてしまうから

ということかもしれず、暮れてしまったから帰途につく、というようには断定できない。暮れる前に帰途についたか、暗くなってから帰途についたのか。「ぬ」じたいは「(暮れ)てしまう」としか言っていない。先に『伊勢物語』九段を掲げた通りだ。

新井無二郎『国語時相の研究』▼注5は、三矢の事例そのものをとりあげて、

散りぬるを　散ッテイクノヲ

散りぬれば　散ッテイケバ

と訳した方が本義にかなうと思う、とし、(テ)シマウというような訳し方について懐疑的である。私としては適切な訳語を与えがたい、という前提のもとに、現代語の「〜てしまう」あるいは「〜ちまう、ちゃう」という言い回しを完了表現だと認定しておきたい。散ッテイクノヲでは、「散り往ぬるを」と〈復元〉して現代語に置き換えたという操作であって、完了からはすこし逸れる(だから新井は完了態ということに疑問を呈する)。

7　上接する語から区別する？

「ぬ」も「つ」も、「〜てしまう」というような現代語訳になってしまい、区別がなくなる。上接する動詞に大きな違いがある、ということはよく指摘されてきた。上接する語で「ぬ」と「つ」との差を説明できるか、間接的な説明という限界を承知の上で言えば、『源氏物語』で見ると、「成りぬ」は三百例あるのに、「成りつ」は一例もない、とか、逆に「言ひつ」は五十数例で、「言ひぬ」が一例もない、とかいった指摘である。『万葉集』で「ぬ」に上接する動詞は、「成る、咲く、濡る、散る、明く、荒る、吹く」などの自然現象や起こり、「来《く》、過ぐ、経《ふ》、寄る・近づく」などの移動、「(自然に)立つ、別る、鳴く、合ふ、恋ふ、知る」などで、自動詞が多いとしばしば言われる。

「咲いてしまう、濡れちまう、明けちゃう」というように、「～てしまう、ちまう、ちゃう」を附ける、「(はやく見にゆかないと蓮の花が)咲いてしまう、(ぐすぐずしていると雨で)濡れちまう、(急がないと夜が)明けちゃう」と、時間の推移のなかで動作をうながしたいきもちになる。

『万葉集』で見ると、「つ」に上接するのは「かぬ(不能)、見る、聞く、言ふ、嘆く、かざす、告ぐ、結ぶ、泣く、見ゆ、暮らす」など、他動詞が多いと言われる。「見てしまう、言っちまう、泣いてしまう、見えちゃう、(思わず)見てしまう、(つい)言っちまう、(もらい泣きに)泣いてしまう、(自然と)見えちゃう」というような動作や、「(断固として)言っちまう、(隠さないと)見えちゃう」などのような、一回的な行為について遂行をこととする場合に言われる感じがする。

「日が暮れてしまいそうだ、急がなくっちゃ」。これは『伊勢物語』九段に見たように、「暮れぬ」。では、

「ひぐらしの、鳴きつるなへに、日は—暮れ〈ぬ〉」と思ふは—山のかげにぞ—ありける(『古今集』四、一〇四歌)

「ひぐらしが鳴いたばかり、その上に、日は暮れてしまう」と思うと、お日さまはですね、山のかげにおったというわけ

はどうしようか。「鳴きつる」は鳴いたばかりで、「日は暮れぬ」も日が落ちて、山の端に隠れた直後だということか。「なへ」(「な」は「の」に同じで「へ」は「上」、「～の上」とは、同時に、の意)があるから、蝉が鳴いてしまい、同時に日暮れになってしまう、と思うと日輪はまだ山のうらがわにあって、すっかり暮れたわけでない。

完了は未完了のように見えても、完了する状態を仮定するのだから、けっして未完了(過去から現在への経過、半過去など)にとどまる性格規定ではなかろう。

8　陳述ということの処理

「ぬ」および「つ」について、山田文法は、用言そのものに陳述性を認める以上、陳述の機能を持つと見られる、いわゆる助動辞のたぐいを、動詞そのものに組み入れ、その一部であると、つまり複語尾にせざるをえないことになった。「ぬ、つ」の「意味」を『日本文法論』から見ると、「統覚の運用を助くる複語尾」のうち、陳述の確かめに関する複語尾として「ぬ、つ」（および「たり」）を挙げる。

「つ」と「ぬ」とは共に事実状態の陳述の確めに与りて力あり。二者はこの点に於いて一致すれど、またその間に差あり。即、「つ」は其事実状態を直写的に説明するものにして、その事実状態が文主によりてあらはさるゝことの確めを主者自らの側より直写的にあらはすなり。……之に反して「ぬ」は傍観的にその状態動作を説明して其の動作状態の確めをあらはす。[注6]

と、まさに陳述であることと自立語の意味とをかさねて説明する、苦心の文法にほかならない。しかし、それでよかったのだろうか。時枝文法をもここで復習しておこう。独創的な「言語過程説」を作り出しながら、個別の文法事項は山田に寄りかかっている感がする。

時枝が古典語の「ぬ」と「つ」とをどう見ていたか。『日本文法　文語篇』[注7]の「過去および完了の助動詞」を見ると、

「ぬ」は、「つ」「たり」「り」とともに、実現の確定的と考へられるやうな事実の判断に用ゐられる。「ぬ」は、主として、自然的、経験的な性質の事柄に用ゐられる。

「つ」は「ぬ」「たり」「り」とともに、実現の確定的と考へられるやうな事実の判断に用ゐられる。「つ」は、主として、作為的、瞬間的な性質の事柄に用ゐられる。

と、これでは山田・時枝、まさに僅少の差である。

言語が陳述機能をもち、確認や判断など、さまざまな言表行為そのものとしてあることは、まさにその通りだとしても、それを助動辞や助辞の性格へと包括的にかぶせて、個々の助動辞や助辞の機能的差異については軽視せざるをえない、という両研究者の論的弱点が露呈しているのではなかろうか。「ぬ」と「つ」とについて言えば、具体的な機能として、けっして一つにすることのできない、相違があるからこそ「ぬ」と「つ」との二つがあろう。しかるに、前者が直写的、あるいは作為的、瞬間的で、後者が傍観的、あるいは自然的、経験的だというのでは、上接する語を加えた考察から印象批評している、といった程度の説明でしかないのではなかろうか。

9　一音動詞からの転成

「ぬ」も「つ」も、原則から見ると、もとは動詞だったはずで、「ぬ」あるいは「つ」と言った一音動詞があってよかろう。「い（接頭辞）＋ぬ」と考えると、▼注8「ぬ」という一音動詞があった。「い（接頭辞）＋ぬ」は「往ぬ」として定着する。「往ぬ」を考察すると、「過ぎ去る、経過する、いなくなる」、あるいは「死ぬ」などの意味があるのに対し、「やってくる、はじまる」という感じはないようである。「さる」には離れる意味（＝去る）のほかに、時間の到来という意味もあるとされる。

「ぬ」という助動辞は、「往ぬ」との関連をつよく見るならば、終わろうとする、終わってしまうというせっぱつまった感触が機能性として強調され、そのような感触が前に出てきて、助動辞らしさとして成立してきた、と知られる。起こるという経過のなかで、事態が推移して終末が予測される状態である。終わってないという点では未完了だが、未完了とは完了の一変形なのではなかろうか。

最初に戻り繰り返すと、

はや舟に乗れ。日も暮れぬ。

は、日が暮れていないと言うのとちょっと違う。日暮れは考えようによってもう始まっているのであり、とっぷり暮れるには至っていない、けれども足早に夜がやってくる、迫る夕闇を前にかれらを急がせる「ぬ」であり、終わりに向かう時間の認識がそこに込められる。夜の始まりに向かうと言い換えてもよかろう。

さあ舟に乗れ。日も暮れてしまう。

とは、「日が暮れてゆく」という経過であるのに、どんどん暮れて行くから急ぎたい、という思いがこもり、「日が暮れてゆく」ということのなかに「暮れてしまう」という感じをつよめる。そういう事態が始まろうとする、という点では「ぬ」は何かの始まり（たとえば物語や舞台、場面の始まり）に使われてもおかしくない。動詞「往ぬ」に、始まる、やって来る、という意味はないとすれば、助動辞らしさの獲得とともにそういう感じが固まってきた、と考えてよい。

「つ」についてもまた、もと一音動詞「つ」があったろうという想定をしたい。▼注9

10 「秋来ぬと、おどろかれぬる」

「ぬ」をおもに「〜てしまう」と訳す、どうにも平凡なところへ落ちついてきたが、「てしまう」ではわれわれにとり、落ちつかないらしい事例もあることはある。

秋立つ日よめる
「秋来〈ぬ〉」と目には―さやかに、見えねども、風の音にぞ―おどろかれ〈ぬる〉（『古今集』四、藤原敏行、一六九歌）

「秋が来てしまう」と、目にははっきり見えないけれども、
風の音に、それこそ「はっ」と目を覚まさせられてしまう

ここには「秋来ぬ」と「おどろかれぬる」と、二箇所に「ぬ」を見ることになる。詞書きに「立秋の日」の意味が書かれているから、「秋来ぬ」とは、もう秋が来たあとではないか。後者「おどろかれぬる」は「気づかされてしまう」でよいとしても、前者「秋来ぬ」とあるのは秋が来てしまったと、過去完了のような口訳をしたくなる。しかし、はたして時制の表現なのだろうか。

詞書きの「秋立つ日」をどう受け止めるか、という課題でもあろう。ここは暦の上で秋なのに、さっぱり秋らしくない、あるいは季節の二元的成立▼注10として知られる現象について、むしろ好んで詠んだり、物語の興味にかきたてられたりするさまを、ごく自然に思い出すべきなのである。平安語としての「ぬ」を受け取れ、ということでもある。文語のなかで、「ぬ」が過去を獲得してくる前の、時制にかかわらない語として、平安時代のうちに生きていた。秋のやってきそうなけはいが、まだまだ著《しる》く見えないことと、風の音には秋の訪れを感じてしまう、ということとの対比であって、それ以外でない。

物語でも、『うつほ』など、はなはだ「ぬ」の多い作品をいくらも見るところで、すべて口語時代の「ぬ」がまだ生き生きとしていた時代の用法であることを押さえたい。

（補遺） 承接《しょうせつ》について

どの助動辞の前方にどんな助動辞が来るか、あるいは下接するか、という上下関係にはたいへん厳しい法則があった。その関係のことを承接と言う。

「ぬ」の未然形「な」には「む、ば、まし」が下接して、「な・む」（〜てしまおう）、「な・ば」（〜てしまうならば）、「な・まし」（〜てしまうならよいのに）となる。これらの推測的な事態をあえて言うなら、〝未来完了〟あるいは仮定（「な・ば」は「ば」にアム -am（推量）が内包されていると見る）と称してよかろう。

連用形「に」に「き、けむ」の下接する、「に・き」（〜てしまった）「に・けむ」（〜てしまったろう）は、「き、けむ」が時制と見られるから、〝過去完了〟や過去完了推量形と見なすことができる。「に・けり」（〜てしまいいまにある）は『万葉集』などに用例が多く、非常に好まれた表現であるらしい。「て・けり」が『万葉集』に一例あるかないかという程度であるのと対照的だ。

注

（1）三矢重松『高等日本文法』明治書院、一九二六（増訂）。
（2）「完了」の項、『言語学大辞典』6、三省堂、一九九六。
（3）松下大三郎『（増補校訂）標準日本口語法』（徳田政信編）、勉誠社、一九三〇序、一九七七。
（4）三矢、→注1
（5）新井無二郎『国語時相の研究』中文館書店、一九三三。
（6）山田孝雄『日本文法論』宝文館、一九〇八。
（7）時枝誠記『日本文法 口語篇』岩波書店、一九五〇。
（8）動詞からの転成ということは、助動辞の成立のしかたとして納得のゆく説明であるにしろ、「ぬ」（や「つ」）という個々の説明としてそれがよいかどうか、検討の余地があろう。「往ぬ」から「ぬ」が生じた、という説明はよいのだろうか。「い」という接頭語をもつ動詞がけっして少なくないからには（い隠る、い築く、い組む、い帰る、い立つ、い垣ふ、い触る、い寄る、い積る、い向ふ、い行く、……）、「いぬ」が「い」（接頭辞）プラス「ぬ」であることを推定できる。「ぬ」という動詞を想定して、そこからの転成として助動辞「ぬ」の成立を考えることはけっして不自然でない。

動詞「ぬ」は、

去る、行く、往ぬ、終わりになる

というような意味だったか。動詞の意味を希薄化し、その実体を抜き去りながら機能語として助動辞が成立する。「ぬ」（想定される動詞）あるいは「往ぬ」の持つ「意味」を完全には無化しえないところに助動辞が成立する。

(9)「つ」も一音動詞だったろう。動詞「つ」は、

通す、逃げる、やめる、し終える

というような意味ではなかったかと想定する。

(10)立春について、ベルナール・フランク「〝旧年〟と春について」（一九七一）がある。田中新一『平安朝文学に見る二元的四季観』（風間書房、一九九〇）のなかに翻刻があり、田中著書もまた旧年のうちに春が来ることの興味を論じる。

十章　助動辞「つ」の性格

1　いましがた起きた

いましがた起きたことが、いまに影響し、さらにはその影響が続くかもしれない、という緊迫感を「つ」は最大限にあらわそうとする。

……とやうやう天の下にもあぢきなう、人のもてなやみ種《ぐさ》になりて、楊貴妃《やうきひ》のためしも引き出で〈つ〉べくなりゆくに、いとはしたなきこと多かれど、かたじけなき御心ばへのたぐひなきを頼みにて、まじらひ給ふ。（「桐壺」巻、一―四）

〔……と、ようやく国土ぜんたいにも、（これは）よくないことと、人さまの扱いかねる材料になって、楊貴妃の例も（きっと）引き出してしまいかねないまでに、（事態がどんどん）進むと、えらく気まずさばかり蓄積するけれど、身に余る（帝の）ご執心が格別であるのを頼りにして、（宮中に）お勤めになる。〕

「つ」は「いましがた」と言うものの、今朝がたのこともあり、「これから」もあって、心理的な「いま、さっき、さしせまる時」である。みぎの事例は、起きたとしてもしかたのない状態を「べし」とともに支えている。ためらい、懼れ、未練、決心など、複雑な心理が伴ってくる。

楊貴妃のためしも引き出で〈つ〉べくなりゆくに、……

と、いま進行する事態がさらなる状態を引き起こしてしまいそうである。

……「けふ始むべき祈りども、さるべき人々うけたまはれる、こよひより」と聞こえ急がせば、わりなく思ほしながら、まかでさせたまう〈つ〉。（同、一―八）

〔……「本日、始めなければならない祈祷のかずかずを、しかるべき筋の人々が請け負いまして、今夜から」と申し急がせると、どうにもならず思いあそばしながら（やっと）退出させてしまわれる。〕

更衣をついに退出させてしまう、あくまで物語内現在での逡巡《しゅんじゅん》であって、過去のことと受け取ってはならない。「～てしまう」は「ぬ」についても利用する口訳で、現代語の限界を露呈する。

御さかづきのついでに、

（帝歌）いときなき初元結《はつもとゆ》ひに、長き世を契る心は―結びこめ〈つ〉や

御心ばへありて、おどろかさせ給ふ。

（左大臣歌）結び〈つる〉心も―深き元結ひに、濃き紫の色し―あせずは

と奏して、長橋より下りてぶたふし給ふ。（同、一―二五）

〔お杯を賜るついでに、

幼い初元結いに、長き将来を契る心は
結び込めたろうや？
と、お心ざしがあって、不意におことばを賜わす。
結んだばかりの、心も深き元結いに、
濃い紫の色が褪せぬのならば！
と奏して、長橋より下りて舞踏しなさる。」

うたのやりとりで、「将来の帝位を結び込めましたかな」いう桐壺帝のセリフと、大臣の返歌とに、「つ、つる」を見る。元服そして結婚の契りであるとともに、将来にかかわる帝位の希望を、帝としては冗談めかして、左大臣としては真剣にやりとりするところ、「つ」の役割が躍如としている。

地の文は物語の場合、大きなフレームが過去であるとすると（「いづれの御時にか」とあるように）、そのようなフレームの過去と、物語内部での過去（時制など）と、まさに紛れやすいということがあり、「歴史的現在」という考え方が出てくる落とし穴もそこいらへんにあろう。

時制から切り離されるから、予想される「これから」についても、「いましがた起きる」という事態は仮定できる。

ししこらかし〈つる〉時はうたて侍るを、とくこそ心みさせたまはめ。（「若紫」巻、一―一五二）
［こじらせてしまうときは重症かもしれません、早めに呪法をお試しなさりませ。］

のような、まだ病気をこじらせてない段階での心配をあらわしうる。▼注1

2 「つ」と「ぬ」

「つ」も「ぬ」も「〜てしまう」でよいようなものの、起きたこと、起きることを引きずる「つ」と、ついに起きてしまう「ぬ」との相違は判然とある。

御使《つかひ》の行きかふ程もなきに、猶《なほ》いぶせさを限りなくのたまはせ〈つる〉を、「夜中うち過ぐる程になん絶えはて給ひ〈ぬる〉」とて泣きさわげば、御使もいとあへなくて帰りまゐり〈ぬ〉。（「桐壺」巻、一―八）

〔御使がしっきりなしに行きかうあいだ、それでも耐えがたい鬱屈を限りなくお話しあそばす（その）矢先に、「夜中を少し過ぎるころにのう、絶えはておしまいになる」と泣きさわぐから、お使いもたいそうあっけなくて帰り参上してしまう。〕

「猶《なほ》いぶせさを限りなくのたまはせつる」というのは、「依然として鬱積する思いを際限なくお話しになったばかり、その矢先に」。新大系の「お話しなっていたところが」よりは、もう少し緊迫感のほしい憾みが残る。「絶えはて給ひぬる」および「帰りまゐりぬ」は、前者がついに亡くなる切迫した推移、後者は帰参するほかない使者のよんどころなさである。

基層の日本語に時制がなかった（＝ゼロ）とすると、完了（というアスペクト）を二種使い分けるのみで進む絶妙な展開を味わわれよ。

……車よりも落ち〈ぬ〉べう、まろび給へば、「さは思ひ〈つ〉かし」と人々もてわづらひきこゆ。（同、一―

九）

〔……車からでも落っこちかねないぐらいに転がりなさるから、「だから思った通りでしょ」と、侍女たちまでもがもてあまし申す。〕

さっきから心配していたことが起きてしまうときの、侍女たちのセリフである。

「ぬ」のもともとが一音動詞だったろう、と前章に述べた。「つ」もまたそう考えるのがよいと、やはり述べておいた。とは、複合動詞を成立の前提に考えようということにほかならない。模式的に言うと、

〜（動詞）十ぬ（動詞）

〜（動詞）十つ（動詞）

という二連動詞を想定して、ついで「つ、ぬ」が自立性を喪って助動辞になると見る。いわゆる敬語の「補助動詞」（「たまふ」四段〈尊敬〉、「たまふ」下二段〈謙譲〉、きこゆ、たてまつる、はべり……など）が動詞から、他の動詞に下接することによって、みずからの自立性を喪い、敬語のそれと化してゆくさまと軌を一にする。「補助動詞」がさらに助動辞と化すと考えればよい。

想定される一音動詞「つ」および「ぬ」は、助動辞「つ」や「ぬ」となっても動詞連用形に下接する。もとの「つ」や「ぬ」の意味の差によって、上部に自動詞が来易かったり、他動詞が来易かったりするので、その逆ではあるまい。「つ」および「ぬ」じたいにもともとの「意味」が揺曳する。助動辞になっていっても、それらの揺曳によって、いましがた起きる「つ」や、さし迫っている「ぬ」の位相を持ち耐えているということだろう。助動辞とはそういう性格の非自立語化なのだという私見である。「補助動詞」としての性格と助動辞としての性格とは共通する。

3 ……となむ名のり侍りつる

浮舟に、匂宮が近づき離れないところ、「つ」がいくつか出てくる。

まゐりて、御使《つかひ》の申すよりも、今すこしあわただしげに申しなせば、動き給ふべきさまにもあらぬ御けしきに、「たれかまゐりたる。例の、おどろおどろしくおびやかす」とのたまはすれば、「宮の侍《さぶらひ》に、たひらの重経《しげつね》となん名のり侍り（1）〈つる〉」と聞こゆ。出で給はん事のいとわりなくくちをしきに、人目もおぼされぬに、右近立ち出《い》でて、「この御使を西面《にしおもて》にて」と言へば、申しつぎ（2）〈つる〉人も寄り来て、「中務《なかつかさ》の宮まゐらせ給ひ（a）〈ぬ〉。大夫《だいぶ》はただ今なんまゐり（3）〈つる〉。道に御車引きいづる、見侍り（4）〈つ〉」と申せば、げにはかに時々なやみたまふをりをりもあるを、とおぼすに、人のおぼすらん事もはしたなくなりて、いみじううらみ契りおきて出で給ひ（b）〈ぬ〉。（「東屋」巻、五―一五八～九）

（右近ハ匂宮ノソバニ）参上して、お使の申すよりも今すこし急を要する感じに（誇張して）申すと、（それでも）動じなさりそうな感じでもないお顔つきで、（匂宮ノ言）「だれが参上しているのかね。いつもの、おおげさにおどかす」とおっしゃられるから、（右近ノ言）「中宮職の侍所に、平の重経とです、名のってござりましたよ」と申し上げる。出てゆかれることがまことにもって残念（なうえ）に、人目も（避けようと）お思いでないから、右近（は簀子へ）立ち出てきて、「このお使を西面で」と言うと、（先刻）申しつぎした（ばかりの）人も寄りきて、「中務の宮（が）参上しあそばしてしまわれる。中宮職の長官はたったいま参上なさったところだ。道にお車を引き出すのを見たばかりでござります」と申すから、なるほど急に時としてご病気になる折節もあるのだからとお思いになると、他人が（いま）想像しているであろうこともきまりわるくなって、はなはだ未練がましく約束し置いてお出になってしまう。」

みぎは「て」を除き、「つ」1・2・3・4と、「ぬ」a・bとを見る。ここは「つ」を見ると、

1　いましがた名のりをしたひとがいる。名のりをしたことは一回的な行為だとしても、その影響下に時間がいまある。

2　申しつぎをした人（家臣）というのも、行為として直前であり、一回的なことながら、その行為をしたひとがいま目の前のいることとの関係で「つ」と言われる。

3　大夫の参内を直前のこととして報告する。

4　その証拠として車を引き出すところを目撃したという、臨場感を伝える。

これらを共通してみると、一回的な行為遂行性として見ることができるが、もっと重要なこととして言えば、その行為遂行者が行為を終えてそこにいるということだろう。行為から抜け出たその人がすっくとそこに立ちいまにある、という事態を迎えている。このことは時間中心に見る、ということであって、いわば時間を追い込む主体があって、その担い手として人なり事態なりがある、ということでなければならない。

4　想像と行為、あるいは未来

「つ」は「て・む」「つ・べし」「つ・らむ」などとして使われるように、けっして時間的過去をあらわす性格を有しない。

さきほど挙げた、「ししこらかしつる時は」（「若紫」巻、一―一五二）のように、これからのことにおいても使いうる。つまり、けっして過去でなく、人々や事態にとって直前の行為は、それを未来に置いてみることが可能で

ある。
「て・けり、て・き、て・けむ」などをも、ここで視野にいれるのがよいかもしれない。あるいは接続助辞ともされる「～て」の、すべてがどうかわからないが、「つ」のはだかで投げ出された状態であることを考慮にいれる必要がありそうである。直前に一回的な事件の起きたことが、いまにおける状態としてある。談話の文法として言うと、「いま」が発話の現在になる。「いま」をずっと未来へもって行くなら、「つ」に附いてまわる「直前の過去」もまた未来へ行くことになる。未来における直前の行為であり、いわゆる〝未来完了〟と見ておく。同様に「いま」を過去へ持ってゆくなら、「つ」に〝過去完了〟らしさが生じる。▼注2

これらの現象は、談話の文法の範囲内でごく普通に起きることだ。「て・む」は未来完了(＝「む」は未然)である。直前の過去を未然に組み合わせることで、「きっとそうなる、～てしまうことだろう」という、つよい未来での実現や、主節と従属節との関係で、どちらかでの実現を示す。「む」をいま未然と称しておくと、「む」に未来という時制を認めることができるか、ここでは意志や推量という、モーダルな状態がかならず未然であるとまでは認めたい。

「つ・べし」はモーダルな意志や未来予測を直前の過去と結びつけて、つよいモダリティを完成させる。

「つ・らむ」は現在推量と直前の過去との組み合わせ。この言い方からは現在と過去とを組み合わせるようで、ありえない文法の言い方になるが、現在推量という文法用語にくらまされてはならないので、「らむ」の場合、(ア)リ(a)r-iと(ア)ム(a)m-uとからなる。「て・む」とアリar-iとの組み合わせを考えてみると、アリar-iのような、現在に直前の行為があっていっこうにおかしくない。

t-(ツ)とアリar-iとの組み合わせプラス(ア)ム(a)m-uに「たらむ」があることも同じ問題である。

「て・けり」は時間の経過(＝「けり」)を直前の過去でつよめる。「て・き」が文字通り過去完了であることは言うまでもない。「て・けり、て・き」および「て・けむ」(過去推量)において初めて、過去なら過去という時制が出てくるのであって、「つ、て」がけっして時制でないことはぜひ強調してみたい。

「つ」が行為一回性だといぅことは、あくまで時間関係の助動辞としてそぅだといぅことであって、「いま」といぅときの充実や凝縮を、直前からの時間に求める。逆に言ぅと、直前の過去を抜け出して現在の意義ある状態があることを、何とか言いあらわそぅとして「つ」に至る。その「いま」が、想像のなかで未来へ飛ぼぅと、過去へ飛ぼぅと、人間の精神活動が自由で想像的であるからには、縛られるいわれもない。

5 「て」の現在、課題

「て」は中止法において使われていたのが、固化して「て」といぅ接続助辞になっていったといぅ見通しがある。逆に言ぅと、上代や中古における接続助辞の「て」のなかには、助動辞「て」の活用形と見なすべき事例がないことだろぅか。これには大きなネックが潜む。

「て」をすべて「助動詞」（助動辞）とする『万葉集索引』（正宗敦夫）は、たしかに、一見識として評価できる。これにつながることとして、今日の言い方で言ぅと、「私をほっといて！（ウサギさんが言ぅ）私を食べて！　新しい紙に書いて！」などの「て！」には活用が感じられる。

しかし、「て」を「つ」の連用形と見ようとするにあたっての厳しい阻害は、形容詞が、「高くて、ぅつくしくて、なくて」を「高くつ、ぅつくしくつ、なくつ」と言えない、といぅところにあらわれる。逆に、ar-i《アリ》を介在させると、「高かりつ、ぅつくしかりつ、なかりつ」とは言えるのに対して、「高かりて、ぅつくしかりて、なかりて」と言えなくなる。また、古代歌謡にいくらも見る、「いまだとかずて」（『古事記』上、二歌謡）のような「ず・て」もまた、「ず・つ」と言えない。これはなかなか厄介なネックである。このことは「かくて、などて、とて、にて」などにも広がる課題として残る。「たりつ、ざりつ」と言えても、「たりて、ざりて」はない。

形容詞のたぐいがおよそ完了態と相容れない、というところに理由を見いだせそうに思えるけれども、解決から遠い。

注

（１）「し・しこる」〔やる〕→「し・しこらかす」〔やらかす〕→「し・しこらかし・つ」〔やらかしちまう〕と展開してできた語。

（２）〝未来完了〟〝過去完了〟あるいは〝現在完了〟という語を利用することは、無論、かまわない。助動辞の機能への名づけであるから、〝未来完了〟〝過去完了〟あるいは〝現在完了〟と称してよい。「つ」は未然形「て」に下接して、「て・む」（〜てしまおう）「て・ば」（〜しまうならば）「て・まし」（〜てしまうならよいのに）などが、〝未来完了〟や仮定の類であり、連用形「て」に「き」の下接する「て・き」（〜たところだった）が〝過去完了〟となろう。そのような承接関係にない、「つ、ぬ」だけで投げ出されたかたちはどうか。「〜したばかり、なんなんとする、〜てしまう、終わったばかり、〜たところだ、〜てくる、虞れがある」といった幅広いエリアを、「つ」と「ぬ」とで受け持つ。くれぐれも、「つ」や「ぬ」じたいに限定的な「意味」はない。「つ」と「ぬ」とを利用しながら、情報の発信者と受け手とが、細かいニュアンスを含むその場面の会話や合意を作り上げてゆく。「〜したばかり、なんなんとする、〜てしまう、終わったばかり、〜たところだ、〜てくる、虞れがある」といった状況を、大まかに完了ないし〝現在完了〟だと言えるであろう。

十一章　言文一致における時制の創発――「たり」および「た」

1　「だ」調常体とは

「言文一致」体の文末表現の一つである「た」は、野口武彦[1]によって、明治時代に這入り発見された「三人称」＝「人称詞」だとする見解が示された。「地の文」での登場人物についての叙述形式が成立したというようにそれを受け取るならば、興味深い意見である。氏の場合、やや意地で論じ切られた感もあり、すこし見直してみたい。

山本正秀『近代文体発生の史的研究』（岩波書店、一九六五）に、山田美妙の作品集『夏木立』（短編集、金港堂、一八八八）前後の文体を「だ」調常体時代と名づけている。たとえば『風琴調一節《ふうきんしらべのひとふし》』（連載、一八八七）を引いて、美妙のいわゆる「下流」に対する語法（―「だ」調）によって文末問題が解決されている、と山本は言う[2]。しかしながら、その一部引用を見ると、句点で終わる文末は順に、

〜形容。　〜美《うつくし》い。　〜分らない。　〜束髪。　〜驚いた。

というようにあって（第壱曲）、「だ」をなかなか見ることがなく、第二曲に至って、

〜であつた。　〜で有つた。

に続き、

　～論評だ。

というような文末以下へ続く。

　このことについては、美妙そのひとがくわしく弁説していることで、批判を受けて「です」調へ急速に変化してゆく。[注3] 批判というのは、たとえば内田魯庵の「山田美妙大人の小説」[注4]に、

　「何々ダ」「オイ何々」など大に風韻《ふうゐん》に乏しく……

とあるようなのをさす（無論、魯庵は好意的に美妙を支持した上でそのように言う）。それよりすこし前に、石橋忍月の批評にも、

　……又語尾の「だ」の字、例之ば旅行の体だ、貴人だ、有様だ等の如きは、矢張り「いらつめ」や何かの如く、「です」と書き直された方が穏当ならんと考ふ。

とある。[注5]「武蔵野」（『夏木立』所収）[注6]を見ると、文末形式は順に「……武蔵野。」「広さ。」「活計《くらし》を立てて居た。」「であッた。」「生草《なまくさ》。」……というように続き、その他、非過去、倒置、「だらう。」など、文末を多様に展開する（白ゴマ点もある）。なるほど「有さまだ。」「旅行の体だ。」「居るのだ。」「騎馬武者だ。」など、「だ」をいくつも見る。しかし、「です」調や、遅れて成立する「である」調との対比から「だ」調と言える、ということであって、それよりも、華麗なそれら文末形式の多様性にこそ評価を与えたい。

　二葉亭四迷がのちに「余が言文一致の由来」（一九〇六）で、自分は「だ」主義だ、「だ」調だ、と言ったため

に、そう類推されることになった。私としては「た」を確立させたか、そうでなくとも多様な文末が展開されるなかに「た」に収束されてゆく、ある種の時制の成立に注意を向けたいように思う。このことは論じられてきたはずのことながら、かならずしも分明でなかったきらいがある。

小説の言文一致運動の底力というべきは、時制を近代小説に成立させたということだ、というのが私の論旨となる。野口の話題にしようとした人称といったこともまた深く進行して、表面において気づかれにくい近代での底雪崩が起きていた、ということだろう。

2　多様な文末表現と「た」を選択することと

「た」というのが、江戸ことばで、草双紙類の会話文でのごく普通のことであることは、湯澤幸吉郎『江戸言葉の研究』▼注7を引いて野口の言うところで、東京語は江戸の話し言葉の延長にあったとされる。

> タはなるほどタリから生じたものかもしれない。しかし、終止形タリはもう存在していない。いわんや、キ、ケリはとっくの昔に消滅してしまっている。あったとしても、それは俳諧の切字である。坪内逍遥が言っているように、キやケリは江戸戯作でも「地」の部分に雅文体として用いられた。（野口、二三七ページ）

湯澤は「た」について、「過去」を認めるとともに、動作、作用の実現する「完了」をあらわす、とする。いずれも、会話文の用例で、後者は未来や過去について、その動作、作用が実際に行われたうえでのことをあらわす用法である。

しかし、江戸ことばに限ることでは全然なくて、京阪語（上方語）においてもまったく同じように、室町時代から江戸時代前半にかけて、口語資料のなかで「た」は過去ないし完了として進展していた（湯澤『室町時代言語の研究』▼注8、同『徳川時代言語の研究』▼注9）。ちなみに、逍遥は『小説神髄』「文体論」▼注10で、このごろの「傍訓《ふりがな》新聞紙に掲載せる所謂続話《つゞきもの》の雑報の如き」は「おほむね草冊子体の文章」に「多少の改良を加へたるもの」だと言う。京阪風の俚言を廃して東京語となしたことであり、東京が首都となってから、自然と起きてきた変更だ、とは半面の真実だろう。口語にあっては室町時代以後、「き、ぬ」は早くより、「つ」もほぼ消滅して、「たる、た」のほかに残らなかったのだから、時間表現に関してなら、西日本でも東日本でも「た」を育てるしかなかった。

「タはなるほどタリから生じたものかもしれない」と野口の言う通り、通説はタリ、タル（さらにタッ）をへて、タとなったということで、その歴史経過をたどることは、一通りならけっしてむずかしくない▼注11。けれども、ほんとうに昔のタリがいまのタで、逆に言うとタからタリの意味を類推できるかというと、氏の言うごとく、タリはもういまに存在してない、あるのは〝過去〟時制としてできあがってしまっている「た」があるだけである。「き、ぬ」や「つ」の消滅と入れ替えに、「た」を過去とする感覚が全国で長い時代において生い育ってきたことを考えにいれる必要がある。

そればかりではなかろう。そういう勢いにあるから自然なのだとしても、文学者たちの営為として、それを選択し返したということにいわば明治の〝賢さ〟がある。長い（京阪語を中心とする）物語の伝統では非過去の文体で書くのであり▼注12、『源氏物語』などがそうである。つまり、刻々と現在が遷《うつ》り進むかのように叙述される、それと同じことで、明治の言文一致が現在時制を選択する、ということだって、可能性としてけっしてなくはなかったのだから。

山口は左手を衝いて右肩を斜《はす》に突出し。ぬつと頭《くび》を伸して。
「お種さん。」

「はあ。」と眉を揺《うご》かして顔で嬌態《しな》をする。
「あの娘ね。」と頤《あご》で箝《すく》つて眼で見当をつける。
……
（尾崎紅葉『二人女房』一八九一）▼注13

「あひゞき」（初版に「あいびき」と書かれる）▼注14以後の二葉亭が、『浮雲』▼注15において「た、た、た、た」文体を確立したあとであっても、雅文体の時制（非過去）を引き受けたかのようなかたちでの、みぎのような在りようは、可能性としてならけっして引けをとらなかったはずだ。非過去の文末（「てゐる」を含めて）を中心に、「て」止めと、それに連用中止、「〜なり。」や「〜ば。」や、まれに「である、のである、のだ」も見え、かと思うと文語文の数ページもあり、多様な文末表現が展開する（過去形もわずかにある）。

事実は非過去の言文一致体の試みを投げ捨てて、このあと「た」優勢の時代へと近代文学はひた走りに走ることになる。

3　事実の確認判断という前提は正しいか

柳父章が、「思うに、過去形とは、書きことばにおけるいわば約束事として、翻訳文を通じて作られたのである」と、「あひゞき」について、書き出しの「……た。……た。」という表現を指して、第一に「原文が過去形であるために使われたのである」と言明している。▼注16「あひゞき」をへたあとの『浮雲』が、「た、た、た、た」という文末形態を見せる、という如実な事情は、柳父の言うところを深く肯わざるをえない。

柄谷行人が「漱石と『文』」のなかで、「語尾にかんしてさらに重要なのは、二葉亭四迷が「た」という文末詞を定着させたことである」と述べたのも、▼注17みぎのことの指摘にほかならない。とともに、『浮雲』を引いて、「このように、文が『た』で終っていることは、たんに過去形を意味しているのではない。それは回想というかたちで語り手と主人公の内部を同一化するのである」と柄谷は敷衍《ふえん》する。過去か回想か、ということでは水掛け論みたいであるものの、「内面の発見」[注18]がここにある、という次第だ。しかし、過去ないし回想の文体によって語り手と主人公とが「同一化」するとは、いささか困った議論に落ちて行くことにならないだろうか。

古代文学の三谷邦明は、「近代文学の言説・序章」[注19]を、「散文小説は過去形式の文学である」と書き始める。これはいささかわかりにくい、もの言いだ。「散文小説」というのが、もし近代文学や現代文学をさすのならば、それらは過去時制で書かれているから、何ら問題でない。堂々めぐりですらない、自明のもの言いだろう。

けれども、三谷は古代物語文学の研究者である。氏が「散文小説」のなかに古代文学をも組みいれているのではないか、という不安がよぎる。そうすると、俄然、「散文小説は過去形式の文学である」という書き出しの明瞭性が曇ってくる。『物語文学の言説』のほかのところを見ると、「散文小説は異質な言葉・文体等が出合うことで活性化する」として、『竹取物語』、『源氏物語』そして『浮雲』を併記するところがある。[注20]つまり古代物語を三谷は「散文小説」で「過去形式の文学」だ、と述べたことになる。『竹取物語』や『源氏物語』は「過去形式の文学」と言ってよいのだろうか。

これを言うと、それらは「〈歴史的現在〉の文学」だという答えが、ただちに外国文学研究者から跳ね返ってくる。本末転倒とはこのことだろう。かれらは叙事文学について「過去形式の文学」だという西ヨーロッパ文学の前提に立って、現在時制の文学を「歴史的現在」だと認定する。『竹取物語』も『源氏物語』もけっして「過去形式の文学」ではない。[注21]日本語に現在時制があるかどうか異論もあろうから、非過去とのみ述べておこう。日本語の古典物語は非過去の文体で書き切られている。

三谷の「近代文学の言説・序章」[注22]は、副題を「小説の〈時間〉と雅文体あるいは亀井秀雄『感性の変革』を読む」と言う。亀井のその名著は、『浮雲』の語り手（無人称と氏は名づける）が当初、叙述の前面に出ていたのが、

「た」の成立との引き替えであるかのようにして消し去られる、と論じられる。亀井は近代文学の文体の成立を論じようとしたのに、三谷のように前提が散文小説の「過去形式」であっては、すれ違いもよいところだろう。すでに、このことについては小森陽一の的確な指摘があるから、繰り返さない。▼注23

ところで、柳父は、そして三谷も、「た」の性格を〝事柄に対する話し手の確認判断〟だ、としている。二人とも、「た」を「過去」だとここまで述べておきながら、急にここで時枝誠記に乗っかるとは奇妙な話だ。〝話し手の確認判断〟とは時枝の学説以外ではない。ともあれ、柳父によれば（とは時枝の意見ということになるが）、「た」は「西欧語におけるような、話し手から独立した客観的時間の表現ではない」、ということになる。柄谷の言う（過去でなく）「回想」だというのもこの延長線上にあろう。

ようやく、ことの焦点がはっきりしてきたが、問題の深刻さは時枝に起因する。時枝は「た」（源流は「たり」）を、なかに動詞「あり」がある以上、起源的に「助動詞」でなく、存在あるいは状態をあらわす詞だ、そして（「助動詞」になってからは）話し手の立場の表現（確認判断）で、「尖った、曲った」などは連体詞だ、と主張する。▼注24しかし、これは困った説明ではないか。「話し手の立場からの確認判断だ」とは、時枝に即して言えば「主体的表現」一般を説明する言い方としてある。「助動詞」はすべて表現者の立場からの「主体的判断」（つまり辞）だというのが、ほかならぬ時枝学説であったろう。すると、少なくとも、時枝は「助動詞」一般について述べたにとどまり、個別の「た」については何も語っていない、ということにならないか。

4　行為遂行性と現在性とのあいだ

近、現代文学にとって、けっして他人事ではないと思われるので、古文談義を以下、やや早足で片づけてしまいたい。「たり」（存続〈完了とも言われる〉の助動辞）は、テ・アリだと一般に辞書類に書かれる。そうかもしれないとすると、そのテとは何だろうか。活用語アリ（動詞あるいは助動辞）と合わさる以上、助辞でなく、助動辞だろう。助動辞「つ」（完了）の連用形に「て」があるから、それを考慮に入れる必要がある。「たり」は「つ」＋「あり」ではなかろうか。

難関としては、助辞の「て」がある。古典文から現代語にまで生きて、今後もけっして滅びることのなさそうな、分類するなら接続助辞で、その「て」はというと、じつはけっして助動辞「つ」と無関係でなく、それの連用形から来た、あるいは「つ」の活用形の成立ということから言うと、原初にあったテが活用としてそれに取り込まれていった。そう、推測される。

古文に「て」が出てくると、助動辞「つ」のいわば連用中止形か、そこから転成して活用を喪った接続助辞か、という判定を求められるのではないか。▼注25 一般に「…て、」とあるような文体は、接続助辞として一括し、活用を喪った以上、助動辞と認めにくい、というのが通行の感覚で、上代にはないかもしれないが、形容詞の「く」に直接「て」が附くことは▼注26、「つ」の連用形だと考えにくい要点となる。つまり、ありえない活用形であるから▼注27、接続助辞「て」と助動辞「つ」とのあいだにはそれぐらい壁が完成してしまってその後に続く。

けれども、もとを同じくするのだとしたら、助動辞「つ」の難解とされるその内容が、希釈されつつ接続助辞「て」のなかに、いくぶんかでも生きているのではなかろうか。というところまでを押さえて「たり」に戻ると、テ・アリつまり、te＋ar-i（＝te-ar-i）がタリ tar-i になるとは、音韻変化のように見るなら、二つの並ぶ母音 e-a の一方（＝e音）が消えてタリになった、ということになろう。しかし、音韻変化と見なくとも、完了の助動辞「つ」のもとにあるt音とアリ ar-i との結合ということでよいのではないか。

つまり、「たり」は「存続の助動詞」などと言われ、非過去性がつよく感じられる。古文に親しむひとなら納得してくれる感覚で、動作や状態が完了して、その結果が存続する（＝「ている、てある」）。「つ」の持つ行為遂行性と、アリの持つ現在性とのさじ加減で、機能内容が揺れると大まかに理解していただきたい。基本的には時制と無関係にあって、なかにアリ ar-i があることによって現存性が出てくる、と考えられる。

5　事件後へ身を置いてみる仮定

タリが、タルをへて、現代語の「た」となる、という説明は、辞書、解説書、教科書などのすべてを覆う。私にも、タルがタッ、タというように変化すると述べたことがある。▼注28 述べながら、そしてそうだとは思うものの、それでも、なかなか腑に落ちない憾みがのこる。存続という、時制とかかわらないはずの「たり」が、タル、タッ、タを経過するうちに、過去という時制をどんどん獲得してゆく、とでも説明するしかあるまい。現代語の「た」は過去をあらわす叙述上の指標となっているからである。

古典語「たり」と、成立した近代語「た」とのあいだには、たしかに機能上の脈絡がどうしても感じられる。口語歌謡には、

今結《ゆ》た髪が　はらりと解けた　いかさま心も　誰《た》そに解けた　（『閑吟集』、一五一八）
あまり見たさに　そと隠れて走《はし》てきた　……　（同）

というような「た」がある。

第四ノ句ハ人ノ覚ユル句也。此詩ノ心モ底心アリト見エタ。…サレドモ、用ユルモノナイホドニ、追従ガ無用也。口ヲ緘《つぐみ》テ居タガヨイ也。（『中華若木詩抄』、十六世紀前半か）

「見エタ、居タ」とあるのは、講義録にあらわれる「た」の例で、行為遂行的「つ」に通じる、タルとの連絡を感じさせられる。

……今日はおだんなの。お心さしの日じやほとに。ぐそうに参り、だんぎをのべよ。きかせられたいとおほせられた。かしこまつたとをうけ《お受け》は申たれ共。此ぐそうは何をもそんせぬによつて。いまゝでだんぎをものべた事がおりない。（「なきあま」、虎清狂言本）

「おほせられた、かしこまつた、のべた」などの「た」もまた、日常語の場面で、いずれも古典語の「たり」に置き換えて、そんなに不自然でないかもしれない。動作がつぎつぎに継起するさまを、「〜た、〜た、〜た」と叙述してゆけば、過去の叙事の時制のような感じが生まれてくる。古典語「たり」と現代語「た」とのあいだに、音韻変化の時間を求めた上で、機能的に見て、存続ないし現存性から過去という時制の表示へ、という変遷史をもそこに認めるとは、かなりアクロバティックではなかろうか。

東国語の「なふ」（＝否定）は、『万葉集』に見られたあと、一旦滅んだように見えて生き延び、現代語（つまり東京語の）の「ない」（しない、行かないなどの「ない」）として「復活」する、それに似るアクロバットが。

音韻変化ということについては、専門家からの要請がある通りで、「意味」を優先させてまで不自然さを犯すような「説明」を、大いに警戒する必要がある。キ・アリが「けり」を導くというような「音韻変化」ならば、ki-ar-iのなかの母音の並び（i-a音）がe音となり、ker-i（けり）を成立させたというので、なんら不自然さを感じさせない。[▼注29] キ・アリがケリを導くという推定は、ツ・アリあるいは（テと交替するタを想定して）タ・アリがタリになるのではないか、とする意見を纏める上で、大きな励ましとなることだろう。

6　完了と過去との親近関係

過去をあらわすらしい「た」が、古いところで十二世紀前半に見いだされる、しかもその時点で東国語だった。二通りの考え方をここで立ててみよう。一つは、基層日本語が鉱脈の露頭となってあらわれた、つまり「き」と別に、過去をあらわす「た」があった、という考え方である。

ゐたりける所のきたのかたに、こゑなまりたる人の物いひけるをきゝて、

永成法師

あづまうどのこゑこそ―きた（北、来た）にきこゆなれ

権律師慶範

みちのくによりこし（越、来し）にや―あるらん

（『金葉和歌集』十、雑下、連歌、六四八歌、新大系）

〔座っている所の北の方向に、声の訛っている人が何か言うのを聞いて、

永成法師

東人の声はそれこそ北に、「来た」に聞こえるようだよ

権律師慶範

道の国より来た、越《こし》から来たんでしょうねえ〕

の、きた（北）に懸けられた「来た」のうちに見られる「た」は、平安後期の用例となる。▼注30 返しに「こし（＝来

し)」(越の国)とあるから、「来た」という、かれらにとっての方言(東国語だったろう)を京ことばで釈義してみせた、という趣向だろう。

「こぞ来た(=北)」(為忠集)は、時代がややさがる事例かもしれないと言われる。

時来ぬと、古里さしてかへる雁。こぞ—来たみちへまた向かふなり

時が来たと、古里をさして帰る雁よ。去年来た、北の道へとまた向かうのだろう

時代がさがるにしろ、「た」が「こぞ(去年)」とともに使われているのだから、確実に過去を意味する、と言える。

しかし、十二世紀以前に用例を求めることができず、たとえば『万葉集』の東歌には、少ないながら「たり」があって、それと平行する「た」(過去)が生きていたとは、なかなか推定をなしがたい(否定するわけではない)。もう一つの考えということになるが、談話のなかで、多くの言語で起きる現象として、[注31]完了は本来、過去などの時制と無関係であるにもかかわらず、実際のところ、完了と過去とが混用されてしまう、ということがある。「た」の説明として、松下大三郎に、

文注上「完了」といふのは事件の真の終結をいふのではない。仮に「我」[注32]をその事件の完了後へ置いて考へ、その事件の完了を表すのである。(『(増補校訂)標準日本口語法』勉誠社、一八一ページ)

というのがあって、これによれば容易に過去と完了とがかさなる。事件は以前の時間に起きたことになるのだか

ら。話者が現在に立つ限りにおいて、行為遂行は過去へとどんどん送りこまれてゆくことになる。つまり、タッをへてタになりながら、完了と過去との混用が起きるという、まさにアクロバットが生じたという次第だが、このことは「き、ぬ」や「つ」が消滅するとしないとにかかわりなく生じる現象だったろう。「き、ぬ」や「つ」の消滅は「た」の過去性の獲得に大いに拍車をかけたとしても。

7 口語に見る「た」という過去

キリシタン文献の記録者から見ると、タは過去ということになる。

Abare, uru, eta アバレ、ルル、レタ（荒、暴れ、るる、れた）（『日葡辞書』、一六〇三）

の「アバレタ」は動詞過去形だろう。アバイタ（暴）、アビタ（浴）、アブラギッタ、……など、『日葡辞書』は動詞過去形をすべてかかげる。一五八〇年代には実質的に完成した、ロドリゲス『日本語小文典』に、

curabeta（比べた）、motomenanda（求めなんだ）

などあり、タは過去時制をあらわすと言う（ついでに言うと「〜テ、」は過去分詞となる）。天草本『平家物語』（一五九二）には、

この忠盛の時までは先祖の人々は平氏《たひらうじ》を高望の王の時くだされて、武士となられてのち、殿上《てんじやう》の仙籍をば許さ

せられなんだ。しかるを忠盛に鳥羽の院と申す帝王、得長寿院《とくちやうじゆゐん》と申す寺を建て、三十三間《げん》の堂をつくって、一千一体の仏をするゑよ、その御《ご》返報にはどこなりともあかうずる国をくだされうずるとおほせられた。

「〜た、〜なんだ」と続けられる文体をこのように見る。叙述における過去時制と見てよかろう。キリシタン文献の書き手が（過去時制だと）意図して認定したときに、過去時制が成立する。文法とはそういう認識の所産でなくてはかなわない。

「〜た」文末を見せる、講義本（抄物のたぐいや『源氏物語』の講義など）、咄本（『きのふはけふの物語』『鹿の巻筆』など）、軍談（『雑兵物語』『おあむ物語』など）、道話（『松翁道話』など）、随筆（上田秋成『胆大小心録』など）といった、上方から江戸にまで、かず多くそれらの事例はある。▼注33 会話文は無論のこととして、会話を除く語りの地に「…た」は頻繁にあらわれる。講義本、咄本、軍談、随筆そのものが、会話文からなる全体だ、ということでもあろう。草双紙類ではかえって会話文以外の箇所が、律儀なあるいはパロディックな文語体、物語的な和文体で多く書かれる。

すこし纏めるなら、東国語の談話世界で早く起きたこと（完了の過去との混乱）が、キやケリを喪ってゆく中世口語で、タリがタル（やタッ）をへてタが成立するさなかにも起き、キリシタン文献を纏めた観察者たちの頭のなかでも、当然のようにして起きた。花ひらく談話の世界が写本文化や出版機構と出会ったとき、タを擁する文献が多量にもたらされた。そして京阪語や江戸言葉から言文一致の時代へという過程にあっても、意図的にえらび取られていった。キリシタン資料、さまざまな口語資料のたぐい、講義録、抄物、咄本、談義本その他において執拗に生き延び、会話体などではごく普通の描写として頻出し、近代にいたって言文一致という、文章改良運動が端的に言ってその〝タ〟との出会いのなかで進んだ。

現代の学校文法や受験文法で、完了と過去とをまったく一緒くたにしてしまっているのは、言文一致という現象の一環だろう。

8　地の文の成立ということ

「（西洋怪談）黒猫」（饗庭篁村訳、『讀賣新聞』附録、一八八八）▼注34は言うまでもなく翻訳である。言文一致が過去の時制を取り込むことによって成立するさまは、欧米文学から容易に得られることだろう。二葉亭の「あひゞき」についで、この「黒猫」一編があることには喫驚させられる。

> 私しハ明日《あす》死ぬ身今宵一夜の命なれバ望《のぞみ》も願《ねがひ》も別にない只心に思ふ偽《うそ》も飾《かざ》りもない真実を今ま書残すなれども決して此事を世間の人に信じて貰はうといふ了簡ではない。又此事を信じて呉れと望むのハ狂気の沙汰《さた》だ。……私しは子供のうち誠に内気で柔弱《にうじやく》であつたゆゑ子供仲間にも弱虫と笑はれ外へ出て遊ぶより内に居て小鳥でも飼《かふ》のを何よりの楽みと仕たので両親《ふたおや》も其好みを許していろ〳〵の鳥や犬を飼つて呉《くれ》たゆゑ夫《それ》を友達遊び合手として私の多くの時間ハ其うちに費した。大人になるに付て生物好《いきものずき》ハます〳〵進み私の楽みと云ツてハ此事の外ハない。

ここにも文末表現の変化を求める苦心が見てとれる。嵯峨の屋おむろの「薄命のすゞ子」（一八八八）▼注35は、

> 遠寺《ゑんじ》で突く鐘《ね》の音が四方《よも》に立込《たてこ》めて居る夕霧を潜《くゞ》ツてさも重々《おも〳〵》とさも悲しさうに夜の来たことを触《ふ》れ廻ハツて地底に深く沈んで仕舞《しま》ツた。ツイ今しがたまでヒラリ〳〵と風に翻《ひら》めいて居た乳屋《ちゝや》の旗も何時《いつ》の間にやら下《おろ》されたと見えて早や音もしない。唯何処《どこ》でやら余程の遠い所で雷鳴の様な音がホンの幽《かすか》にして居る計《ばか》り。是《これ》は大《おほ》

方《かた》街道を馬車が通るのでもあらう。

とあって、みぎに二作品を並べると文体がよく似る。言文一致体の成熟とでもいうべき、多様な文末形式の展開を窺うことができる。文末表現の形式とは、ただちに――認識の所産として――地の文が成立した、ということにほかならない。「地の文」という語を『小説神髄』「叙事法」などに散見する。その一つに、人物の性質を叙するに陰手段、陽手段がある、として、後者（陽手段）は、

あらハに地の文もて叙しいだして之《これ》を読者《よむもの》にしらせおくなり西洋の作者は概して此法を用ふるものなり

と見える。会話文以外の描写や説明を引き受ける、地の文という概念は、もしかしたらこのようにして日本語文で成立させられてきた。草子地という中世の物語学用語があって、「地の文」の先鞭であった。『当世書生気質』（連載、一八八五～六）では語り手の語りを「地の文」と称するところがある。

以下また読者《どくしや》の煩《はん》を思《おも》ひて。地《ち》の文《ぶん》の如くものしにたれど。其実《そのじつ》は守山《もりやま》の言葉《ことば》をもて写《うつ》すべき筈《はず》なり。読者宜《どくしやよろ》しく諒察《りやうさつ》あるべし。（第弐拾回「大団円」▼注36）

われわれは地の文に「た」という過去の時制が成立してくることをもって、小説の言文一致の完成と見てよかろう。かならずしも、「だ」や「である」によって完成と見ることなく、「（西洋怪談）黒猫」や「薄命のすゞ子」のような、多様な文末形式のなかに、基調というべき「た」を見る、という提案である。

多様性ということは、非過去の文末形式を適宜、織り込むということでもある。日本語本来の叙述形式と妥協す

ることであったかもしれないが、現代にまで引き継がれる在り方だろう。[注37] 題名の「創発」とは、出現あるいは創造的発生[注38]を意味して、この語を利用した。

注

(1)『三人称の発見まで』筑摩書房、一九九四。国際比較文学会（青山学院大学、一九九一）では「超越的一人称」という氏の用語であった。

(2)『近代文体発生の史的研究』、岩波書店、一九六五。『風流調一節』の引用は、五三三ページ以下。

(3)「蝴蝶」一八八九、『明治文学全集』23。美妙の弁明については、山本著書五五〇ページ。

(4)一八八八、『明治文学全集』24。山本著書五四五ページに論及。

(5)「夏木立」一八八八年、『石橋忍月評論集』岩波文庫。山本著書五四四ページに論及。

(6)一八八八、『明治文学全集』23。

(7)湯澤、明治書院、一九五四。

(8)湯澤、風間書房（再版）、一九五五。

(9)湯澤、刀江書院、一九三六。

(10)『明治文学全集』16。原文は総ルビ。

(11)藤井貞和「『た』の性格」（『新物語研究』五、一九九八）、『平安物語叙述論』、東京大学出版会、二〇〇一。

(12)藤井貞和『物語理論講義』14講、東京大学出版会、二〇〇四。

(13)『新日本古典文学大系 明治編』19。原文は総ルビ。

(14)序文に「このあひゞきは先年仏蘭西で死去した、露国では有名な小説家、ツルゲーネフといふ人の端物の作です」云々と。始まりは、

秋九月中旬といふころ、一日自分がさる樺の林の中に座してゐたことが有ツた。今朝から小雨が降りそゝぎ、その晴れ間にはおり〳〵生ま煖かな日かげも射して、まことに気まぐれな空ら合ひ。（一八八八、『明治文学全集』17）

というようにある。

(15) 初篇、金港堂、一八八七、二篇、同、一八八八、三篇、連載、一八八九。

(16)『翻訳学問批判』日本翻訳家養成センター、一九八三。

(17)『群像』一九九〇・五、『漱石論集成』平凡社ライブラリー402、二〇〇一。

(18)「内面の発見」『日本近代文学の起源』講談社、一九八〇。

(19)『日本文学』一九八四・七、『物語文学の言説』有精堂、一九九二。

(20)「〈読み〉とテクスト」（「王朝物語を読むために」『別冊國文學 王朝物語必携』一九八七・九）、『物語文学の言説』所収、有精堂、一九九二。

(21) 藤井貞和『物語理論講義』14講、東京大学出版会、二〇〇四。

(22)『感性の変革』講談社、一九八三。亀井・三谷「論争」については、藤井「『詩』と『物語』と『近代』」（『文藝』季刊冬季号（一九八七・一二）で十分に批判できなかったので、今回私なりの遅れる意見の提示である。

(23)「『浮雲』における物語と文体」、『成城国文学論集』一九八五、『文体としての物語』筑摩書房、一九八八。

(24) 時枝誠記『日本文法 口語篇』岩波書店、一九五〇。

(25) 山田孝雄（『日本文法論』宝文館、一九〇八）は「つ」の連用形とし（そして「つ」を動詞の複語尾とする）、三矢重松『高等日本文法』は「テニヲハに転じて完了態は悌に残れるのみなり」とある。『萬葉集総索引 単語篇』（正宗敦夫）は「て」をすべて「助動詞」として扱う。

(26)『竹取物語』あたりからかもしれない。『万葉集』には「なく」に「て」の伴う「かへりみなくて」（二〇、四三七三歌）がある。

(27) 形容詞はアリを隔てて（カリ活用の成立）、ツを接続させるものの、カリ・テ、カリ・タリなどを見ない。これはカリ活用の成立と、「かへりみなくて」のようなクに直接テが接続することとが、絡まりあっている現象だろう。

(28) 藤井貞和「『た』の性格」→注11

(29) 藤井貞和『物語文学成立史』五ノ八、九ノ二など、東京大学出版会、一九八七。

(30)『金葉集』は一一二七年（大治二年）、草稿のまま「嘉納」された。
(31)『言語学大辞典』6、「完了」の項。
(32)一九三〇序、復刊（勉誠社）、一九七七。
(33)藤井貞和「『た』の性格」、→注11
(34)『明治文学全集』7。
(35)『明治文学全集』17。
(36)『明治文学全集』16。
(37)「つ」と対比される「ぬ」は室町時代以後、口語から完全に消えてしまう。「ぬ」じたいが「〜てゆく、〜てしまう」という事実推移性をあらわしていた。
(38)参照、「創意が踊る舞台の言語」、エリス俊子・藤井貞和編『シリーズ言語態2　創発的言語態』序、二〇〇一・八

十二章　推量とは何か（一）――む、けむ、らむ、まし

1　人類の疑心暗鬼

想定や推測は大切な精神活動である。予測を立てて行動しようと試みて、その方面の言語を人類は発達させてきたろう。自分について予測するし、他人についても推測する。他人についての推測にしろ、自分のなせるわざであり、時枝文法の言ぅ辞、主体的表現がそれらを担ぅ。

予測する内容は非実現状態にある。言語以外であらわす方法があるかもしれない。多くの場合は言語で、それらを蓄えたり、表現したりしようとする。附随して、記憶ということも発達する。記憶の絶対多数は未来に備えるためにある。未来への備忘に記憶の本質があると称して過言ではない。想起するとは、未来から記憶を呼び起こしてくる、とやや詩的に言い換えてもよい。けっして単純に過去を想起するのではない。未来へ向けて備えたもろもろのストックのなかからわれわれは選択する。

「いま、ここ」でない場所で起きていることへの想像や、過去のさしあらわす、もろもろのことが現在を縛っているのではないかという思念や、だいじなこととしては、共同体の神々の地や、そこへ至る道筋を推定する祭祀の

時とか、死後の世界を点検したりする、宗教感情に浸される時とかに、きっと言語が動員される。

不幸なことも起きる。人類はたぶん疑心暗鬼する動物だろう。敵が攻めてこないかと疑って、それよりは先制攻撃によって、相手を打ち負かそうとすると、戦争の原因になる。それを占い、託宣するシャーマンたちは、言語を中心として非実現段階で事前にさしあらわそうとするだろう。

時間系と推量系とは、はっきりと分けられず、漠然と広がるエリアをそれぞれに受け持つ。迫りくる饑餓や天災や戦争を予告し、また進行中の大事件があるとすると、少しでもその先を争って読む必要が、われわれのシャーマンたちを育てたろう。だから、文法で言うと、過去を想起するためには、時間系の、たとえば「き」が必要になったり、「ぬ」や「つ」による状況の説明が必須であったりする。ともに、推測するための、もろもろの助動辞が発達させられてきた。「む」や、ゾルレン（当為）を示す「べし」や、それらの禁止、否定の助動辞などを発達させてきた。

推量系と言っても、本来は推量の助動辞でなかったのが、人類の疑い深い業《ごう》のために、つぎつぎに推量性を持つようになってきた、という経緯を思ってしまう。真には直説法を曖昧にしか持たない日本語の性格なのかもしれないが、推量系は多めに発達しているように感じられる。

何かを見たり、聞いたりしたひとが、村へ帰ってみんなに報告したいとき、描写を楽しむようになると、形容系のエリアを発達させることとなろう。形容詞を支える、ク活用やシク活用などの語尾の「し」は、たぶん、もともと、助動辞である。「らし」はもともと形容系のエリアにあった助動辞で、推量系に近づいてきた。厄介な「まし」もその周辺で通り過ぎたい。

2　アム -am という小接辞

「む、けむ、らむ」は推量の助動辞ということでよい。その本性として、アム am-（→（a）m-）を内包し、-u なら -u を迎えて am-u→「む」（a）m-u（終止形）となり、ki-am-u は「けむ」に（i-a→e）、（a）ra-（a）m-u は「らむ」になる。過去や現在、そして未来の時間とのかかわりを避けられないようで、推量という心意が深く時間的営為と渡り合う、ということだろう。アム am- のようなのを小接辞というべきか、子音で終わる音のブロックは日本語にないから、いま述べたように母音を迎え、「あむ」am-u となり（原助動辞というか）、「む」m-u という推量の助動辞を成立させる根拠となる。

心みに、なほ下りたた〈む〉。涙河。うれしき瀬にも—流れあふや—と（『後撰集』一〇、恋二、橘敏中、六一二歌）

（あなたの）心を見るために、試みに、それでも下り立とう、涙の河に。流れ流れても、うれしい逢瀬に、（ついに）逢うのでは、と

「下りたたむ」の「む」は、推量や意志と言われる「む」の終止形活用のかたちとして定着した。活用とは、いつでも二種の考え方がともに成り立つ。つまり、不活用部位プラス下接の接辞（接尾辞）と考えるか、それとも活用語尾か、というように。いずれであっても、

or-i-tat（-u）-am-u

と書くとわかるように、アム am- をうちに含むと確認できる。「たつ」tat-u の -u とアム -am の -a というように、

母音が二つ並ぶ場合に、一母音の普遍的脱落が起きるということは、それらの並びがつよく嫌われるか、と見ておく。已然形の、

思ひ河、絶えず流るる水の泡の、うたがたひとにあはで消え〈め〉や（同、九　伊勢、五一五歌）

思いの川を、絶えず流れる水の泡。うたかた。かりそめにもあなたに逢わずして消える？　いえいえ何で消えなどしましょう（わたしは）

という事例で言うと、ki-(y) e-m-e-ya は ki-(y) e (-a) m-e-ya からの (-a) の脱落と見る。そのようにして、ついに「む」m-u（已然形「め」m-e）だけで助動辞を形成するに至る、という経緯だろう。

助動辞は、もと自立語だったとすると、アム am- の原義をふと知りたくなる。きざし、予測、時間から食み出してゆく何ものか、ということを突き詰めると、アマス（余す）、アマタ（あまた）、ウム（産む）などに通じるか、そういう「アム状態」を考えてみる。つよい精神作用が介入して、それらの「意味」が抜き去られ、語り手の主体的機能として残る。成立した助動辞「む」は活用語の未然形に接続して、未来予測にかかわる語り手の態度を、ある限定の範囲内で示そうとする。そんな経緯で機能語が成立するのではあるまいか。

3　「む」の機能的幅、および「むず」

つらから〈ば〉、同じ心につらから〈ん〉。つれなき人を、恋ひ〈む〉とも―せず（同、詠み人知らず、五九二歌）

私につれないなら、私も同じくつれなくすることだろう。

つらくあたるひとを、恋いようともしない

ここには「む」（表記上、「ん」とも）が三つ、あるのではないか。

a「つらからば」→「つらから〈む〉」＋「は」

b「同じ心につらから〈ん〉」

c「恋ひ〈む〉」

a例は「は」と融合する「む」であり、他人についてはb例のように「だろう」という推量となり、自分についてはc例のように「恋いよう」という意志になる。他人についても自分についても、自分の立場からの主体的表現であることにかわりなく、前者では推量の機能が働き、後者は自分について働く。

推量と意志とを、未然形に接続する点から、未来的なテンスとして統一して解読するのは一つの方法である。しかし、たとい未来だと認定しても、推量と意志との幅は消えない。だから、「む」にテンスを認めることはあまり得策でない。推量と意志との幅は「べし」についても、「まじ」についても観察される。同じ現象は、よく知られることとして、英語の will にも見られる（未来、意志、推量である）。一語が人称的に分化して二つの機能を持つことはそんなに不思議でないように思う。

「つらからば」は、かりにひらいてみると、

turak-ar（-u）-am-pha

となって、このなかに、みぎに述べたアム am- がある。アム am- が這入るだけで、turak-ar-u-pha「つらかる（こと）は」を条件節に変えることに注目する。「つらかるは」と「つらからば」とのあいだは、アム am- があるかないかという差異に尽きる。已然形の「め」は、

みやこ出でし春の嘆きに、おとら〈め〉や。年ふる浦をわかれぬる秋（「明石」巻、二―八六）

都を出た（一昨年の）春の嘆きに（どうして）劣るであろう、でしょ？

年をへて（住み馴れた明石の）浦を別れてしまう（この）秋は

という光源氏歌を挙げておく。活用形は、

○　○　む　む　め　○

という、ちょっと寂しい並びをなす。未然形に「ま」を認めれば、「まく、まほし、まうし」あるいは「まし」に含まれる体言的な「ま」との関係が、一筋見えてくるかもしれない。命令形の「め」もどこかに潜んでいそうに思える。

むず

「夕顔」巻に「むず」（「んず」）が見られる。右近が語る。

「十九にやなり給ひけん。右近は亡くなりにける御乳母《めのと》の捨て置きて侍りければ、三位の君のらうたがり給ひて、かの御あたり去らず生《お》ほし立て給ひしを、思ひたまへ出づれば、いかでか世に侍ら〈んず〉らん。「いとしも人に」とくやしくなん。ものはかなげにものしたまひし人の御心を頼もしき人にて、としごろならひ侍りけること」と聞こゆ。（「夕顔」巻、一―一四〇）

「いかでか世に侍らんずらん」〔（これから）どうして生き長らえよう〕と嘆くところ、青表紙他本は「とすらん」とあると新大系に見える。近江の君も使う語（「常夏」巻）。活用は、

○　○　むず　むずる　むずれ　○

と纏められる。

4　推量と意志

もとは独立した動詞であった shall（古英語 sceal〈負う、義務がある〉）も、will（同、wyllan／wille（しようと欲する））も、ともに、「〜だろう（推量）」と「〜するつもりだ（意志）」という、二方向を持つ。古代日本語の「べし」（十四章）が、それぞれ、推量と意志という二方向を持つことと、まったく同じだ。

英語 shall および will では、さらに時制（未来）が絡むので、この現象を〈未来〜推量（〜意志）連関〉と名づけておこう。「む」あるいは「べし」が未来にかかわるように見えるのは、その関係からで、〈未来〜推量（〜意志）連関〉は日本語でも成立すると認定できる。

この連関は、古代日本語の場合、「む」m-u を基本とするとして、m-u の構成要素m-は何だろうか。小接辞 am- の、a が脱落した (a) m-→m- ではなかったかと推測する。日本語は子音だけだと意味をなさないという特徴があるから、機能的にのみ am- や (a) m- を日本語は持つ。そういう機能的小接辞を持つ言語だと日本語を決めてしまえばよい。

「む」m-u（あるいは「め」m-e 已然形）となって初めて単位となる。この「む」に〈未来〜推量（〜意志）連関〉という機能が附与される。「む」m-u が使い古されて、平安時代には逆に -m となり、「む」あるいは「ん、う、も」など表記される。表記ばかりでなく、実際に-n（ん）、さらに時代がさがって -u（う）となることはよく知られる。

要素としての m- と、音便化する -m や -n とを混同すべきでない。-m や -n は現代語に生きられて、-u あるいはゼロになる。「〜だろ！　〜行こ！」などと、「だろう、行こう」の「う」をゼロ化（厳密には促音化）してさえ、〈未来〜推量（〜意志）連関〉は成立するのだから、文法はおもしろい。▼注2 現代語では「う」という実に簡単な発音の辞であるのに、未来も推量（も意志）もを元気に引き受ける。

5　「まく、まほし、まうし」

まく

ク語法と言われる「まく」は『源氏物語』にないようである。大野晋「校注の覚え書」（『万葉集』一、大系、一九五七）を応用すれば、(a) m- と -aku の結合かということになるし、それとも (a) m-a と -ku との結合かという議論になる。あとの「まほし、まうし」あるいは「まし」をも思い合わせると、「ま」という体言的な語素を考えてしまうのがよいかもしれない。「ま」は「む」から生じたであろう。「く」は形容詞の語尾などに見られるところであり、これをも考え合わせる必要がある。

まくほし、まほし、まうし

「春日山、朝立つ雲ノ、居ぬ日無く、見〈まく〉ノ欲しき、君（に）も—あるかも」（『万葉集』四、大伴坂上大娘、五八四歌）のように、「見まく」（見ること）を「ノ」の受ける例（主格）があるから、「まくほし」が「まほし」になったという通説は保留してよいだろう。「まくほし」が「まほし」になったと見ると、maku-phosi → ma'phosi という説明となり、一つならまだしも、k と u という二つの音素を落とすことになるので抵抗がある。

限りとて、わかるる道のかなしきに、いか〈まほしき〉は—命なりけり（「桐壺」巻、一—八）

命の限りとて、お別れする道がかなしいにつけて、（死出の道に
行きたいのでなく、）生きたきは、命であったことです

「まうし」をも見ると（「ま憂し」と書いておく）、

この君の御童姿《わらはすがた》いと変へま憂くおぼせど（「桐壺」巻、一―二四）

数ならぬ身を見ま憂くおぼし捨てむもことわりなれど（「葵」巻、一―三〇〇）

というように、気の進まぬ登場人物の内心を語り手が忖度する。maku-usi → ma'usi という理解でよいのか。k と u と二つを落とすということは抵抗感がある。

抵抗感のバーを下げるためには、「ま」ma- という準体言的な小接辞を考えて、「ま―ほし」ma-phosi や「ま―うし」ma-usi の成立をすなおに認めることでよいのではないかと思われる。

6 「けむ」

「けむ」kem-u は、ケとムとを要素とすると判断するならば、ケは何ものかということになるが、まちがいなく、もと、キアム（ki-am-u）だったろう。とするなら、キ ki- は「来《き》」あるいは過去の「き」で、それとアム am- との結合である。過去推量を必要とする精神の働きが「けむ」を得て発達していった。成立すると、連用形接続であることは自然だろう。

コノみきを、かみ〈けむ〉ひトは　……（『古事記』中、四〇歌謡）

〔これの御酒を、醸《かも》したろう人は　……〕

醸造を「かむ」（四段）というのは「噛む」と同語で、kam-i-ki-am-u が kam-i-kem-u となる。i-a は e（甲類）になる。

……うらみを負ふ積りにやあり〈けむ〉、いとあづしくなりゆき、物心ほそげに里がちなるを、いよいよあかずあはれなる物に思ほして、人の譏りをもえ憚らせ給はず、世のためしにも成りぬべき御もてなしなり。（「桐壺」巻、一―四）

〔（女性たちの）怨恨を背負う蓄積から来たのでは？　えらく病がちになってゆき、何かと心ぼそい感じで引きこもりがちであるのに対して、いよいよ飽くことなく、いとしい女よと（帝は）思いあそばして、人さまの非難までをも遠慮しなさることができず、世上の前例にきっとなるにちがいないご待遇である。〕

物語内の現在における、それまでの時間にあったかもしれないことについての推量である。過去推量ということについて、厳密にしておこう。物語のなかが過去であるとは、大きなフレームがそうだということであって、物語のなかへ一歩這入ってしまえば、いまという舞台で刻々と進行する。非過去の時間に物語は身を委ねる。「うらみを負ふ積りにやありけむ」とは、そういう非過去の、刻々と流れる時間を前提として、それより前から起きていることを推量する。女性たちの「うらみ」がずっと蓄積してきてあったのだろう、と遡り推測するから「けむ」が生きられる。物語内容にいま立つ語り手の推量であって、物語を過去のこととして語るわけではない。

先の世にも御契りや深かり〈けむ〉、世になくきよらなる玉のをの子御子《みこ》さへ生まれ給ひぬ。（「桐壺」巻、一―五）

〔前世にもお約束が深かったのかしら、絶世の玉光る超美男子までもお生まれになってしまう。〕

地の文で桐壺更衣の前生を推量するものの、推量するのは物語内の語り手で、時枝文法的に言えば「けむ」は主体的表現をなす。推量される客体的内容と主体的表現とが出会うとでも言えばよいか。

愛宕《おたぎ》といふ所にいといかめしうそのさほふしたるに、おはしつきたる心《ここ》ち、いかばかりかはあり〈けむ〉、むなしき御骸《から》を見る見る、……（同、一―九）

〔愛宕という葬所に、まことにいかめしく葬送の作法をしていると、到着される際の（母君の）心内は、（到着される直前まで）どのようだったかしらね、（いよいよ）亡きがらを見る見る、……〕

更衣の母君についての語り手の推量ながら、単純に過去推量と言ってしまうと、物語の舞台（葬送の場）が過去のことで、それを語り手が推量的に回想し語っていることになる。しかし、そう考えることには困難が伴う。なぜなら、葬送の儀が挙行されたかどうか、推測するまでもないことで、物語ぜんたいは非過去の刻々と進む叙述であるから、いま悲しみとともに行われつつある。そのことをわざわざ推測するはずがない。推測する内容は、いうまでもなく更衣の母親の内心という、外から見えない悲しみをである。御送りの女房たちの車に同乗して、ここまで来るあいだや、それよりずっとまえから、母君の内面はどんなにか張り裂けるばかりだったろう、と推測する。いま火葬を直前にして遺骸を見るや半狂乱になる。〈けむ〉を解するとはそういうことではないか。

いにしへも—かくやは—人の迷ひ〈けん〉。我《わが》まだ知らぬ、しののめの道（「夕顔」巻、一—一一八）

ずっと昔も、そのようにしてだれかが惑いいったかもね。

わたしのまだ知らない、夜明け間近な迷路を

ここの「人」は頭中将を暗示すると言われる。一般的に男としておこう。「男が迷いいったことだろうか。私のまだ経験せぬ、しらじら明けの恋の道に」。

大液芙蓉《たいえきのふよう》、未央柳《びやうのやなぎ》もげに通ひたりしかたちを、唐めいたるよそひはうるはしうこそあり〈けめ〉、なつかしうらうたげなりしをおぼしいづるに、花鳥の色にも音にもよそふべき方ぞなき。（「桐壺」巻、一—一七）

〔長恨歌の文句にもなるほど通じた、更衣の容姿は、唐めいている衣裳なら、まあまあ麗人という感だったかもしれないが、親しみ深く、愛らしげだった実際を思い出すと、花や鳥の色にも音にも比較できる方法がないよ。〕

ここには「き」と「けむ」とが交錯する。生前の更衣は唐風に装わせても端麗だったろう、楊貴妃のようだったが、実際の更衣のなつかしい可憐さは喩えようがない、という、和風の装いだったに違いない。

……荒れたりし所に住み〈けん〉ものの、われに見入れ〈けん〉たよりにかくなりぬること、とおぼしいづるにも、ゆゆしくなん。（「夕顔」巻、一—一四五）

〔荒れていた所に棲んでいたろう霊的存在が、私にとりついたのでは？　そのせいでかような結果になってしまうことよと、思い起こすにもゾッとして……〕

この屋敷に棲みついていたもののけが夕顔の君を取り殺した。光源氏はそいつの棲みついていたろうことを推量し、そいつが取り殺したのだろうと納得する。活用は、

けま　○　けむ　けむ　けめ　○

となる。

7 「らむ」

「あらむ」の「あ」が切れたとも（(a) ra-m-u)、「ら」＋「む」とも見られる。

もともと、アリ ar (-i) プラス am だったとみると、その根拠を示すことは必ずしも易しくないが、ラとムとの組み合わせからなる語だとする場合でも、ラは ar- から来た、と見るのが自然である。終止形に下接する。

現代日本語に置き換えて言えば、もともとの「のであろう」から広がり、いまごろは何々していることだろう、という現在推量を被っていったかと思われる。いまの不可視の状態にまで、想像を拡大して、「（いまごろは）どうなっているのだろう」という状態に意識が至る。

いかでかく、心ひとつを、ふたし―へに、憂くも―つらくも―なして見す〈らん〉（『後撰集』九、恋一、伊勢、五五五歌）

どうしてかように、心（は）一つであるのに、二重に、
いやだとも、つれないとも思わせてみせているのであろう

「いまの推量」という状態を示すために「らむ」という助動辞が発達し、使い回されていった。「む」との違い

は、見えない心のなかの現在を推量するという強調があるのではないかと思われる。疑問をあらわす語とともに使われることが多い。

かの御おば北の方、慰む方なくおぼし沈みて、おはす〈らん〉所に尋ね行かむと願ひ給ひししるしにや、つひにうせ給ひぬれば、またこれを悲しびおぼすこと限りなし。(「桐壺」巻、一—一八)

〔かれ、おん祖母北の方は、慰む方法なくお思い沈みになって、(更衣のいま)いらっしゃろう幽冥所に、尋ねて行こうと願いなされし結果であろうな、ついに亡くなられてしまうと、またこのひとを哀悼しあそばすことが限りない。〕

いまの更衣は亡くなってどこにいるのか、その幽冥所を推量する。

つれなきをうらみも—はてぬ、しののめに、とりあへぬまで、おどろかす〈らむ〉(「帚木」巻、一—七〇)

〔光源氏歌〕

(あなたの)薄情さを、恨み尽くさぬ(あわただしい)しらじら明けに、鶏が、取りも取りあえぬほどにまで、私の眼を覚まさせているのだろう

夢にや見ゆ〈らむ〉と、そらおそろしくつつまし。(同)

〔夢に見られているのだろうかと、そぞろ恐ろしく気が咎める。〕

空蝉女君は、不倫のさまを夫の夢に見られるのかと恐ろしい思いになる。単なる推測でなく、その夜に夫の夢に

見られているのではないかと恐れる。
活用は、

○　○　らむ　らむ　らめ　○

と、ちょっと寂しい。

8　「ま」と「ま―し」

「まし」は上代（『万葉集』など）から平安（『源氏物語』など）へと、変遷史をたどるとなかなか厄介で、成立に関する学説も複数ある。「ませ」（未然形）は『源氏物語』にうたのなかに残り、一方、「ましか」（未然形か、已然形か）は上代に見られず、平安文献に見つかると言われる。だからと言って、「ましか」を新しく平安から生じたと見る理由はまったくない。「ましか」は本来、已然形だとしても、語の性格上、未然形のように取られるということがあろう。「まし」についてはすでに六章、「し」（「き」のサ行活用）でふれたところで、

「き」のサ行活用

せ　○　○　し　しか　○

「まし」の活用

ませ　○　まし　まし　ましか　○

と並べると、類縁性があるので、「ま―し」と分解してみた。体言的な「ま」をそこに想定して、そこに推量性を見てとると、以下のような口訳となる。「もし（若し）」は「もしくは」とも言えるから、もともと形容詞だったろう。仮定を導く副詞へと化生した。「もし」が上部に立つ例は、

これを見て、なりひらの君の、「やまのは逃げて、いれずも―あらなん」といふうたなん、おもほゆる。もしうみべにてよまま―しかば、「なみたちさへて、いれずも―あらなん」ともよみてま―しや。(『土佐日記』一月八日)

〔これ(海に沈む月)を見て、業平の君の、「山の端が逃げて(月を)入れないでほしい」といううたが思い出される。もし海岸で詠むのであったら、「波が立ちじゃまをして(月を)入れないでもあってほしい」とでも詠むかもね。〕

とある。反実仮想と見てよい。

短歌の事例を『源氏物語』から見よう。用例全三十七首から、多様な十四首を取り出してみる。

1　ませ・ば～まし・やは

心いる方ならま―せば、弓張りの、月なき空に、迷はま―しやは(朧月夜の君、「花宴」巻、一―二八四)〔反実仮想〕

心が入ってゆく方向であろう、だとしたら、弓張りの月ではないが、手がかりのない、空中に迷いもしよう、なんてありえない(実際にはさ迷うばかり)

2　まし～ましか・ば

ひたふるにうれしからま―し。世の中にあらぬ所と思はま―しかば(浮舟、「東屋」巻、五―一七一)〔反実仮想〕

ただひたすらうれしかろう、それなら。(ここが)世間ではない場所だと思うこと、そう思えるのだったら(実際には煩わしい世間そのものだ)

3　ましか・ば〜や〜まし

君が折る嶺の蕨と、見ま—しかば、知られや—せま—し。春のしるしも（大君、「椎本」巻、四—三七二）〔反実仮想〕

父君（八の宮）が手折る嶺の蕨と見よう、可能だったら。知ることができもしよう、それを。春の到来を告げる証拠として（亡きいまはもう実感することも不可能だ）

4　せ・ば〜まし・やは

花の香に誘はれぬべき身なりせば、風のたよりを過ぐさま—しやは（匂宮、「紅梅」巻、四—二四一）〔反実仮想〕

梅の花の香りに（きっと）導かれるに違いない身であったなら、風のつてをやり過ごしましょう、などするわけがない（わたしだ）

5　な・まし〜せ・ば

胡蝶《こてふ》にも—さそはれなま—し。心ありて、八重山吹をへだてざりせば（秋好中宮、「胡蝶」巻、二—四〇六）〔反実仮想〕

胡蝶にまでも「来《こ》」というと、誘われてしまうに違いない、わたしだ。心がとどまって、八重山吹をへだてることがないとするなら

6　（なら）ば〜て・まし

別れても—影だにとまるものならば、鏡を見ても—慰めてま—し（紫の上、「須磨」巻、二—一三）〔反実仮想〕

お別れしても、面影だけでよいからとどめられるということならば、（映る）手鏡を見てでも慰めてしまいましょう、わたしは（慰められない）

7　（なら）ば〜まし

わが宿の花し―なべての色ならば、何かは―さらに君を待たま―し（右大臣、「花宴」巻、一―二八二）〔反実仮想〕

わが家の花が通り一遍の美しさならば、何でさらさら君を待つのだろう、わたしは（待ちません）

8 ず・は〜まし・や

ふたもとの杉の立ちどを、たづねずは―ふる川のべに君を見ま―しや（右近、「玉鬘」巻、二―三五四）〔反実仮想〕

二本ある杉の立つ場所を、尋ねないならば、（初瀬の）ふる川のべに君を見ようこと、なんかありえない

9 ず・は〜な・まし

かすみだに月と花とをへだてずは―ねぐらの鳥も―ほころびなま―し（弁の少将〈紅梅〉、「梅枝」巻、三―一五八）〔反実仮想〕

かすみだけでも月と花とをへだてないならば、ねぐらの鳥も囀《さえず》り出してしまうよ、ではないか

10 や〜まし

年へつる苫屋《とまや》も―荒れて、憂き波のかへる方にや―身をたぐへま―し（明石の君、「明石」巻、二―八四）〔仮定〕

年輪を加えていまに至る、薦《こも》で覆った家も―荒れさびて、つらい波が帰る方向にでも、（わが）身をかさねよう、できるかしらん

11 や〜な・まし

立ち添ひて、消えや―しなま―し。憂きことを思ひ乱るる、煙くらべに〔女三宮、「柏木」巻、四―九〕〔仮定〕

立つ〔煙に〕並んで、消えてしまうのだろう、わたしなのでは。つらいことを思い乱れる、煙くらべに

12 て・ましか・ば

ありふれば、うれしき瀬にも―あひけるを、身をうぢ川に投げてま―しかば〔大輔の君、「早蕨」巻、五―一六〕〔仮定〕

生きながらえると、悦ばしい境遇に遭いもして〔いまに〕至るというのに、身をつらい宇治川に投げてしまうような、〔もし〕そういうことだとしたら……

13 とも〜な・まし

思ふどち、なびく方には―あらねども、われぞ―煙に先立ちなま―し〔紫上、「澪標」巻、二―一〇六〕〔仮定〕

思う人同士、片寄って流れる方向ではないけれども、わたしが先に煙として立ち去ってしまうだろう、もしかしたら

反実仮想と仮定とを分け切れないが、仮に上記のように分けてみる。「ませ〜ましか」「ましか〜まし」など、二つの「まし」がそろっているのは反実仮想である。「せば〜まし」「〔未然形〕ば〜まし」など、仮定表現を伴う「まし」も反実仮想と見たい。「や〜まし」程度では仮定と見てよいか。

君を思ふ、心をひとに、こゆるぎの、磯の玉藻や―いまも―刈らま―し〔『後撰集』一一、恋三、みつね、七

二四歌）

あなたを思う心は他人を越ゆる、（そのように）
こゆるぎの磯の（美しい）玉藻よ、たったいまも刈ろう、刈りたい

は仮定であるけれども、願望を述べたい「まし」というところかもしれない。「まし」は単独でかならずしも反実仮想をあらわさず、「まし」じたいの機能としては仮定ないし願望ではあるまいか。「む」と連絡のある語であることはたしかで、「む」の形容詞型活用のようにすら見られてきた。しかし「まし」の「し」は明らかに形容詞の活用と種類を異にする。

「まし」が二つ、複雑に絡む例を挙げておく。

今日来ずは―明日は―雪とぞ―降りなま―し。消えずは―ありとも、花と見ま―しや（『伊勢物語』十七段、『古今集』一、春上、在原業平、六三歌）

今日訪れないならば、明日は雪とばかりに降って（散って）しまいますよな（桜は）。
（たとい）消えずに（枝に残って）いてもですよ、花の盛りとは見やしませんて

寓意としては「花の盛り」に訪ねてきましたよ、という挨拶である。散る直前の女性に喩える、たいへん失礼なうたかもしれない。

注

（1）母音脱落の法則については、山口佳紀『古代日本語文法の成立の研究』（有精堂、一九八五）に拠りたい。必ずし

も法則通りにゆかない部位を残す。
(2) 時間域に推量を絡ませて論じる試みは多くない。和田明美『古代日本語の助動詞の研究』(風間書房、一九九四)は時枝文法を視野に入れた研究である。

十三章　推量とは何か（二）――伝聞なり、めり

1　聞かれる助動辞――「伝聞なり」

「なり」には二種があり、「断定なり」は、

……女もしてみむとてする〈なり〉。（『土佐日記』、冒頭）

朱雀院の行幸《ぎやうかう》は神な月の十日あまり〈なり〉。（「紅葉賀」巻、一―二四〇）

と、活用語の連体形に附いたり、体言に附いたりする。「伝聞なり」は、

男もす〈なる〉日記といふものを……（『土佐日記』、同）

二条院には人迎へ給ふ〈なり〉。（「紅葉賀」巻、一―二四三〜四）

と、活用語の終止形に附く。用法が違い、紛れないにせよ、たまたま、どちらも「なり、なる、なれ」というかたちを見せる（「断定なり」には「なら、に」もある）。伝聞の「なり」を「伝聞なり」と俗称し、「断定なり」と区別しようと思う。

「伝聞なり」は上代文献にいくらも見ることができる。鳥や鹿の鳴き声、舟の音などを聴き手が聴くという場合に、「伝聞なり」は活躍する。

コノくれノ、しゲきをノへを、ホトトギす、なきてこゆ〈なり〉（＝奈理）。いまし―くらしも（同、二〇、大伴家持、四三〇五歌）

木の茂り、暗い峰尾を、ほととぎすよ、鳴いて渡り越すと聞こえる。いましも（こちらへ）来るかのように

というように、「鳴る、鳴くのを聞く」という感じがこもる。助動辞であるから、ほととぎすが山を越えると声から感じ取れる。

……うれたくモ―なく〈なる〉トりか、（『古事記』上、二歌謡）

闇（ノ）世に鳴く〈なる〉（＝奈流）鶴《たづ》ノ……（『万葉集』四、笠女郎、五九二歌）

梶ノ音ソ―髣髴《ホノか》（に）為《す》〈鳴る〉。……（同、七、一一五二歌）

「あり」（ラ変動詞）に下接する事例は、

葦原中国は〔者〕、いたくさやぎてあり〈なり〉（＝阿理那理）。（『古事記』中）

……いちひにゑひてみなふしてありなり（＝伊知比尓恵比天美奈不之天阿利奈利）。（万葉仮名文書、『書道全集』九、平凡社、一九六五）

聞喧擾之響焉〈さやゲり〈なり〉（＝左揶霓利奈理）〉。（『日本書紀』三、神武）

というのが知られる。ラ変型の語の終止形に下接する。従来、ラ変型の連体形に下接するという説明が、教科書などで行われていたかもしれない。その場合、みぎのような「ありなり」は例外ないし古い事例とされてきた。しかしながら、あとに見るように、平安時代に降りてもラ変型の語の終止形に下接するという判断でよいらしい。『万葉集』の「在奈利」という表記も「ありなり」でよいと言われる（『書道全集』の解説による）。

在《あり》衣《そ》辺《へ》（に）、著きて榜がさね。杏人（ノ）浜（を）過ぐれば、恋《こほ》しく在り〈なり〉（＝恋布在奈利）（『万葉集』九、一六八九歌）

荒磯辺に沿って、漕いでくだされ。杏人の浜を過ぎると、恋しくなると聞く（杏人は不明）

「なり」（伝聞）の「な」は、「音《な》」というような名詞を原型に想定できるから、「音《な》」na＋アリ ar-i と見られる。耳に聞こえる、伝わってくる、という原義から、助動辞として使い回される。「音《な》」は「名《な》」に同じだろう。

一旦、成立しては、必ずしも音や声の直接的な伝播でなくとも、「伝聞」という機能的説明が、噂を聞くような場合にも拡大される。

汝をト吾を、人ソ―離《さ》く〈なる〉（＝奈流）。……（『万葉集』四、大伴坂上郎女、六六〇歌）
〔あなたと私と、仲を他人が引き離そうという噂だ。……〕

というのは、他人の噂が聞こえる。

「声や音がするのを聞く」という機能が、どうして助動辞になるのだろうか。「音《な》＋アリ ar-i」を出発形として、聴く態勢を惹起し、声や音の醸す雰囲気に浸るからに相違ない。「鳥が鳴く、鹿が鳴く、騒ぎが起きる、声がする」方向に、聴く人の意識が向いて、何をか確認したり判断したりしようとする。

聴いて判断することから、「何々だそうだ、〜と推定させられる」というような、推定の助動辞として働くと言われる。耳に拠らない純粋な推定について、「なり」と言う事例はまずないようである。活用は、

○　なり　なり　なる　なれ　○

とされる。

2　事例さらに――『源氏物語』

……弘徽殿には、久しく上の御局にも参《ま》うのぼりたまはず、月のおもしろきに、夜《よ》ふくるまで遊びをぞし給ふ〈なる〉、いとすさまじう物しと聞こしめす。（「桐壺」巻、一―一七）
〔……女御殿におかれては、長らく上の御局にも参上しなさらず、月がみごとな夜に、遅くなるまで音楽に興じておられる、（その）音《ね》が聞こえ、（帝は）しらけ切って不快だと聞きあそばす。〕

管絃の音《ね》が耳にとどくと不機嫌な帝である。

光源氏、名のみことことしう、言ひ消たれたまふ咎、多か〈なる〉に、……（「帚木」巻、一―三二）

〔光源氏が、評判ばかり仰山で、非難されなさる欠点は多いとか聞くのに、……〕

光源氏の行状について、とかくよくない噂を聞く。

すべてにぎははしきに寄るべきなむ〈なり〉、（同、一―三七）

〔何でも勢力のあるほうに近寄るのがよいとか、〕

新大系に、「なんでも豊かに揃っている所（受領家）に近づくのがよいという話のようだ」とある。話を聞いてそのように判断される、という光源氏のまぜっかえしで、「ななり」とあってもよい表記が「なむなり」とある。現代語でも、判断することを「～のように聞こえる」と言う。光源氏が「いとよか〈なり〉」〔大いに結構そうだ〕（同、一―六一）というのも、中河付近の家のさまを聞いての判断をあらわす。

声や音は暗闇のなかで真価を発揮する。

「中将の君はいづくにぞ。人げとほき心地《ここち》して、ものおそろし」と言ふ〈なれ〉ば、長押《なげし》の下《しも》に人々臥していらへす〈なり〉。（同、一―六六）

〔「中将の君はどこにいるの。だれもいない感じがして、何かこわい」と言う声が聞こえるのは、長押の下に侍女たちが臥してなま返辞するのが聞こえる。〕

空蝉女君の、「……ものおそろし」と言う声が隣室の光源氏に聞こえ、侍女たちの生返事《なまへんじ》もまた聞こえるという場面は、暗闇のなかでよく聞こえる。

3　活用語終止形への下接――「ななり、あなり」

グループ分けすると、

aグループ
　伝聞なり、めり
bグループ
　らむ、べし、まじ、らし

の、aグループ（伝聞なり、めり）は活用語の終止形に下接する。従来は教科書などで、活用語の終止形に下接するほかに、ラ変型の活用語の場合、連体形に下接すると言われてきた。その説明で正しいか、という課題がある。「ラ変型の活用語」とはラ変動詞「あり」「をり」「はべり」などのほか、「なり、けり、たり、り、ざり」などの助動辞、形容詞や形容動詞のカリ活用やナリ活用、そして活用語とは言えないかもしれないが「さる、しかる」をも併せて言うことにする。

bグループ（らむ、べし、まじ、らし）は活用語の終止形に下接するほかに、ラ変型の活用語の場合、たしかに連体形に下接する。

対して、平安散文の「ななり、あなり、多かなり、おはしたなり、べかなり」と表記される「なり」は、「なンなり、あンなり、多かンなり、おはしたンなり、べかンなり」の「ン」の無表記で、原型は「なりなり、ありなり、多かりなり、おはしたりなり、べかりなり」が考えられる。みぎに見たように、「すべてにぎははしきに寄るべきなむなり」（「帚木」巻、一―三七）という、「む」（＝ン）を表記する事例もある。新編全集のここは底本が明融本であるためか、「ななり」とある。これらの書き方は「なり」がラ変型活用語の終止形接続であったからにほかならない。

「ありなり」ar-i-nar-iで言うと、ar-（i-）nar-iとなって、i-が脱落した結果、rもまた促音便か撥音便かに化し（たとえばa'nar-i）、かなとして無表記となった。変化としては、r-がn音へと音便化したと見るのが自然かと思われるものの、しかし音韻の理屈としてには「ありなり」がアッナリをへて、アンナリを落ち着きとする経緯が考えられよう。

4 「はべなり」と「侍るなり」

「はべりなり」は「はベンなり」そして「はべなり」となろう。

「〜である」（断定）の「なり」なら「はべるなり」で、「侍るなり」と書かれてもかまわない。

したがって、表記上、「伝聞なり」は「侍なり」となり、「なり（＝である）」が「侍るなり」となる傾向を推測できる。誤記されやすい事例だとしても、今後の『源氏物語』本本などの研究上、無視しえない指標となる。

新大系は大島本〈の最終段階をめざした〉翻刻で、見るとたしかに「侍《はべ》なり」とありたいところなのに「侍るなり」とあるなど、困った例がいくらも出てくる（「須磨」巻などに）。しかし、蓋然性としてなら「侍なり」と「侍るなり」との書き分けはないことだろうか。「いとかやうなる際《きは》は際とこそはべ〈なれ〉」（「帚木」巻、一―六八）とある、仮名書き例は「伝聞なり」であることがよくわかる。

これなんなにがし僧都の二年《ふたとせ》隠《こも》り侍る方に侍るなる。（「若紫」巻、一―一五三）

の「侍るなる」は困る例かもしれない。ぱっと読む限りで伝聞でありたいのに、ラ変型である「侍り」の連体形「侍る」に附く。よく読むと、ここは供なる人（のちに「よしきよ」と名のる播磨守の子）のセリフらしさで、a「……何某僧都が二年籠りおります方でござるです」式の言い方ではなかろうか。すぐあとにb「……住むなるところにこそあなれ」とあるのは「住むなる」「あなれ」ともに伝聞であり、聞いての光源氏の判断である。ab二つの会話文のあいだに、普通ならあるはずのト書きがないのは、a「侍るなる」とb「住むなる、あなれ」とで言い分けて困らなかったからではないか。

続く、供人の、「（明石の君は）かたち、心ばせなど侍るなり」や「（明石入道が明石の君に）「海に入りね」と常に遺言し置きて侍るなる」（同、一—一五五）は、伝聞で知るだろう内容だから、「侍なる」とあってほしいのにと、ほんとうに困る例である。しかし、ここも、「よしきよ」としてぜひ断定的に語りたい箇所ではなかろうか。そういう会話のリアリズムではなかろうか。推測を断定的に語ることは現代にも多い。代々の国司どもが「さる心ばへ見す〈なれ〉ど」（同）というのは、伝聞の「なり」の已然形でよく、明石の君や入道については断定的に語る。僧都が光源氏に訊かれて「うちつけなる御夢語りにぞ侍るなる」（同、一—一六一〜二）とうち笑う「なり」は「である」（断定）でよい。

　など言ふ際はことにこそ侍〈なれ〉。（同、一—一七二）

は、光源氏と葵上との会話で、引き歌をめぐる。伝聞と認定して「侍」に「はべ」とのみルビを打つのでよい（新大系）。

内宴などいふ事も侍〈なる〉を、さやうのをりにこそ。（「紅葉賀」巻、一―二四九）

は、新大系「侍」にルビがない。ルビを打つ方針なら「はべ」とありたい。

よからぬ人こそ、やむごとなきゆかりはかこち侍〈なれ〉。（「花宴」巻、一―二八三）

は伝聞だろうか、「である」だろうか。前者なら「はべ」、後者なら「はべる」。新大系は「はべる」とする。

従来、軽視されてきたきらいがある区別なので、ややくわしく述べ立ててみた。平安末期になって接続に乱れが生じたとは多くの辞書や文法書の説くところで、『源氏物語』の本文（大島本など）が乱れの多く生じる以前で踏みとどまっているか、乱れが混入しているか、なかなか興味深く感じられる課題である。

5　「めり」の視界は

上代の「めり」は『万葉集』に東歌の一例しかなく、しかも、その事例は連用形接続と言われる。

をくさをト、をぐさずけをト、しほふねノ、ならへてみれば、をぐさかち〈めり〉（可知馬（め＝甲類）利）
〔「知」字は類聚古集、元暦校本による〕　（『万葉集』一四、三四五〇歌）

おくさ男と、おぐさ男とを、潮舟（ではないが）、
並べてみると、おぐさがまさっているみたいだ

「勝ちめり」かと考えられるkat-i-mer-iは、kat-i-mi-ar-i（かちみあり）から来たと見て、「みあり」が「めり」を産み出した、というのが従来からの推定である。その場合、mi-ar-iは「見《み》」という体言を想定して（「目」と交替する語か）、それに「あり」が付加されているかと考えるのだろう。「馬」字を「ま」と訓む説もある（吉田著書によれば新村出・北条忠雄説の由）▼注1。その場合、「目《ま》り」ということになるが、語として不自然さを免れない。その『万葉集』の孤例「可知馬利」がテクスト校訂の結果として出現した用例だとしたら、さらに不安が残る。古く〈勝ち〉という終止形の動詞を考える考え方だって理屈としてはありうる。

知りにけむ。聞きても―いとへ。世中《よのなか》は―波のさわぎに、風ぞ―しく〈める〉（『古今集』一八、雑下、布留今道、九四六歌）

知ってしまったろう。（まだ知らぬなら）聞いてでも、嫌いになれよ。世の中というもんは、波のさわぎの上に、風（までも）が吹きしきるみたようじゃありませんかね

波がさわぐ、風が吹きつのる、ということは、そのようであるという比喩に違いないとしても、目に見えるような感じを「めり」であらわした、と想像するのがよかろう。使い回されては単なる〝推定〟になることを免れないにせよ、幻視というような感覚で、暗闇にありありと「見る」ような物語の場面で、効果的に使われる助動辞ではないか。現代語に「～みたい、～みたようだ」というのに相当するか。

伝聞「なり」と同じ問題である。表記に「なめり、べかめり、あめり、なかめり、多かめり、わろかめり」などと、おもに平安時代のテクストで書かれるのは、「なンめり、べかンめり、あンめり」などの「ン」の無表記だと言われる。なるほど「さうざうしかむめれ」（「帚木」巻、一―六三）という例にそれを遺している。

平安時代文献であっても、もとが「なりめり、べかりめり、なかりめり、ありめり」と、終止形接続であったために、音便のなかにそのことをとどめ残しているのではなかろうか。「桐壺」〜「花宴」巻に見ると、新大系で、

……宿世の引く方侍《はべ》〈めれ〉ば、をのこしもなん子細なきものは侍《はべ》〈める〉。（「帚木」巻、一―五七）

〔前世からの因縁の導く方向がござるようだから、男子というのはとりたてることのない代物でござるようだ。〕

の二例の原文「侍」を「はべ」と訓む理由は、「はべりめり」から「はベンめり」に変化して「ン」の無表記を推定した結果である。

あさましく、「人たがへにこそ侍《はべ》めれ」と言ふも……（同、一―六七）

……人あまた侍《はべ》めれば、かしこげに」と……（同、一―七六）

いとくちをしうはあらぬ若人どもなん侍《はべ》める。（「夕顔」巻、一―一〇七）

それなん又え生くまじく侍《はべ》める。（同、一―一三二）

宮に渡したてまつらむと侍《はべ》めるを、（「若紫」巻、一―一八三）

も、同様の措置をほどこして「はべ」と訓ませた。「……なむ齢の末に思ひ給へ歎き侍るめる」（「若紫」巻、一―一六三）は疑問例で、「侍める」とありたい。「曇りがちに侍るめり。……」（「末摘花」巻、一―二〇七）も「侍めり」とあってほしい箇所で、明融本にはたしかに「侍めり」とある。「はべめり」とあってほしいのに、「はべるめる」（「松風」巻、二―一九一）という仮名書き例もある。（ちなみに新編全集はひらがな表記にひらくから、すべて「はべるめり」となる。）

新大系は原文「侍」にときどきルビを欠くことがあり、「いはけなきほどに侍めれば」（「若紫」巻、一—一六三）とある。反対に、「ついたちの御よそひとてわざと侍《はべる》めるを、……」（「末摘花」巻、一—二二九）と「はべる」を打ってしまうこともある。「はべ」が正しいと考えられる。ある時代（平安末期）から接続の乱れが生じたとする意見はあってよかろう。[注2]

活用は、

○　めり　めり　める　めれ　○

と認定する。「めり」には「めりき、めりつ」のような「き、つ」が下接する用法もある。

6　終止形接続とは

終止形接続ということについて、一節を立てて述べたい。

ar-i　am-　ak-　an- などの介在により、見た目に、未然形接続、連用形接続、連体形接続、あるいは「命令形接続」[注3]ということも起こった。逆に言うと、さまざまに活用形接続が生じるのは、ar-i　am-　ak-　an- の在りようを説明することにほかならない。

それらに対して、終止形接続は、性格をことにするのではなかろうか。終止形は文末を終止させる代表的な形式である。一旦、終止した文（それが名詞止めであっても、命令形であっても、係り結びであっても）のあとに附く語は、ただひたすら機械的に附される、と見るのがよかろう。「かし、よ」のような終助辞はそれである。同様のことが、これまで述べてきた「使い回される」（いわば二次使用として成立した）助動辞の場合には、上接する語の終止形に附くという原則で、使い回されていった、ということではなかろうか。

「あらし、ならし」などから「らし」が成立すると、成立した「らし」はいろんな動詞の終止形に下接する。それは原則であって、機械的に接続するとなると、ひとによっては(というと語弊があるけれども)、連体形に附けてしまうことも起きてくる。「誤用」といえば誤用であるにしろ、「あるらし、なるらし」というように、連体形接続で言うひとが出てきて、絶対にいけない、正しくない、とはだれも言いにくい。

「めり」はもと連用形接続だったかもしれず、原型が mi-ar-i だとして、しかし「みあり」の意味ははっきりわからない。「見る」という語とかかわりありそうで、それなら「伝聞なり」とペアの関係にある。「伝聞なり」は〈聞くこと〉から、「めり」は〈見ること〉から生い育っていった、という対の助動辞であるらしさを相互に持つ。「めり」が成立しては「なり」との境界を曖昧にしていった一面があろう。

機械的使用ということは現代語にも観察される。「~だろう」は「~だ」や「~である」の推量だと言われる。では「私がゆくだろう」や「その花は美しいだろう」に対して、「私は行くだ」あるいは「その花は美しいである」と(地域語を除いて)言えるだろうか。「~だろう」と「~だ、~である」とは対立していない。推量のために「~だろう」が成立したあとになって、体言ぬきで機械的に文末に「~だろう」をくっつけて言うのに過ぎない。

次章は「べし、まじ」へ向かう。

注

(1) 吉田金彦『上代助動詞の史的研究』〈明治書院、〉一九七三、七九六ページ。

(2) 非常にめずらしい地の文の一例「~はべるめる」(「関屋」巻、二―一六三)は巻末で、動揺しやすいかもしれない。「夢浮橋」巻の巻末にも地の文の一例があり、こちらは「はべめる」。なお参照→二十一章および附一

(3) i-a が e《甲類》になると、見た目に命令形の活用語尾《甲類》と「一致」する。

十四章　推量とは何か（三）——べし、まじ

1　「らむ、べし、まじ、らし」というグループ

前章に、グループ分けして、aグループ（伝聞なり、めり）に対し、

bグループ

　らむ、べし、まじ、らし

を一纏めにしてみた。bグループは、ラ変型活用語以外の活用語の終止形に下接する。ラ変型活用語ではたしかに連体形に下接する。

　模式的に整理しよう。

「あり」（動詞、助動辞、ラ変〈型〉）の終止形はar-iである。活用形は、

　ar-a　ar-i　ar-i　ar-u　ar-e　ar-e

と見よう。

「らむ、べし、まじ、らし」は一般に動詞終止形に下接する。

「らむ、べし、らし」は、古く上一段活用動詞（見る、煮る、似る）の「連用形」に下接すると言われてきた。用例は「見らむ、見べし、煮らし、似べし」なので、他の上一段動詞については類推である。「まじ」についても準じてここに入れることにする。

「見る、煮る」の古い終止形は「見、煮」（いまの連用形）だったかと言われる（『岩波古語辞典』）。それに従うと、古い上一段活用動詞の活用形を推定できる。〈（古い）見る mir-u〉で言えば、

mi-　mi-　mi-（終止形）　mir-u　mir-e　mi-(yö)

となる。よって「らむ、らし、べし、まじ」（bグループ）は、この場合、終止形 mi- に下接すると言える。〈（新しい）見る mir-u〉の活用は、

mi-　mi-　mir-u（終止形）　mir-u　mir-e　mi-(yö)

で、bグループは mi- から終止形 mir-u へと関係を結び直した。

bグループ「らむ、らし、べし、まじ」がラ変の連体形に下接する問題は、ラ変型を模式的にもう一度書き出すと、

ar-a　ar-i　ar-i　ar-u　ar-e　ar-e

の ar-u に下接し、見てきたようにaグループ（伝聞なり、めり）は ar-i に下接するから、a、bグループの差はここにのみ存する。

あとは自由に考える事柄ながら、一に、「あり」という動詞（ないし助動辞）がラ変である理由（ラ変として残った理由）で、存在をあらわす点が形容詞にも近いという特異性は、終止形がリであるところに示される。二に、活用形は接続のためにあるのでなく、逆に機能を活用形ごとに持つと考えれば、機能語類（助動辞や助辞）と固有の接続をするということである。

aグループに上接する動詞は、聴き手が耳を傾けたり、観察したり、観たり、判断したり、という静態に偏重す

るようで、「ar-i」という活用形とのつよい結びつき、ないし早くからの固定化があったろう。いうまでもなく、「終止形」や「連体形」といった呼称は仮の記号でしかない。

bグループはmi-からmir-uへ動き、また「ar-u」と結びついた。言語としての生成力を蓄えて、史前状態から言語の歴史時代へと抜け出てきたようである。「らむ、らし、べし、まじ」といった機能語をより自由に使い回すための何らかの関係の結び直しを垣間見ることができる。

2 「らむ、らし、べし」三角形

助動辞はその助動辞しかない。「べし」bё-siあるいはbe-siをほかの語に置き換えようがない。ある状態を「べし」と言うほかなくて、言い換えようがない。その母語でしか生きられない、ということがその本性としてあろう。

「べし」を説明しようとして、「なければならない」（ないとすると実現しない）、「あたりまえだ」（当然を当前と書いて当たり前と理解してできた語か《異論もある》）、「きっとちがいない」（しっかり別ではない）、「はずだ」（矢筈は弦と合う性格だ）など、古典語の理解（もしかしたら民間語源説を含む）で、いろいろ言い換えるのは、すべて現代日本語であり（現代日本語でなくともよいが）、助動辞でない言い方で言ってみせることであり、それらの「意味」はというと、まさに助動辞での「べし」だ、というように説明が堂々めぐりする。明言すれば、助動辞にあるのは機能であって、意味を持たない。「意味」は機能への名指しとしてのみある。

納得していただけるであろうか。「なければならない、あたりまえだ、きっとちがいない、はずだ」という、そんな言語状態というか、心理状態というか、むずかしく言うとモーダル（modal）な状況があって、そこへ「べし」が抛りこまれて、ある精神作用を持つ語として、きわめて文脈依存的に成立する。それしかない語として、たとえば「む」と言ったり、「まじ」（ましじ）と言ったりするのとは精神状態を異にする語として、動詞、形容詞その他のあとに接してしか生きられない。文脈から無理に取り出すと死を迎えるというのが機能語の性格だろう。

む……　（一人称で）　意志
　　　　（一人称以外で）　推量

という二つのピークが「む」にはあると言われる。同様のピークが「べし」にも見られて、

べし……（一人称で）　意志を持つゾルレン
　　　　（一人称以外で）　推量性のゾルレン

となるようである。（「ましじ、まじ」もおそらくそうだろう。）

「む」の已然形「め」mëと「べし」の「べ」bëとは類音ないし同音であって、両者の関係を推測させられる。機能性においても一脈、通じ合うようである。このあたりで図形を提出してみよう。

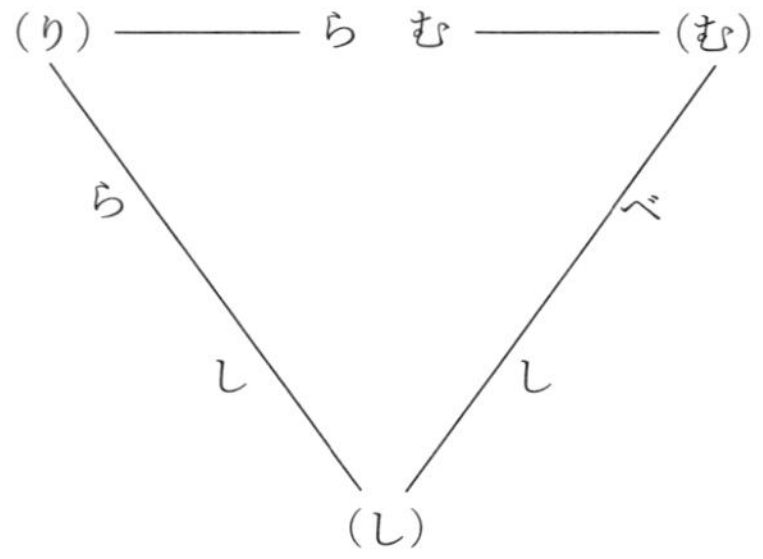

「らむ、らし、べし」という一グループがきれいな三角形をなすさまを鑑賞していただきたい。

3　機能としての「べし、べらなり」

思ふ人、思はぬ人の、思ふ人、思はざらなむ。思ひ知る〈べく〉（『後撰集』九、恋一、五七一歌）

（あなたを）思う人（私）を、思ってくれない人（あなた）が

思う人（別の男）を、思わないでほしい。私を思ってくれるように

五七一歌は、このうたのどこがおもしろいと言えるのだろう。「思ひ知るべく」がぴたりと決まらない。現代語での言い換えを試みると、多様な言い換えのどれもが「正しい」感じがする。「べし」は現代語にも生きており、助動辞らしさをある程度、感得できるのだから、そのまま「べし」と、話し手の思いを直接ぶっつけた感覚で、通してしまいたいきもちすらする。「何々するがよい」と現代語にしてみても、万葉では「よくない」場合に「べし」ということがある。「何々できる」と現代日本語で言ってみたい誘惑があるものの、よくないことがきっと起きるという時にも「べし」は使われるから、「できる」とは言いたくない。「ちがいない」あるいは「なければならない」とやっても、助動辞の言い方ではないから、モダリティの現代語での説明であっても、つよい主体性で支えた助動辞としての性格はなお言い当てていない。

「べし」には人称によって、推量と意志という、二つのピークがあるとしばしば説明される。しかし、「む」もまたそうなのだから、その限りでだいじなことを言っていないに等しい。けっして「べし」は「〜だろう」（＝む）でもなければ、「〜しよう」（同）でもない。「べし」と「む」とは（関連があるにしろ）別の助動辞なのだから、二つが別々にあるのであって、安易な混同はまずいと思う。

「む」と「し」とのあいだに「べし」を位置づけるということは、「む」と「し」とに挟まれた狭い機能を持つ、ということではない。「む」と「し」とのあいだで、音韻的に無理なく位置を占めるということは、たしかに顧慮のうちであるけれども、それ以上に、機能的に発達を遂げるということが重要だと思われる。「む」の持つ二つのピークが、形容域に持ってこられて当為という機能を担わされる。「む」が形容辞「し」を受けて機能を拡大してきたとき、モーダルな性質を獲得するのではないかとする推定である。とともに、「し」が附加されたことで、「あたかも〈む〉だ」というようなシーンへと転ずることはないか。

上の図で言うと、「らし」は「あたかも〈り〉〈＝あり〉だ」という機能を持つ。そのことは次章で論じたいと思う。それと対照的に、「あたかも〈む〉だ」というような機能をあらわす。

形容辞「し」を伴うということは、形容詞に倣って言えば、「べ」（語幹）「し」（語尾）というように分けられるとすると、「べ」は体言である。「べらなり」は「べら」（「ら」＝接辞）という単位を考えるなら、容易に成立する。「～べみ」というのも「べ」語幹に「み」（接辞）が附いて成立する。「ましじ、まじ」との関係、「め」（「憂きめ、境め」などの「め」（メ＝乙類）、「めり」（「め」甲類か）、「～めく」（「め」甲類）などとの関連など探ってゆくと、際限なくなる。どこかで押しとどめなければならない。

モーダルな状態が精神に成熟して、その精神状態に対して「べし」が持ってこられると、日本語にその助動辞が生まれる、という出発をすべてとする。「べし」について、ハイコ・ナロック氏が、「モダリティの多義性」を積極的に論じようとしている（二〇〇二年度言語情報科学専攻、博士論文）。なるほど、と共感される面が多いことはそれとして、私なりに「べし」の成立を考えてみた。以前に、古代語「へ」（甲類 pe>phe）および乙類の「へ」pë>phë には「べし」と関係がないか、こだわったこともあるけれども、いまは撤収する。

活用は、

べけ　べく　べし　べき　べけれ　○

べから　べかり　べかり　べかる　○　○〔カリ活用型〕

となる。終止形「べかり」を認める理由は「べかなり、べかめり」の存在による。

学校文法などで「べし」はウベシというような形容詞から来たなどと教えるけれども、そんな形容詞を古文に見ないから、単なるだれかの思い込みである。

べかし

形容詞型の助動辞として「べかし」があるので、ここに加える。「あるべかしく（う）」が『蜻蛉日記』や『狭衣物語』、「あるべかしき」が『源氏物語』（「行幸」巻、三―七〇）に見える。

4　「まじ、まじ」

まじ ma-si-ji や「まじ」ma-ji は、「べし」の否定と言われることがある。しかし、解決しなければならない関門がいくつかある。

「まじ」はよく言われるような、「まし」＋「じ」と言ってよいか、という第一の関門がある。「まじ」が終止形下接（ラ変型の連体形下接）であるのに対し、助動辞「まし」は未然形下接である。「まし」はサ行活用の「し」（過去の助動辞「き」の連体形とされる）に類似する活用を持つ助動辞であって、けっして形容詞型の活用をする語と一緒にできない。前章では「まし」を「ま―し」というように分けて、「む」と「ま」とは関連づけられるとした。ともに未然形下接であるから、無関係ではない。しかし、「まじ」は終止形下接（ラ変型の活用語の連体形下接）なのだから、「まし」（や「む」）と一応別個の語だと認定してかかる必要がある。かたちの上ばかりでなく、「まし」の反実仮想や仮定という機能に対して、「まじ」には反実仮想もなければ仮定もない。似て非なる二つだと押さえる必要がある。

「ましじ」と「べし」とは関係がありそうである。bとmとは容易に交替するから、中間をとってmë-as-iを一旦、想定してみる。

më-as-i →bë (-a) s-i → bës-i

というような変化による「べし」の成立と、「じ」(否定辞)が附いて、

më-as-i-ji →m (ë) -as-i-ji → mas-i-ji

という変化による「ましじ」の成立とである。ともに終止形下接（ラ変型の活用語の連体形下接)である点でも不自然ではあるまい。「ましじ」の活用は、

○ ○ ましじ ましじき ○ ○

……ヨる〈ましじき〉、かはノくまぐま、ヨロホひゆくかも。うらぐはノキ（『日本書紀』一一、仁徳、三十年十一月、五六歌謡）

〔寄るべきでない、川のあっち、川のこっちを、寄り道、寄り道行くよ。うらぐわしい、桑の木ちゃん〕

のような「ましじ」はあるけれども、

やまこえて、うみわたるトモ、オモしろき、いまキノうちは―わすらゆ〈ましじ〉（『日本書紀』二六、斉明四年十月、一一九歌謡）

山越えて、海わたるとも、おもしろい、
今城のなかは―忘れられないようだ

あらたまノ、きへノはやしに、なをたてて、ゆきかつ〈ましじ〉。いをさきだたね（『万葉集』一四、三三五三歌）

あらたまの、寸戸《きへ》の林に、なんじを立たせて、
行くことができそうにない。寝ることを先にしましょう

のような、「ゆ」（自発）、「かつ」（可能）や、あるいは「得《う》」と併用されることが多く、不可能性を強調する。五六歌謡の「ヨるましじき、かはノくまぐま」は純粋にゾルレンの否定であり、すべきでないという思いを込めた言い方だろうと思われる。あとの例は、

玉匣《たまくしゲ》、みもろ（ノ）山ノ、さな葛、さ寐ずは―遂《つひ》に、有り勝つ〈ましじ〉（同、二、藤原卿〈鎌足〉、九四歌）

（玉匣）みもろの山の、さな葛、
さ寝ずにはとても生きてなんかいられないでしょう

と同じで、「かつましじ」という不可能性の言いあらわしを見せる。

さらなる関門とは、上代語「ましじ」が中古語「まじ」になるという説明でよいのだろうか。m（ë）-as-i-ji から、どうやって ma-ji になるのかという説明がむずかしい。ji が否定であることは別に説明を要するから、それはあとの章に述べるとしても、「ましじ」が「まじ」になるためには、単純に見るなら「し」s-i が脱落したことになる。けれども、母音（か子音）が一つ脱落することはあるとしても、「し」（(a) s-i　si）の二つの音（s と i と）が容易に脱落することだろうか。そうでなく、

m（ë）-an-i-si

からただちに「まじ」が生じたのではなかろうか。つまり、-ji には an-i（否定辞）がそのまま這入っていそうである。

m（ē）-an-i-si → man' -si → ma-ji

となろう。「し」-si は形容詞をつくる。
「まじ」の活用は二筋に分けて、模式的に、

○	まじく	まじ	まじき	まじけれ	○

と、

まじから	まじかり	まじかり	まじかる	○	○

とからなる。

……母君泣く泣く奏して、まかでさせたてまつり給ふ。かかる折にも、ある〈まじき〉はぢもこそ、と心づかひしたまひて、（「桐壺」巻、一―七）

〔……母君は泣く泣く奏上して、退出させ申しなさる。かような場合にも、あるべきでない恥辱を恐れるとて、用心なさって、〕

ただ、五、六日にあいだに衰亡し、宮中を退避するにあたって、あってはなるまい恥を恐れる桐壺更衣（やその母君）である。「まじき」は地の文であるから、語り手による更衣の心内の忖度《そんたく》であり、更衣の「恥を見たくない」という意志を読み取っている表現と見られる。

……とて、げにえ耐ふ〈まじく〉泣いたまふ。（「桐壺」巻、一―一一）

〔その通り、耐えられそうになく泣きなさる。〕

がまんできないほど泣く、というので、上代の「かつ」や「得」と併用する場合と同様の用法である。

上もしかなん。「我《わが》御心ながら、あながちに人目おどろくばかりおぼされしも、長かる〈まじき〉なりけり、といまはつらかりける人の契りになむ。世にいささかも人の心をまげたることはあらじと思ふを、ただこの人のゆゑにてあまたさる〈まじき〉人のうらみを負ひしはてはては、かううち捨てられて、心をさめむ方なきに、いとど人わろうかたくなになり侍るも、先の世ゆかしうなむ」とうちかへしつつ、御しほたれがちにのみおはします」と語りて尽きせず。(「桐壺」巻、一―一四)

〔主上もそのようで……。「自分のお心ながら、無理に人目を驚かすぐらいお思いになったことも、長からぬことだろうというわけだったと、いまは(かえって)薄情な関係の約束でのう。世にいささかも人の心をまげていることはあるまいと思うのに、ただこの人(桐壺更衣)のためで、多く、あってはならないらしい、他人の怨恨を負うた、その果てる先は、かように捨てられて、心の収めよう方向がないと、たいそうみっともなくいこじになりますのも、先の世を知りたくのう」と、繰り返しながら、涙に暮れてばかりでおられる」と、語って尽きることがない。〕

「長かるまじきなりけり」とは、更衣との関係が末永く続くのでなかったことへの悔しい思いであり、そうに違いなかったといまに思い当たる。「さるまじき……うらみ」はあるべきでない理不尽な怨恨である。会話主本人の意志として出てくる「まじ」には、

さらにその田などやうの事は、ここに知る〈まじ〉。(「松風」巻、二―一九二)

〔まったくその田などのようなこと向きは、みどもの存知のほかである。〕

という明石入道の伝言がある。「知る」は、領地する。田畑の領有権を放棄しようというので、語り手(明石入道)の意志のあらわれと見られる。「べし」の否定であることがこういう用例に生き生きする。

十五章　らしさの助動辞

1　らしさという形容辞

古語「らし」についての、これまでの、教科書などでの解説としてある、〈何々（＝根拠・事実）に拠って、……であるらしい〉、あるいは〈……であるらしいという推定の、原因・理由はこれこれだ〉という説明に対して、微妙な変更を本章では加えたい。〈いかにもそれらしさ〉がある、〈何々であるらしさ、ふさわしさ〉があるというところに、古語「らし」の生存領域があるのではなかろうか。

しかしながら、「らし」をどう判断するかには困難が附き纏う。なぜなら、現代語には「らしい」が働いているため、それに引きずられて、古語「らし」もまた推定の助動辞のようにややもすれば受け取られてしまう。

高山《かぐやま》は―うねビををしト、耳梨《みみなし》ト、相諍競《あらそ》ひき。神代《かみヨ》より、如此《かく》に有る〈らし〉（＝有良之）。古昔《いにしへ》も―然《しか》に有れコソ―虚蟬《うつせみ》も―嬬《つま》を、相挌《あらそ》ふ〈らしき〉（＝相挌良思吉）（『万葉集』一、一三歌）

〔かぐやまは、畝傍山を「をし」と言って、耳成山とたがいに争った。神代から、いかにもそんなありさまだ。いにしえもそうであるからこそ、現世もそれにふさわしく妻を争うのさ〕

口訳をみぎのようにほどこしてみるものの、居心地が悪い。現代語「らしい」の感じでここを受け取って、「神代から、そのようであるらしい、現世も妻争いをするらしい」と解読したくなる。みぎの口訳はそれの一歩手前で、古語「らし」の本来を盛り込んでみた。

古《いにしへ》の七（ノ）賢人等《さかしきひトドも》モ—欲為《ほりせ》（し）物は—酒にし有る〈らし〉（＝有良師）（同、三、大伴卿、三四〇歌）

〔讃酒歌〕

古の七賢人らも、欲しがった物と言えば、酒だ。
酒がふさわしいて

「七賢人が酒をほしがったらしい」という程度では、現代語の「らしい」である。そうすると、根拠はご本人、大伴旅人が酒好きだから、という理屈になる。この作歌を含む連作は、「らし」を明らかに意図的に多用する（三三八、三四〇、三四一、三四二、三四七歌）。当該の三四〇歌について言えば、単なる推量なら「酒にか—あらむ」なり、「酒にあるらむ」なりの言い方をすればよい。「酒にし有るらし」とあるからには、酒が一番だ、ふさわしいのは酒だ、という前提があって成り立つ新奇な言い回しだろう。「らしさ」を前提として根拠に遡るのである。

事柄の〈それらしさ、ふさわしさ〉を前提に、根拠や原因に遡って述べようとするならば、ごく自然な心の欲求だろう。現代語の「らしい」は推定という機能を持つ。「らしい」が生まれる根拠は古語「らし」に既存するにしても、現代語「らしい」からの類推で古語「らし」を限定することには疑問を呈したい。

古語「らし」は平安時代に這入り、一旦滅ぶと言われる。

2　形容辞としての質

学校文法で、古語「らし」を、〈確実な根拠にもとづいた推定〉だとする。「現在視界内にあるものを根拠として推定する」と、古い文法読本にあったのを思い出す。よく見かける例示歌としては、

春過ぎて、夏来たる〈らし〉（＝来良之）。白妙《しろたへ》ノ、衣乾《ほした》有り。天ノ香来山《かぐやま》（『万葉集』一、〈持統〉天皇、二八歌）

　春が過ぎて夏の訪れを感じさせられる。
　白い衣がほしてある。天のかぐ山（を見ると）

が文法読本に挙げられていた。初夏の訪れを、視界にはいってきた香来山の白栲《しろたえ》の衣で推定するということだろうか。ここはすなおに、「初夏であるらしさ」を感じるという内容に取ってよいのではなかろうか。いかにも初夏であることにふさわしく、神のお山から見えてくる白い布が目にまぶしい、と。夏の来ているさまを、いかにもそれ（＝夏）らしくなった、と感じるのであって、白妙の衣を見てそれを思う。ただし、二句の原文「来良之」はキニケラシとも訓めるから、そして「たる」は「たり」か「至る」か、訓み添えであり、例示歌としてよろしくないように判断される。

古語「らし」はだいたい、動詞に下接し、文末にのみあらわれる。「らし」のあとにわずかに「も」を従える程度だと言われる。文末にのみあらわれる理由は、「けらし、あらし」と関係づけられるかもしれない。「けらし」と「けり」との関係は、後者の形容詞型活用が前者である。同じく、ラ変動詞「あり」の形容詞型活用が「あらし」

かと推定される。文末形式として、形容詞としての素質が要求されたということかと思われる。「らし」にもまた、形容詞の質が要求されている。現代語で「美しい、うつくしい」と言う場合に、いかにも美しいさま、愛らしいしぐさに対して発せられる。「美しい、うつくしい」という語にふさわしく、いかにも「美しい、うつくしい」。「らし」の「し」から、形容辞らしさが生じるのでよいとして、「ら」は「らむ」の「ら」に同じだろう。「〈ら〉む／〈ら〉し」というペアである。「ら」は広範囲に古語のなかにあふれており、アリ ar-i と関係づけられる。「らし」はそれと対応する形容辞として、「いかにも〜だ、そんな形容にぴったりだ、ふさわしい、ふさわしく感じられる」という語感を担う。『万葉集』に見ると、「今」と言う語と親近性があるようで、現在の在り方や現在での形容を担う。

活用は、

○　○　らし　らし／らしき　らし　○

と、連体形に「らし」を認めるところに古風さを感じる。

3　古語「らし」の用例

葦原中国はいたくさやぎてありなり。▼注1 我が御子等、不平坐《やくさみ》す〈らし〉（＝良志）。〔葦原中国者、伊多玖佐夜藝帝阿理那理〈此十一字以音〉。我御子等、不平坐良志〈此二字以音〉。〕（『古事記』中、神武）

ヤクサムは病気になることを言う。従来の解説だと、「我が御子等、不平坐《やくさみ》すらし」が推定で、「葦原中国はいたくさやぎてありなり」が、その根拠の明示ということになる。神倭伊波礼毘古（神武）たちが病気でおられるらしい、その根拠は葦原中国がえらく騒いでいるということだ、と。しかし、天照大神たちの心配はどこにあるのだろうか。神倭伊波礼毘古たちの病気のさまを思いやるのであって、そこに主眼があろう。「葦原中国はいたくさやぎてありなり」と「我が御子等、不平坐《やくさみ》すらし」とを、解釈者が原因と結果とに振り分けた言い回しである。

此の物は、天に坐す神、地に坐す祇《かみ》の相うづなひ奉り福《さき》はへ奉る事に依りて、顕《うつ》しく出でたる宝に在〈らし〉となも（＝羅之止奈母）神随所念行《かむながらおもほしめ》す。（『続日本紀』四、宣命第四詔）

有名な、秩父郡から銅を献上するときの事例で、天地の神の恵みにより、銅が産出したと推定することは、その通りでよいとしても、原因と結果とを示す言い方なら、ほかにもいろいろあろう。ここに「らし」を使う理由は、天地の神の恵みであることのいかにもふさわしさを讃えているところにあろう。いかにもそれの結果らしさとして宝の産出がある。微妙なところであっても、押さえたいことどもの一つとしてある。

祝詞《のりと》には事例がなさそうで、つぎに古代歌謡を見る（原漢字文）。

あさぢはら、をだにをすギて、ももづたふ、ぬてゆらくモ。おきメく〈らし〉モ（『古事記』下、一一一歌謡。『日本書紀』にもあり）

浅茅の原、小谷を過ぎて、（ももづたふ）
大きな鈴がゆらゆら。置き目が来る様子だ

いかにも置目がやってくるらしいさまだ。ゆらく大鈴のさまからいかにもそれだと感じられる。「ぬて」は「ぬりて（鐸、大鈴）」で、従来の解釈だと、大鈴の音で置目老媼が来るらしいと分かる。

ももしキノ、おほみやひトは―うづらトり、ひれトりかケて、まなばしら、をゆきあへ、にはすずメ、うずずまりゐて、けふモかモ―さかみづく〈らし〉。たかひかる、ひノみやひト、コトノかたりゴトモ、コをば（同、下、一〇二歌謡）

酒に漬っている、酒宴のさまをうたう。采女までも入り乱れたパーティーのようすが活写される。条件句のないことに注意したい。

つぎの事例は天皇が建内宿禰に、鴈《かり》が卵を生むさま（＝状）を問う記事のなかにある。鴈が卵を産むことについて、問答歌のあと、つぎのような歌謡が附加される。

ながみこや―つびにしらむト、かりは―こむ〈らし〉（同、下、七三歌謡）

これはいかにも従来の読み通り、「らし」が根拠や原因を推定するかのように見られるかもしれない。こういう事例があるから、原因推定説が「成立」する。しかし、説話によれば、天皇は建内宿禰に鴈が卵を産むさま（＝状）を問うた。「しる」とは領有することを言う（「つびに」は「つぶさに」）。（帝の）御子が国を治めることを祝福して、それにふさわしく卵を産んだということであろう。あたかも予祝するかのように、めずらしい鴈の出産があったと。

まそがヨ、そがノこらは―うまならば、ひむかノこま、たちならば、くれノまさひ。うへしかモ―そがノこらを、おほきみノ、つかはす〈らしき〉（『日本書紀』二二、推古二十年正月、一〇三歌謡）

〔蘇我ひとよ、蘇我の子らは、馬ならば、日向のこまだ、太刀ならば、呉の真鉏《まさい》だ。まったく当然のこと、蘇我の子らを、大君が、いかにもお使いになる感じだ」

蘇我の若者たちを大王がお使いになる。かれらが日向の駒のように、呉の利剣のように勇壮で、敏捷だから、かれらを大王はお使いになる。従来の解釈では蘇我馬子への返歌なのに、「大王はお使いになるらしい」と推定する箇所ということになる。それでよいのだろうか。蘇我の若者たちの勇壮さ、敏捷さにふさわしく、かれらを遇する大王のいかにもそれらしいさまを言うのだと取りたい。

4　『万葉集』『源氏物語』の語例

八隅知《やすみし》し、我（が）大王《おほきみ》ノ、朝《あした》には—取り撫で賜ひ、夕には—い縁《ヨ》り立たし、御執《みとらし》の、梓《あづさ》（ノ）弓の、なか弭《はず》ノ、音為《オトす》なり。朝猟《あさかり》に、今立たす〈らし〉。暮猟《ゆふかり》に、今たたす〈らし〉。御執（ノ）、梓ノ弓ノ、なか弭ノ、音為なり（『万葉集』一、三歌）

〔八隅知し、我が大王が、朝には、取り撫でなさり、夕べには、お寄り立ちになる、手にお取りの、梓の弓の、なか弭の、音が聞こえる。朝猟に、今お立ちの様子、暮猟に、今お立ちの様子、手にお取りの、梓の弓の、なか弭の、音が聞こえる。〕

「朝猟に、今立たすらし。暮猟に、今たたすらし」は、猟の出発にふさわしい、騒然とした感じだ。つまりいかにも猟の出発という雰囲気にいまある。「大夫《ますらを》ノ鞆《トモ》ノ音為なり。物部の大臣《おほまへつきみ》、楯《たて》立つ〈らし〉も」（巻一、七六歌）は同工異曲で、鞆の音が聞こえる。「音為なり」は音が耳に聞こえる。大臣がいかにもそれらしく楯を立てるさま。

八隅知し、我（が）大王の、暮去《ゆふさ》れば、召し賜ふ〈らし〉（＝良之）、明け来れば、問ひ賜ふ〈らし〉（＝良志）、神岳《かむをか》ノ、山ノ黄葉《もみち》を、今日もかも─問ひ給はまし。明日もかも─召し賜はまし。……（同、二、〈天武〉大后、一五九歌）

〔八隅知し、我が大王が、夕方になると、ご覧になる様子だ、朝になると、お尋ねになる様子だ、神岳の、山の黄葉を、今日はきっと、お尋ねになろうよ。明日にきっと、ご覧になろうよ。……〕

「召し」は御覧になる。「らし」が推定だとすると、その根拠が示されてないことになる。夕暮れになると、ご覧あそばすのにふさわしい。夜が明けると、お尋ねになるのがふさわしい。連体形の語例ではなかろうか。

塩津山、打ち越え去《ゆ》ケば、我（が）乗有《の》れる、馬ソ─爪突《つまづ》く。家恋ふ〈らし〉も（＝良霜）（同、三、三六五歌）

塩津山を越えて行くと、私の乗っている、
馬がつまづく。いかにも家を恋うらしいて

霞立つ、野（ノ）上ノ方《かた》に、行きしかば、鶯鳴きつ。春に成る〈らし〉（＝成良思）（同、八、丹比乙麻呂、一四四三歌）

霞が立つ、野の上の方に、やって来た、それで、
鶯が鳴く（のをいましがた）聞く。春になるけはいだ

など、いずれも「らしさ」を前提としているように読まれる。一四四三歌には、「しか」（過去）、「つ」（完了）、「らし」（「らしさ」の助動辞）が並ぶ。野に遊んだのは昨日のことで、そこに一泊したとは、何かの暗喩がこもる

かもしれない。けさ、山鶯を聞いたところだ。「春はすぐそこに」という、いかにも春に向かう感じがする。

み山には―あられ降る〈らし〉。と山なる、まさきの葛《かづら》、色づきにけり（『古今集』二〇、一〇七七歌）

奥山には、それらしく霰が降るさまだ。端山《はやま》のまさきの葛が、

いろづいてきて、いまや一面のもみじ（と対比すると）

霰が降るらしいなどと推定する理由よりも、降る霰をいかにも深い山だからと感じる前提である。

『源氏物語』では短歌のなかにのみ、語例がある。

をとめ子も―神さびぬ〈らし〉。天つ袖、ふるき世の友、よはひ経ぬれば（光源氏歌、「少女」巻、二―三一二）〔筑紫の五節へ贈る〕

（あの時の）少女も、（いまや）神々しい、年古りてしまうかのようだ。

天つ袖を振って、古き昔の世の友（である私）も、年齢が過ぎてしまうと

色まさる、まがきの菊も―をりをりに、袖うちかけし、秋を恋ふ〈らし〉（同、「藤裏葉」巻、三―一九七）〔「紅葉賀」巻の青海波を思い起こして〕

色が濃くなる、籬《まがき》の菊も、折にふれて、

袖をうちかけた（あの日の）秋を、恋しく思い起こしている様子だ

穂に出でぬ、もの思ふ〈らし〉。しのすすき、招くたもとの露しげくして（「宿木」巻、五―九四）〔匂宮、琵琶を弾く〕

穂に出でずに、ものを思う様子だ。しのすすきが招く、

5 「らしさ」とはどういうことかをめぐる

「らし」は古典詩歌におもに出現し、文末に使われるという特異性がある。現代語の「らしい」という語で、しばしば現代語訳される。単なる推量ではないとして、「推定」という語が好まれることもある。単なる推量でないとは、確実な根拠がある場合に「らし」が使われるから「推定」というのだ、という説明だろう。推量と推定との区別を、高校生などは納得しがたいであろう。古語「らし」と現代語「らしい」とが別語だというのなら、むしろ現代語訳に「らしい」を避けるべきだろう。

現代語の「らしい」は「推量」を主要な位相として認める。そこから類推するから、古語「らし」を推量の助動辞だと感じてしまう。『万葉集』の事例などで、どうしても推量性があると感じられる「らし」に遭遇するなら、現代人だからそう感じるので、本来的には推量あるいは推定の助動辞でなかった、と言ってよい。本来的には「らしさ」の助動辞だったろう。「あたかもそうらしく見える、感じられる、いかにも何々であるらしい」という、形容詞の振る舞いをする助動辞であったと。

現代語にそうした「らしさ」の振る舞いをする「らしい」を、辞書はたしかに認定している。ただし、接尾辞「らしい」（つまり形容詞）という扱いをする。〈被害者は小学生らしい〉と言えば推量の助動辞だが、〈いかにも小学生らしい筆致〉といえば、「小学生らしい」という形容詞を認めて、「らしい」は接尾辞だという扱いになる。しかし、接尾辞という扱いでよいのかどうか、推量性を持たない「らしい」が、そのように現代語の一角にひっそりと息づいている。

「いかにも小学生が書いたらしい感じの書きっぷりだ」というような言い方をしてみると、「書いた」のあとに附いた「らしい」を、助動辞として認めるべきではないか。体言に下接する助動辞が、あってかまわないはずだ。「小学生であるらしい」というように「である」を入れても、「小学生らしい」というように体言に「らしい」を下接させても、言い方として成り立つ。「夏らしい空、夏が来たらしい雲、夏が来るらしい夕立」など、「～みたような感じ」をあらわす言い方である。接尾辞だという説明を止めてよいのではないか。

「いかにも君らしくない、君が言うらしくないよ」など、一般には推量的な言い方のようでも、会話のなかで、ときに推量性の希薄な表現が生きる。「雨であるらしい」という表現は、子供の画いた絵を見て、「いかにも雨である感じがよく出ている」という、「らしさ」の表現にならないだろうか。「である」を略して、会話では「雨らしい」と言えるような気がする。「物書きらしい（雰囲気）、南国らしい（風景）、政治家らしい（最期）、馬鹿らしい」など、名詞に下接し、造語力もある現代語の「らしい」を、接尾辞とせず、助動辞と認めるのが穏当だろう。これらこそ古語「らし」から来た「らしさ」の表現ではなかろうか。

注

（1）大系本に「那―底・田に「祁」とあるが諸本に従う」とある（底本＝古訓古事記、田＝田中頼庸校訂古事記）。上巻「天菩比神」条に類似する「いたくさやぎて有なり」（伊多久佐夜藝弖有那理）があり、ここの「那」も底本は「祁」だという。

十六章　形容、否定、願望

1　形容辞「し」の位置

『万葉集』以下にときたま見る「あるらし」（一七―三九八四歌、二〇―四四八八歌など）は、ほかに「なるらし、たるらし、けるらし」などの仲間もあるかもしれない。「あらし、ならし、たらし、けらし」が使われ切って、「らし」が切れて成立したあとから、「あり」にその「らし」が接合して、「あるらし」というように、ある種の「誤用」としてなったのではあるまいか（それも古いことだったろう）。一般に、新しい語形は「誤用」から派生する。

みぎのことから言えるのは、「ならし、あらし、たらし、けらし」はもちろんのこととして、「らし」にもまた、もともと〈推測〉という「意味」はなかった、ということだろう。前章を「らし」に宛てた。

「あり、なり、たり、けり」の形容詞型が「ならし、あらし、たらし、けらし」である以上、それらおよび「らし」は、「らしさ」をあらわすこと以上でない。形容詞並びに形容詞型活用が持つ、形容性、状態性の機能とは「らしさ」を中心とする。「らしさ」を感じるとは、それの背後に〈零記号〉性が貼り附いて、助動辞らしく感得させられることにほかならない。

アシ -asi は、使い回されて「し」si を成立させる。-asi あるいは「し」siが、形容詞シク活用およびク活用の終止形や、「あらし、ならし、たらし、けらし」などを構成する。アシ -asi はそれじたい、助動辞と見てよいし、形容詞の語尾「し」-si を成立させる語素のような在り方と見てもよい。「らし」ra-si は「あらし、ならし、たらし、けらし、……」などが使い回されてから、「らし」だけになって独立したろう、という私の腹案である。

繰り返すと、「あり、なり、たり、けり、……」など、すべてアリ ar-i を内包する。アリ ar-i の形容詞型活用が、ar(-i) -asiというように「あらし」を成立させる。同様に、「ならし、たらし、けらし、……」は、「nar-(i-) asi tar- (i-) asi ki-ar- (i-) asi (>ker- (i-) asi) ……」というように、すべて -asi と結合して成立する。すなわちアリar-iの形容詞型が「あらし」、「なり」の形容詞型が「ならし」、「たり」の形容詞型が「たらし」、「けり」の形容詞型が「けらし」といったように、「～らし」を出現させる。

アシ -asi はアリと一対をなす基層的な〝語〟であったろう。ク活用の形容詞や、「ごとし」（＝「こと」し）の語尾については、「し」が成立してあと使い回されたとすれば、接続的にけっして不自然な関係と言えない。

「品詞」論者の折口信夫の関心は多岐にわたるが、▼注1「し」について、東歌の「かなしいも（愛し妹）」（『万葉集』一四、三四八〇歌、ほか）、「愛妹《うつくしいも》」（一一、二四二〇歌）、「浦妙《うらぐは》し山そ」（一三、三二二二歌）など、「し」が連体形のように見える（あるいは終止形が体言に附く）諸例があり、枕詞にもかかわろうし、「～ましもの」や、「ししじもの、男じもの」などの「～じもの」をも視野に入れると、古態の形容詞では「し、じ」を語根に繰り入れるべきか、と説く。「とこしへ、けだし（く）、やすみしし」や、「をし、やし」といった囃し語、「其《し》」との関係など、若き今泉忠義論文までも引きつつ、形容詞域の広がりを存分に探って飽かない。

2　「ごとし、やうなり」

「ごとし、やうなり」を、推量の助動辞と見ることはないだろうけれども、そのように感じる余地はあるかと考えられる。一般には、比況という不思議な用語があり、「ごとし」や「ようだ」（口語）をあらわす機能的説明として、それでかまわない。

「ごとし」の「ごと」は、議論があるようながら、▼注2「こと」（事、こと）から来たと認めるのが一番、無理がない。自立性を喪い助動辞と化してゆく。推量性が感じられるかもしれないので、挙げてみる。

ごとけ　ごとく　ごとし　ごとき　○　○

と活用する、形容辞系の助動辞としてある。と同時に、「が―ごと、が―ごとく、の―ごと、の―ごとし」など、体言「こと」の性格をも残す。その場合は厳密に助動辞と見なくてもよい。

……ゆくみづノ、かへらぬ〈ゴトく〉、ふくかぜノ、みえぬが〈ゴトく〉（『万葉集』一五、三六二五歌）
〔……行く水が、帰らないごとく、吹く風が、見えないように〕

の第二例は、「〈みえぬ「が」ゴト〉く」と「が」を介して「ゴト」へつながる。第一例は「〈かへらぬ―ゴト〉く」と書けば、「コト」（＝「ゴト」）の吸着語的性格が分かりやすい。

勝間田《かつまた》ノ、池は――我知る。蓮《はちす》無し。然《しか》言ふ君が、鬚《ひげ》無き〈如し〉（『万葉集』一六、三八三五歌）
勝間田の、池は、私は知る。蓮が無い。

そういうあなたの鬢が無きごとくに

三八三五歌の「〈鬢無き如〉し」で、「鬢無き」と連体形であるのは「如」（ゴト＝「コト」）に体言性が残っているからだ。

「こと」には〈様態、わざ、さま〉をあらわす元意味があり、「ごとし」として助動辞化される（体言プラス形容辞の語尾〈-si〉を附す）際に、その「意味」をすっかり忘れるわけではない。語中で濁音化されることもそんなに不自然と言えない。

やうなり

「やう（様）」は体言としても、吸着語としても、自立語の性格を喪わない。「やう」じたいに推量性はないにしても、そとから推察する感じになることがあるかもしれない。「まゐりてはいとど心ぐるしう、心肝《こころきも》も尽くる〈やう〉になむ、……」（「桐壺」巻、一―一二）という事例を見ると、「やうになむ」と、体言プラス「なり」という、自立語らしさが「やう」に依然として濃厚だ。

とともに、時代が下って、「やうだ、ような、みたようだ、みたいだ」という助動辞が成立してくることを勘案すると、「まゐりてはいとど心ぐるしう、心肝も尽くる〈やうなれ〉ど、……」と、「なり」を下接する助動辞として成立していたかもしれない。

……おのづから御心移ろひて、こよなうおぼし慰む〈やうなる〉も、あはれなるわざなりけり。（同、一―一二二）

〔自然とお心が移ろって、この上なくお思いになり慰む感じであるのも、道理であったことだ。〕

京にてこそ所得ぬ〈やうなり〉けれ、……（「若紫」巻、一―一五五）

〔都でこそ不如意である感じであるけれど、……〕

も同じ事情である。

3 「じ、アン、ず、なふ、ない、で」――否定辞

「し」si は形容、状態をあらわし、「す」su は動作、働きをあらわす。前者の否定が（a）n-si → ji であり、後者の否定が（a）n-su → zu となる。さらにアリ ar-i を加えて z（u）-ar-i が「ざり」となることも、ごく自然な展開としてあろう。

かつて、「じ」は「む」の否定、つまり否定推量（ないし否定意志）などと説明されてきたものの、「む」の要件たるm音の内在が「じ」ji には感じられない。活用は、

○　○　じ　じ　じ　○

と、見た目に「活用しない」。

無品の親王の外戚の寄せなきにてはただよはさ〈じ〉、……（「桐壺」巻、一―二一）〔桐壺帝の心内〕

〔無品親王の外戚の後援がない状態では不安定にさせない……〕

いで、あなうたてや。ゆゆしうも侍るかな。聞こえさせ知らせ給ふとも、何のしるしも侍ら〈じ〉ものを。（「若紫」巻、一―一八五）〔乳母のことば〕

〔いやもう、ああ無体な。いまわしくもござるかな。申し上げお教えしたてまつるとも、何の効果もござらぬ感じ

　　であろうに。」

前者は帝の意志であり、後者は幼い女君について忖度する。

m音でなく、内在を感じられるのはn音である。(a) n- 音に「し」-si がついて、(a) n-si → ji となったと見られる。アンan-あるいは (a) n- は、否定辞を構成する要素で、日本語だけではない、諸言語にも見いだされそうである。n音だけでは日本語にならない、母音を迎えて日本語らしさが生じるから、アナ an-a　アニ an-i　……、アネ an-eというように「活用」させると、否定の「な」na 「に」ni 「ぬ」nu 「ね」ne を構成する。活用語の未然形に下接する理由はan-のa音が残るからである。

si が si (-a) k-u　si (-a) k-i など、ak- と結合したとすると、否定においても、n-si (-a) k-u　n-si (-a) k-i から「じく、じき」を構成することが考えられる。古く、「犬じ物、生けらじ物、時じく」などの用法もあった。「同じ、おやじ、いみじ」などにも否定性が感じられる。▼注3

否定の「ず」については、やはりまったく同じ説明が成り立つ。ni-su から、n'su をへて「ず」zu と化した。an- の a音が響いて未然形下接である。「絶え〈ず〉流るる」の「絶えず」は、

　　ta-ye-n-i-su

から、それぞれ i音の脱落により、de音や zu音になった。構造上、ta-ye- (a) n-i-su だったろう。活用は便宜的に三行とする。

な	に	○	ぬ	ね	○
○	ず	ず	○	○	○
ざら	ざり	○	ざる	ざれ	ざれ

繰り返すと、「じ」には -si が n音に附き、「ず」には -su が n音に附くとすれば、容易に想像されることとして、

前者 -si が形容辞「し」、-asi → (-a) si であり、後者はやはり、語を構成する要素の「す」-asu → (-a) su とする推定である。語源的な説明はいくつかあるものの、上のように大まかに見ておくことが無難ではなかろうか。

なふ

東国語に「なふ」(未然形下接) があり、否定辞として働く。

あひづねノ、くにをさドホみ、あは〈なは〉ば、しのひにせもト、ひもむすばさね(『万葉集』一四、三四二六歌)

会津嶺の国が遠いから、逢わないならば、
思い慕うしるしにしようと、紐を結んでくだされ

水《み》くく野に、かもノはほノす、児《こ》ロがうへに、コトをロはへて、いまだ宿《ね》〈なふ〉も(同、一四、三五二五歌)

みくく野に、鴨が這うように、娘っこの上に、
ことばをかけ続けて、まだ寝ないよな

ひるとけば、とけ〈なへ〉ひもノ、わがせなに、あひヨるトかも―よるとけやすけ(同、三四八三歌)

昼に解くと、解けない紐が、私のあなたに、
あい寄るというのかな、夜は解けやすい

活用は、

なは　○　なふ　なへ／のへ　なへ／のへ　○

と見られる。

ない

現代語の「行か〈ない〉、食べられ〈ない〉」などの〈ない〉(助動辞)は、同じく未然形に附くところから、『万葉集』時代の東国語「なふ」に由来すると言われる。連体形「なへ」がナエをへてナイになるといぅ推定で、不自然さはない。

現代語では「くだる」→「くだらない」、「たまる」→「たまらない」のような「ない」が程度の否定(次項)としてある。

で

否定辞の「で」——「あはで、行かで」などの「で」——は、けっして「ずて」の転化でなく、「あはで消えめや」の「あはで」について見ると、aph-a-(a) n-i-te から来た(>aph-an(-i) -te→aph-a(n-) de)。

4　程度を否定する「なし」

「程度の否定」である「なし」は助動辞と見る余地がある。

うしろめたし↓うしろめたなし

のようなのがそれで、「うしろめたし」どころではないと、うしろめたさの程度を否定すると、「うしろめたなし」

になる。

乳母は、うしろめたなうわりなしと思へど、……（「若紫」巻、一―一八六）

〔乳母は「うしろめたい」なんて感じじゃないと思うけれど、……〕

は、この上なくうしろめたい。「いわく↓いわけなし、をづ↓をぢなし、〜がたし↓〜がたなし、さがし↓さがなし、はした↓はしたなし」などがあり、甚だしい言い方だけが残った、「いらなし、うつなし、おほけなし、しどけなし、ゆくりなし」などもその類だろう。

時代が下りても発達する言い方で、「切に」から「切ない」へ、「せわしい」から「せわしない」へと、造語力がある。「滅相な」↓「滅相もない」、「とんだ」↓「とんでもない」などにも「ない」が生きる。テナモンジャナイ[注4]と、程度を否定して甚だしい状態へ転出する。もとのかたちをなくしている、「おほけなし、おぼつかなし、かたじけなし」などは、熟して形容詞としての成立を認めてかまわないが、造語力に注意を向けるなら助動辞の扱いが可能だ。

形容詞「なし」から転成した助動辞として、注意を向けておく。

5　願望の「たし」――附「こそ、ばや、なむ」

「いたし」（形容詞）と「たし」（願望の助動辞、現代語の「たい」）との関係も視野にある。「いたし」は「いたく、いたう（音便）」のかたちで頻出する。頭痛などを「痛し」とダイレクトに言うこともあるけれども、基本的に精神的な「甚だしさ」をあらわす。

かの国の前《さき》の守《かみ》、新発意《しぼち》の、むすめかしづきたる家、いと〈いたし〉かし。(「若紫」巻、一—一五四)

〔あの国の前の守である新発意が、むすめを大切に養育している、その家はたいへんな羽振りですよな。〕

は、明石入道家の豪勢な様子を語る。

「いたし」(形容詞)は他語に下接して、「こちたし、うれたし、めでたし、つめたし、ねぶたし、あきたし、らうたし」などを造語すると言われる。

言(事)・いたし　心(うら)・いたし　愛で・いたし

爪・いたし　眠・いたし　飽き・いたし　労・いたし

などと見られる。「あきれいたし」(浜松、夜の寝覚)、「あまえいたし」(蜻蛉日記、狭衣)、「埋もれいたし」(「賢木」巻)、「屈しいたし」(「若菜」上巻)などの「いたし」とまったく同じ扱いでよい。

……よくせずは、あき〈たき〉こともありなんや。(「帚木」巻、一—五六)

〔……悪くすると、飽き飽きということもあってしまうのでは。〕

の「あきたき」(あき・いたき)は、「ひどくいや気がさす」(新大系)。

これらの「いたし、たし」が、突然のように願望の助動辞「たし」となって、平安末期の俗語社会に出てくる。

同じ遊び女とならば、たれもみなあのやうでこそあり〈たけれ〉。(『平家物語』一、妓王)

〔同じ遊び女というならば、だれもみなあんな感じでがな、ありたいよ。〕

「いたし」から願望の「たし」が成立するまでに、かなりの距離を埋めなければならない。助動辞成立の機微がここによくあらわれている。願望という機能を俗語っぽく生き生きと言い表したいかれらが、「いたし」にそれを求めた。「いたし」のなかに直接、願望という「意味」があるわけではない。痛切に（＝いたく）願望することを表現するために、「たし」が持ってこられた。「まほし」はもう古い。自立語が非自立語へと転身するときに、「まほし」に取って代わる。何かを「欲しい」というときに、「甚だ」とか「痛み入る」とかいう語を使う、新語の成立である。現代語では「たい」。

○	たく	たし	たき	たけれ	○
たから	たかり	○	たかる	○	○

こす

活用形は、『古典基礎語辞典』によれば、

こせ	○	こす	○	○	こせ（こそ）

で、「うれたくモ―なくなるトリか。コノトリモ―うちやメ〈コセ〉ね」（『古事記』上、二歌謡）、「……我（が如く、恋為《す》る道（に）、相《あひ》〈与《コす》〉勿《な》。ゆメ」（『万葉集』一一、二三七五歌）というように上代語で、「……秋風吹くと、雁に告げ〈こせ〉」（『伊勢物語』四十五段）をさいごに文献から消える。

ばや、なむ（なも）

助辞「ばや」は「～ば・や」（連語）から成長してきたので、未然形に下接する。「～ば・や」が「ばや」になるまでの距離には新語成立のドラマがあろう。

「そこにこそ多く集《つど》へ給ふらめ。すこし見〈ばや〉。さてなんこの厨子も心よくひらくべき」とのたまへば、……（「帚木」巻、一―三四）

〔源氏の言〕そなたにこそ、たくさん集めておられよう。少々拝見したい。そうしてから、この厨子も心よくひらくことにしよう」とおっしゃると、……〕

「見ばや」は「見るならばだ」と、仮定に係助辞の附いた言い回しが、すっかり自分の願望を言う言い方へと変わる。新語が発生するとはそういうことだろう。

「〜な・も」（連語）が助辞「なむ」になるまでの距離も大きい。

惟光《これみつ》、とくまゐら〈なん〉とおぼす。（「夕顔」巻、一―一二六）

〔惟光よ、早くやって来い、とお思いになる。〕

「まゐらなむ」は「まゐらな・も」の転で、「来てくれよ、な」（依頼と係助辞）。「なも」から「なむ」へと音韻変化して、助動辞化する。

注

（1）折口信夫に「形容詞の論――語尾「し」の発生」（一九三二、新『全集』一二）があり、私一個の関心においてややふれておきたい。

（2）参照、山口佳紀『古代日本語文法の成立の研究』三ノ八、有精堂、一九八五。

（3）「同じ」は「己《おの》」の否定、「おやじ」は「おや（祖）」の否定、「いみじ」は「忌み」の否定と言われる。程度の否定（後述）と見て、それぞれ、そっくり、同一、甚だ忌みである、と考えることができる。

（4）西宮一民「いわゆる「甚《な》し」について」『論集日本文学・日本語』1（上代、角川書店、一九七八）。「なし」ではないが、「じ」は否定であるから、やはり程度の否定となるかもしれない。

十七章　時間域、推量域、形容域——krsm 立体

1　「表出主体の意識」（小松光三）

助動辞の体系的記述に向けて、少しずつ、ここまで歩を進めてきた。

見いだされてよい、最も敬意を表されるべき著述類の一つに、小松光三『国語助動詞意味論』[注1]がある。氏の意見は明快である。「けり」を持つ文（＝「花咲きけり」）と、持たない文（＝「花咲く」）とが比較されるから、その違いを究めてこそ「けり」の「意味の限定」が可能になる。つまり「助動詞」の有無によって二種類に分ける。「けり」の用例をいっぱい、眼のくらむほど集めてきて、その「意味」を定めるといった方法は成り立たなくなる、と。

どちらかと言えば、物語や詩歌から、私は、テクスト込みで集めるとはいえ、いっぱい集めてきてどんな助動辞かを感得する、といったタイプの、がむしゃらをやってきた手前、成り立たない方法と言われると、ちょっと慌てる。「けり」をテクストのなかで、立ち止まり立ち止まり考えてきた数は、私の場合、どれほどだろう。「伝来の助動辞」とか、「時間の経過」だとかを、私は用例にぶつかりながら、だんだん確信に近づいたので、いきなり理論

から言入る文法の専攻研究者と、物語読みに徹する「国文学徒」との相違かもしれない。

ただし、氏の場合、「花咲きけり」と「花咲く」とを、単純に並べるのでなく、後者から前者へ、構文上の質的な過程があると見る。表現者の心理過程にまで分け入ることを必要とする、と。構文的機能（統括や接合や終結の働き）や、職能（主語・述語などの役割）では足りないので、氏にとっては言語表現に内在する、まさに「表現のなかの文法」を目指したい、とする。文学の領域への果てしない旅立ちをすることになろう、とも。こうして小松著書はみずからの研究を「表現文法」と位置づける。氏が「意味」と言われるのは、厳密に意味機能だ、とも位置づけされる。私じしんは意味と言わないようにする（機能とする）。

具体的な説述として、『拾遺集』から氏は一首（四、橘行頼、二三一歌）を引く。

池水や──氷とくらむ。葦鴨《あしがも》の、夜深く声のさわぐなるかな

池水では氷が溶けているのでは。葦鴨が、夜深く声のさわぐのが聞こえるよな

これを使わせてもらうと（表記は私に変改する）、「葦鴨の、夜深く声のさわぐ」というのは、一見、「客体的事象」で、表現行為の第一過程である。〈表出主体の意識を表す行為〉から独立しているかのごとくだ、と。そこに「なり」（ここでは「なる」）が加わって、第二過程までが言語化された。〈事物の存在を表す行為〉と〈表出主体の意識を表す行為〉との対立が顕在化する。「事物」とは空間的環境で、「なり」がそれを表現する。「なり」が加わることで、〈表出主体の意識〉との対立関係を深化させたかたちで表現している。「なり」の持つ、この二元的性格がだいじで、第二過程についての論はこの『国語助動詞意味論』の中心となる（ちなみに氏はこの「なり」を「断定なり」と見ているかもしれない）。

第三過程は、「終助詞「かな」」が加わり、〈表出主体の意識〉のモメントが位置を独占する。それでいながら、究極的な内的統一によって〈事物の存在〉のモメントと両立する。「かな」は詠嘆だとしても、冷徹な事実認識による、さめた感動としてある。

そうすると、「助動詞」は第二過程を言語化する機能を持つ、ということになろう。

こうして、「助動詞」の「意味」は「存在を表現する意味」と「意識を表現する意味」との二個が得られる。「竹取の翁といふものあり〈けり〉」で言うと、〈けり〉は事物（＝竹取の翁）の存在を表現する意味機能とともに、表出主体の意識の表現を実現する、と。

ここからが氏のさらなるユニーク場であって、こちら側に表出主体の意識（認知）があるとすると、対するに、存在はどのように描けばよいだろうか。存在は運動する。存在というと静止を思い浮かべるかもしれないが、そうでなく、存在するという運動、「あろうとする」ことをここでは考える。1、それはまず〈出現〉する。認知としてはその〈出現〉を発見する。2、つぎに、事物は事物以外の、すなわち「場」によって規定されている（定位＝場的現存）。3、さらなる過程は〈自立の運動〉で、単独で存在する運動だと言い換えられる。

存在の運動は、事物からの出現と、定位と、自立という経過をたどり、表現主体の意識をも一角として、四辺形を得る。これが基本体系である。氏の四辺形は頂点、右角、下部の角、左角という、菱形で示され、助動詞が配される。

頂点	き、し（つ、ぬ）	出現（実現）の運動
右角	（あ）り	定位の運動
下部の角	―し（じ、ず）	自立の運動
左角	む　むず	表出主体の意識

こうして、氏は「き、り、し、む」四辺形を得られた。

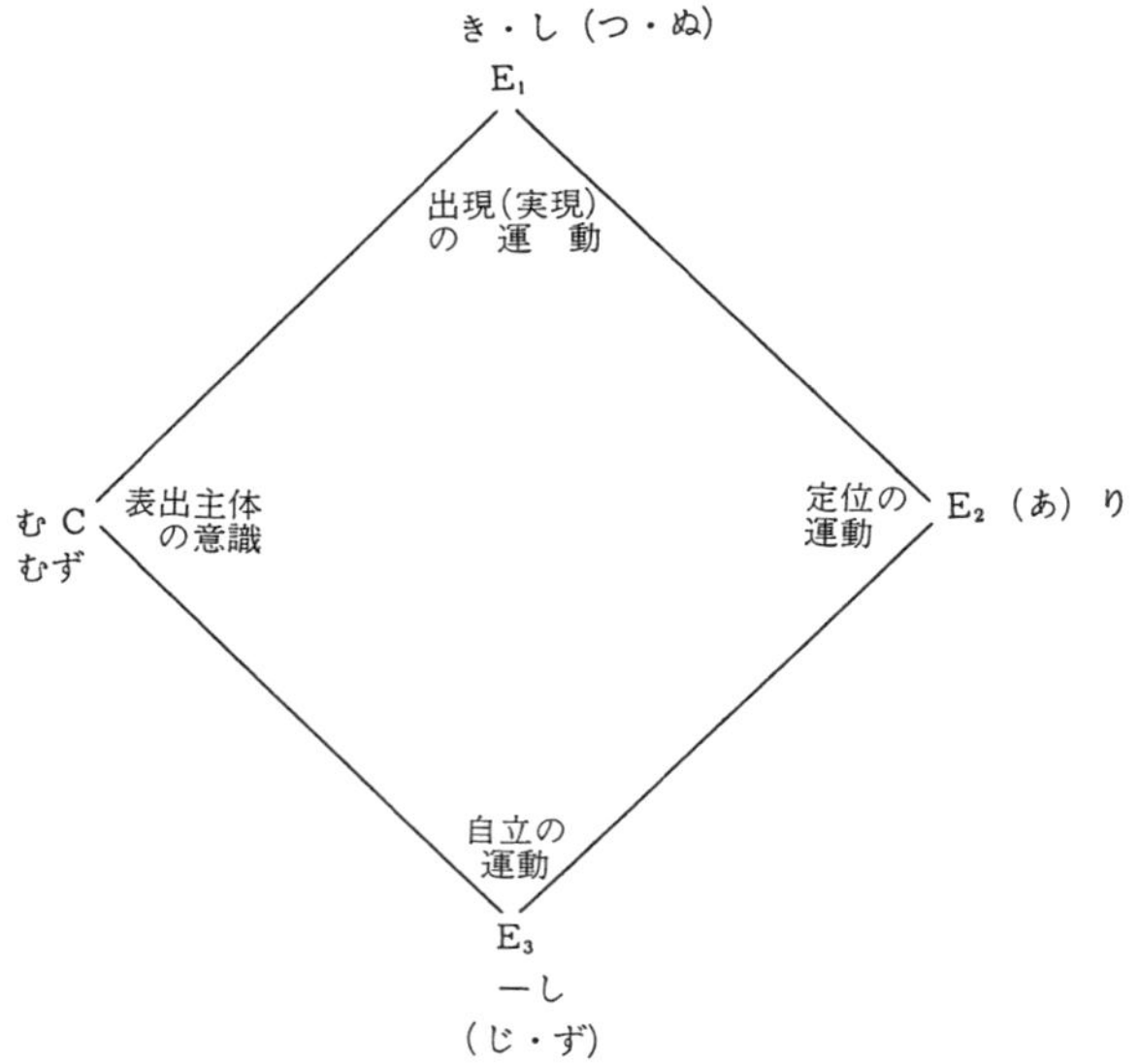

図1　小松光三著書より（75ページ）

氏が「助動詞の意味」を「存在の意味体系」へ組み込んでいって、ネックになったこととしては、「出づ、有り」など、存在を表す語群とどこが違うのか、ということであった。この疑問に解決を与えるために、時枝文法が動員される。「助動詞」に、時枝に従い、客体的表現と主体的表現との、それぞれ実現する二個の「意味」が共存するという仮説を氏は立てる。ここに「助動詞意味論」が完成したわけである。

興味深い四辺形が一文法学徒によって、一九八〇年代の初頭にこのように得られた。

氏の言う「意味」は意味機能だという説明を最初に確認した。その説明でよいはずで、助動辞のような機能語の「意味」とは、助動辞ごとの機能（過去、完了……）へのそれぞれ名づけであることを、私としては押さえたい。時枝のように、「助動詞」を主体的表現（＝辞）として纏めるとなると、助動辞と助動辞との相対的（機能）関係はどうしても軽視される。実際には、機能がいろいろ違うから、助動辞がたくさんあるのであって、助動辞の個性をしっかりと踏まえたい。その点で、氏が心理過程にまで分け入ろうというのは、「助動辞」間の機能差に分け入ろうとする、一歩を示しているように思われる。

2 「自己表出」（吉本）と時枝による批判

小松著書の「表出主体」は、『言語にとって美とはなにか』[注2]の吉本隆明が基礎に敷いた、「自己表出」をつよく思い出させるかもしれない。吉本は言う、

構成としてみられた抒情詩は、指示的展開でなく、自己表出の凝集である。（吉本、第Ⅴ章第Ⅰ部「詩 5 古代歌謡の原型」）

言語の自己表出として「かげろふの日記」をこえるものではないが、構成の選択と集中度において「和泉式部日記」は「かげろふ」をこえるものであった。（同、第Ⅱ部「物語 8 日記文学の性格」）

と。こんな言い方のところもある。吉本は、

a 海だ。
b 海である。

と並べて、「aとbとは内容も形式もちがっているのである」とする。

aでは、海という対象の指示性にあるひとつの強調がくわわっている。これがaの内容であり、この海という対象にむかって強い意識の自己表出性がくわえられたものが、aの形式である。（同、第Ⅵ章「内容と形式 2 文学の内容と形式」）

と。そして、

bのばあい、内容は、海という対象の指示性が、助詞「で」によってある客観性を帯び、そのあとに「ある」という助動詞によって海の指示性が完了するものをさしている。

云々、とする。単に、文の意味として考えるのではない吉本にとって、「海だ」と「海である」とですら、内容的に、そして形式的にも違うという論の展開を見せている。

『言語にとって美とはなにか』には、複数の図版があるにもかかわらず、自己表出と指示表出との関係は、グレード的ないし連続的であるために、図上にあらわしにくい。氏の自己表出の出自を確かめられないものの、戦時下の孤独な詩的営為のさなかに、宮澤賢治、高村光太郎に親昵《しんじつ》した経緯や、日本近代詩、現代詩が用意する戦後的な言語状況、さらには「西行」論などを視野に入れると、けっして言語学（たとえばスターリン言語学）と対決しようというような意図でなく、まさに近代表出史の構築のために、原理的に置かれている自己表出であるらしい。

繰り返すと、吉本の自己表出と指示表出との関係は、それぞれのグレードと強度とによって、また自己表出と指示表出とのあいだで相互規定される、指向性に満ちた言語本質を言い当てようとしている。氏の、自己表出と指示表出とが連続しているかのように受け取られる論じ方は、当時の読者たちのなかに魅了されたひとが多かったかもしれない。しかし、時枝誠記とは相容れなかったはずだ。時枝学説の詞と辞とは徹底して非連続であり、互いに出どころを異にしている。似ているようにみえて、詞は吉本のいう「指示表出」でありえず、辞は「自己表出」に相当しない、別個の産物であると時枝そのひとが断定する（時枝「詞辞論の立場から見た吉本理論」▼注3）。

3　時枝モデル、小松モデル

小松著書の図形を見てみよう。左角からみぎ上へぐるりとたどると、

む、むず　き、し（つ、ぬ）　（あ）り　―し（じ、ず）

というきれいな四辺形をなす。一角ずつを平等に占めていると言ってもよい。しかし、四辺形は、

表出主体の意識　出現（実現）の運動　定位の運動　自立の運動

という四角でもある。右角が「意識」であり、残る三角は「運動」であって、平等に並ぶ性格の四角ではない。

（表出主体の意識）／（出現（実現）の運動　→定位の運動　→自立の運動）

とでも二分させられるべきだろう。

そうすると、当然、思い当たるはずであるのが、ほかでもなく時枝によって描かれた図であって（『国語学原論』第3章文法論）、

図2

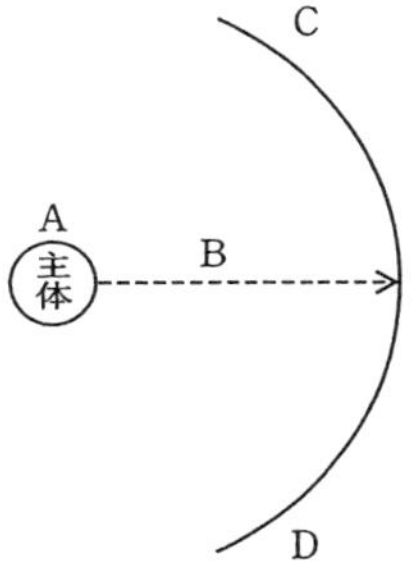

A（主体）を射手とし、C～Dを結ぶ弧線を的とするような、じつに時枝言語学の基本をなす図である。たぶ

ん、そういうことだろう。ただし、時枝にとって、この図が「助動詞」（助動辞）の配置と対応することは考えられなかったろう。なぜなら、辞の配置は、あるとしたらＡ（主体）の内部で広がる空間にあるべきであり、「弧ＣＤ」は主体に対立する客体界及びその概念的表現である「詞」だと、時枝そのひとが言明する。したがって「弧ＣＤ」に助動辞が配置されることはあり得ない。

比較すると、小松モデルは四辺形をぐるっと行道のように廻る。その点では吉本モデルの連続性に近いという感じがする。しかし、主体を左角に据え、残る三角を「運動」と位置づける小松モデルは、構造性から見るなら、時枝の基本図にはるかに近い。小松モデルは時枝の図と吉本モデルとのあいだに位置づけられる。

4　認知運動の体系

私も、「助動詞」はばらばらに把握されるべきでなく、体系として纏めあげられる性格を持っていると思う。一つ一つ、機能を感じさせる。相互依存的、対照的に機能はあるはずで、図示することが可能だろう。それがたとえば古典文法の教科書などで提示されるなら、文法の授業はどんなに楽しかるべき、知的関心を引き寄せる現場となることだろうか。夢見ずにいられない。

まったく、小松著書の研究とは別個に、私において得られた図形、それはここ数年来のことながら、描き出してみると、かたちが類似すること驚くばかりである。氏の得られた図形と、私の図形とが、同じ方向に解を求めたということは、助動辞じたいがそのような相関関係のもとに、脳内で、氏の言い方を振ってよければ、「存在の運動」のごとき、「存在の運動」に対応する認知の運動として、めまぐるしく作動しているからだろう。図形は古代人にも、現代人にも、また諸言語の担い手にも、ひとしく脳内に仕舞われて、運動し止まない、言語活動の一環であると思われる。日本語で描いたからこんな助動辞図になったというだけのことであり、諸言語ごとにあるべき運動体としてある。

助動辞および助辞の「意味」とは、機能であると私は認めることにする。陳述性と一部で言われることはそれかもしれない。機能的性格を独立させて、おもにそのような性格をもっぱらとする文のパーツを、助動辞として纏めてしまえばよい。助辞もまた格をあらわに示す場合があるから、それらをもって機能語と見なし、助動辞に並列させる。

と、割り切ってしまえばよいのだが、いろいろに不都合も生じる。諸言語で言うなら（たとえば英語で見ると）、冠詞、前置詞、接続詞などが機能語で、それはよしとするとしても、関係代名詞や関係副詞はどうしようか。関係詞はそれじたい、関係的機能を持ちながら、代名詞や副詞でもある。前置詞は日本語の助辞に相当するとして、それなら格変化はどうするか。格変化は諸言語ごとに、名詞や動詞その他の引き受けるところなのだから、機能語としての性格は（拡大させると）名詞や動詞にもあることになる。

機能語としての性格を独立させようとしても、学説によっては助動辞と助辞とを並列させせない、という考えがある（山田文法など）。陳述性という、その機能的性格を用言の役割と見て、助動辞をそこ（用言）へ繰り入れてしまい、「関係語」としての自立だけを助辞のうえに認める、という見方である。なんだか無理な学説のようでも、古くよりテニヲハと言って、助辞を中心にしてきた考え方の延長線上では、助動辞の（テニヲハからの）「排除」ということが可能なのかもしれない。

概念語（観念語、つまり体言、用言、……）と「関係語」（機能語）とを分けるとする前提が粗雑に過ぎて（私の頭のなかである）、諸言語との整合性を取りえない現状では、文法的常識がつぎからつぎへ覆されてしまう、ということだろう。文法とテクストとを併せたような叙述というスタンスで、ここはとりあえず漕ぎ出してしまいたい。

5　時間域、推量域、形容域

これまで、私の叙述してきたところは、「時間域、推量域、形容域」の諸域という空間的時間的広がりへと、図形にしてみせると、平面的に描くなら図3になる（krsm 四辺形）。あくまで、主体のなかで起きるシミュレイクラであり、思考を統合する。情念を何とか言語化したい苦しみ（krsm 四辺形を「くるしむ」四角と読んでくれた友人がいる）、いや苦しみは一部のことで、大きな満足や創造へ至る道で起きる表現には、こんな言語エンジンが掛かっていると、いくぶんでも強調してみたい。

時間域

「き」とアリ ar-i とを、上角から左角とのあいだの一線の両端とする。「き」はアリ ar-i を前提とし、アリ ar-i は「き」を前提とする。「き」とアリ ar-i とは相互依存的に位置している。機能とは、まさにそうした相互規定に尽きよう。「き」なら「き」という「意味」があるのではない。アリ ar-i に対して「き」があるということは、現在と過去とに分離してきたということでもある。過去という時間的機能をあらわすために、「き」が持ってこられた。「き」が、もともと、そのような「意味」を持っていたのではない。機能にふさわしそうな語を自立語から持ってきて、ファンクションキーの位置が与えられる。小松が「意味機能」と言うのは、単に機能と称するのでよかろう。「き」の根っこにあったかもしれない「意味」（それは「来《き》」かもしれない）から旅立って、助動辞への道程をたどるのは、「機能を!」という言語の根柢での要請に導かれてだ。

アリ ar-i は、自立語になると、ありふれた「あり」であり、他の多くの助動辞のなかで、フル運転させられている。カリ活用やナリ活用、あるいはタリ活用を支える繋ぎのようにして、アリ ar-i は猛スピードで駆け巡る。

そして、「り」という助動辞を分出させる。アリ ar-i がぽっかり浮いているという光景でなく、「き」なら「き」との相関関係に置かれてアリ ar-i はある。対比的にあるのが機能であり、助動辞の本性はそこにある。

「けり」は、「き」とアリ ar- i とのあいだに置こう。真中に置くか、どの辺に置くか、カーソル状に動かしてみたい。「き」とアリ ar-i との、音韻的にもあいだに置くことがふさわしい。図形としては音韻との絡みをけっして無視しない。けれども、意図は機能図であって、「き」と、アリ ar-i とのあいだで要請される機能のために、「けり」が発達させられている。それは「時間の経過」であり、「伝来」である。「けり」が「時間の経過、伝来」という機能を持つ、と私はこの図から気づいたわけでなく、長い歳月を『源氏物語』など古文に接して、私なりに了解しうることであるけれども、この図形から説明できることとして、ある種の解決がそこにある。機能は発達するから、「けり」が「気づき」という機能を拡張しているか、あるいは「気づき」を機能と言ってよいか、それはよし言えるとしても、「詠嘆」でありえない。

図3

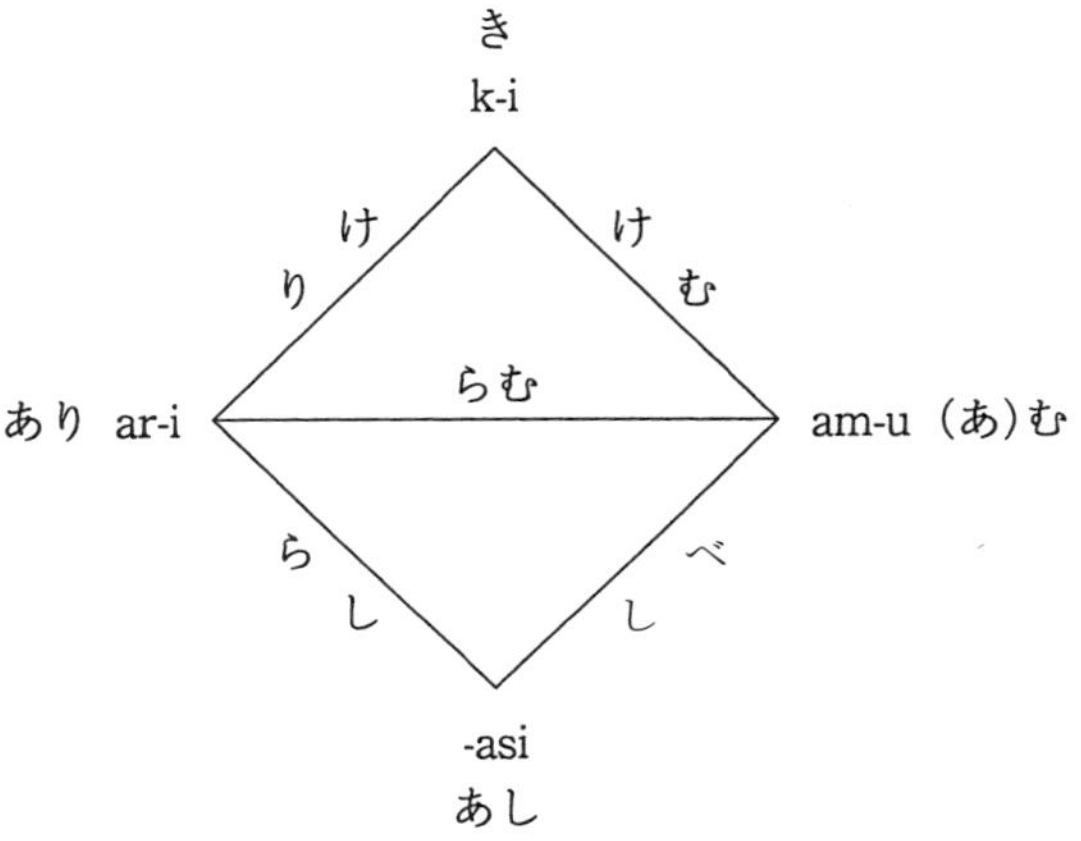

「けむ」は、「き」と推量域「(あ)む」am-u とのあいだで成立するカーソルである。音韻的にそれは言えるし、何よりも、機能的に過去推量として発達させられる。くれぐれも、過去推量という「意味」があるのでなく、語り手が人物たちの内面を忖度したり、事件を遡ったりして推測するとき、その心理や事態をあらわす機能としてある。

「らむ」はアリ ar-i と「む」とのあいだで発達する。音韻的にほぼ言えることながら、活用語の終止形あるいは連体形に下接するという点では、機能上、「らむ」が成立して使いこなされている。
アリ ar-i を含む、「断定なり、伝聞なり、めり、ざり」や、カリ活用ほか、図形に描き出すことは煩瑣であるけれども、位置づけが不可能なわけでないと思われる。「たり」についてはすぐあとに記す。

推量域・形容域

推量域は「(あ)む」am-u を中心に、「けむ、べし」に広がる。「けむ、べし」ともに、それぞれ、「き」と「し」とのあいだに懸かるカーソルとして発達する。『日本語と時間』では書き入れなかった「べし」を sm 辺に入れてある。

「あし」-asi は形容辞「し」を作る。

『日本語と時間』に掲出した平面図と、大きな違いが一箇所ある。十四章（本書二六〇ページ）に図示した逆三角形をここに描き入れてある。

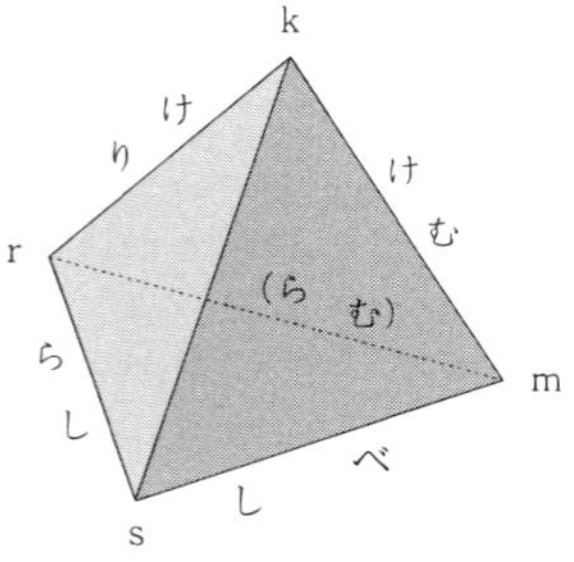

図4

「べし」に代えて、一案として「まし」を描き入れるアイデアは容易に思い至る。しかし、「まし」の「し」は活用から形容辞の「し」と一緒にできない、つまり「まし」の「し」は過去の助動辞「き」のサ行活用に酷似する（六章）。形容辞「し」とまったく無関係ではなさそうだから、図示するなら「き」からサブラインを「し」へ引いて（ここは〈空白〉になっている）、「む」と関連づけることになる。

この図は音韻を顧慮しつつも、おもには機能図なのだから、助動辞「む」と形容辞「し」とのあいだに「べし」の機能を位置づけることにする。「む」と「し」とのあいだで発達を遂げた助動辞として「べし」が這入ってくる。「し」を助動辞と認定してよかろう。

これを立体化すれば、図4（krsm 立体）を得る。稜線ばかりか、面を利用して、あるいはなかをくぐって「けらし」（「けり」の形容辞形）をあらわすことも可能となろう。

6　「ぬ、つ、たり」の図形への投入

「ぬ」と「つ」とは、これらを二つの焦点とする楕円球であり、遊離してkrsm立体の周囲を激しく稼働中である。イメージ図であるから、どのようにも描けるにせよ、時制（「き、あり」など）に対しては「ぬ、つ」が遊離した時間であることを、何とかして示さなければならない。「ぬ、つ」それぞれの機能が捉えられればよいので、「つ」がアリ ar-i に接近するときに「たり」を生じるというのも（図5）、「つ」の機能がそれをさせると考えていただきたい。「たり」はタッを経て「た」になったあとでも、「つ」の力を喪わないでいる。

どの民族の子どもたちにも、かれらの夜、やすらかに眠りが訪れるとき、脳内で、krsm 四辺形も、krsm 立体も、しずかに回転の度合いをゆるめ、子供たちとともに眠りに就く。すっかり眠るわけでなく、かれらが夢を見るときに、低音でそれらは回転していようし、夢を気づかない、深い睡眠のなかでも、何時なりと起き出せるように、スタンバイの状態にあることだろう。

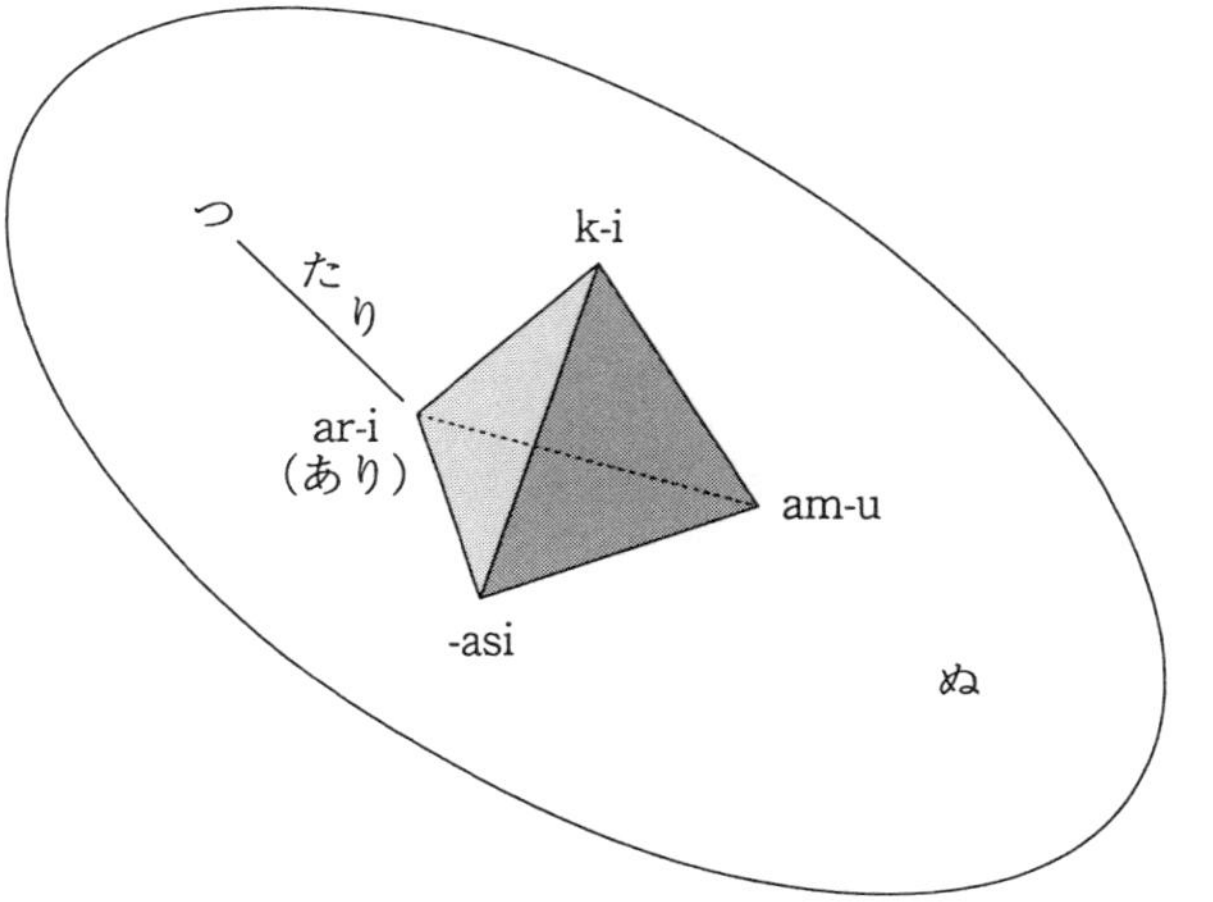

図5

子供たちは一人一人、krsm 四辺形や krsm 立体のモデルを脳内に持つ。一民族語で育てられようと、別の民族語で育てられようと、機能、働きの基本を共通して与えられている。ただし、民族語ごとに、ソフトでの得意、不得意はあって、子は成長とともにその得意領域を得意とし、不得意領域はよく獲得できないままに成人を迎える。それでも、第二言語を習得するとき、krsm 四辺形や krsm 立体の基本に立ち返って、相応の努力で語学をマスターすることだろう。多分、バイリンガルとは、krsm 四辺形や krsm 立体を多様に駆使できる能力を指す。

古典語と現代語とが分かりあえるのは、古代人も現代人も、krsm 四辺形や krsm 立体を脳内に持つからであり、しかし、それでも分かりあえないとしたら、krsm 四辺形や krsm 立体のどこかが毀《こぼ》れ、さびついているからだ。もろさ、はかなさが krsm 四辺形や krsm 立体にはあると思う。でも、これらを大切にしてゆけば、古典教育はきっと豊かな現場を取り戻せる。

現代詩は、仮に日本語で書かれるとしても、その書き手が日本語を母語にしているから、日本を使うに過ぎない。詩的言語の本性は、何語で書いてもよい国際性にある。翻訳可能であり、いろんな言語に共通してkrsm四辺形や krsm 立体が棲んでいる。しかし、翻訳できない部位もある。諸言語には固有の音律、リズムがあるから、その音律、リズムは伝わらない、翻訳がならない。

現代短歌は日本語で書かれるしかなく、その音律、リズムを翻訳しようがないから、きわめてナショナルな（＝民族語的な）文学領域に踏みとどまる。俳句は逆に、リズム感が自由で、短くかつ未発達な音数律であるために、国際性がある。krsm 四辺形や krsm 立体を解放しうるのは俳句がいちばんで、現代短歌にはなお軛《くびき》が大きいということか。

言語の機能じたいは音律というリズムをすり抜けて平気である。

注

（1）小松、笠間叢書151、一九八〇。
（2）吉本、勁草書房、一九六五。
（3）時枝、『日本文学』一九六六・八。

十八章　物語人称と語り――「若菜、柏木」

1　「見返る」ひと、「見たてまつる」

御簾《みす》の横端《よこはし》があらわに引き開けられてあるのを、すぐに直す人もない。この柱のもとに、さっきまでいたばかりの侍女たちにしても、急なことだから、ものおじして、慌てるといったけはいだ。几帳のきわをわずかに奥に這入ったところにいる、袿《うちき》の立ち姿の人。まぎれどころもなくあらわな見入れに、男は見てしまう。紅梅であろうか、五つ衣《ぎぬ》、うわぎを着かさねて、草紙のつまのようではないか。さらに桜の細長か。さやかにみぐしの裾までが見えて、糸を縒りかけているような靡きざま、ふさやかに削がれ、まことに美しげな、七、八寸をあまして、召し物はたっぷりと、ちいさなからだ、線、髪のかかりばに隠れる横顔、その品の高さ、言いようもない愛らしさ。

……姿つき、髪のかゝり給へるそば目、言ひ知らずあてにらうたげなり。（「若菜」上巻、三―二九七）

〔すがた格好や髪のかかっておられる斜めの顔が、言いようなく愛らしい感じだ。〕

夕べの光線と対照的な、室内の暗さがもの足らず、心残りだ。

夕影なれば、さやかならず奥暗き心地するも、いと飽かずくちをし。（同）

〔夕光だから、はっきりしなくて室内が暗いきもちのするのも、まことに不満で口惜しい。〕

おりしも、猫のはげしい鳴き声に、かの人が見返る、その顔ざま、姿態は、「ああ若く愛らしい人よ」と不意に見られる。

猫のいたく鳴けば、見返りたまへるおももち、もてなしなど、いとおいらかにて、「若くうつくしの人や」とふと見えたり。（同）

〔猫がたいそうに鳴くから、見返りなさっている面ざし、（身の）しぐさなどが、まことにおっとりとして、「ああ若くうつくしい人よ」と、ふっと見られいる。〕

ここでは「見返る」とある。だれにもあろう、外光に馴れた視線からは、急にも屋内を見ることができない。網膜に映る残像をもどかしく復元しようとしても、見たはずの立ち姿のひとを、さやかに見たとも、見なかったとも、柏木にとって、いずれに言うことができるか。設定としては、はしたないと言われるべき、端近《はしぢか》な、しかも立ちあがって蹴鞠《けまり》を見いだしてあった女である。▼注1

けれども、そういう冷静な目は、柏木にあるべくもなくて、行文がけっして柏木を非難するように書かれないことも、いま注意点だ。柏木は小侍従を介して女三宮へ文をやる。

一日、風に誘はれて、御垣《みかき》の原に分け入りて侍りしに、いとどいかに見おとし給ひけん。その夕べより、乱り心《ここ》ちかきくらし、あやなくけふをながめ暮らし侍り。（同、三―三〇一）

〔一日、風に誘われて、（六条院の）御垣のうちに分け入りてございました時に、（あなたは）さぞや、どんなに（私を）見下しなされたろう。その夕べより、心乱れ病気のようにかきくれ、筋目も知らず今日を物思いとともに過ごしてございます。〕

と、蹴鞠の姿を見られたろうと推測し、その夕べから自分は心乱れていると訴える。贈歌は、

よそに見て、折らぬ嘆きは―しげれども、なごり恋しき、花の夕影（同、三―三〇二）

そとから遠く眺めて、折ることのない嘆きの木は茂る。
嘆きは深いけど、それでもなごりが恋しい、夕日の花影よ

と、夕べの光に花の姿を見たことと、そのなごり恋しさを詠む。「あやなくけふをながめ暮らし侍り」とは、言うまでもなく、引き歌「見ずも―あらず、見も―せぬ人の恋しきは―あやなく今日や―ながめ暮らさむ」（『古今集』一一、恋一、在原業平、四七六歌、『伊勢物語』歌）に拠る。「見なくもない、見もしない」とは、「御簾《みす》のつまから垣間見《かいまみ》ました」の意である。これを受け取る女三宮が、男から見られた（夕霧から見られたと思ったかもしれない）と気づいたことはいうまでもない。

「見もせぬ」と言ひたるところを、あさましかりし御簾のつまをおぼしあはせらるるに、……（同）

柏木はたしかに垣間見た。贈歌では「見た」とも「見ない」とも、絶妙な詠み方であるさまを押さえよう。柏木のはっきりと見たことは、だから着物の裾ばかりであったとも、あとに繰り返される。残像を脳裏に焼きつけた柏木が、歳月ののち、我慢できないままに小侍従を語らい、女三宮に近づく。思ってきた柏木の心内である。

たゞ、いとほのかに、御ぞのつまばかりを見たてまつりし春の夕べの、飽かず世とともに思ひいでられ給ふ御ありさまを、すこしけ近くて見たてまつり、思ふことをも聞こえ知らせては（―ば〈新編全集〉）、一くだりの御返りなどもや見せたまふ、あはれとやおぼし知る、とぞ思ひける。（「若菜」下巻、三―三六二）

〔ただもうまことにほのかな、（かの人の）おん衣のつまばかりを（私が）見さしあげた（あの）春の夕べの、（あれでは）もの足らず、命ある限り（私に）思い出されなさるお姿ありさまを、（いま）少し、ま近に拝し、（わが）恋する鬱屈を訴え申してなら、ひとくだりのご返状などもたまわる（ことがある）や、愛を感じ（もして）くださるや、と（ずっと）思い（いまに）至る。〕

さきに見た、柏木が見返る女三宮を見る「若菜」上巻の場面では、「姿つき、髪のかゝり給へるそば目」を見たようにもあり、「夕影なれば、さやかならず奥暗き心地するも、いと飽かずくちをし」とあって、さやかでなかったようにも読まれる。振り返る女をほとんど正面から見る、というところであったろうに、しかし斜めの顔、そば目であるとも、微妙な表現のゆれをわれら読者はあじわう。

きぬぎぬの別れを前に、

かの、おぼえなかりし、御簾のつまを猫の綱引きたりし夕べのことも、聞こえ出でたり。げに、さ、はた、あ

りけむよ、とくちをしく……（同、一―三六四）

〔あの、身に覚えのなかった、御簾のつまを猫が綱引っぱっていた夕べのことも、（男は）言い出している。なるほど、そんなことがあったはずよな、と（女三宮は）無念で……〕

と、女三宮はあの夕べを思い合わせる。さきに、「あさましかりし御簾のつまをおぼしあはせらるるに」（三―三〇二）とあった。

2　「見あはせたてまつりし」

猫が鳴くので女三宮はこっちを見た、というのがそこでの状況としてある。その夕方の光のもとに見返るその人を目にとどめた、ということであって、目と目とをあわせた、とまで限定する必要はなかろう。あるいは柏木が、目と目とをあわせたつもりであればよい。うす暗い屋内に、見返るその女の横顔を目に焼きつけた。前後の文脈が、柏木の視線からの一元的な描写になっている。

振り返り、こちらを女三宮が見た、という決定的な瞬間のことを、柏木は「見あはせたてまつりし夕べ」と、「柏木」巻で言う。

深きあやまちもなきに、見あはせたてまつりし夕べのほどより、やがてかき乱りまどひそめにしたましひの、身にも返らずなりにしを、かの院のうちにあくがれありかば、結びとどめ給へよ。（「柏木」巻、四―八）

〔深い過失もない（というの）に、見あわせさしあげた夕べのほどより、そのままかき乱れ惑いはじめてしまった魂が、身にも返らずなってしまったのを、あの六条院のうちに、（わが魂が）さまよい出るならば、くくりつけてくだされよ。」

蹴鞠の夕べのことを言ふと取るので、なんら疑問はない。「やうやう暮れかかるに」(「若菜」上巻、三―二九四)、「夕映え、いときよげなり」(同)、「夕影なれば」(同、三―二九七)、そして「花の夕かげ」(柏木作歌、同、三―三〇二)、さらには「見たてまつりし春の夕べ」(同、三―三六二)、「猫の綱引きたりし夕べ」(同、三―三六五)と、夕日のなかで起きた事件であったと繰り返される。深きあやまちではないと、病床で柏木は小侍従あいてに訴える。

みぎの「見あはせたてまつりし夕べ」を、多くの注釈書のたぐいは、源氏が「うち見やり」(「若菜」下巻、三―四〇四)、「さかさまに行かぬ年月よ」と嘆息したときのことをさす、と指摘してきた。失考ではなかろうか。「若菜」上巻の、女三宮の立ち姿を見た夕べのことではないのか。源氏がまなじりでちらと柏木を見たときが果たして夕方だったか、「暮れゆけば」〈四〇四〉とのみある。従来の読みを私は受け入れることができない。

「かの見あわせ申した春の夕べが、どうしてわたしの深い深いあやまちなものか」と、病床の男は訴える。源氏が「うち見や」ったときには、深い罪の自覚から死病に就くのである。女三宮に対しては、「深きあやまちもなきに」と思う。たしかに、猫のせいだ。猫が御簾をまくりあげたせいで顔を合わせてしまう、そのことが、どうして柏木の、あるいは女三宮の「深きあやまち」になろう。柏木が、「深い過失ではない」と主張するのは当然だろう、と思われる。そのときから、柏木はふぬけのようになって、魂だけをそこ、六条院にとどめたのである。

こう読み込んでのみ、実際の密通の直後に、

聞きさすやうにて出でぬる、魂はまことに身を離れてとまりぬる心地す。(「若菜」下巻、三―三六六)

〔聞きさすようにして出てしまう、魂はほんとうに身を離れて(六条院に)とまってしまう心地がする。〕

という、「まことに」が生きる。ふぬけになって男が出てゆくのか、魂がぬけ出て六条院にとどまるのか。「やがてかき乱り、まどひそめにしたましひの、身にも返らずなりにし」（「柏木」巻、四―八）とは、密通によってであって、源氏から見つめられたからではない。

物語叙述は、みぎに見てきたようにして、柏木という男の視線に寄り添い、逸らさず、ときに批判はするものの、多く同情しながら、なかばその心内に入り込むようにして、「若菜」上巻以来、ほぼ書きつがれる。とりわけ、最初に女三宮を見るというところ、事実ははしたない女の姿態であろうと知られるのに、けっしてそのように物語は言わず、柏木の視線に〝同化〟して、みごとに一元描写の語りをつらぬく。

3　物語人称と語り

物語人称ということに注意を向けたい。言ってみれば、物語の文法としてのみ指摘することになる。しかし、こんなことでも、従来はごく曖昧に、語り手の語りが主人公の心内にかさなる、あるいは第一人称叙述だ、などと言われてきたところであるから、ことをいささか厳密にしてゆく手つづきによって、「物語とは何か」にここでふれてゆく機会になるかもしれない。

最初に女を見た場面に戻ると、

木丁の際すこし入りたる程に、袿姿にて立ち給へる人あり。階《はし》より西の二の間の東《ひんがし》のそばなれば、まぎれ所もなくあらはに見入れらる。紅梅にやあらむ、……（「若菜」上巻、三―二九六）

〔木丁のわきを少し入っている距離に、袿姿で立ちなさる人がいる。階より西の二の間の東のそばなので、何の邪魔もされずすっかりそとから見ることができる。紅梅であろうか、……」

と、みぎは物語叙述であるから、語り手が柏木という男主人公について語る。この基本は、作り物語が譲ることのできない一線としてある。物語は語り手が語る。語り手がいないと認定することは物語言語に違反する。▼注2人称という、言語上の概念を使ってよければ、柏木について語ることは、第三人称であることが期待されるし、事実、そう認定して困ることは何も起きない。語り手にとって、当事者でない物語上の人物が、素材として、いわば第三者として、表示はともあれ、人称の第三項であることは揺らがない。

その第三人称である柏木が、自身の第一人称的視点で女三宮を見るのだから、かさなるのは、主人公の第三人称におのれの第一人称が、でなければならない。第三人称の主人公が〝私〟という第一人称になって、見たり考えたりする。それはどんな人称なのだろうか。

猫のいたく鳴けば、見返りたまへるおももち、もてなしなど、いとおいらかにて、若くうつくしの人や、とふと見えたり。

とあった、みぎは語り手の柏木をめぐる、第三人称的叙述以外ではない。しかも、「いとおいらかにて」から主人公の内面に這入り込み、「若くうつくしの人や」という感嘆をもらして、また「……とふと見えたり」へと叙述を引き戻す。「ああ何と若く愛らしい人であることよ」と、〝そう思う〟主人公の第一人称叙述としてある。

つまり、二つの人称のかさなりをここに観察することができる。こういう人称のかさなりは、物語だから生じたことである以上、取り立てて文法表示にそれを言い当てることができなくとも、物語人称というふうには認定する必要があろう。アイヌ語に見られる、そのような、主人公や人物の第一人称が、物語を初めとする引用その他で、改めて表示される言語ならば、もしかして第四人称ということになろう。

つまり、みぎのことは、アイヌ語をヒントとして、[注3]日本語での物語人称の認定をすることになる。語り手の第一人称というのは、みぎの事情と別のところにあって、それがいわゆる草子地にほかならない。物語の主人公たちの心内表現をけっして草子地と混同してはならないと言いたい。[注4]強調してし過ぎることのない、物語学上の前提としてあろう。

注

（1）立ち姿は不謹慎の挙措であると新編全集が言うのに従う。
（2）参照、藤井「物語に語り手がいなければならない理由」『国語と国文学』一九九八・八。
（3）中川裕『アイヌ語（千歳方言）辞典』草風館、一九九五。
（4）ゼロの語り手人称が、草子地では第一人称叙述としてあらわれる。参照、藤井「語り手人称はどこにあるか」『源氏物語試論集』勉誠社、一九九七。

十九章　会話／消息の人称体系――「総角」巻

1　談話の文法からの差異

ここまで、五〜十一章を時称（非過去、過去、完了、時制など）で費やし、十二〜十四章が推量系、十五〜十六章に形容域を配し、やってきた。十七章はそれらを纏めてある。前章よりは、時称とペアになるべき、人称というテーマを扱う。The person（人称）というように、the（定冠詞）が附くようである。西ヨーロッパでの演劇用語だったらしく、登場する主人公が第一人称（略して一人称）、舞台で向き合う相手方が第二人称（二人称）と言えば分かりやすいか。第三人称（三人称）はそこにいない人、つまり話題の人物となる。

人称は日本語でも大切にしたい。しばしば、批評の世界で「一人称の文学」とか、「二人称の社会」とか、言語学が広く応用されるためにも、人称とは何かを日本語から立ち上げたい。とともに、日本語の不得意科目は人称だという感じがする。しかし、陰に隠れているために不得意科目の感があるに過ぎない。

アイヌ語では、一、二人称が人称接辞を義務的に動詞に附ける。三人称は人称接辞を附けないことで三人称をあらわす。さらには四人称が複雑に発達する。アイヌ語は人称が得意科目であり、反対に、時称を不得意とすると言ってよい。アイヌ語は動詞に活用が「ない」ために、いわゆる時制のような時間をあらわしにくい。人称接辞を動詞に附けるということは、一種の活用だと言えるから、日本語とアイヌ語とは対照的だと見られる。

物語における人称を考えて普遍化してみる。（普遍的だから日本語もアイヌ語も視野にある。）

・物語人称（第四人称）　作中人物、場面、話題……について、その会話、心内などを語り、また語り手の語りに作中人物の心情が色濃く影を落とす
・第三人称　作中人物、場面、話題……のこと
・第二人称　聴き手、あいづちを打つ人、そして非在の読者
・第一人称　草子地《そうしじ》における語り手の「われ」

会話については、会話主が一人称、会話のあいてが二人称、話題その他が三人称となる。消息（手紙文）はそれに準じる。物語のうちなる会話や消息は、さらに物語の語り手が介入してくるから、四人称の様相を呈する。語り手そのひとを物語では必須とする。そのひとが「われ」と名のって草子地に出てくると一人称であり、語り手の主体はゼロ人称となる。語り手と作者とをわけることも、物語では普遍的だから、作者人称（絶対的な無《虚》人称）を立てる。

2　談話からの差異としての物語

物語の人称に談話の人称を併記すると、

	物語の人称	談話の人称
物語人称	四人称	——
第三人称	三人称	三人称

第二人称	二人称	二人称
第一人称	一人称	一人称
語り手人称	ゼロ人称	ゼロ人称
作者人称	無《虚》人称	――

というのが、一応の整理となろう。

談話（discourse あるいは text）は、これまで非常によく分析されてきた。談話の分析は、一文を越える、つまり文章論として位置づけられる。物語（物語文学、口承文学の説話や昔語りなど）もまた複数の文からなるので、それの分析は談話の分析の一部であるかのように扱われてきた。事実、物語を分析するのに「談話の分析」と称するひとがいることだろう。あるいは逆に、談話の分析のことを「物語の分析」と称してきた傾向にある。われわれは文法学説に従って書くわけでない。学校文法によって話すのでもない。その意味で、談話じたいをわれわれはいやおうなしに生きる。その談話が、日本語（特に古典語）で言えばモノガタリであるから、物語を文法として見ようとするのに際して、物語（モノガタリ）の文法と談話（モノガタリ）の文法との差異は、なるほど分かりにくくなる。混乱があったのはここらへんの事情によるという、これまでかもしれない。

呼称を同じくするということは、物語と談話とが大きくかさなり、あるいは移行しあう性格であったからだろう。談話は、まさに日常的に経験されるように、会話の妙、役割／台詞の引き受け、声色《こわいろ》表現、引用のしかたによって、語り手を分出することがしばしばである。一方に、物語の描き出す、言語の実態はまさに会話をおもとする談話的世界に広がる。物語の文法と談話の文法とを分けるとは、

語り手を立てて語り手に語らせる、物語

と、

会話主や執筆者が語り手と同一であるような、談話

との差異だ、ということになろう。物語が、語り手の語りという、複雑さを設定した在り方によって、談話との差異を見せることがある、その差異に着目して、物語の文法をさぐり明かそうと試みるのだ。物語の文法では人称のほかに、自然称（the nature と言うか）、擬人称《ぎにんしょう》、鳥虫《ちょうちゅう》称、植物称、……など、さまざまのものをかぞえよう。欧米の文法にはふしぎな「it 文」があり、自然現象を非人称とする。人称を前提として、自然や生物、無生物を「非人称」とするのは人間主義だろう。私は人間も自然も平等にして、人称でない存在を自然称その他としておく。

3　四人称と人称表示

四人称[▼注1]は、アイヌ語の語りの参加によって、普遍物語文法へ登録されるだろう。アイヌ語の物語類の四人称は、包括的一人称複数、二人称敬称、不定称、引用の一人称などにおいて発現する。ウエペケレ（散文説話）、昔語り、英雄叙事詩《ユカラなど》に見られる場合、それらのうちの自叙部分は「包括的一人称複数」かと思われるものの、「引用の一人称」としても論じられる。カムイユカラでは排除的一人称複数を見ることがある。

主人公の提示が、欧米的な人称の区別によって三人称の語りとすると、アイヌ語では人称接辞を示さないことによって、三人称となる。人称接辞によって、一人称であるか、二人称であるか、四人称であるかを提示する。欧米的な基準によって三人称である主人公が、「みずからを語り、あるいはみずからの視野で思ったり、見たりする、語り」は、《四人称を持たない諸言語》（欧米語、日本語など）の場合、一人称で表現すると認定される。それ（＝主人公が「みずからを語り、あるいはみずからの視野で思ったり、見たりする、語り」）を、もしアイヌ語のように四人称で語るなら、「包括的一人称複数」か、あるいは「引用の一人称」かである。（包括的と排除的とについては、さいごにもう一回、ふれることになろう。）

日本語の語り（あるいは物語文法）に、応用できないことだろうか。語り手の語りに主人公たちの思いや視線がかさなる、と理解される、ナラトロジーの混雑した状況に、整理の手を加えてみることができる。繰り返すと、欧米語から導かれた知識では、一人称と二人称と三人称とがあるのみだから、語り手の語りは一人称であり、主人公の視線も思いも一人称であって、両者がかさなるという議論が、容易に生きられる。主人公たちの思いや、視線とかさなるところだけを取り出して、双方向的な語りだと位置づけるのでは、議論に混乱をもたらしかねない。

それに反して、もし日本語によって語り手の人称がゼロであり、かつアイヌ語によって主人公たちの自叙が四人称であるならば、語り手の語りと主人公たちの自叙とは、混同される虞れがなくなる。無論、アイヌ語を参照するまでもなく、語り手はすべて語りを統率するのであって、主人公たちの会話や心内だけが語り手の語りとかさなるのではない。日本語の叙事で言うと、三人称の主人公であるひとたちが、みずから思ったり、視線をもったりする一人称の語りは、文字通り一人称と三人称とのかさなりであって、累進させて四人称というのにふさわしい。主人公みずからの引用とは、たとえば会話であり、心内であり、また引用そのものである。

敬称も人称表示になりうる（二十一章）。

4　会話、消息の人称と語り

対面《たいめん》（《表記は「たいめ」とも》）とはどうすることか、というようには、言語学的になら、考えてもきっと一部でしかない。「対面」という言語がどんな意味合いを持つかという位相で、いわばさぐり明かすことになる。会いたいと思ってきたひとが、海外からやってきて挨拶をかわし、あるいは「さあ、ご対面です」というようなテレビの番組など、会うということには「対面」と言いたくなるような、行為のあらたまり方がある。異性間などで（異性間でなくともよいが）、（平安女性のように）ものを隔てて会ったり、（別の社会でのように）被り物で覆われていたりというのは、文化的差異であって、「対面」であることを許容する。

対面ということには、親しさ（会いたかった、ようやく会えたという、思い）が籠ってよろしい。だから対面から一歩（数歩か）進んで、ふたりがそうなるに至ることまでをも、「対面」と称して、言語的な扱いとしてなら、何ら疚しい疑点があるとは思えない。

近づく故八の宮の一周忌に、薫の君はみずからやってくる。書きかわす短歌の贈答があって、ついで薫と大君《おほいぎみ》との会話がある。長めの会話であるから、直接にかわしたかと思われるものの、対面とは書かれていない。大君の会話の部分とその前後とを書き出してみる。

（会話、語り手　事例1、現代語訳）

（大君ハ）「背くまいの心で（それ）こそは、かよう（に）まで異常な、世のためしであるありさまで、隔てなき（さまにだいじに）扱ってございます。それを分かってくださらなくて（いまに）ある（と）は（それ）こそ薄情な事態も（また）ふえてきているここち（が）する（よ）。まことに（仰せの通り）かような住まいなどに、心根（のしっかりと）あろう人は、不満（を）残すこと（など）あるまい（の）に、（私は）何ごとにもおくてに育ち出してしまいありきたるあいだに、このおっしゃるようである筋（結婚、一般論として）は、いにしえ（―父の在世中）も、けっしてけっして、こうならばああならばなど、将来のあれこれ願いにとりまぜて、（ことばを）お残しになることもなかったから、やはり、かような（独身の）状態で、（人の）世（―縁談）めいている方面を、思い切る（が）よい（と）思いきめてこられたことであるとのう、思い合わせてございますから、ともかくも申し上げよう方法（が）なくて、そうある（として）は、（私より）すこし人生（が）籠る（―将来のある）程度（―若さ）で、深山がくれには心苦しく見られなさる人（―中の君）のお身のうえを、えらくかように朽ち木には終わらせたくないことよと、人に分からせず面倒を見ずにいられなく思われございますけれど、どうある感じの人生（―《中の君の》結婚）であろうか」と、ふと嘆いて何思い乱れなさっ

てありきたる、（この）間の空気（が）、まことに哀愁ただよう感じだ。（「総角」巻、四―三八五）

物語と談話との相違は、あるとしたら、前節に述べたように、語り手が作者と別に独立させられるかどうかにかかっている。物語は語り手が物語のなかに設定されて、その語り手が語り、談話にあっては語り手が談話の担い手そのひとである。語り手の人称は物語であろうと、談話であろうと、原則としてどこまでいってもゼロをなす。

ゼロとは、語る、語り手その人の人称であるから、談話で言えば、たとえば「ボク、おしっこがでたい」で言うと、「ボク」が第一人称で、「ボク、おしっこがでたい」の表現主体（語り手）である、その幼児の人称はゼロである。「ボク、おしっこがでたい」という表現じたいを支える人称と、表現主体によって指示され、引用される「ボク」の人称とを分けようと思う。談話の場面では、実際のこれらを分けることが、なるほどむずかしい。しかし物語ではこれらを分ける必要がどうしても出てくるので、談話にあっても同様に、これらの区別を要求するだろう。

5　人物たちがみずからについて語る

作り物語などの場合、語り手を設定するということが、虚構の意味にほかならない。そのような虚構性を作り物語は明瞭に持つ、と認定しよう。作者は絶対にあらわれない虚である部位から、映写技師のようにフィルムを回して、語り手をスクリーンに投映する。語り手を産み出さないことには物語を語り進める技術がない。みぎの『源氏物語』の語りは、［大君の会話の部分］も、それを受ける、「……と、ふと嘆いて何思い乱れなさってありきたる、この間の空気（が）、まことに哀愁ただよう感じだ」という部位も、すべて語り手の語りであって、語り手の人称としてはゼロをなす。

ところで、会話（モノガタリである）は、原則として談話（モノガタリ）である。このことについては、何の曇りもない。大君の会話、つまり談話が、みぎのうちの「カギカッコ」部分（「背くまいの……であろうか」部分）で描写されて、地の文とは決定的に文体が違うから、（たとい「カギカッコ」がなくとも）手にとるように分かる。語り手の人称は、さきほどから言ってきたようにゼロであり、大君の会話もまた、談話であるから、表現主体としては大君がゼロである。

　ここには原則として、談話の文法で起きなかったはずの事態が、出来《しゅったい》していよう。物語にあっては語り手そのひとが表現主体であるとともに、会話にあっては会話主に表現主体を貸し出すというか、仮の表現主体であるかのように語りを手渡して、語り手であることを、もうひとりの語り手である会話主にやらせてみせる。地主と借地権との関係に似るといえるかもしれない。

　ことの本性はその先にある。物語そのものは、作り物語で言うと、大君について語り、薫の君について語る、第三人称世界の叙述であって、それ以外でありえない。つまり語り手から言うと、語り手は主人公たち（大君や薫の君）について、情報をえて、その情報を語る。物語内容は第二人称世界であって、主人公たちについて語り手が語る。会話の場合を考えてみよう。みぎの「カギカッコ」の会話について見ると、表現主体はそこで大君であり、そのなかに「私は……」というような意味の語や、または「私」からの描写があるとすると、それは大君の一人称表現をなす。そして大君そのひとの人称として表現主体はゼロである。談話の原則として、そのゼロ人称である表現主体が、みずからを指示したり、引用したりする自分は一人称であった。その一人称表現が物語のような、第三人称世界のなかであらわれることを、どう考えたらよいのであろうか。

　第三人称世界において、人物たちがみずからについて語る、その人称は累進させて、四人称だと認定するのがよいのではなかろうか。無論、会話における一人称という言い方でもよいところを、物語の文法にあっては累進的に、四人称と認定しようという提案である。[注2] 厳密に言うと四人称だが、便宜的に慣行により一人称だ、と認定するならばともかくも、そうでない場合に累進する事態となろう。

6　人称を累進させる

会話のなかの「あなた、きみ」が、厳密には五人称であるとすると、真の二人称はどこにいるのだろうか。地の文の終りの、「まことに哀愁ただよう感じだ」というところは、読者の共感を呼び起こそうとする、語り手から読者へ、さしのばされる手のような文体である。こういったところに、読者という人称が感じられないかどうか、考察を必要とする。つぎの場合ははっきり「対面」と言われる。

（会話、語り手　事例2）

（薫の君）「山路（を）分けてござったばかりの人物（私のこと—）は、ましてえらく（身まで）苦しいけれど、かように申しあげ、（またことばを）お受けする（こと）に慰まれて（それ）こそございます。置き去りにして（あなたが奥へ）はいりあそばしてしまうならば、（私は）まことに（身の）細る思いであろう」とて、屏風をそっと押しあけて、這入ってしまわれる。えらく気味わるくて、なかばばかり、お這入りになっている（とき）に引きとどめられて、非常にいまいましく、（つくづく）つらいから、（大君）「隔てなきとはかような（しうち）を（どう）やら言うらしい。見たことのない、やり方よな」と、見下げていらっしゃる格好が、いよいよもって魅かれる感じだから、（薫の君）「隔てな（きという）心を、どうしても分かってくださらぬから（耳に）おいれし分からせようと（いうのである）ぞ、たしかに。見たことがないと（すると）も、どんな方面（のこと）をお考え寄せにな（って）であろうか。仏の御前で誓いのことばも立てましょう。気にいらぬと、どうぞこわがらないでたもれ。お心（を）そこなうまいと思うようになってござるから、他人はかようにわれわれに《合わさるという関係が》ないなどとは）推測（も）できないことのようながら、（私はですね）

世にさからっている、バカ者で通してございますぞな」とて、おくゆかしい程度である、火影《ほかげ》にみぐしがこぼれかかっている（さま）を、かきやりかきやりして、（顔を）ご覧になると、お人のけわい（は）思ぅ通りで、（けぶるような）気品（が）魅力ある感じだ。（同、四―三九一）

会話と地の文とが交互にあらわれて、全体にはあくまで語り手が統率しており、薫の君の会話も、大君の会話も、すべては語り手の語りとかさなる。

では地の文はどうであろうか。

……とて、おくゆかしい程度である、火影にみぐしがこぼれかかっている（さま）を、かきやりかきやりして（顔を）ご覧になると、お人のけわい（は）思ぅ通りで、（けぶるような）気品（が）魅力ある感じだ。

とあるところ、ここにあるのはおもに薫の君の所作であり、また思いや視線でもあって、やや解析の手を複雑にする必要がある。薫の君についての描写であるから、全体に三人称叙述であることは前提である。「かきやりかきやりして、（顔を）ご覧になる」というのは、三人称叙述であるからには、人称表示としての敬語表現をとる。以下、……顔をご覧になると、お人のけわいは思ぅ通りで、けぶるような気品が魅力ある感じだ、とは、薫の君の思いや視野から見られた、大君のさまであるように自然に受けとれる。薫の君の三人称表現であり、また大君を描写する三人称叙述でありながら、同時に薫の君という人物の思いや視野から見られた人称叙述であるように、どうしても感じられる。

こういう人称と人称とのかさなりを、地の文であっても積極的に認めて、人称の累進を提案する必要はないのだろうか。会話におけるそれ（＝累進）といささか違いのあることについては、すぐあとに述べるとしよう。語り手の語りに人物たちの思いや視野がかさなる、ということを、談話では一般に起こりようのない、物語だけで起きる特徴だと認めてよいならば、その理由を人称に尋ねあてることができると、認めてよいのではなかろうか。そのような三人称叙述でありながら、同時に人物の思いや視野から見られた一人称叙述である場合を、物語文法としては四人称であると称して、もうかまわないのではないか。

7　読者像

会話の場合といささか位相を異にしながら、読者の人称がここにかさなり落ちてくる。「……（かおを）ご覧になると」と、薫の君の所作にかさなりながら、《読者》もまた覗き込むようなしぐさで、思いのなかで語りに参加しないことだろうか。語り手の誘い込むような描写はじつにしばしば《読者》を代行する。ここはすこし厳密に言わなければならないところだが、われわれは現実の読者であることから、作中の想定される読者への移行を、こういう描写のときに求められる。語り手は、当然のことながら、読者の読むように語るのだから、語り手の語りは一般に、読者との共同作業においてのみ、生きられるのでなければならない。作中の要請してくる読者を、われわれがえらぶかどうかの自由はあろう。読者の人称とは何人称なのであろうか。

（心内、語り手　事例3）

（薫）《かように頼りなげであまり（にひどい）お住まいに、好き（ごとし）ていそうな（タイプの）男（であれ）ば、邪魔なところ（なんて）ありそうにな（く突破する）のに対して、（以前の私なら）私じゃなくて（もし）訪ねてくる男（で）もいるのだったら、そう（し）て（――するまでその男に譲って）、やめにしてしまうのでは。（でも、もしそうだとしたら）どんなに残念な態度であろう》と、過ぎてきた（――過去の）心ののんびりさ加減すら、（いまは）気がかりに思われなさるけれど、（女が）言う（だけの）効果なし、つらいと思って、泣きなさるお顔色が、（薫には）たいそう気の毒なので、……（同、四―三九一）

みぎのうちの心内（《……》部分）は、以上に見てきたことの応用で言えば、三人称である主人公たちの、一人称の内面が明かされるのであるから、こういうのを四人称だと認定してよいのだと思う。そういう点で、会話文に近いと感じられる一方に、敬語が見られないことを特徴とする場合もあって、心内は高度に試みられた散文だろう（そういえば心内で短歌を詠むことがあろうか、独詠歌はそれとも心内なのだろうか）。読者ということを考えてみよう。何だか読者像がいくつにもクラスター状に割れてはじけてくる。そういう、複通りの読者という印象もまた、物語だから起きた固有の現象ではあるまいか。いうまでもなく、談話の場合なら聞き手しかいないという原則である。物語の読者は単純に考えても、書く、物語文学ならば、読む、読者がいる。当時の社会にもいたし、現代にもいる（われわれ、ぼくら、わたし、きみ、……）。それから作品のなかにいる、つまり語り手の語りに耳を傾ける聞き手がいる。いや、そんなのはいないか、幻想に過ぎないことか。

8　物語に耳を傾ける人たち

「若紫」巻で、光源氏が朝帰りするところを、「風すこし吹きやみたるに、夜深う出で給ふもことあり顔なりや」（一―一八六）とあるのは、語り手の批評と言われる。そのようなのはまあよいとして、大君を喪う直後の記事に、悲嘆する薫が涙にくれるさまを、「……ながめ給ふさま、いとなまめかしくきよげなり」（「総角」巻、四―四六一）、なまめいてなかなかよろしげだ、と語り手が述べたり、あるいは、「心ぎたなき聖心なりける」（同、四―四六二）と、批判的に述べたりするところなどは、読者のなかにあるいは反発をおぼえるひとがいるかもしれない。

しかし、厳密に、語り手の批評というべきだろうか。読者の思いを代弁しているとみれば、そういう、聞き手を参加させるような表現であり、こういうところには、隠れた第二人称存在を見いだせるかもしれない。

「総角」巻の、比較的まえのほうで、すでに引いた、大君に薫が迫るというところ、髪をかきやりかきやりしながら、大君の顔を覗き込む（四―三九一）。「人の御けはひ、思ふやうにかをりをかしげなり」とあるのは、薫の思いに即した描写で、もう二人は密着状態で、全集本などは《情交の一歩手前だ》と書く。顔を見るという、決定的な段階に至った、ここにおいて大君はどうしたかというと、「言ふかひなくうし」（同）と思って泣く、性的興奮をおぼえないと言う。こういうところをどう受けとればよいのか、聞き手あるいは読者の判断に任されているというほかはない。女性愛という説明を持つことのなかった古代にあって、現代ならばそういう説明で理解されるかもしれない大君であるけれども、そうとは説明しないで物語のなかで、男を受け入れない存在として語るというのが語り手の役目だ。あとは聞き手または読者という、二人称存在が引き受けて、彼女自身の説明しえないセクシュアリティを、彼女とともに生きるということだろう。読むとは第二人称を引き受けるということではないか。

一人称複数に包括的と排除的とがあるという諸言語はいろいろあって、アイヌ語はその一つである。日本語にもその区別があるように思える。「私ども」というのは排除的ではないか。単数の「身ども」も、もとは排除的一人称複数だったろう。現代語に「私たち」という、なかなか馴染めない言い方があって、でも定着していったのは、包括的一人称複数の必要からだろう。包括的一人称複数は、われわれという、「われ」の複数で、厳密に言うと、そのなかに第二人称を含む、というように理解できる。ということは、厳密に見ると、包括的一人称複数は、一人称と二人称との合計ということであって、「包括的」という曖昧さ、ゆるやかさが、アイヌ語では四人称にまとめられるような何物かとしてある、ということになろう。

第二人称とは何か。発話という談話の場所で、発言が第一人称存在の「私」だとすると、その発言で「きみ、あなた」は第二人称であり、当事者のあいて、目の前の聞き手が第二人称存在ということになる。

第三人称は話題、場面、第三者など。

語り物では文字通り、語りをする場所があり、演唱者がいて、聴き手が聴く。昔話もまた、図式的に言ってよければ、囲炉裏ばたにあって、熱心に耳を傾けるこどもたちがいる。語り物にも、昔話にも、主人公たちがいて、語りのなかにかれらの姿をあらわす。語り物の場合は、ストーリー内部の環境が第三人称世界としてあって、演唱者はそこから原則として、そと側に立つ。またはアイヌ語の語りのように、自叙によって四人称的に語り進められる。昔話の場合は、カムイユカラもそうらしいが、語り手はときに語りのなかへ這入ってしまったり、這入ったかと思うと出てきたりして、囲炉裏ばたの聞き手たちに教訓を垂れることもある。語り物にしても、主人公に同情して、主人公が泣くときに演唱者が同時にきらりと涙をうかべ、泣きながら語るときがあるのは、作中世界を出入りできる、まるで自身がシャーマンであるかのように振る舞う。それは聞き手にとってもそうだろう。自由に、聴きつけながら、作中世界へどんどん這入ってゆけるから、たのしい。

9　二人称であろうとすること

物語文学は語り物や、昔話のあり方と、共通性を持ち、あれこれ折り合いをつけながら、違うところもある。物語文学は語り手を設定し、または語り手を引き受けて語るから、語り物や昔話とまったく同じではない面がある。語り手を作品の担い手として設定するということは読者を想定することに等しい。

（会話　事例4）

（大君）「かようなお心の程度（―浅さ）を思い至らずに、不思議なぐらいお話しし馴れてしまいある（というの）に、忌みにある（墨染めの）袖の色など（―袖に隠した顔のやつれ）を、（まるで化けの皮をはぐように）

ご覧になる心浅さ（＝下劣さ）に、自身の言うかいなさも思い知られる（こと）で、さまざま（に気の）静まりようなく」と恨んで、正気もなく身をやつしていらっしゃる、墨染めの火影を、えらくはしたなくわびしいと思っている。（四―三九二）

みぎのような行文の、どこに読者はいるのだろうか。まさに語り手がいるように読者もまた存在する、と答えるほかはない。語り手は最初に推定したように、出てくるとしたら、草子地に、一人称として出るしかない。ということは、みぎの行文に、語り手はいるにもかかわらず、語りに隠れて、一人称としては姿をなかなかあらわさない。それとまったく同じ意味で、想定される読者がいる。それが真の二人称だろう。もし「草子地」的な呼びかけに対して、あいづちを打つようにして声を発するならば、それが二人称だということになる。事例1の、

と、ふと嘆いて何思い乱れなさってありきたる、（この）間の空気（が）、まことに哀愁ただよう感じだ。（四―三八五）

に見ると、語り手からの評言が感じられるかもしれない。ひとによっては「草子地」だと認定するところかもしれない。「草子地」ならば語り手の「われ」が出てくる一人称叙述ということになる。

……と哀愁ただようかのように私（＝語り手）には感じられる。

というように敷延してみると、なるほど語り手の〝一人称〟性はにじみ出る。語り手の評言は無数に見いだされるところであり（「8　物語に耳を傾ける人たち」の冒頭にも指摘した）、これらを一々「草子地」と認定することには意味を見いだしがたい。「総角」巻で見るならば、

（事例5）

白いご衣裳に、髪はくしけずることもなさらないで、ずいぶんになってしまうけれど、もつれる筋なく投げ出

されて、何日のあいだに、すこし（顔色が）青くおなりである（の）こそ、なまめく感じ（が）まさって、ながめ出していらっしゃる目もと、ひたい格好のあたりも、見て理解しよう人に見せたい。（四―四四七）

大君の病勢つのるというところ。「見て理解しよう人に見せたい」（＝原文「見知らん人に見せまほし」）とは、もしこれを語り手の評言と見てよければ、「見せたい」とは語り手の一人称表現ということになる。それら語り手の一人称表現が、厳密に、独り言だとは考えられない。語り手に向き合う（というより、語り手と共生すると言ってよい）、第一次的な聞き手が、二人称としているのでなければ、語りの場そのものがありえなかったことになる。そういう第一次の聞き手がいてこそ、その背後に読者がおり、その読者はずっと続いて、ついにわれわれ現代の読者にまで引きつがれる。語り手は、読者の思いを代弁する共生装置ではなかろうか。このようなところに、隠れた第二人称存在を不意に見いだすような思いがしてならない。

注

（1）中川裕「アイヌ散文説話における外来的要素と人称」（『日本文学』一九九三年一月号）から学ぶ。参照、藤井『物語理論講義』11講「物語人称」、東京大学出版会、二〇〇四。
（2）アイヌ語にあっては、この会話の部位が独立して、自叙語りとしての叙事文学を形成し、しかもそれが四人称をもって語られる、というように見るならば、その四人称は「引用の一人称」というべきことになる。

二十章　語り手人称、自然称

1　詠み手の「思い」

よいうただと、どうしても感じられる。どうして、このうたが印象深く読者に受け取られるのだろうか。しかし、最高級のうたかどうかということになると、それはちょっと違う。一読して、調べがすなおで、厳寒のなかを訪ねてゆく、たまらない恋しさと、その調べとがうまくバランスを保っている。

題知らず
思ひかね、妹《いも》がり行《ゆ》けば、冬の夜の、河風寒み、千鳥《ちどり》鳴くなり　（『拾遺集』四、冬、貫之、二二四歌）
（恋しい）思いに（わたしは）我慢できず、愛するあなたのもとへ、出てゆくと、冬の夜の、河風が寒いので、千鳥の鳴くのが聞こえる

意味をたどると、いま書いたように、寒さのなかを「わたし」が外出する理由は「思ひかね」る（我慢できな

い」からであり、どこへ行くかというと、「妹がり行けば」〈愛するひとのもとへ行くと〉とあるように、はっきりあらわされており、要するにうたの表面の意味はあられもない〝説明〟である。

道中、寒さに耐えつつ急ぐ「わたし」の耳に、千鳥の鳴くのが聞こえる、というのも、説明に相違ない。「ああ恋しい」とも、「千鳥よ、おまえは鳴くのか」という感懐も漏らさずに、説明に徹した観がある。うたとは（現代短歌でもそうだと思うが）、概して短い57577に、自分が何をして、今日はこういう日で、だからこのように感じるという場合をも含めて、状態並びに思いを述べて終わる。

隠れた主語（と言っていけなければ「主体」）を探しあてよう。けっして新奇なもの言いではないつもりだが、その「恋しさ」の思いが主体としてある。だからといって、これが象徴詩かというと、それもちょっと違うだろう。「恋しさ」を千鳥が鳴いて「表現する」という程度ならば、象徴詩の一つということになるかもしれない。ここはそうでなく、かなり（もの凄く）へんな言い方をすると、〈「恋しさ」が千鳥を鳴いている〉とでもいうべき文法ではないか。

「千鳥鳴くなり」の「なり」は、恋しさが鳴かれている声を響かす。おそらく、「な（＝音）あり」na-ar-iからきた助動辞（＞na（-a）r-i）だろう。一編のうたを締め括る「なり」の効果を、名歌であることのここでの条件として見逃すべきでない。寒さは詠み手と千鳥とを一元化する（『拾遺集』では冬の部にあることを想起する）。

この「思い」がゼロ人称ではないか。詠み手を一人称と見るなら、それを支える主体の「思い」はゼロである。そのことは「なり」（「伝聞なり」である）のような語の人称 the person を何と判定したらよいかということでもある。ゼロは累進できなくて、いつまでも（擬似的かもしれないが）とどまる。

2　屏風のなかで——物語歌

このうたの作者は貫之という宮廷詞人であり、したがって屏風歌の趣向に沿う。事実、『貫之集』によれば、このうたは屏風歌である。承平六（西暦九三六）年の春、左衛門督殿（藤原実頼）の屏風の歌、というように貫之集にある（朝日古典全書『土佐日記』所収、三三九歌）。▼注1

けっして、貫之そのひとが冬の寒さを冒して、女のもとへ出掛けるわけでない。そういう堪《たま》らない恋しさを一編のうたへ詠みあげる詠み手は、屏風のなかで「思い」を持つ物語的主人公であって、したがって、これはその状況下での物語歌ということになる。うたの作者と詠み手とを峻別したほうがよい、ということだろう。無論、そう詠ませる技巧的作者がいる。作者という、かれまたは彼女を持ち出すことは、昨今、勇気が要る。でも、私は作者を顧慮して倦まない。

このうたに垣間見られる、意味の世界（表情というか）は、詠み手の「思い」が裏面にもう一つの「意味」を構成して（裏情というか）、初めて叙述となる。「わたし」あるいは「自分」が、どこかに確乎としているにもかかわらず、それは貫之そのひとでない以上、物語の主人公であって、そういう作歌の担い手ないし物語内の詠み手が思いを抱いて作品の裏面で嘆息する。

詠み手そのひとの人称は、古典詩歌のこのような詠み手を物語世界から抜け出てきたように扱えば、主人公が自分を一人称的に表現したことになるし、物語世界に置いてみるならば、そのような場合の人称は四人称ということになろう。

人称の累進を単純に認めて、と言っても日本語は取り立てて四人称を現象しない言語であるから、あくまで物語という文学と見なしての、そのなかの作歌なら作歌の一人称（＝「われ」）となるところを、物語歌だから四人称だと認定してかまわない。物語や物語的うたでのみ惹起する文法である。

3　零記号とゼロ人称

時枝誠記▼注2が『文章研究序説』で、詩歌の絵画性および音楽性を論じるところから、哀傷歌（藤原俊成）を一首、参照しよう。

定家朝臣母、身まかりてのち、秋ごろ墓所ちかき堂にとまりて、詠み侍りける
まれに来る、夜半《よは》も―かなしき松風を、絶えずや―苔の下《した》に聞くらむ（『新古今集』、八、七九六歌）

まれまれ来る夜半（だけで）も、（わたしは）
悲しい、松風を（―なのに）、ずっとずっと（あなたは、）
苔のしたで、聞いていようのでは……

〈わが悲しみは〉〈わが妻を思う心は〉などと、客体化したり対象化したりせずに、このうたの表現全体が文面にあらわれぬ亡妻へ向く、と時枝は言う。このうたの真の主体は詠み手の感情そのものだ、となるほど受け取れる。詠み手と言うのは5 7 5 7 7内へ化転させられた「わたし」である。こういうのを物語的主人公のうたとは、読者のきもちとして（あるいは作者そのひととしても）、なかなか認定しがたいと思う。だから、「われ」という一人称の文学であることを、詩歌の本性として、むきになり否定する必要はなかろう。

うたを締め括る部位にある、「らむ」は、どういう語であろうか。あるいは、語であるに違いないにしても、それじたいとしては生きられない、いわゆる自立語のあとに随いてのみ生きられる〝辞〟を、どうしてこのうたは必

要としたのだろうか。「らむ」は、詠み手が亡妻を思いやる、その感情そのものの表現をなす。松風を聞くのは亡妻が、であるから、三人称か、取りようによっては二人称でもよいのに対して、「らむ」は詠み手の感情（現在推量）をあらわすから（亡妻はいまごろ墓のしたで松風に耳をかたむけてあるのでは……という推測）、三人称でも一人称でもなくて、それ以外の人称である。

ここには、松風の音がする、という隠れた自然称も容易に見いだすことができる。無論、自然称には、それの表現を支える、詠み手の主観がなければ、真に表現として自立することを許されない。「かなしき」松風（＝松風が「かなし」い、「松風」を「かなし」い）とは、主観がそう思わせるのであって、「かなし」いという表現の裏面に零記号が貼りついて、真の表現になると、いうまでもなく時枝の国語学の教えるところである。時枝はそれ以上を言わなかったが、われわれはかれの零記号を応用して、貼りつく主観の人称に、やはり零《ゼロ》という名（＝ゼロ人称）を与えたくなる。

従来なら、詠み手の一人称という認定でこれを済ましたかもしれない。一、二、三人称だけしかないとすると、作者は一人称、詠み手は一人称、作中のわれも一人称であることになる。しかし、日本語では、人称代名詞ならびに、敬語が人称表示となるほかには、人称的な明示がないのだから、逆にいうなら、一、二、三人称にあまり堅苦しく閉じこもる必要もなかろう。欧米的な、M・バフチンのポリフォニー理論をも含める、ナラトロジーが、作者、語り手、作中のわれを、すべて、一人称に押し込めてしまってあるのは、何だか痛ましくすらある。[注3] 語り手の「一人称」と作中のわれの「一人称」とがかさなる、と論じるポリフォニー理論は、日本語のナレーションに応用されがちであるものの、本末転倒だろう。

4　無人称など

最初に戻りたい。助動辞が、詩歌なら詩歌の詠み手の主観を担うために、零記号の位置に発現することと、ゼロが詩歌を統率する、詠み手の人称であることとは、同じことの別のあらわれである。そのことを分かっていただきたいと思った。

作者を無人称と認定する、亀井秀雄著書がある。[注4] 物語作者、詩歌の作者が作品の表面にあらわれることは、絶対にと言ってよいほどない。虚人称と言い換えてもよいぐらいだ、との感触を持つ。うたの担い手である、詠み手そのひとの人称は、作品を支える主体にまわる以上、零記号にひとしいから、ゼロという人称となる。その担い手、つまり詠み手が、作中に〝われ〟となってあらわれる場合なら、一人称（物語に類推するなら四人称）となって立ちあらわれる、ということになる。

もう一例、著名なうたを出しておこう。

恋すてふ、わが名は―まだき立ちにけり。人知れずこそ―思ひそめしか（『拾遺集』一一、壬生忠見、六二一歌）

恋をするという、私の評判は、早くも、立ってしまいあることだ。
他人に知らせぬようにして、恋しはじめた（あのときだったのに）

忍んだ恋だったのに、世間に知られるに至る、と詠む名歌で、内裏歌合では微妙な判定で「負」となったことで知られる。「作者」壬生忠見は作中の「わ」（＝われ）と無関係にある（女歌であってよい）。よって、作者と詠み手とは別の人称でなければならない。詠み手の主体的表現と、その詠み手が「わ」と呼ばれて作中に出てくる場合とで、人称を分けたい。

以上から、無人称、ゼロ人称、一人称あるいは四人称の区別が導かれる。四人称はアイヌ語の応用で、作中人物の一人称を言う。上のうたで見ると、作中人物が発する「わ」は作者にとって無関係であるから、三人称人物だとすると、その人の一人称は本来の一人称（物語で言うと草子地のわれ）から分けられるのがよい。

詠み手がゼロという人称であるさまは、「恋すてふ」の裏面に貼りついた零記号に隠れたり、「にけり、こそ……しか」あるいは「が、は」などにあらわれたりする。人称一覧表を提示しよう。表中の漢数字が累進してゆく人称の数を示し、無は無人称をあらわす。

物語文学	物語歌（歌合・屏風歌などを含む）	作歌（純粋な抒情歌を想定する）
物語作者	物語作者（和歌作者）	和歌作者
無人称	無	無
語り手▼注5	詠み手	詠み手の「われ」
ゼロ人称	ゼロ	一
聴き手・読者	物語内での受け手	受け手（「汝」「妹《いも》」など）
二人称	二	二
作中世界 ・主人公たち・場面	主人公たち・場面	話題・場面など
三人称	三	三

・会話文・心内の「われ」　作中の「われ」

四人称　▼注6 四 ——

・同、「きみ」　作中の「きみ」

五人称　五 ——

5　鳥称、擬人称、自然称

貫之の屏風歌である、

思ひかね、妹がり行けば、冬の夜の、河風寒み、千鳥鳴くなり

の、「河風が寒い」というのはどういう「人称」だろうか。否、これが人称であろうか。ここで非人称などというのは本末転倒である。非人称は person でない事柄なのに、人称 the person を前提にしてのみ成り立たせる言い回しであるから、ちょっと避けたい。従来の人称概念に対比させるなら、自然称 the nature などというべきだろう。それと同様で、千鳥が鳴くのは「鳥称」であり、あるいは擬人称 personified である。

雨は冷ややかにうちそそきて、秋はつるけしきのすごきに、うちしめり濡れ給へるにほひどもは、世のものに似ず艶《えむ》にて、……（「総角」巻、四—四二九）

〔雨はつめたく降りそそいで、秋の果てる風景が寒々とする上に、すこししっとりと（時雨に）濡れておられる（お二人の）芳香は、この世のものならず優雅で、……〕

自然natureがあって、そのなかを人物personが進んでゆくという関係を、自然称と人称とのかかわりで捉えてみようと思う。みぎのような文体には、十分に人間的自然が感じられると言えるとしても、語り手がそうし向けている。雨、秋の風景、芳香などの称を自然のうちに位置づけておきたい。中間的な擬人称というのもあってよい。関を春が越えるという、

逢坂の関をや―春も―越えつらむ。音羽の山の今日は―かすめる（『後拾遺集』一、春上、橘俊綱、四歌）

逢坂の関をいましがた春がまあ越えたところなのでは?
音羽の山が今日は霞にけぶっています

「逢坂の関を、春も越えてきてしまっているのでは。音羽の山が今日はかすんでいる」とある、これが擬人称で、下句の「山の～かすめる」という自然称表現と向き合う。

「It rains.」式に、欧米的文法学説の人間主義は人称を前提とする。自然や生物、無生物を「非人称」impersonalと称するのは、自然に引きつける「称」に対してみたいとふと思われる。懸け詞のあるうたに至っては、どうしよう。

あな恋し。はつかに人を、みづの泡の、消え返るとも―知らせてし哉《かな》（『拾遺集』一一、小野宮太政大臣、六三六歌）

あああ恋しい。ちらっとあの人を「見つ」と言いたい。
「見つ」ならぬ、水の泡なら消えるのもよし。

消えいらんばかり「恋してる」と、知らせたいよなああ

人称、自然称をどう分けたらよいのか。「人を見つ」（そのひとを見かけた）の人称、「水の泡が消える」という自然称、「消え返らんばかりに煩悶する」人称と、懸け詞は「称」から「称」へ渡り歩いて、一首のうたを紡ぐ。そういう技巧の世界がうただということをこれは教える。

次章は敬称をも視野に入れる。

注

（1）ちなみにこの作歌について、『和歌体十種』（壬生忠岑）には「余情体」とあり、『定家十種』には「麗様」として見える。

（2）時枝、山田書院、一九六五。

（3）ナラトロジーという語の最初は一九六九年に、ツヴェタン・トドロフであったという。日本社会では一九七〇年か七一年かに「物語学」と称されたのがそれに相当する。大きく影響を与えたM・バフチンのポリフォニー理論（『ドストエフスキー論』、新谷敬三郎訳、冬樹社、一九六八）は、主人公の声と語り手の声とがかさなると論じるなど、画期的な小説論であった。

（4）亀井秀雄『感性の変革』講談社、一九八三。第1章「消し去られた無人称」以下。

（5）草子地に出てくる「われ」は一人称。

（6）物語歌の詠み手は物語の主人公（一応、三人称）である以上、その三人称が「わたし」「自分」になる現象とは、アイヌ語に見るなら四人称にほかならない。

二十一章　敬称表示

1　敬語を成立させる「る、らる」

「る、らる」（下二段型）によって、なぜ敬意が出てくるのだろうか。乳母《めのと》の病気見舞いに行ったときの、光源氏のせりふに、

日ごろおこたりがたくものせ〈らるる〉を、安からず嘆きわたりつるに、かく世を離るるさまにものしたまへば、いとあはれにくちをしうなん。（「夕顔」巻、一—一〇二）

〔この日ごろ、ご回復しそうになくておられることを、安心できずずっと嘆いておりましたところ、かように世を離れる様子でおられるから、まことにしみじみと無念で……。〕

と、「おこたりがたくものせらるるを」と言う、この「らるる」は光源氏の乳母に対する敬意をあらわす。「る、らる」の基本は自発にあると言われる。

自発という機能がなぜ尊敬という機能になるのか。尊敬すべき人の行為を、自然に行われると見なすことから生じた、としばしば説明される。「相手の動作に関与していないとすることで、相手が自分の力の及ばないなれなれしくない間柄であることを示す」、つまり尊敬表現になる、と『古典基礎語辞典』はうまい言い方で説明する。尊敬表現としては軽めと見られ、現代語でも「話される」（お話しになる）「受けられる」（お受けになる）と瀕用される。

自発とは困る術語ではないか。自発的という「意味」でなく、「自然と発《おこ》る」と取ることから「自発」というので、山田孝雄は「自然勢」としていた。他者の行為を無作為的に「自然と発《おこ》る」ように表現すると、尊敬という機能に這入ってくる。

「る、らる」を学校文法式に、「自発、可能、受身」そして「尊敬」という機能を持つ助動辞だ、とする認定で、もう問題は残らないようながら、教室で、ときに、これを助動辞としない考え方にぶつかることがある。時枝文法は動詞的接尾語の一つとして処理している（『日本文法 文語篇』）▼注1。時枝の言う理由は「る、らる」を「客観的な概念」をあらわす「詞」だという認定で、どうだろうか。機能を「意味」と取り違える誤謬ではなかろうか。

教室でしばしば見紛うことはむしろ、「自発、可能、受身」か「尊敬」か、という区別に対する混乱からやって来る。「る、らる」が、尊敬語（たとえば「思す、思しめす、御覧ず」など）といっしょに使われるときには、その「る、らる」は尊敬でなく、自発あるいは可能として使われている。

みやつこまろが申すやう、「いとよき事なり。なにか心もなくて侍らんに、ふとみゆきして御覧ぜむに、御覧ぜ〈られ〉なむ。」と奏すれば、……（『竹取物語』「みかどの求婚」）

〔みやつこまろ（竹取の翁）が申すには、「たいへんよいことです。何、ぼんやりしてござろうときに、ひょいと行幸して御覧になろうなら、自然と御覧になってしまいましょう。」と奏すると、……〕

竹取の翁が帝に奏上しているせりふのなかの、「御覧ぜられなむ」は、「自然とご覧になることになろう」と見るなら、「られ」は自発である。あるいは可能と見るにしろ、受身と見るにしろ、尊敬ではない。

御門《みかど》、なほめでたく思しめさ〈るる〉事せきとめがたし。（同右）

〔帝は、それでも絶賛したく御感せられてならないで、思いを堰き止めがたい。〕

こんな「思しめさるる事せきとめがたし」の「るる」は、尊敬じゃないか、という人がいるかもしれない。「る、らる」は、それじたい、自発から出発して、可能、受身、そして尊敬になるのだから、「思しめす」（尊敬語）に附いた、さらなる尊敬と見られなくもない、と。しかしこれも、ここは「自然と思われてならない」と、そのきもちを抑ええない状態であり、自発と見られる。

復習するように言えば、「る、らる」は、「行く、ながむ」が「行かる、ながめらる」と、動詞を拡張するようにして自発となり、多くは「行かれず、ながめられず」というように否定辞をともなって可能（つまり不可能）をあらわし、相手や自然の動作がこちらに関与してくると受身になる――「言はる、（雨に）打たる」など。関与に対して距離の感情がつよくなると尊敬となる。活用は、

る（四段動詞・ナ変・ラ変動詞接続）

れ　れ　る　るる　るれ　れよ

らる（その他の活用形の動詞接続）

られ　られ　らる　らるる　らるれ　られよ

となる。

上代語の「ゆ、らゆ」には尊敬をあらわす用法が見られないと言われる。「ゆ、らゆ」と「る、らる」との関係は地域差が一つあろう。

2 「す、さす」と「しむ」

「す、さす」は尊敬の助動辞なのだろうか。「しむ」も併せて考察する必要がある。「す、さす」および「しむ」は、単独に使われる場合、下二段型のそれは使役であって、じつにはっきりした機能語として生きる。尊敬語、謙譲語と併用される場合に、「す、さす」および「しむ」もまた尊敬あるいは謙譲の「意味」を持つかという、ややこしい議論ながら、その議論のなかに早くも答えは出ている。尊敬語、謙譲語と併用されるからには、「す、さす」および「しむ」じたいは尊敬語でもなく、謙譲語でもない。とすると、使役を機能とする。

単独で使われる「す」に敬意があるならば、それだけを尊敬の助動辞と認定すればよい。言うまでもなく、四段活用型の「す」があり、敬意を持つ。

籠もヨ、みこもち、ふくしもヨ、みぶくし持ち、此ノ岳《をか》に、菜採《なつ》ます児《こ》、……（『万葉集』一、天皇御製、一歌）

〔かごをだよ、みかごを持ち、掘り串だよ、み掘り串を持ち、このおかに、若菜をお採みの娘っ子、……〕

「菜採ます児」〔若菜をお摘みの子よ〕とあるような、尊敬四段型の「す」は用例が多い。下二段型の「す」からの分化か、もと四段活用型の使役をあらわす語があったか、それは分からない。単独での使用であるからには、尊敬という機能を認めざるをえない。

さ　し　す　す　せ　せ

尊敬四段型の「す」は、『古事記』歌謡からわずかに引くだけでも、「ながなかさまく、なコはさば、ヨしときコさば、さざきとらさね、さよばひにありたたし、コヒきコし、あはししをトめ」など、あふれている。

それでは、四段活用型の使役の「す」はないかと言うと、史前史的にたくさんあったと言われるべきで、『岩波古語辞典』に言うように、「あます、うつす、オコす、オトす、かへす」など、四段動詞に見る語尾の「す」は他動的意味をあらわす。これらがもともと、使役の助動辞だったろう。

平安時代になると「せたまふ、させたまふ、しめたまふ」など、尊敬語の上部に下二段型の「せ」や「させ」あるいは「しめ」を附けて、いやが上にも高まる敬意を表現する。学校文法で、これらの「せ、させ、しめ」を尊敬と教えるとしたら、まったくの不足ではないか。これらは機能的に使役であって、尊敬語、謙譲語と併用されて、それらの尊敬語、謙譲語を一段と高い尊敬語、謙譲語へ変える。使役の「す、さす、しむ」が、その使役によって尊敬語、謙譲語のランクを一段押し上げる。

われわれが苦労するのは、尊敬語、謙譲語に上接または下接する「す、さす、しむ」が、本来の使役か、使役を利用して一段と高い尊敬語、謙譲語へと変えているかどうかの判定である。

かたちの上で区別が附かない。

御門《みかど》、かぐや姫をとどめて帰りたまはんことを、あかずくちをしくおぼしけれど、魂をとどめたる心地《ここち》してなむ帰ら〈せ〉たまひける。(『竹取物語』「みかどの求婚」)

〔帝はかぐや姫を残してお帰りになろうことを、惜しく残念にお思いになったことだが、魂を残している心地がしながらも、帰りあそばすということだ。〕

帝がかぐや姫求婚に失敗して帰るところに、「帰らせたまひける」という「せ」がある。帰ってゆくのは帝そのひとであり、だれかに命じて帰らせるのでない。自身が帰る。なぜ「す、さす、しむ」は、使役の助動辞であるにもかかわらず、尊敬表現にもなるのか。教場などで教えるのは、「偉い人（帝など）が自分は何もしないで、周囲に命令してばかりいるので、使役態で尊敬をもあらわすようになった」と説明する。その説明で納得する生徒がいるだろうか。「帰らせたまふ」は、ほかならぬ帝じしんが帰るのだから、その説明だと納得できない。「何もしない」のでなく、自分から帰ることをする。就寝など、自分以外のだれかがするだろうか。

貴人《きにん》が他人に命令するのでなく、「ご自身に命令される」と考えたらどうだろうか。▼注2 貴人による、貴人みずからへの命令と見る。つまり貴人がもったいなくもご自身に命じて身体を動かし、お手やおみ足を使役してものをお取りになったり、お歩きになったりする。「もったいなくも」という感じがあると思う。周囲では手のくだしようのないことを、貴人がなさるにあたり出てくる、使役とはそういうもったいなさだろう。本来は使役の機能があって成立してきた表現ではないかと思われる。活用は、

す					
	せ	せ	す	する	すれ	せよ
さす					
	させ	させ	さす	さする	さすれ	させよ

となる。

どんな辞書にも「しむ」に尊敬語が附いて高い敬語になるという説明がある。だからここでも取りあげておくが、あくまで「しむ」は使役であって、尊敬の助動辞ではない。和文の文学には非常にめずらしく、『源氏物語』には「しむ」が三例ある。「〜しめたてまつる、〜しめたまふ」とある、それらの「しめ」が、単なる使役か、高い尊敬を導くための「しめ」か、判断を求められる。阿闍梨の手紙のなかに、「御前に詠み申さしめ給へ」（「早蕨」

巻、五―五）とあるのは、使役と見られる。一方、内舎人の言に、

用意して候へ。便なき事もあらば、重く勘当せ〈しめ〉給ふべきよしなん仰事侍りつれば、……（「浮舟」巻、五―二四八）

〔心用意してくだされ。不都合なことでもあるならば、重大に罪責を問いあそばすべきよし、仰せ言がございますれば、……〕

とあるのは、『古典基礎語辞典』に、「尊敬語の上に付いて、より厚い尊敬の意を表す」例として挙げられる。判断のむずかしいところなので、注意するにとどめる。活用は、

しめ　しめ　しむ　しむる　しむれ　しめよ

でよい。語源は単純に「し」と「め」との結合ではないようで、未勘としたい。

自称敬語

ある尊貴な人が、自分で自分に敬語を附ける、という不思議な現象が古文には出てきて、それを自称敬語とか、自称尊敬とか言う。

御門、「などかさあらん。なほ、率ておはしまさん。」とて、……（『竹取物語』「みかどの求婚」）

〔みかどが、「どうしてそんなことがあろう。それでもやはり、連れていらっしゃろう。」とて、……〕

というところがそれだ。神や帝など、きわめて身分の高い人に限られるので、帝がかぐや姫に求婚するここは自称

尊敬が出てくる有名な箇所である。

しかし、『源氏物語』のような、写実の文学に見ると、わずかな例（子供の誤用など）を除いて、帝といえども、自分に尊敬語を附けるような、へんな言い回しはしない。古い神さまのセリフが、用法として残ったのかもしれない。あるいは語り手による神や天皇への敬意が、神や天皇の語のなかに出てしまったのかもしれない。儀礼的な文章のなかで自称尊敬を使う習賢が、早くからできていたことは事実のようで、後代の天皇でも、自称尊敬を使っているることがあるので、自称尊敬の存在そのものを疑えない。

朝鮮語と日本語との相違は絶対敬語と相対敬語との差だと言われる。日本でも、『万葉集』時代は絶対敬語だったと論じるひとがいるけれども、語例の少なさから、何とも言えないし、言語の根幹にかかわる敬語体系について、『万葉集』時代から平安時代へ、大きく変わる理由がちょっと思いつかない。

3 「たまふ」（下二段）、「はべり」による人称表示

「たまふ」（四段）／「たまふ」（下二段）の対照は人称表示となる。下二段活用の「たまふ」は会話主の明確な謙譲のきもちをあらわす。『竹取物語』に見えず、『源氏物語』などになるとたくさん出る。

いとかく思ひ〈たまへ〉ましかば。（「桐壺」巻、一八）

〔ほんとに、もし、かように考えさせていただいてよかったのなら。〕

桐壺更衣のさいごのセリフで、言いさす。

人にも漏らさじと思う〈給ふれ〉ば、惟光《これみつ》下《お》り立ちてよろづはものし侍り。（「夕顔」巻、一—一三二）

〔だれにも漏洩すまいと愚考いたしますゆえ、私めが自分で万事を処理してございます。〕

惟光の言で、「思う」は「思ひ」のウ音便。

みぎの「たまふ」（下二段）は、四段「たまふ」とともに「補助動詞」と言われる。助動辞と「補助動詞」とは、その本質において異ならない。すっかり非自立語化すると考えるなら、補助動辞と書きたい。しかし、〝自立語〟性を捨て切れない感じが残るとしたら、敬意という機能的性格にかかわろう。

下二段の「たまふ」が地の文に出てこない理由は、物語の語り手がへりくだる必要のないことに求められる。そして、人物たちの内面を語り手がへりくだる理由もまた薄弱であるからには、心内に「たまふ」（下二段）は出て来ない。会話と心内との差異がここにある。「たまふ」▼注3（下二段）は心内で消えるから、会話と心内とを分ける必要があろう。また、「はべり」は会話にあらわれるから、地の文と会話との差異もまたおのずからある。そこで、以下の人称表示表を得る。

	はべり	たまふ（下二段）	たまふ▼注4（四段）
一人称	○	○	—
二人称	—	—	○
三人称	○	—	○

敬語表現が文法体系に組み込まれて、このように人称表示になりうる。

注

（1）『日本文法 文語篇』はほかに「す、さす、しむ、ゆ、らゆ、めす」などをも接尾語として、「親がる」の「がる」

「春めく」の「めく」などに並べる。

（2）藤井『古文の読みかた』（岩波ジュニア新書、一九八四、七七ページ）で出した案である。

（3）草子地に見られる事例は、

……あいなのさかしらや、などぞはべるめる。（「関屋」巻、二―一六三）

……いとうるさくてもこちたき御仲らひのことどもは、えぞ数へあへはべらぬや。（「若菜」上巻、三―二六五）

がある。「はべるめる」の「はべる」は誤用だろう（→十三章）。草子地の「はべり」については、鷲山茂雄著書を参照（→附一）。

（4）自称敬語は除かれる。

二十二章　清、「濁」と懸け詞

1　日本語ネイティヴ

日本語のヵ音が、どんな音なのか、ネイティヴには捉えがたい。「ああそうなのか」の「か」は、朝鮮語で言えば濃音の感じだろうか。濃音かそうでないか、普通、耳に聞こえてこないし、気づかれもしない。言語ネイティヴがネイティヴでいられるためには、ある種の鈍感さがあって、かれら同士、互いにコミュニケートできる。

清音と「濁音」ということを話題にしてみる。ka と ga とで言うと、ka の「濁音」が ga で、反対に ga の清音は ka というように、対《つい》の認識がそこにはあろう。日本語ネイティヴという、もの心ついて日本語を母語とする人々ならば、ごく自然に身についた認識だと思う。

それにしても、有気音のうちのある音を「濁音」という、濁った音だという言い方は、最初の躓《つまづ》きである。けっして難解なことではないと思いながら、しかし、どう説明したらよいのだろう。一音一音の頭子音が、m、n を除く、有声（b、d、g、v、dz、z など）である場合に、ほかによい言い方がないので、残念ながらそれらを「濁音」という。

音声の上で、けっして一緒くたにできない、性格の違う音のたぐいを、「濁音」に纏めてしまうことも問題ながら、「濁った」＝よくない、汚いという差別がそこに生じる点には、以前から注意が向けられてきた。役に立たないことやものを、「がに、だま、ぐち、ずる」などと「濁音」であらわすことがある。「だめ」（ためにならない）、「ざま」（さまになってない）なんかもそれだろう。

ただし、語頭においてのみ起きる現象で、語中にあってそのような差別感がないことにも、注意を向ける必要がある。ここでは、以下「濁音」、「濁」、「連濁」などとかっこをほどこして示すことにしよう。

いま、「連濁」と述べたが、清音と「濁音」とが日本語ネイティヴにとって、自然に対として感じられる理由は、といえば、あとにも述べるように、語中で清音が「濁音」へ移行するという現象を、繰り返し体験してきた結果だ、ということを考えてよかろう。およそ、日本語が行われるようになってから、途切れることなく繰り返されてきた体験であった。悲しと「もの悲し」、菓子と和菓子、盛りとはたらき盛り、盥とかな盥、葉と落ち葉など、「がなし、がし、ざかり、だらい、ば」と読んで、疑わない。これに類似したことは朝鮮語にも見られる、つまり平音が語中で激音と対立することにこれはある程度まで非常によく一致する。これによって、両語の近しさを思わないではいられない。日本語の清音、「濁音」の区別は深くも朝鮮語と共通する現象だろう。

ともあれ、このことはあまりに自然に過ぎて、意識に上らないことではないか。語頭の場合と正反対に、「連濁」はむしろその現象によって語勢がやわらかくなる、好ましい現象であったはずだ。

「連濁」の場合に、ka が ga へ移行することは、日本語として、ごく自然な現象である。くがね（金）は「くーかね（金）」に同じだとすると（別の意見もある）、「連濁」によって -gane となった。現代でも、日本橋、眼鏡橋、吊り橋など、だいたい -bashi であるにもかかわらず、ネイティヴのだれもが「はし（橋）」と心得て不自由しない。（現代語で）ha と ba とは、これらの「連濁」によって、経験的に仲間だと認識される。「夜ぐたち、かぐはし、ものがなし、押しばな、すがも、こまごめ、たばた、いけぶくろ……」、古代から現代まで「連濁」にするのが日本語ネイティヴの自然な性格としてあろう。

さいごに近く引用するように、本稿は亀井孝学説を検討する、という要素を有している。問題が多岐にわたり、私自身、なかなか整理しえない、〝懸け詞〟論の一環ということで進めたい。

2　清音、「濁音」と、かな

音韻をいつのころよりか、かなで書くようになった。万葉がな（漢字利用のかな）をへて、ひらがな、かたかなに至る。途中、「草がな」が行われることもあった。

ひらがなやかたかなは、平安時代以来の原則に照らせば、清、「濁」不定であって、「か」という、清、「濁」不定の字体をまず書いて、それに「濁音符」＝「゛」を振って、「が」字をガとよませる。つまり、もし「が」と書きたい場合には、「か」と書いて、それに点々（濁音符）を打つ。

同じことで、カと訓ませたい字を書くためには、清、「濁」不定の「か」という字体を書いて、「清音符」＝「゜」を右肩に打てばよい。「か゜」と書くならカと訓むことになる。のちになって清音符が滅んだに過ぎない。

「か」字は、その発生状態において見ると、ka でもなければ、ga でもない。そのことは非常にありがたいことであって、もし『万葉集』に見られる、清、「濁」の書き分けが、ひらがなでも進行していたら、われわれは現行プラス二十個もの字をさらに覚えなければならなかった。

ku と gu とを聞き分けたひとびとがいた。と言っても、だれもが聞き分けられたのだから、それはよいのだが、聞いて ku と gu とをまったく別々の音韻だと心得て、ku に「久」なら「久」、gu に「具」なら「具」をもってした、初期の表記者たちがいた。

これが万葉がなの発生である。

漢字使用によって、日本語を表記することを始めたかれらが、「久」と「具」というように書き分けた理由は、中国大陸からの、あるいは朝鮮半島からの、ある段階での渡来者だったからにちがいない。一方で、kuとguとが、「連濁」なら「連濁」によって聞き分けられる、別の音韻であることを知りながら、日本語の自然さとしてはそれらを一類に括ることができる、いわば一対の音韻であることをも感じとっていた、多くの人たちがいた。それが基層の日本語ネイティヴたちだった。

万葉後期のころ、清、「濁」を表記上、「混同」する場合が出てくる。著名な正倉院文書では、清、「濁」の書き分け無視の、以下のような書き方が知られる。清、「濁」両用の「漢字かな」が発生してくる事情は、日本語ネイティヴが、優勢な表記者たちとして、関与してきたことを如実に意味する。かれらはクを「久」と書き、グをも「久」と書いて平気であった。

（万葉仮名文書87）『書道全集』9（日本1　大和・奈良）[注1]

和可夜之奈比乃可波利尓波、於保末之末須、美奈美乃末知奈流奴乎宇氣与止、於保止己□都可佐乃比止伊布。之可流□由恵尓、序礼宇氣牟比止良、久流末毛太之米弖末都利伊礼之米太末布日、与祢良毛伊太佐牟。之可毛己乃波古美於可牟毛、阿夜布可流可由恵尓、波夜久末可利太末布日之、於保己可川可佐奈比氣。奈波比止乃太氣太可比止□、己止波宇氣都流。

〔わがやしなひのかはりには、おほましますみなみのまちなる奴をうけよと、おほとこ（が）つかさのひといふ。しかる（が）ゆゑに、それうけむひとら、くるまもたしめてまつりいれしめたまふ日、よねらもいださむ。しかもこのはこみおかむも、あやふかるがゆゑに、はやくまかりたまふ日、おほこがつかさなびけ。なはびとのたけたかびと（ぞ）、ことはうけつる。〕（釈文は「濁音符」を附す）

（同、88）

布多止己呂乃己呂美乃美毛止乃加多知、支々多末部尒多天万都利阿久。之加毛与祢波、夜末多波多万波須阿良牟。伊比祢与久加蘇部天、多末不部之。止乎知宇知良波、伊知比尒爾恵比天、美奈不之天阿利奈利。（支気波／加之古之。）

一　久呂都加乃伊祢波、々古非天伎。

一　田宇利万多己祢波、加須。

〔ふたところのこのごろみのみもとのかたち、きゝたまへにたてまつりあぐ。しかもよねは、やまだはたまはずあらむ。いひねよくかぞへて、たまふべし。とをちうぢらはいちひにゑひて、みなふしてありなり。（きけばかしこし。）

一　くろつかのいねは、ゝこびてき。

一　田うりこねば、かす。〕（同）

ここからひらがなの成立まで、あと一歩である。

3　清、「濁」音の懸けとは

懸け詞は、何も『古今集』時代に始まることでない。大多数が同音であるなかに、清音と「濁音」とに跨る場合はいつからあるか、平安時代になると、アラジとアラシ《嵐》とのように、それらはたしかにある。それらはしかし、圧倒的に少数という例にとどまる。それらはもう一度言うと、音韻のうえでの遊びとして起きた、いわば耳にさわる、快くさわるか、障るかは別としても、音で起きた現象であって、このことじたいは古い〝詩〟の話題にとどまる。

けれども、その発生の理由が、清音と「濁音」とを〝書き分け〟なかったことに求められるなら、まさにねずみの穴から堤防がやぶれ、たいへんな失水になりかねない。まさに嵌る、というほかない事態となる。文字の成立を前提として、懸け詞があったということになり、そのことは『古今集』なら「古今集」の短歌を、書かれる文学だとする考え方に、つよい「根拠」を与えてしまう。

「あらじ」と嵐とにまたがって、懸け詞が行われるようなことがあるとしても、まさにそれはアラジとアラシとの音韻の遊びであって、けっして文字が介在するからではない。懸け詞そのものなら、およそ『風土記』類にみられる地名起源の説話や、古代歌謡の枕詞類に見られる通り、素朴な場合に始まって、日本語の古い〝詩〟を活気づかせる基本の〝修辞〟としてあった。

嵐（はげしい風、山の風）と、「あらじ」（あるまい、あらぬことだろう）とを懸ける言い方が、八代集にどれほどあるか、調べてもらったら、『拾遺集』などに数首ある。新大系（底本は中院通茂本《京大図書館蔵》）からすこし引く。

とふ人も―今は―あらじ（―嵐）の山風に、人待つ（―松）虫の声ぞ―かなしき（『拾遺集』三、秋、二〇五歌）A

訪れるひとも今はおるまい、嵐の山風に、
人を待つ、松虫の声こそがかなしいことよ

なき名のみ、立つ（―竜）田の山の、麓には―世にも―あらじ（―嵐）の風も―吹かなん（同、雑下、藤原為頼、五六一歌）B

なき名のみ立つ、竜田の山の、麓には、

世にもあるまい、嵐の風なりと、吹いておくれ

新大系の書き方を参考にしながら、句読点（棒点《—》を含む）をほどこしてみた。平安短歌は二重（またはそれ以上）に屈折する（複屈折する）ことがあるから、正意味（おもて、表相）のうらに貼りつく副意味（裏相）を、表記の上に出すか、それともおもての意味だけが書き出されるべきか。

どちらがおもて、どちらがうらとは言えないという意見もあろう。

とふ人も—今は—あらじ
　　嵐　の山かぜに

「あらじ」と「嵐」とを同時に発音することはできないから、どうなるかというと、音の残像を引きずるような効果で二重化される、ということではないか。「あらじ」と言いかけて、「嵐の山かぜ」に続くから、「じ」が消えて、音を残像のように響かせながら、実際には「嵐の……」という発音へと引き継がれる感じだろう。

その逆に、「あらし」と言ってしまって、「あらじ」を残像のように引きずってもよい。一方を発音し、もう一方は発音しないで、まぼろしのように音韻を残す。

これは、清、「濁」（半濁音もあるかもしれない）を超える場合だから、はっきりする。清、「濁」に跨らない懸け詞の場合であっても、同音の二つの語が二重化される。一つの音をシェアするのではない。二つの音韻が、たとい同音でもかさなるのであって、ここはきわめて重要だと思う。「いと晴れて」は「厭はれて」（『古今集』一五、七五三歌）と、同音の語が二つ（または以上）になって、音のイトハレテとイトハレテとがかさなる。清、「濁」に跨る懸け詞は、音がかさなるということを非常に分かりやすく示してくれたに過ぎない。

前者の「とふ人も」歌は、

人待つ
松　虫のこゑぞ―かなしき

と、もう一回、屈折する。『万葉集』歌になかった複屈折歌である。人為を正意味（おもて、表相）として、嵐、松虫を副意味（裏相）としてみる。

後者の「なき名のみ」歌も、うらの意味が、一旦、前面に出てくる、そして後半でふたたび屈折するという構造を見せる。

4　万葉がなは「清、「濁」不定」になろうとする

奈良時代には、万葉がなという漢字を利用して、見てきた通り、文書のたぐい、『万葉集』歌、『古事記』歌謡などが表記された。万葉歌や古代歌謡では清音のかなと「濁音」のかなとがあった。つまり、清、「濁」が書き分けられていた。

き（甲類）支・伎・岐・妓・吉・枳・棄・企・寸・来・杵
ぎ（甲類）伎・祇・藝
キ（乙類）奇・寄・綺・忌・紀・貴・幾・木・城
ギ（乙類）疑・宜・義

けれども、よく見ると、『万葉集』のかなでも、「濁音」であるべきところに、かならずしも「濁音」固有のかな

でない漢字が見られるなど、厳密に書き分けられていると言いにくい現象を発見する（「伎」などのように「通用する」）。それらはどうしてだろうか。

亀井孝論文は『万葉集』から、防人歌をいくつか挙げる。▼注2 私も「漢字」を使って、原文は表音表記されてあるのを、ひらがなに番えてみる。

阿加等伎乃　加波多例等枳尒　之麻加枳乎　己枳尒之布祢乃　他都枳之良須母（二〇、四三八四歌）

あかトきノ、かはたれトきに、しまかきを、コきにしふねノ、たつきしらすも

暁の、かわたれ時に、島蔭を、
漕ぎ行ってしまいし船の、手がかりがわからないよ

「コきにしふねノ」の「コき」（＝己枳）は「漕ぎ」であろうから、万葉表記としてなら、たとえば「許藝」（コぎ）と書くのが、もともと漢字圏の人びとから教えられた書き方だったろう。それに対して、「き」と「ぎ」と（ともに甲類）を一括して認識するのは、ki が「連濁」で gi となることを自然に知っていた人たちである。その意識が、「己枳」と書いて、「コき」とも「コぎ」とも読むことを許容した。このときまさに、「草がな」、ひらがな、かたかなのもととなる、「かりな（借り名）」＝仮字が真に発生しよう。カハタレドキ、シマカギ（島陰）、コギ、タヅキと推定して訓めばよい。

同様にして、

和加々都乃　以都母等夜奈枳　以都母々々　於母加古比須々　奈理麻之都之母（同、四三八六歌）

わかゝつノ、いつもトやなき、いつもゝゝゝ、おもかこひすゝ、なりましつしも

私の門の五本の柳、いつもいつも、
母を恋いつつ、「なりましつしも」（不明）

は、清、「濁」を推定して書くと、

わがゝづノ、いつもトやなぎ、いつもゝゝゝ、おもがこひすゝ、なりましつしも

となろう。「ゝ（＝か）づ」は門、「こひすゝ」は「恋ひつつ」、五句はよく分からない。柳は「野灘疑」（『日本書紀』顕宗紀）というようにあるから「やなギ」つまり「矢な木」であったろう。木は乙類キ。うえの防人歌では甲類を見せる。

つぎの短歌は、

知波乃奴乃　古乃弖加之波能　保ゝ麻例等　阿夜尒加奈之美　於枳弖他加枳奴　（同、四三八七歌）
ちはノぬノ、こノてかしはノ、ホゝまれト、あやにかなしみ、おきてたかきぬ

千葉の野の、このてがしわの（ように）、（あの子は）つぼみであるけれど、
ひどくかあいらしくて、だれが置いて来てしまおうか（私は置いて来てしまう）

とたどれる。清音でもあり、「濁音」でもある併用表記であるから、「ちは」は tiba であり、「かしは」は「連濁」によって gasipha であろう。「おきてたかきぬ」は「置きて誰が来ぬ」ではなかろうか。ひらがなにすると、

ちばノぬノ、こノてがしはノ、ほゝまれド、あやにかなしみ、おきてたがきぬ

となる。

みぎのように見てくると、ひらがな発明の前夜にある状況がよくわかる。

平安時代にはいり、ひらがなやかたかなが発生すると、それらは清、「濁」不定のかなとして成立する。

5　音韻の遊び――清、「濁」の跨ぎこえ方

ひらがな（あるいはかたかな）が成立して十世紀にはいると、記録のための文化としてしっかり定着する。それでも懸け詞のようなことば遊びにひらがなは不要である。

篝火《かがりび》の、かげとなる身の、わびしきは―流れ（―泣かれ）てした（下、心）に、燃ゆるなりけり（『古今集』一一、五三〇歌）

かごの火のかげのように、げっそり痩せる身のわびしさは、
流れて水面下に燃える、そのように泣かれて心の下で燃えたことだ

涙の川の流れを前提として成り立つ、みぎのうたは、「流れ」と「泣かれ」とを懸けた、と判定するのでよい。

膝に伏す、玉ノ小琴ノ、事無くは―甚だ幾許《ココだ》吾《われ》恋ヒメやも（『万葉集』七、一三二八歌）〔日本琴に寄す〕

膝に寝かす、玉の小琴のように、何事もないなら、
仰山に、いっぱい、私は恋い慕いなどしやしないよな

「小琴」は、「連濁」でヲゴトと訓みたくなる語で、同音により、「事無くは」の「事」をみちびく。「連濁」という現象は、コとゴとを対として認識させるのに大きな影響を与えたろう。

海山《うみやま》の道に心を、つくし（尽くし、筑紫）果て（涯）、ないし（無い、泣いし、石）の鉢（恥《はぢ》、血）の、涙流れ（泣かれ）き（『竹取物語』「仏の御石の鉢」）

海山の道に心つくづく筑紫の旅の果て、むなしくも、
泣いて無い石の鉢に恥の血の涙が流れて泣かれた

みぎでは「鉢」と「恥《はぢ》」とが、清、「濁」に跨る。それにしても、この「うた」は「泣いし」というように音便を利用するなどして、口語短歌（トンデモ短歌）というほかはない。

音を連ねる懸け合わせは、

みかの原、わきて流るるいづみ川、「いつ見き」とてか―恋しかるらむ（『古今六帖』三、一二一歌）

みかの原の、こんこん湧いて流れるいずみ川よ、
いったい「いつ見た」のかな、恋してるらしい私

というのがあって（『新古今集』に中納言兼輔の作歌として見える）、これも、清、「濁」をたしかに跨ぎ越える。同音を懸け合わせて並べるのも、大きく見れば懸け詞であると見抜きたい。

また、廻文《かいぶん》歌は一般に、清、「濁」を越える。

むらくさに、草の名は―もし、そなはらば、なぞしも―花の、咲くに咲くらむ（『俊頼髄脳』上）

くさむらに、草の名はもし、具わるならば、

どうしてまあ、花が咲きに咲いているのだろう

物名歌《もののな》もまた清、「濁」を跨いで遊ぶことがしばしば見られる、つぎのように。

来べきほど、ときすぎぬれや—待ちわびて、鳴くなる声は—人をとよむる（『古今集』一〇、四二三歌）

来るに違いないときが、過ぎてしまうのでは！　ほととぎすよ、
待ちわびて、鳴く裂帛の声がする、ああ私を動揺させる

「ほど、ときすぎぬれや」にホトトギスを引っかける。ウクヒズと鴬とを懸け（四二二歌）、「けさ、うひに」に薔薇（サウビ）を隠す（四三六歌）など、物名歌は自由奔放である。どうやら、清、「濁」を超える懸け詞は、滑稽なうた、物名歌、廻文のそれなど、ことば遊びの要素が高い、と判断してよいのではないか。

現代にも、だじゃれというほかはないギャグのたぐいはいくらもあって、清、「濁」を平気で飛び越す。「ギャグ（逆）でしょ」などと。

かねてより、風にさきだつ浪なれや—あふこと無きに、まだき立つらむ（『古今集』十三、六二七歌）

前もって風にさきだつ浪、さきだつ名なのでは？　いえいえ
逢う瀬なきあなたに、なぎのうちから、うわさの浪だけは早くも立つらしい

は、「無き」に「凪《なぎ》」が懸けられたと見るのが一般の理解かもしれない。この懸け詞についてては本稿のさいごで疑問を呈したい。

家を売りて、よめる

あすか河、淵には―あらぬ、わがやども―瀬に変はりゆく物にぞ―ありける（同、一八、伊勢、九九〇歌）

あすか河、淵ではない、扶持にはならない、わが家やどりも
瀬に変わり、ぜにかわりゆくということでありゃんしたよな

「ふち（淵）」に、「扶持」（＝舅姑の葬礼への妻方からの援助）を懸け、「瀬に」には「銭《せ》」あるいは「銭《ぜに》」を懸ける。銭は漢語で、古来、語頭が「濁音」の語としてあり、清、「濁」を越える懸け詞の例となる。諧謔（自嘲気味）性のあるうたであることを容易に見てとれる。

6 懸け詞の諧謔趣味

「懸け詞の諧謔趣味」について、一節を立てておきたい。懸け詞を詩歌の質を高める技巧であるかのように言い出して、辞典の説明に定着させるまでに「定説」化したのは、いつごろからだろう。秀句《すく》、縁の字などと、歌学のなかで早くから注意されてきた。それでも、つぎのような辞典の説明はやや言い過ぎではなかろうか。

すなわち、懸け詞について、

洒落・地口と原理的には同じであり、西欧文学では洒落・地口並みの下級な技巧とされるのに、和歌においては極めて高度な芸術的発達を遂げた。（『和歌大辞典』明治書院、一九八六）

とある、この評言に私はとうてい承伏することができない。証明不可能なことについて、この評言は断定しているように思えてならない。懸け詞には諧謔性があるとして、私はそれを、なるほど、けっして下級な技巧だと認定するつもりがない。かと言って、諧謔性を「高度な芸術的発達」だと認定してどうなることでもない。

フランス文学者、小林路易の著書が、基本的に、『和歌大辞典』のような説明に賛同するのか、それともかなり発想のしどころが違うのか、ともあれ遺された『掛詞の比較文学的考察』[注3]の、ごく冒頭部をかなり広く引かせていただく。「掛詞」は懸け詞。

……古典和歌における韻は、泰西詩の過去及び現在の韻型のあるひとつに過不足なくそのまま対応し合致するといった単純なものではなく、そのさまざまな形式のあちこちのごく一部に部分的に重なり、その総合によってはじめてこれもまた、非常に特殊ではあるが、確かにひとつの韻の姿だと認められうるような体のものなのである。泰西詩とのこの整合性の複雑さが隠れ蓑になって、日本古典詩歌における韻はれっきとして、そして優れて優雅に存在し続けたにもかかわらず、国際的な文学研究のなかで〈韻〉として日の目を見ることが極めて少なかった。歴史的にはまず序詞が、次いで枕詞が消え、その後、掛詞も恒常的・汎用的な昇華・完成された修辞から偶発的・非汎用的な洒落へと傾斜し、更に近世後期以後、ジャンルによっては、ときに著しく品格を欠いた挟雑・尾籠な駄洒落にまで凋落する。その無残な姿のこちら側から、その断末魔の姿を通して見る古代・中世の雅びな音の文学世界は、近代・現代の人々の眼には必然的に歪み、正しく映りにくい。それをあるがままの姿で正しく捉えるには、恐らく、下からではなく横から、即ち、全く先入観を欠いた外から見るという方法以外にはないであろう。

古代、中世の、懸け詞などの行われた雅びな音の文学世界が、近世以後、ときにいちじるしく品位を欠いただじゃれに落ちていった、という論調ながら、『和歌大辞典』の、「西欧文学では洒落・地口並みの下級な技巧」で、日本の「和歌においては極めて高度な芸術的発達を遂げた」とあるような、証明できない比較に陥っていないだけ、救われるきもちがする。きわめて鋭利な見解だと思われるのは、ここに読みとれるように、序詞、枕詞、そして「掛詞」を、日本語の詩における「韻」に当てて見るというところにある。頭韻や脚韻に代わる、いわば詩的修辞に相当する韻としての、（合わせ韻と氏の言う）懸け詞が日本語の詩には見られるという。まさに原理的に懸け詞は、洒落、地口であって、うたの世界をおもしろくする。それらがどのように高度であるか、発達を遂げたと言えるかどうか、「高度」も「発達」も比較文化的用語だろう。すくなくとも洋の東西で芸術性の高下を比較することだけは避けるべきだろう。

7　亀井孝学説の功罪

繰り返すと、万葉がなのうちに、早く、清、「濁」を通用させる表記のしかたは発生し、ついでひらがなやかたかながこの世に生まれ出たとき、「か」という字なら「か」字は、ka と ga との、どちらにも使える、言ってみれば、清、「濁」乗り合わせを基本とする、かなの体系としてあらわれた。このことは、じつを言うと、先に言及し始めた、亀井孝「かなはなぜ濁音専用の文字をもたなかったか――をめぐってかたる」▼注4の、あまりにもよく知られる学説として確定済みのはずである。

「か」という文字が、ka／ga を通用させる、二音のどちらにも使える、可視的な記号として生まれたということは、ka と ga との対という、音韻上の理由を根拠とする。亀井説はここまで、磐石に乗っているように思える。

句読点のない、古文表記で書くと、

はるきぬとひとはいへともうくひすのなかぬかきりはあらしとそおもふ（『古今集』一、壬生忠岑、一一歌）

春がきちまう！　とみんなは言うけれど、
うぐいすが鳴かない限りはそうじゃないと思うよ

となり、これは、

ハルキヌト、ヒトハイヘドモ、ウグヒスノ、ナカヌカギリハ、アラジトゾオモフ

というふうただから、ひらがな表記の「と、く、き、し、そ」を、それぞれ、do gu gi（＝ぎ）ji zo と訓む。「と、く、き、し、そ」字を音韻によって決定させて「濁音」でよむ。句読点をほどこすなら、

春来ぬと、ひとは―いへども、うぐひすの、なかぬ限りは―あらじとぞ―思ふ

とする。

み雪落《ふ》る、阿騎《あき》ノ大野に、旗すすキ、しノを押し靡《な》べ、たび（多日）やドり（夜取り）せす。古昔《いにしへ》念ひて（『万葉集』一、四五歌）

み雪が降る、阿騎の大野に、旗すすきの、
しのを押し靡かせて、旅宿りする。昔日を思い起こして

旅は tabi であって、taphi とちがう。この bi は「連濁」でなく、したがって「たび」という語を taphi と言っては別の語となる。『万葉集』に見ると、旅の意味での「たび」は、「旅、羈、覊、客、多妣、多婢、多鼻、多比、多非、多日」と書く。これらのなか、「多非」（二〇、四三四八歌）のみ、ヒ乙類（―非）を使うのは、例外あるいは混用で、他はすべて、甲類のかなを見せる。清、「濁」では、「妣、婢、鼻」を、普通、「濁音」bi と認定し、比お

よび日は清音と認定する。「濁音」が圧倒的に多いことはそれとして、「多比」と書いて tabi と訓ませるのが五例、そして「多日」を一例、見る。「多くの日」というたわむれの字面と見ても、tabi という訓みに合う。というより、tabi という語を「多日」と書いた、というに過ぎない。

亀井説が、清、「濁」を越える懸け詞が成り立つためには文字が必要だ、というように論じているかどうか、もしそうなら根の深い課題である。

……「なぎさ（渚）」は奈良時代へさかのぼってもナギサであるから、清濁を書きわけない平安時代の「なきさ」の「き」も音項としてはギであったにちがいない。したがって「あふことのなきさ」が清濁のちがいを超越して、「なき（無）」と「なぎさ（渚）」との二つのかたちをかさねあわせた技巧であることはいまさらいうまでもないが、それではなぜこのような超越がもてあそばれえたかというに、それはやはりかなに清濁を区別しないその意識（いわばこの直観的な音韻論的解釈）からきているであろう。このようなライセンス（poetic licence）を奈良時代にさかのぼるともとめがたいのは、おそらく偶然でないとおもう。（『言語文化くさぐさ』亀井孝論文集5、一一八ページ）

「かなに清濁を区別しないその意識……からきているであろう」とじつに微妙に論じた。懸け詞が成立する前提に文字を持ってくるという通行の意見が、氏あたりから始まったのかどうか、私には確認できないにしろ、責任の一部がありそうである。

上の引用のなかの、ライセンス（poetic licence）という語は、辞書を引くと、詩的許容という意味で、詩だから許される破格というようなことらしい。詩だから許されるとは、しかし一種の差別表現ではなかろうか。差別を咎めるかどうかは措くとして、氏の言い方に就くと、〈清濁のちがいを超越して「なき（無）」と「なぎさ（渚）」

との二つのかたちをかさねあわせた技巧〉のことをここでは指すのだろう。例歌は、

逢ふことの、なぎさにし―寄る、浪なれば、うらみてのみぞ―立ちかへりける（『古今集』十三、在原元方、六二六歌）

逢うことの無き、なぎさに来寄る、浪であるから、
浦ではないが、うらんでもっぱら引き返したことだ

である。二度、懸け詞で屈折させる、平安短歌らしい技巧のうたで、『万葉集』にはなかった複屈折歌だと言いたい。第二句で屈折し、第四句でもう一度、屈折する。

このうたについて、氏が〈このようなライセンス（poetic licence）を奈良時代にさかのぼるともとめがたいのは、おそらく偶然でないとおもう〉ということの内実は、平安時代にはいり、清、「濁」不定という、ひらがなが成立したから、という事情に必然性を求める、という意見だ。

ひらがなの発生を万葉最末期に求め、清、「濁」不定の「か」字なり「と」字なりが産み出された、との、不動の亀井説に私は何ら異存がない。しかし、そこから懸け詞の成立へと論及された氏の足つきは、もしそうだとしたら踏み過ごしであったと見てよいのではなかろうか。後学への影響があまりにも大きかった、氏の説であることを思うと、その後学の務めとして、勇気とともに言い返すときにいま来ているように思われる。

氏の懸け詞論の、いわば憾みというべきは、つぎのようなところにもあらわれる。上の懸け詞について言うと、「あふことの―なぎさ」は、「無《な》」に「なぎさ」の「な」が懸けられているのであって、けっして、清、「濁」を超越する場合ではない。「無し」は語幹「無」だけで十分に意味をもつ形容詞である。

……我は―むなしき、玉梓《たまづさ》を、書く手も―たゆく、結び置きて、つてやる風の、たよりだに、な（―無）ぎさに来ゐる、夕千鳥、うらみは―深く、満つ潮に、……（『拾遺集』九、五七三歌）

〔……私はむなしい手紙を、書く手もけだるく、結び置いて、伝えやる風のたよりだに無い、なぎさに来居る夕千鳥、浦を見ると、うらみは深く満ちる潮に、……〕

という、なぎさの場合も同じで、「無き」と「なぎさ」とが懸かると見るより、「無《な》」にのみ懸かると見るのでよいのではないか。清、「濁」問題に決定的な意見を提供した氏ですら、「無き」と「なぎさ」との懸けだとしたのは、判断として不用意だろう。百人一首で著名な、

わがいほは―みやこの巽《たつみ》、しかぞ―住む。世を憂（―宇）治山と人は―いふなり（『古今集』一八、喜撰法師、九八三歌）

わが庵は、都の東南で、さように住み馴れるわ。世を憂い、宇治山と、他人は言うらしいて

と、同工ではなかろうか。「世を憂」というように、「う」にだけ掛かるので、「宇治山」全体には掛からない。同じ事情なのではなかろうか。さきに挙げた事例である、

あふこと無（―な）ぎに、まだき立つらむ

は、形容詞の語幹「無《な》」に「凪《なぎ》」の「な」が懸かると見るので、けっして不自然にならない。清、「濁」に跨る事

例にはならないと判断される。

注

（1）平凡社、一九六五。

（2）亀井孝「かなはなぜ濁音専用の文字をもたなかったか――をめぐってかたる」一九七〇、『亀井孝論文集』5、吉川弘文館、一九八六。

（3）早稲田大学出版局、二〇〇一。

（4）亀井孝、↓注2

終章　言語は復活するか

1　アオリストへの遠投

インド・ヨーロッパ語の「過去時制」の一つに、アオリスト aorist がある。日本語に置き換えようのない語なので、「アオリスト」とそのまま呼ばれる。古典ギリシャ語に見るアオリストを、フランス語の〝単純過去〟に相当するとし、日本語の「き」をアオリスト的過去だとする纏め方は、鈴木泰論文による研究の整理を援用しながら、私にも参照したことがある。[注1]「き」がアオリストだとは、橋本文法の創始者、橋本進吉の指摘するところだと言われる。

「き」は、

よべ（昨夜）、さい（先）つ頃、ひととせ

などと共起するとし、

昨夜から数十年前までのできごとをあらわすキ形は現在と切り離されたアオリスト的過去をあらわすと言えよう。[注2]

とする。

哲学者、わが先達、坂部恵が、『かたり——物語の文法』[注3]のなかで、ハラルト・ヴァインリヒ『時制論』[注4]をあいてに、正面から格闘する。古典ギリシャ語の〝未完了過去〟やフランス語の〝半過去〟を〝単純過去〟に対比させて、後者をアオリスト的過去とすることは、『時制論』がたしかにそうだった。アオリストの論は、これまでの私の議論にとっても、最終ステージなのか、それともここから始まるのか。

坂部は、

ことわざ的な一般的真理をあらわす格言的アオリスト gnomic aorist
あたかもすでに起こったかのようにヴィヴィッドな未来の事柄を示す aorist for future
否定疑問文に使われて命令や提案とおなじ効果を持つ aorist for present

と、多彩な用法を持つことを挙げながら、アオリストという〝時制〟のなかに、巫祝（シャーマン）の語りを透視する。格言的アオリスト、未来アオリスト、現在アオリストを取り纏めて、これらが何か例外的な時制であることに氏は思い当たる。

どうやら、坂部は大きな疑問の壁にぶつかった。『かたり』の最終章のさいごのくだりで、氏はもう一度、アオリストを呼び出すのだ。ベルクソンの〈純粋追憶〉にも似た、神話的なアウラを帯びた、そして通常の思い出を絶して、繰り返し不可能な、予見時制がなく、それは何か、と氏は追い詰める。

2　言語の基層文化

坂部は『かたり』第一章の「一　詩と歴史」を、折口信夫の引用から開始していた。

折口の、

わたしどもには、歴史と伝説との間に、さう鮮やかなくぎりをつけて考へることは出来ません。（「身毒丸《しんとくまる》」一九一七、新『全集』27）

とあるのを引いて、氏が書き出したとき、その節題に暗示されるように、詩と歴史とのあいだはもとより、哲学と詩とのあいだにある「くぎり」不能な部位に眼を凝らした坂部だった。

アリストテレスが参照されるとすると、哲学が学問であるのに対して、詩は歴史を越えるための技術として、「身毒丸」という、小説の形式に借りることであって、つよく結びあう両者の関係だ。「歴史に較べると詩の方が、より一層哲学的つまり学問的でもある」（アリストテレス）。

『かたり』のなかを、不可解にも見える亀裂が走っている。第三章三の節題に、

浮き彫り付与とアオリスト

とあるように、ハラルト・ヴァインリヒ『時制論』を通過させながら、アオリストに沿って語りが前景化される論述はそれなりに分かる。著書のなかの通過点として、アオリストを論じる。そのことは理解できる。ところが、そ

が、

のアオリストが、このあと、第四章をへて、第五章つまり最終章に至り、ふたたび顔を出すのだ。第五章二の節題

詩と科学そしてアオリスト

とある。これは奇妙な、一書としての構成だ。坂部著書のさいごに、アオリストが、詩、科学に並んで、もう一度、そして最終的に呼び出されるとは、謎でなくして何だろうか。坂部は一旦、第三章でアオリストを論じて、満足できなかった。それどころか、懐疑が坂部を襲い、書いている本のさいごに来て噴出したのだ。日本語への根本的な疑念である。

アオリストは、単純過去でもなければ、単なる格言的なそれなのでもない。基層的な日本語にあって、それの意味するところは〈無時制〉であり、言い換えれば時制から自由な、束縛のない在り方ということではあるまいか。〈かたり〉を論じるとは、ヴァインリヒに拠る限り、語り手の現在が前提にされる。一種の近代主義の立場にほかならない。しかし、『かたり』のさいごになって、そんな近代主義では日本語が片付かないことに気づいたと言うことだろう。アオリストが相貌を異にしつつ、二度、呼び出されたかっこうで、『かたり』はぷつりと終えられている。

『源氏物語』を初めとして、日本語の物語の基本姿勢は非過去であると、私はこれまで、しつこく確認してきた。それははるかな、アオリストという、時制のなさに由来していた、ということではなかろうか。「ぬ、つ」が浮遊しているのは、それらがアオリスト空間にあるということだろうし、「む」（意志、推量）は本来、時制とかかわりがない。日本語の基層はそのような、言ってみるならアスペクトやムードの動態言語だという見通しである。

3　地の文としての非過去

『言語学大辞典』6「現在」項（三省堂、一九九六）には、「日本語の無標の現在形」を「アオリストとみた方がよいのかもしれない」という、注目すべき記述がある。無標とは無限定というぐらいの意味に取っておく。古典ギリシャ語のアオリストについて、「古くは過去時称のほかに未来もこれに含まれていたらしい」と、同書「アオリスト」項にある。箴言《しんげん》の、「愚か者は苦しい目にあって学ぶ」のようなのがアオリストで、これを〝格言的アオリスト〟と言うのだとある（同項）。

古代日本語を古典ギリシャ語のアオリストに類推する場合、「古くは過去時称のほかに未来もこれに含まれていたらしい」、あるいは格言のような表現がそこに含まれることに注目すべきだろう。

上皇《しやうくわう》、御感《ぎよかん》のあまりに内《うち》の昇殿をゆるさる。忠盛三十六にて始めて昇殿す。（『平家物語』一、「殿上闇討」）

〔上皇（鳥羽院）は、御感のあまりに（忠盛の）内昇殿をお許しになる。忠盛は三十六歳で始めて昇殿する。〕

について、日本語の現在形（アオリスト）が物語の地の文のなかで、「けり」とともに頻繁に用いられる例として挙げる（『言語学大辞典』「現在」項）。歴史的現在というより、時に関係なく事実をただ述べているだけだ、と。また、〝格言的アオリスト〟について、「日本語の現在形のその本質に光を当てうるかもしれない」とし、「出る杭は打たれる」のようなのを、絶対の現在で常住不断、「雨は降る、日は暮れる」というようなのが、刻々と過去になる現在をアオリスト的に描く語法だとする（同項）。これを突き詰めてゆくと、「歴史的現在」とか、「劇的現在」とか言われるような、語りの時制を前提にしてのみ成り立つ考え方が要らなくなる。

『言語学大辞典』6「現在」項の記事と、坂部の到り着いた大いなる疑問の壁とのあいだにこそ、いま、われわれは、立ち尽くすのがよかろう。もしかして、日本語から言えることとして、本来の原日本語（の最基底部）には時制がなかった、もしくは時制があるとするなら〝自由時制〟でも名づけるべきそれか、いや、やはり、非過去と言ってしまいたい気がする。事実のみの列挙が表現の本質としてあったのかもしれないと、そんな臆測をふとかき立てられる。

4 植民地下の「言語過程説」

時枝をわれわれはどう読んだらよいのだろうか。経歴を略述するまでもないが、東京帝国大学文学部国文科の卒業論文は「日本ニ於ケル言語意識ノ発達及ビ言語研究ノ目的ト其ノ方法」（一九二四）である。歴史的な「国語学」研究と新しい言語理論との出会いが、早くも窺われる。一九二七年には京城帝国大学助教授（ついで教授）となり、『源氏物語』ほかに沈潜して、『国語学原論』（岩波書店、一九四一）の原型となる、主要な論考を書き続ける。植民地下の国立大学教授としては、日本語普及に関与するいくつかの論文を書く。この点については、近代国語史の立場から調べ上げた労作、安田敏明『植民地のなかの「国語学」――時枝誠記と京城帝国大学をめぐって』（三元社、一九九七）がある。時枝国語学が植民地下の朝鮮で完成されたことを、不問に附してはならないだろう。近代言語学が欧米で発展するに際し、多く、各国の植民地政策とセットであったことを忘れてはならない。

時枝の場合、しかしながら、かれの言語学に朝鮮語が大きく寄与したろうとは、とうてい思えない。そのことのほうが問題だとむしろ言えさえしよう。ソシュール批判というかたちの、日本社会と西ヨーロッパという、東西対決の図式で精一杯であり、東アジア、とりわけ朝鮮半島の現実が這入ってこない時枝の言語学は、深刻な日本近代の反射鏡という様相を呈している。ソシュール学の小林英夫とは同僚だった。

『国語学史』（岩波書店、一九四〇）から知られるように、「言語過程説」は日本中世の伝統的言語観のほぼ延長上にある。（1）そのことを高く評価するひと、（2）低く評価するひと、（3）「言語過程説」と中世的な伝統的言語観との関係を疑うひと、の三種に研究者たちは模式的に分かれる。（2）については、欧米言語学の洗礼を受けていない時枝学説であることから、評価しえないとするのが大方かと思われる。

（3）については私なりに追走して、時枝を逆につよく支持したい。とともに、氏の「言語過程説」が、中世的な伝統的言語観に位置づけられるというだけであっては、壮大なゼロだと思われてもしかたがあるまい。独創は伝統的言語観にあり、時枝はそれの追認者ということになる。追認者であることが偉大でないとは言えない。しかし、時枝は、そこにとどまるべきでなかったし、大きくそこから抜け出ようとする態勢にあったと思われる。時枝の方法はここにして、伝統的言語観の延長上にでなく、伝統的言語観と対決するように進まねばならなかったのではないか。伝統的言語観を評価することと、伝統的言語観を克服することとは同じでない。中世的伝統のなかのさまざまな言語観、それは詩歌の感情起源説であったり（折口なら信仰起源説を唱えるかもしれない）、あふれるような「音義」説であったり、うんざりする五音相通（『名語記』など）であったりする。『国語学史』がそれらと対決していないというわけではないが、それらと全面的に対決してこそ真に学が開花するだろう。それらとの対決を措いて、むしろ西ヨーロッパとの「対決」（ソシュール「批判」）に走るとは、時代の子である。

5　「言語過程説」とチョムスキー

チョムスキーをふたたび思い出そう。『チョムスキー事典』（大修館書店、一九八六）を利用させていただくばかりだが、「構造主義言語学からの脱皮」を描く一九四ページから、具体的な文例である。

（1）a.　Can he swim?

b. He can swim.

の、bにおいてはcan swimが連続して生じており、構成素を成している。aではcanとswimとが離れ離れになっており、構造言語学では「構成素を成している」とする説明がうまくできない。

(2) I don't like visiting professors.

「私は客員教授というのは好きでない」という意味と、「私は教授を訪問するのは好きでない」という意味とがあり、あいまいである。アメリカ構造主義の方法ではこの同音異義性を説明することができない。

(3) a. It is certain that John will win.

b. John is certain to win.

aとbとはいずれも、「ジョンが勝つということを話し手が確信している」という状況を表わしており、その限りで互いに同義的である。アメリカ構造主義言語学はこのことを説明し得ないという。次の(4)は文がいくつも「入れ子」型になっている例で、こういう文もアメリカ構造主義では扱うことができない。

(4) If either you mow the lawn, or you water the flowers, then I'll give you $5.00.(君が芝生を刈るか、花に水をやるかしてくれれば、5ドルあげよう。)

言うまでもなく、これらが日本語での文節分けでなかなか説明できないことと同じである。時枝は文節分けのような構成主義的言語観を克服しようとして、「入れ子」型の文法学説を始めとする、「言語過程説」を創唱した。チョムスキーより早かったから、「創唱」と称して、多分、誤りはないであろう。しかし、そのままでは壮大なゼロであって、すぐれて「日本語」に発すると称する言語観のなかで提示したにとどまる。「言語過程説」が、氏本人および複数の言語学者によって、東西を問わず検証され、修正を加えられてゆくのでなければ、学説としては終わるしかない。先駆的な「構造主義」批判(小林英夫そのひとがみずからを「構造主義」だと標榜していた)という評価に終わることになる。

そうでなく、時枝言語学の、個人の脳内から伝達の過程が始まる言語観そのものが、批判にさらされなければならないいまにあろう。「言語の社会性」が時枝のなかからほとんど出てこないことは、氏のよく自覚するところであり、『国語学原論 続篇』において修正が試みられた。しかし、批判あいてとするシャルル・バイイの「会話性」理論じたい、[注5]ソシュールのそれから遠く出ているように思えない。バイイ批判については、オースティンや行動主義的な言語学の登場を待たなければならない。

思うに、時枝理論を、ソフトの開発から始行させるのでなく、ハード部門からの逆光によって、社会から発する言語が個人から発する言語に先行すると、転倒させる必要が喫緊だろう。言語のアーカイヴズも、文法の可能性も、人類的な全体に、類的実存のありようとして、社会および個人一人一人に分有されている。先験的に、自立語と機能語とから言語が成るということは、長い歳月をへて改良してきたハード部位での成果であって、ソフト部門としての日本語の特徴じたいに絶対的な根拠があるわけでない。

『国語学原論』を、徹底して逆倒させることがわれわれの始まりでありたい。言語学と真に出会える地点へと『国語学原論』を立たせるのでなければ、それを理解したことにならない。しかし、言語学といえる真の地点が既成のようにしていまどこかにあるわけでもない。

6 「ことばは無力か」に対して答える

吉本隆明『言語にとって美とはなにか』[注6]について、十七章その他にふれてきた。一九六〇年代に、それを真正面から受け止めたひとりであると、自分をここに認めつつも、思いは多岐に、複雑に広がる。

「詩学」と、こんにちの言い方でなら言われるべき、その探求において、氏は孤独に、言語本質論へ降りるところから開始し、文学へと表現を押したかめる、歴史的、あるいは個人的情動としての、自己表出という視野が獲得されてゆく過程として、古代から近代、現代までの表出史を明らかにしようとした。どうして私どもが対峙せずにいられようか。

「「表現としての言語」論の形成」（『三田文学』一九六八・三）[注7]という、『言語にとって美とはなにか』論を書いた私には、そのとき、大きな誤解があって、氏が時枝そして三浦つとむを十分に咀嚼することで、文学を美意識や芸術意識から、あるいはその探究として読む、旧来の、文芸学然とした方法とは、ぜんぜん違うところからそれを書き始めているかのように、冒頭にオマージュをふって論じていった。

氏には『初期歌謡論』[注8]があり、これにも私は、連載のさなかから追尋したものの、万葉歌の初期を「歌謡」の上にすべらせてゆくような、歌謡／和歌連続観には、さいごまで違和の感情をかき立てられた。

テクストを支える、言語の底を浚渫《しゆんせつ》することなくして、物語の読解も、うたの享受もなかろうと思える。そういう、原野へ降り立つことを、私どもは西郷信綱『詩の発生 文学における原始・古代の意味』[注9]から、そしてたしかに吉本著書からやって来るらしい、足もとの灯りに導かれて、始めたと思う。氏への感謝は限りないけれども、そして目標は究極的に、氏と同じく文学（＝美）にあるとしても、私の関心は一旦、言語そのものへ向かう勢いを抑えられなかった。

吉本については、時枝誠記からの反論があって[注10]、十七章に書いた通り、時枝学説の「詞、辞」の特質は徹底してそれらのあいだの非連続にある、つまり詞と辞とが出どころを異にしている。似ているように見えて、詞は吉本の言う「指示表出」でありえず、辞は「自己表出」に相当しない、別個の産物であると、時枝その人が断定する。言語学的に、意味を擁する自立語と機能的な非自立語とを、まったく別の範疇に収めようとした時枝と、詩という「美」から言語内での自己表現の創出のように見る吉本との差、というより両者の無縁は明瞭である。

二〇一二年三月十六日、吉本隆明氏逝く。私はそのニュースを、被災地南相馬市から福島市へ出て、疲れた朝の起床とともに受け取った。氏にはもう、呈しえないけれども、この書、『文法的詩学』を、私は「二〇一一・三・

一一」以後において纏め出した。何とかして、「ことばが無力ではないこと、しかし、ことばへの信頼などはないこと、ことばにできることは何か、いな、ことばと考えられていることはほんとうにことばなのだろうか」という、一連の課題に対して、照明を与えたい、私なりの答えを急ごうとの思いから、パソコンと向きあっている。

答えを出さなければならない。「ことばは無力だ」とつぶやいたひと、反対に、「ことばを信じよう」と努めたひと、みな渾身の思いで大震災に立ち向かった。言語の主体部分とは、生きるわれわれ自身であり、肉体に埋もれて、けっして分離させることができない。無力であることも、信じる信じないのレベルも、生きるわれわれの部位に密着し、生きることじたいであって、取り出すことも、否定することもできない。

とするならば、ことばを無力であると思い込んだり、逆にことばを信じてみようとしたりするのは、それらのいずれも、われわれの半分、外側の半分、われわれの外側にあることばについてではないか。たしかに、ことばの半分は、われわれの外側にある。われわれのことばは半分の内側と半分の外側とから成る。

福島県人、詩の書き手、和合亮一は、「三・一一」から数日、ことばの無力感にさいなまれたという。▼注11 しかし、ツイッター詩によって、壊滅的な思いのなかから詩のことばを再発させようとしたとき、かれのなかで「詩の無力」は終わった。あしかびのように、詩が書き出されていった。主体としての言語、内側のことばはついに滅び去ることができなかった。詩という世界を構成しえたのは、われわれのうちなる、けっして無力であることのできない部位が機能し始めたからだ。

言語は通時的な普遍を持つとともに、近代や現代について、高度で特殊な関係をわれわれが取り結び、複雑系の言語を共時的に持たされていまを生きる。ことばは無力か？ おろかな問いとは思わない。現代を生きるわれわれが、無力感に陥る刹那に、身体の奥底からの、けっして滅ぼすことのできない言語もまた起ちあがる、と答えたい。

注

(1) 藤井、『平安物語叙述論』六ノ四、東京大学出版会、二〇〇一。参照したのは注2鈴木著書の元版（一九九二）。
(2) 鈴木泰『改訂版 古代日本語動詞のテンス・アスペクト――源氏物語の分析――』（ひつじ書房、一九九九）、二八四ページ。
(3) 坂部、弘文堂、一九九〇、ちくま学芸文庫、二〇〇八。参照、藤井 ↓注1
(4) 一九六四。脇阪豊ら訳、紀伊国屋書店、一九八二。
(5) バイイ『言語活動と生活』小林英夫訳、岩波文庫、一九四一。
(6) 吉本、勁草書房、一九六五。
(7) 鑑賞日本現代文学『埴谷雄高 吉本隆明』（角川書店、一九八二）所収。
(8) 吉本、河出書房新社、一九七七。
(9) 西郷、未來社、一九六〇。
(10) 時枝、「詞辞論の立場から見た吉本理論」、『日本文学』一九六六・八。
(11) 和合、『詩の礫』（徳間書店、二〇一一）、ほか。

附一　補助動詞──『源氏物語』素描

自立語と非自立語とはまったく性格を異にする。

自立語が、無数の類似語や同意語、あるいは反意語をも含めて、豊かに表現の多様性を誇るのに対して、非自立語である助動辞と助辞とは、みずからを別語で言い替えることができない。「べし」は「べし」しかなく、「めり」は「めり」しかない。「〜へ」なら「〜へ」しかなく、「〜から」なら「〜から」しかない。

無論、これらは原則であって、「〜へ」とすべきか「〜に」とすべきか、「〜が」か「〜を」か、「〜から」か「〜より」か、という択一に迷いの生ずることがある。これらの迷いを自立語における表現の腐心と同日に論じてはならない。

そうすると、非自立と言えば、頭を抱えてしまうのが、橋本文法などでの「補助動詞、補助形容詞」である。学校文法では「補助動詞」に対して、それ以外の動詞を「本動詞」というような呼称もけっこう定着している。自立している動詞が本動詞、そうでないのが補助動詞という分け方だろう。

英文法で助動辞（助動詞 auxiliary verb）は、動詞なら動詞から来ているから、shall should can could など、それじたいが過去などの時制を有する。したがって、英語などには「補助動詞」の概念がなく、助動辞しかない。日本語の場合でも、助動辞はやはり多く動詞や形容詞からの転成であって、名詞からの転成も少数ながらある。

「補助動詞」については二十一章で、人称表示にふれて少し扱ってみた。

「補助動詞」は（1）敬語体系と密接に関係し、（2）二連動詞（複合動詞）のうち、後ろ動詞をなす。非自立を強調するなら補助動辞と称するのがよかろう。

先行動詞＋後ろ動詞

の、あとのほうの動詞が敬語機能を優先させてくると、助動辞化する。二連動詞の先行動詞が敬語である場合には「補助動詞」と言わないようである。

助動辞の発生と関連づけて考察すべきことで、史前史的には活用語尾も一つの視野にある。「補助動詞」は本来の自立語（動詞）としてもつよく存在し続けることが多く、自立語と見てよいケースが少なくなくて、かつ本格的な敬語である点で、きわめて特異だと言えよう。「補助形容詞」（補助形容辞）もありうる。

『岩波古語辞典』は以下のような語をすべて「基本助動詞」（の第二類）に入れる。

きこゆ、さぶらふ、たてまつる、たまふ（四段）、（たまふ（下二段））、はべり、まうす

なぜか「たまふ（下二段）」には（かっこ）がほどこされる。これらのなか、「さぶらふ」の非自立語——「補助動詞」——の例は『源氏物語』に見つからない。「まうす」も自立語としての実感が大きい。

『源氏物語大成』からは次の語群をのみ補う。

たうぶ　たてまつれ　ます

「ます」は〈詩歌、歌謡〉関係にのみ見られる。

学校文法などでは「動詞、助動詞」の中間に「補助動詞」を設定して、敬語類の一部分をそこへ配置する。動詞としての自立した用法を持つ語群が、自立しえずに助動辞化した場合を「補助動詞」とし、もはや自立した動詞（や形容詞）を持たない場合に助動辞と規定するようだ。古典語では「〜て」に下接する場合や形容詞の「〜く」に下接する敬語を自立語と見たい（口語では広く「補助動詞」の扱いとする）。

敬語について言うと、アイヌ語ではあいてへの敬意を人称接辞（四人称表示つまり不定称）によってあらわしうる。欧米の諸言語ではもっぱら語用論で敬語表現を扱うから比較できない。

口語の扱いについては『日本国語大辞典』の説明をつぎに引いておく。

・補助動詞　動詞のうち、「（花で）ある」「（豊かで）ある」「（見て）あげる」「（読んで）しまう」「（来）給う」「（おいで）なさる」などのように付属語的用法を持ち、独立に用いられるときの意味に比べて形式化しているもの。……

・補助形容詞　形容詞のうち、「（高く）ない」「（聞いて）ほしい」のように付属語的用法をもつもの。……

みぎはあくまで現代口語での理解であり、「（花）である」式に「である」を助動辞と認定することもできるし、「〜てあげる」「〜てしまう」を助動辞扱いすることも可能である。口語の基礎をなす近世語に見ると、「補助動詞」の認定が広範であるさまは湯澤幸吉郎『徳川時代言語の研究』▼注1を参照されよ。

これらを要するに、敬意にひっかかって、踊り場というか、あいまいな掛り場があって、自立をすっかりやめられない動詞という段階があるという認識だろう。

たまふ

いづれの御時にか、女御、更衣あまたさぶらひ〈給ひ〉ける中に、いとやんごとなき際にはあらぬが、すぐれてときめき〈給ふ〉ありけり。（「桐壺」巻、一―四）

「さぶらひ給ひける」〔伺候して来なさる〕は「さぶらひける」〔伺候し来たる〕に「給ひ」が附加され、「ときめき給ふ」〔（時機にあい）栄えていらっしゃる〕も「ときめく」に「給ふ」が這入って「ときめく」を「ときめき」へ変える。「たまふ」は本来、尊者が賜う（お与えになる、くださる、遣りなさる、なさる）。

たうぶ

「はなはだ非常に侍りたうぶ」（「少女」巻、二―二八四）の例が、よく知られる。

おはします

レアなケースながら、「夜ふけぬさきに帰らせおはしませ」(「夕顔」巻、一―一三二)を『古典基礎語辞典』は挙げる。二つの自立語「帰らせ」「おはしませ」と分けるなら「補助動詞」から除外してよい。

ます

『源氏物語』では「おしひらいて来ませ」(「紅葉賀」巻、一―二六一)、「〈来まさば〉と言ふ人も侍りけるを」(「常夏」巻、三―八)→と見られる。

めす

「おぼしめす」の「めす(召す)」(「見る」の敬語)を非自立化と見れば「補助動詞」となる。しかし「おぼす」と「めす」との二連動詞と見るべきだろう。

きこゆ

げに(藤壺ノ)御かたちありさま、あやしきまでぞおぼえたまへる。これは人の御際《きは》まさりて、思ひなしめでたく、人もえおとしめ〈きこえ〉たまはねば、受けばりて飽かぬことなし。かれ(故桐壺更衣)は人の許し〈きこえ〉ざりしに、御心ざしあやにくなりしぞかし。(桐壺」巻、一―二二)

「えおとしめきこえたまはねば」(悪く申すことがおできにならぬから)、「人の許しきこえざりしに」(周囲が認め申さなかったから)と、「補助動詞」扱いの「きこえ」で、「聞こゆ」(聞かれる、お耳にとまる、~に申す)という謙譲の動詞が「補助動詞」に転化する。

まうす(申す)

「おとどにも伝へ申さむ」(「末摘花」巻、一―二一九)「案内し申さするを」(「蓬生」巻、二―一三四)など、「申す」の意義がつよく生きており、二連動詞と見なして「補助動詞」の判定から外してよい。上代語の「まをす」から音韻変化して「まうす」となる。

たてまつる

……見〈たてまつり〉置く悲しびをなむ返す返すの給ひける。（「桐壺」巻、一―一九）

桐壺更衣の母君が亡くなるところ。「見置く」のなかに「たてまつる」が割って這入る。自立語「たてまつる」を「補助動詞」へ転用する。

たてまつる〈下二段〉

大殿油《おほとなぶら》ほのかなれど、御けはひいとめでたし、と宮は見〈たてまつれ〉給ふ。（「梅枝」巻、三―一五九）

明石姫君の裳着で、宮（秋好中宮）が「見たてまつる」というところ。青表紙他本も多く「たてまつれ」で、下二段と見られる。動詞の「たてまつる」（下二段）を「補助動詞」にしたてた孤例と言える。

たまふ（下二段）

命長さのいとつらう思う〈たまへ〉知らるるに、……（「桐壺」巻、一―一二）

身づからはえなむ思ひ〈たまへ〉立つまじき。（同）

……亡き御うしろに口さがなくやはと思う〈たまふ〉ばかりになん。（「夕顔」巻、一―一三八）

「思う〈たまへ〉知らるるに」および「思ひ〈たまへ〉立つまじき」は桐壺更衣の母の言で、「思う」は「思ひ」のウ音便。あとの「思う〈たまふ〉ばかり」は夕顔に仕える右近の言で、珍しい終止形の例（あと一例は「東屋」巻〈五―一三一〉）と認められる。「たまふ」（下二段）はほぼ会話ならびに消息文に出てくる謙譲の「補助動詞」である。▼注2

はべり

動詞にも「補助動詞」にも頻用されるものの、ほぼ会話ならびに消息文に限られる。「補助動詞」として、「まかで〈侍り〉ぬる」（「桐壺」巻、一―一二）、「目も見え〈侍ら〉ぬに」（同）、「はづかしう思うたまへ〈侍れ〉ば」（同）と、枚挙にいとまない。丁寧という機能だと言われるけれども、謙譲する場面での使用が多い。単なる丁寧

ではないと注意を向けたい。地の文と見られる箇所の語例については、鷲山著書に論じるところがある。▼注3

まゐる、まゐらす、おはす、おぼす

「補助動詞」と見なすべき語例が『源氏物語』では見つからない。

注

（1）湯澤、刀江書院、一九三六。

（2）地の文の語例のように見える、「見たまへ知らぬ下人……」（「須磨」巻、二―三七）については、参照、鷲山茂雄『源氏物語の語りと主題』一ノ二、武蔵野書院、二〇〇六。

（3）→注2。なお参照、井島正博『中古語過去・完了表現の研究』一ノ六、ひつじ書房、二〇一一。

附二　おもろさうしの助動辞、助辞

仲原善忠・外間守善著『おもろさうし辞典・総索引』（昭和四十七〈四版〉、角川書店）に拠って、助動辞、助辞を拾い上げる。沖縄語の特徴ということもあるけれども、日本古典語を利用して権威ある歌謡集を作り上げようとした苦心も窺えるのではないか。

助動辞

ことく　（如く、「こと〳〵」と誤写）

し　（過去）　あ〈し〉ときや

す・せ　（使役）

す・ず　（打消し）

た　（「た」、連体形）

たる・たれ　（「たり」）

ちや、ぢや　（「た」または「した」の口蓋化）

ちやむ　（「してあむ」の口蓋化、「あむ」は存在動詞〈確認できず〉）

ちやる　（「してある」）
ちやれ　（「してあれ」）
ぢやれは　　（～たれば）
つる　（完了）
なる　（「なり」）
に・ぬ・ね（打消し）
まし　（「まし」）
まし・まじ　　（打消し推量）
まへ　（「め」）
む・め・ん（推量、意志）
やてや　（～であるから）
やれ　（～なれ、～である、指定）
らめ　（「らむ」）
る・れ　（受身）
れ　（尊敬）
れる・れれ（受身・自発）
ん　（「ぬ」打消し）
ん　（「む」推量）

助辞

い　（副助）
か、が、きや、ぎや　（格助、終助）
かち、かちへ、きやち　（～へ、格助）
かめ、きやめ、ぎやめ　（～まで、副助）
かよ　（「か」＋「よ」）
から　（格助、接続助）
　からと、からど、からの、からは、からむ、からも、からる、からわ
かり、がり　（～へ、格助）
きやて、ぎやて、ぎやで　（～まで、副助）
きやめ、ぎやめ　（～まで、副助）
きやめむ、ぎやめむ、きやめも、ぎやめも　（～までも、副助）
きやめや　（～までは、「きやめ」＋「や」）
こと、事　（接続助）
さらめ　（上接語の強意に使われる）
しゆ、しよ、じよ、す、ちよ、ぢよ　（係助）
すな　（禁止）
た　（「たな」の「な」の脱落　↓「たな」）
たな　（禁止）
たにか　（～をか、強意の係助「たに」＋「か」）
たもす　（～でさえも、係助）

ち、ちへ、ぢへ　（〜して、接続助）
ちやめ　（〜まで、副助）
ちよ、ぢよ　→しゆ　（係助）
ちよむ、ちよも　（〜でさえも）
ちゑ、て、で　（〜して、動詞「し」＋「て」）
ちゑる　（〜したる）
ちゑは　（といえば）
つ　（格助）
てうむ　（という）
てす　（〜てぞ）
てて、でて　（〜といって）
てゝは　（といっては、「てゝ」＋「は」）
ては　（「と」＋「いへ」＋「は」）
ては、では　（〜では）
　てやは、てゑは、でゑは
てん　（〜でも）
と　（格助、接続助）
ど、と、る　（係助）
とて　（接続助）
どむ、ども　（接続助）

とも　（接続助）
な（疑問、感動、禁止、願望などをあらわす終助）
な（〜の、格助）
に（打消し）
に（格助、終助）
　にかから、にかち、にから、にきや、にきやめ、にぎやめ
にきやめむ、にきやめも、にしよ、にす、にな、にや、によ
の（格助）
は、ば　（係助、格助、接続助、終助）
　はと、はの
まて　（〜まで）
む・も　（係助）
もの　（終助）
や（係助、格助、終助）
やに　（〜ように）
やれどむ、やれども　（〜であるけれども）
ゆ（終助）
よ、世　（〜を、格助）
よ、よう　（〜よ、終助）
より　（格助）

る　↓ど、ろ　（係助）
ろ　↓る、ど　（係助）
わ　（〜を、格助）（〜は、係助）（〜よ、終助）（〜ば、接続助）
ゑむ　（「へ」＋「む」）
を　（格助）
ん　（〜の、格助）

終わり書き

筆を一旦、置いてみると、未解決、未記載の文法事項がこんなにあったのかという驚き、取り組んでよかったという安堵《あんど》、日本語から立ち上げる原論がほしかったから、というやや不遜な自信、いろいろ綯《な》い混ざる感想を抱く。物語や詩歌の読みが、これでかなり法則的になるはずだ、という提案であり、言語に対して原理的な問いを試みるひとたちには、何らかのヒントを用意できたかと密かに思う。物語や詩歌を読むことと、言語学のさまざまな学説たちとのあいだで、本書は生まれた。

私は国語学会（現、日本語学会）に所属しない、古典文学研究ないし詩歌研究、または創作者である。このことは、私の友人たちに言語学／国語学の立場のひとが多いことと別問題となる。物語学、詩歌研究、創作からの発言が、言語学／国語学に隣接するという考え方を続けている。ただし、国語学会が日本語学会へと切り替えられたとき、古典語に対する、いろんな立場が意識に浮上したように思う。

古典語界を現代語の考え方から探求する
古典語界の言語を当時の現代語として探求する
現代語から切り離して古代語／中世語を探求する
古典語の探求を現代語研究の補助とする
広い日本語研究の一角に古典語探求を据える
……

私には第二の、「古典語界の言語を当時の現代語として探求する」あたりがぴったりする。当時を生きるひとびとは、かれらの現代語を生きていた。われわれはわれわれの現代語を生きている。だから、われわれの現代語に接するようにして、古典語にふれたいとする欲求を貫く。物語文学や詩歌に対象が偏重しているので、「古典語界の文学を当時の現代文学として探求する」という言い方をすると、よりふさわしい目的となる。

東京大学言語情報科学専攻での、研究者たちとの交流がなければ、本書は書けなかった。東京学芸大学のいくつかのゼミは私にとり、本書の起点となった。感謝したい。物語研究会を初めとする、若い友人たちに感謝する。叙述態研究会の少壮たちへ、心より感謝する。『日本語と時間』（岩波新書、二〇一〇）や、その前の『タブーと結婚』（笠間書院、二〇〇七）の書評会を、繰り返し開いてくれた立正大学の若手たちに感謝する。日本語学の松本泰丈氏を呼んで、書評会を開いてくれた月花の会にも、ありがとうを言いたい。詩歌の将来を真剣に模索する、過去の、現在の、たぐいまれなる友人たちにはさらなる感謝を捧げる。

琉球文学古典の『おもろさうし』については、高橋俊三氏の研究などがあるものの、手つかずの部位もあり、これからとなる。補助動詞は『源氏物語』について調査したのみで、報告以前の段階と言ってよい。「附一」「附二」に配して今後を期したい。物語人称（十八章、参照）に関しては研究の端緒というほかなく、用例を見渡す本格的な調査が待たれるところ。これについては近藤泰弘「古典語の統語法――「物語人称」を例として」（『国文学　解釈と鑑賞』二〇〇一・一）による、文学研究へのうながしがある。

本書を纏めんと取り組み出したのは、「言語は無力か」、それとも「ことばを信じるか」という、日本社会で割れた、詩作や言論に対する根本的な疑念に抗して、二〇一一年三月より、パソコン上で格闘した時からである。「三・一一」から一年めという前後で、笠間書院の橋本孝氏、そして相川晋氏に声をかけて、刊行する運びとなった。池田つや子社長の格別の好誼、編集スタッフの懇実なる尽力に対し、謝意を捧げる。

二〇一二年九月三〇日　　　　著　者

初出メモ

一章　文法的詩学、その構築　一部に「文法事項の統一を求めて」(『エデュカーレ』第一学習社、一九九〇・四)を含む。ほぼ書き下ろし。

二章「は」の主格補語性(上)――「が」を押しのける

「主格補語性の「は」」、『iichiko』92、二〇〇六・秋。

三章「は」の主格補語性(下)――三上文法を視野に　同上

四章　活用呼応の形成――係り結びの批判

「係助辞「こそ」の活用呼応の形成」、『立正大学大学院年報』二三、二〇〇七・三。

五章「アリ ar-i」「り」「なり」という非過去　書き下ろし

六章　起源にひらく「き」の系譜

「時間の経過、起源、歴史叙述――〈古代助動辞〉論の一節」(『立正大学文学部論叢』一二六、二〇〇五・三)の一部。

七章　伝来の助動辞「けり」――時間の経過

「時間の経過、起源、歴史叙述――〈古代助動辞〉論の一節」に、「推量とは何か、「けり」の時間の経過――文法態と物語」(『物語研究』九、二〇〇九・三)の後半を合わせる。

八章「けり」に〝詠嘆〟はあるか

「「けり」に詠嘆の意味はあるか」、『三省堂高校国語教育ぶっくれっと』一九九〇・二。『物語の方法』桜楓社〈一九九二〉所収稿に補筆する。

九章　助動辞「ぬ」の性格
「助動辞「ぬ」の性格」、『立正大学文学部論叢』一二一、二〇〇五・三。
十章　助動辞「つ」の性格　書き下ろし
十一章　言文一致における時制の創発――「たり」および「た」
「言文一致における時制の創発――「たり」および「た」の性格」、『國學院雑誌』一〇五、二〇〇四・一一。
十二章　推量とは何か（一）――む、けむ、らむ、まし
「推量とは何か、「けり」の時間の経過」の前半を取り入れる。
十三章　推量とは何か（二）――伝聞なり、めり　同上
十四章　推量とは何か（三）――べし、まじ　同上
十五章　らしさの助動辞
「らしさの助動辞ノート」、『立正大学国語国文』四七、二〇〇九・三。
十六章　形容、否定、願望　書き下ろし
十七章　時間域、推量域、形容域――krsm立体　書き下ろし
十八章　物語人称と語り――「若菜、柏木」
「物語人称と語り――「紅梅にやあらむ」「若くうつくしの人や」」、『テクストツアー源氏物語ファイル』（『國文學』七月臨時増刊、二〇〇〇）。『平安物語叙述論』（東京大学出版会、二〇〇〇）に収録した別稿を初出に戻して再構成する。
十九章　会話／消息の人称体系――「総角」巻
「会話、消息の、人称―体系――宇治の大い君「生存」伝承」、『物語研究』二、二〇〇二・三。

二十章　語り手人称、自然称

「ゼロ人称と助動詞生成——物語／和歌の文法的動態」（『言語・情報・テクスト』10、東大大学院総合文化研究科言語情報科学専攻、二〇〇三・三）を含む。

二十一章　敬称表示　同上

二十二章　清、「濁」と懸け詞

「清、「濁」と懸け詞——耳を澄ませ　ラララ　目を瞠れ」、『言語・情報・テクスト』11、東大大学院総合文化研究科言語情報科学専攻、二〇〇四・三

終章　言語は復活するか

『かたり』のアオリスト」（『別冊水声通信 坂部恵』二〇一一・六）を含む。

附一　補助動詞——『源氏物語』素描　書き下ろし

附二　おもろさうしの助動辞、助辞　書き下ろし

既刊

藤井貞和

タブーと結婚

「源氏物語と阿《あ》闍《じゃ》世《せ》王コンプレックス論」のほうへ

ISBN978-4-305-70340-8
四六判全三三四頁　本体二三〇〇円（税別）

古代人が抱え込んでいる、［愛］と［結婚］と［性］の深層を物語から抉り出す！

物語の主人公たちが罪の意識におののく。

源氏物語、万葉集、蜻蛉日記から、精神分析学をとりこみつつ、思想を先取りする主人公たちの心性を明らかにする、かつてなかった独創的な古典文学論！

「元服という、成年儀礼（ほかによい語がないので〝成年儀礼〟と称しておく）直前での男主人公、薫の君の発する出生の疑いに、精神分析学でいう、阿闍世王コンプレックス（阿闍世コンプレックス、阿闍世錯綜とも）を読みこもうとする、やや大胆な提案である。」（本書のあとに）より

笠間書院

既刊

文法的詩学その動態

藤井貞和

A5判全三八八頁　二〇一五年二月刊　本体四五〇〇円（税別）

ISBN978-4-305-70715-4

物語や詩歌を読むことと、言語学のさまざまな学説たちとのあいだで本書は生まれた。古典語界の文学を当時の現代文学として探究する書。

物語言語、詩歌のことばたちが要求する現実に沿って文法の体系的叙述を試みる。

この『文法的詩学その動態』では、意味語（名詞、動詞、形容詞など）の記述と、まだあまり（『文法的詩学』で）ふれられなかった助辞群の記述とに力を尽くして（助動辞についても再説する）、それらを含む新たな図形化（助辞／助動辞図）へと進む。それらの基礎に立って、詩歌のこれまで詩の技法や修辞というレベルで止まっていた臨界を、文法的視野に置き改めて考察し、音韻、文字という事項にまで注意をこらしたすえに、うたと〝言語社会〟論とに終りを求めて『文法的詩学その動態』の結末をなす。

笠間書院

（著者略歴）

藤井貞和（ふじい・さだかず）

1942年東京都生まれ。東京大学文学部国文科卒業。現代詩の詩人。古代文学、言語態。東京学芸大学、東京大学、立正大学教授を歴任。著書に『源氏物語の始原と現在』『深層の古代』『古典を読む本』『物語の方法』『物語文学成立史』『源氏物語論』『平安物語叙述論』『物語理論講義』『タブーと結婚』『日本語と時間』『文法的詩学その動態』『人類の詩』、詩集に『ラブホテルの大家族』『遊ぶ子供』『大切なものを収める家』『神の子犬』『人間のシンポジウム』『春楡の木』ほか多数がある。

文法的詩学

2012年11月30日　第１刷発行
2015年９月20日　再版第１刷発行

著　者　藤　井　貞　和

装　幀　笠間書院装幀室

発行者　池　田　圭　子
発行所　有限会社　笠間書院
東京都千代田区猿楽町2-2-3［〒101-0064］
電話 03-3295-1331　Fax 03-3294-0996

NDC 分類：815.1

ISBN978-4-305-70674-4
落丁・乱丁本はお取りかえいたします。
出版目録は上記住所までご請求下さい。
http://kasamashoin.jp

印刷：シナノ印刷
（本文用紙：中性紙使用）

『文法的詩学』索引（文法事項、人名）

古典の作品名、著者名は立項しない
附二のおもろさうしの助動辞・助辞は索引に採らない
目次から容易に検索できる項目（係助辞、敬語のたぐい）は立項していない
多岐に亘る項目も割愛する—格助辞、過去、語り手、活用、完了、形容詞、主格、主語、主体的〜、助辞、助動辞、陳述、動詞、判断、否定、名詞、など

文法事項

あ行

か行

さ　行

た　行

な　行

は　行

ま　行

や・ら・わ・ん　行

人　　名